BASTEI
LÜBBE

Taschenbücher von JON LAND
im BASTEI LÜBBE Programm:

13 135 Das Omega-Kommando
13 148 Der Rat der Zehn
13 164 Im Labyrinth des Todes
13 169 Das Votex-Fiasko
13 186 Die Lucifer-Direktive
13 199 Der Alabaster-Agent
13 223 Der Alpha-Verrat
13 252 Die achte Fanfare
13 303 Die Gamma-Option
13 344 Das Walhalla-Testament
13 377 Die Omicron-Legion

JON LAND

DIE NEUNTE GEWALT

Katastrophen-Thriller

Ins Deutsche übertragen
von Uwe Anton

BASTEI LÜBBE

BASTEI-LÜBBE-TASCHENBUCH
Band 13 410

Erste Auflage:
Februar 1993
Zweite Auflage:
Oktober 1993

Deutsche Lizenzausgabe 1993
Bastei-Verlag Gustav H. Lübbe
GmbH & Co., Bergisch Gladbach
Originaltitel: The Ninth Dominion
Lektorat:
Wolfgang Neuhaus/René Strien
Titelillustration: Enrique Parietti,
Agentur Norma
Umschlaggestaltung:
Klaus Blumenberg
Satz: KCS GmbH,
2110 Buchholz/Hamburg
Druck und Verarbeitung:
Brodard & Taupin, La Flèche,
Frankreich
Printed in France

ISBN 3-404-13410-9

Der Preis dieses Bandes
versteht sich einschließlich der
gesetzlichen Mehrwertsteuer.

Für die Barrington Middle School
– wohin man nach Hause zurückkehren kann

DIE ERSTE GEWALT

THE LOCKS

Mittwoch, 12. August, 23.00 Uhr

1

»Ich gehe jetzt, Herr Doktor.«

Allan Vogelhut, Verwaltungschef von Graylocks Sanatorium für kriminelle Geisteskranke, blickte geistesabwesend von den Papieren auf seinem Schreibtisch auf. »Ja, Miss Dix?«

»Ich sagte, ich gehe jetzt«, erwiderte seine Sekretärin. »Ich will das letzte Schiff nicht verpassen, bei dem Sturm und so weiter.«

Erst jetzt bemerkte Vogelhut den Regen, der gegen die Fenster des Büros schlug. Es war, als existierte die Welt jenseits der Mauern der ›Locks‹ gar nicht für ihn. Als erster und bisher einziger Verwaltungschef der Anstalt standen die übelsten und abscheulichsten Verbrecher unter seiner Obhut, die die Gerichte einzig und allein in der Hoffnung hierher geschickt hatten, sie für immer vergessen zu können.

»Ja«, sagte er. »Da haben Sie wohl recht.«

»Dann also bis morgen früh.«

Und Miss Dix war verschwunden.

Vogelhut betrachtete die Stapel von Papieren auf seinem Schreibtisch und wußte, daß er an diesem Abend nicht von der Bowman Island herunterkommen würde. Für solche Gelegenheiten stand ihm in der Anstalt ein kleines Apartment zur Verfügung, und in letzter Zeit hatte er es immer öfter benutzt. Es wurde zunehmend schwieriger für ihn, ›The Locks‹ auch nur für eine Weile zu verlassen. Manchmal hatte er den Eindruck, genauso ein Gefangener dieses Ortes zu sein wie seine Schutzbefohlenen.

»Die Zeit«, murmelte er, »die Zeit . . .«

Er war spät dran für seine Abendrunde, die er eigentlich für völlig überflüssig hielt, aber trotzdem regelmäßig machte. Vogelhut erhob sich vom Schreibtisch und erhaschte einen Blick auf sein Spiegelbild im regennassen Fenster. Sein graues Haar fiel schlaff herab. Das Gesicht war bleich, fast aschen, das eines Mannes, für den die Sonne eine längst vergessene Erinnerung war. Lag es an seinem Alter, fragte er sich, oder einfach nur an ›The Locks‹ selbst?

Vogelhut trat auf den Gang und schloß die Bürotür hinter sich ab. Zu dieser Nachtzeit hatte er die Korridore für sich allein, und die Stille beruhigte ihn. Stille bedeutete Routine, und Routine war zur einzigen Sicherheit geworden, in der er Zuflucht finden konnte. Angesichts der späten Stunde würde er die harmloseren Flügel auslassen und sich direkt zu dem Hochsicherheitstrakt begeben, der hier MAX-SEC genannt wurde.

Aufgrund der Überwachungsgeräte war das MAX-SEC-Wachpersonal über Vogelhuts Ankunft informiert, als er die Monitorzentrale betrat.

»Guten Abend, Herr Doktor«, sagte einer der Posten, während die beiden anderen weiterhin das Dutzend Bildschirme in den Augen behielten, deren Kameras ständig die Gewölbe absuchten, in denen die USA vierundachtzig Männer und Frauen lebendig begraben hatten.

Alle Vorgänge wurden vom Computer gesteuert und überwacht. Auf den Monitoren waren abwechselnd Bilder aus insgesamt sieben Zellen zu sehen. Vogelhut beobachtete die Insassen in ihren Zellen öfter über einen beträchtlichen Zeitraum hinweg und vertiefte sich in ihre Verhaltungsmuster. Dabei kam er sich wie ein Voyeur vor, dem ein Einblick in sowohl faszinierende als auch völlig unbegreifliche Welten gewährt wurde. Alle Zelleninsassen benahmen sich anders. Mindestens drei Gefangene in diesem Trakt schliefen niemals. Nun sah einer von ihnen in die Kamera, als wisse er, daß Vogelhut ihn beobachtete.

Der Gefangene tippte sich grinsend an die Stirn. Der Verwaltungschef wandte sich zitternd ab. Wie viele Menschen hatten diese Männer und Frauen getötet? Wieviel Schmerz und Leid hatten sie verursacht? Vogelhut versuchte, niemals über solche Fragen nachzudenken. MAX-SEC war für insgesamt hundertvierundvierzig Gefangene erbaut worden, doch die derzeitige Anzahl war die höchste, die der Trakt jemals beherbergt hatte.

Er war wieder auf den Gang getreten und hatte gerade einen zweiten erreicht, als das Licht einmal aufflackerte und dann erstarb. Der Stromausfall, überlegte Vogelhut, wurde zweifellos von dem Sturm verursacht. Sekunden später sprang das Behelfssystem an und stellte wieder eine gewisse Mindestbeleuchtung her. Vogelhut atmete auf und machte eine Kehrtwendung, um zum MAX-SEC-Trakt zurückzukehren. Ein Stromausfall in ›The Locks‹ war immer ernstzunehmen, und erneut suchte er Zuflucht in der Gewohnheit, um seine flatternden Nerven zu beruhigen. Er wußte, daß in diesem Augenblick bereits zwei Dutzend seiner Leute zum MAX-SEC-Trakt stürmen würden – im Fall eines Stromausfalls eine übliche Vorgehensweise. Bei den vierundachtzig wichtigsten Bewohnern des »Locks« ging Vogelhut nicht das geringste Risiko ein.

Er war auf halbem Weg zur Überwachungszentrale, als auch die Notbeleuchtung ausfiel und völlige Dunkelheit den Gang ausfüllte. Die Furcht zog Vogelhuts Magen zusammen. Das war unmöglich. Ausgeklügelte Vorsichtsmaßnahmen sorgten dafür, daß die Energieversorgung und das Notsystem niemals gleichzeitig ausfallen konnten. Er hörte jetzt die lauten Schritte der heranstürmenden Wachen, sah, wie die Dunkelheit vom Licht ihrer Taschenlampen geteilt wurde. Vogelhut drückte die linke Hand gegen die Wand und ging weiter.

»Sind Sie das, Herr Doktor?« fragte einer der Posten in der MAX-SEC-Zentrale, als er um die Ecke bog und in den Strahl einer Taschenlampe trat.

Vogelhut schirmte die Augen vor dem gleißenden Licht ab und ging weiter. »Sind die Gefangenen ruhig geblieben?«

»Kann ich nicht sagen. Alle Überwachungssysteme sind ausgefallen.«

»Ach ja, natürlich.«

»Was, zum Teufel, ist da passiert, Sir?«

Als Vogelhut an die Monitore trat, kam der erste der zwei Dutzend Wachtposten gerade mit aufblitzender Taschenlampe das letzte Stück des Gangs entlang.

»Ich habe keine Ahnung.« Mehr konnte Vogelhut auch nicht sagen.

Er wußte, daß er sich keine Sorgen machen mußte. Bei einem Stromausfall schaltete sich im MAX-SEC-Trakt automatisch ein Sicherheitssystem ein. Riegel aus Kobalt schoben sich über alle drei jeweils vierzig Zentimeter dicken Türen, die man überwinden mußte, um sich Zutritt zum Trakt zu verschaffen. In einem solchen Fall konnten die Gefangenen nicht nur nicht hinaus, es gelangte auch niemand hinein – und das galt auch für die Wachen.

Zwei Dutzend davon drängten sich nun, die Taschenlampen zu Boden gerichtet, hinter Vogelhut zusammen. Sie waren mit M-16/A2-Sturmgewehren ausgerüstet, die mit auf bestimmte Thermalsignaturen programmierten Sensoren versehen waren. Niemand außer dem jeweiligen Posten konnte die Waffe abfeuern, solange sie nicht umprogrammiert worden war. Diese zusätzliche Sicherheitsvorkehrung sollte verhindern, daß die Gefangenen des MAX-SEC-Traktes jemals die Waffen gegen ihre Wächter einsetzten.

»In der Hauptzentrale kann ich niemanden erreichen«, meldete ein Techniker, der noch immer Kopfhörer trug.

»Versuchen Sie es weiter«, befahl Vogelhut.

Die Minuten verstrichen. Die fünfte ging gerade in die sechste über, als das Hauptenergiesystem wieder zu arbeiten begann. Vogelhuts erleichterter Seufzer ging in einem lauteren kollektiven unter. Doch statt deutlicher Bilder zeigten die zwölf Fernsehschirme nur ein Flimmern und gaben verzerrtes, helles Rauschen von sich.

»Was ist los?«

»Keine Ahnung, Sir«, sagte der Mann mit dem Kopfhörer und schaltete jeden Knopf in seiner Reichweite aus und wieder ein. »Ich bekomme aus dem MAX-SEC-Trakt kein einziges Signal.«

Vogelhut traf ohne das geringste Zögern die Entscheidung, die in genau solch einem Notfall nötig war. Er zerrte einen seltsam geformten, eckigen Schlüssel aus seiner Tasche und gab ihn dem Mann. »Öffnen Sie die Türen.«

»Sir, die Vorschriften . . .«

»Verdammt, für so einen Ausnahmefall gibt es keine Vorschriften!« Vogelhuts Magen fühlte sich an, als zöge jemand darin eine Stacheldrahtrolle auf und ab. »Sie haben Ihre Befehle. Öffnen Sie die Sicherheitstüren. Auf meine Verantwortung.«

Der Techniker zog einen passenden Schlüssel aus der Tasche, der mit einer Kette an seinem Gürtel befestigt war. Er schob sowohl seinen als auch Vogelhuts Schlüssel in die dafür vorgesehenen Schlitze an der schwarzen Konsole und wartete. Vogelhut drehte sich zu dem Befehlshaber der Wachen hinter ihm um.

»Zuerst Etage eins. Zwölf Zellen, jeweils zwei Mann pro Zelle. Captain, wir bleiben über das Walkie-talkie ständig in Verbindung. Geben Sie mir Bescheid, wenn Sie Ihre Position bezogen haben.«

»Jawohl, Sir.«

»Fragen?«

»Nein, Sir.«

»Dann bringen wir es hinter uns.«

Der Captain und sein Team traten zu der Eingangstür aus schwarzem Stahl. Der Befehlshaber gab den Kode in die Schloßkonsole ein, und die gruftähnliche Tür schwang auf. Die Wachen drängten sich vor der ersten der drei Türen zusammen, die den Zutritt zum MAX-SEC-Trakt ermöglichten.

Vogelhut drehte sich wieder zu dem Techniker um, der mittlerweile mit den Schlüsseln soweit war. »Jetzt, junger Mann.«

Der Techniker drehte beide Schlüssel gleichzeitig. In Abständen von einer Sekunde erklang ein nervenzerfetzendes Jaulen. Auf Vogelhuts Gesicht schimmerte das rote Licht der Warnlampen, die nun auf dem Kontrollpanel aufleuchteten. Im MAX-SEC-Trakt schwangen nacheinander die drei Türen auf, und die Wachmänner spurteten in dem Augenblick, in dem sich die erste Tür weit genug geöffnet hatte, zur zweiten weiter. Sie rückten zusammen, bezogen Stellung und liefen dann wieder los, bis sie endlich die erste der vier Etagen betreten hatten.

»Wir sind drin, Sir«, hörte Vogelhut durch das Walkie-talkie. »Wir verteilen uns jetzt. Keine ungewöhnlichen Vorkommnisse.«

»Auf Ihr Zeichen, Captain.«

»Position eingenommen . . . Jetzt, Sir!«

Vogelhut blickte wieder zum Techniker hinüber. »Öffnen Sie die Zellentüren der ersten Etage.«

Der Mann drückte mit zitternden Fingern den entsprechenden Knopf.

»Ihre Meldung, Captain!«

»Gott im Himmel . . .«

»Captain, was ist los?«

Stille. Vogelhut hörte Bewegungen und Gemurmel durch sein Walkie-talkie, aber keine verständlichen Worte.

»Captain, ich habe Ihre letzte Meldung nicht verstanden!«

Noch mehr Lärm. Schritte und Rufe, aber noch immer keine Meldung.

»Captain, was geht da vor?«

»Sie sind weg.«

«Was?« Vogelhut wußte, daß er den Mann falsch verstanden haben mußte. Er mußte sich einfach verhört haben!

»Die Gefangenen sind verschwunden!« bestätigte der Captain der Wachmannschaft. »Jede einzelne verdammte Zelle ist leer . . .!«

2

Jared Kimberlain lehnte die Ellbogen auf den Tisch und beugte sich näher zu der ihm gegenüber sitzenden Frau hinüber. Als er sprach, klang seine Stimme weich und leise.

»Wissen Ihre Vorgesetzten, daß Sie zu mir gekommen sind?«

»Inoffiziell«, erwiderte Lauren Talley. »Es war nicht leicht, sie zu überzeugen.«

»Es wird Ihnen noch schwerer fallen, mich zu überzeugen, Miss Talley.«

Lauren Talley schob die Tasse mit dem kalt gewordenen Kaffee zur Seite und stützte ebenfalls die Ellbogen auf den Tisch. Ein Learjet des FBI hatte sie nach Vermont gebracht, und sie konnte nur hoffen, daß sie irgend etwas ins Spesenformular eintragen konnte, wenn sie erst wieder nach Quantico zurückgekehrt war. Die Abteilung für Verhaltensforschung – jenes Ressort des FBI, in dessen Zuständigkeit Serienmörder fielen –

befand sich auf dem dortigen Gelände der FBI-Akademie. Lauren Talley war Special Agent; sie war nach einem ziemlich spektakulären Aufstieg auf der Karriereleiter nun die Nummer drei in der Rangfolge der Abteilung, was sie mit Stolz erfüllte. Doch heute beschäftigten sie andere Dinge.

Kimberlain hatte diese Imbißstube für das Treffen ausgewählt. Obwohl die Talley nach zweistündiger Fahrt vom Flughafen zwanzig Minuten vor der Zeit eingetroffen war, hatte er bereits an diesem Ecktisch auf sie gewartet. Ihr Blick fiel auf ihn, kaum daß sie durch die Tür getreten war. Das Foto in Jared Kimberlains Akte schmeichelte ihm nicht gerade, genausowenig wie die verschwommenen Beschreibungen, die Talley von denjenigen Mitarbeitern des FBI bekommen hatte, deren Wege sich schon einmal mit denen Kimberlains gekreuzt hatten. Selbst unter den Truckern und Bauarbeitern, die die Imbißstube bevölkerten und die sich zumeist die Ärmel hochgekrempelt hatten, um ihre Muskeln zur Schau zu stellen, fiel Kimberlain auf. Seine kristallblauen Augen schlugen Talley in einen geradezu hypnotischen Bann und lockten sie in seine Ecke. Er erhob sich zur Begrüßung und gab ihr die Hand; seine Berührung war wie Eis und ihr Händedruck im Vergleich zu seinem schwach. Sie fühlte sich augenblicklich unbehaglich, wie ausgetrocknet, als habe er ihr blitzschnell alle Kraft gestohlen.

»Wieviel wissen Sie?« fragte sie ihn nun, wandte den Blick von den stechenden Augen ab und schaute auf die Tischplatte. Diese Augen sprachen dem vollen, fast weichen Ausdruck von Kimberlains Gesicht Lügen. Sein Haar war dunkelbraun und gewellt und gerade so lang, daß es ihm auf die Ohren fiel. Es überraschte Talley, daß er es nicht kürzer trug.

»Ich weiß, daß es keinen Mann in diesem Schuppen gibt, der Sie nicht angestarrt hat, seit Sie hereingekommen sind. Ich weiß, daß Sie einer ganzen Horde von Truckern den Morgen verschönert haben. Sie hätten mich warnen sollen.«

Eine Kellnerin kam, und die beiden lehnten sich zurück. Die Frau stellte Talley das Frühstück auf den Tisch: Rührei und drei Scheiben Speck, Toast wurde in einem Schälchen gereicht. Die Kellnerin schenkte Kimberlain Kaffee nach.

»Bringen Sie mir bitte noch ein Quarkteilchen, ja?« bat Talley die Frau.

Die Kellnerin wirkte überrascht, als sie die Bestellung notierte. Kimberlain lächelte.

»Es kommen nicht viele Frauen hierher«, sagte er als Erklärung. »Und wenn, essen sie nicht soviel.«

Lauren Talley schob sich die erste Gabel voll Rührei in den Mund. »Ich esse immer, wenn ich nervös bin.«

»Mache ich Sie nervös?«

»Nicht Sie. Eher die Möglichkeit, daß Sie ablehnen könnten.«

Lauren Talley schüttelte sich das Haar aus dem Gesicht. Obwohl sie bereits einunddreißig Jahre alt war, hätte sie noch als College-Studentin durchgehen können. Diese Tatsache hatte sich in Quantico gleichermaßen als Vor- wie auch als Nachteil erwiesen. Die Leute nahmen sie nicht ernst. Viele hielten sie noch immer für eine Sekretärin und konnten sich nicht vorstellen, daß sie einigen der brutalsten Massenmördern, die sich das Herz der USA als Spielplatz ausgesucht hatten, direkt auf den Fersen war. Talley hatte sich ernsthaft überlegt, das Haar kürzer zu tragen und vielleicht auch eine Brille aufzusetzen, damit sie älter und respektabler wirkte, hatte jedoch Abstand davon genommen. Diese kosmetischen Veränderungen würden ihr nicht helfen, endlich herauszufinden, welche Rolle sie in den Augen der anderen spielen sollte. Das konnte sie nur feststellen, indem sie so weitermachte wie bisher.

»Wieviel wissen Sie?« wiederholte sie.

»Was in den Zeitungen gestanden hat. Und was man in den Nachrichten gebracht hat. Zwei kleine Städte.«

»Ja. Er hat sämtliche Einwohner beider Städte getötet. Im Abstand von zwei Tagen. Hundertacht bei der ersten, hundertfünfzehn bei der zweiten. Das war vorgestern abend. Ich habe die Akten im Wagen. Es finden sich aber keine substantiellen Hinweise darin . . . wir haben nicht die geringste Spur.«

»Vielleicht gibt's doch eine. Da ist doch die Sache mit seinem Fuß, an dem irgendwas ungewöhnlich ist.«

Lauren Talley nickte. »Der Stiefelabdruck hat uns verraten, daß sein linker Fuß mißgebildet ist. Wir versuchen noch herauszufinden, ob es sich um einen Geburtsfehler oder die Folgen eines Unfalls handelt. Die Presse hat Wind davon bekommen.«

»Und daher auch sein Spitzname . . .«

»Tiny Tim«, sagte Lauren Talley. »Ich habe meinen Vorgesetzten gesagt, ich könnte Sie dazu bringen, uns zu helfen. Ich habe nicht vor, mit leeren Händen zurückzukehren.«

»In diesem Fall sollten Sie vielleicht Ihre Quarktasche mitnehmen.«

»Sie wissen, daß er es wieder tun wird.«

»Falls Sie ihn nicht schnappen.«

»Es wird uns nicht gelingen. Er ist zu clever für uns.«

»Vielleicht auch zu clever für mich.«

»Die anderen waren das nicht. Weder Leeds. Noch . . . Peet.« Lauren Talley ließ Rührei Rührei sein und beugte sich vor. »Ich möchte Sie etwas fragen. Peet ist vor drei Jahren aus ›The Locks‹ entkommen und gilt seitdem als ertrunken. Was, wenn er es zum Ufer geschafft hat? Was, wenn er überlebt hat?«

»Um als Tiny Tim aufzuerstehen?«

»Es wäre eine Möglichkeit.«

»Nicht, wenn man nicht allen Opfern den Kopf von den Schultern gerissen hat.«

»Ich meine damit . . .«

»Hören Sie, Miss Talley. Peet hat einzelne Menschen getötet. Siebzehn Opfer in siebzehn verschiedenen Staaten. Er hat sie aus unmittelbarer Nähe umgebracht, und er kannte sie. Tiny Tim dagegen ist ein Massenschlächter.«

»Das klingt ganz so, als wollten Sie Peet verteidigen.«

»Ich will nur einiges klären. Und ich bin damit fertig, Ungeheuer zu jagen, Miss Talley. Das überlasse ich jetzt den Profis. Ich habe Besseres zu tun.«

»In diesem Punkt war Ihre Akte eindeutig. Eine Reihe von Zwischenfällen, die Sie wohl ›Rückzahlungen‹ nennen.«

»*Angebliche* Zwischenfälle. Ansonsten würde in meinem Fall wohl eine andere Abteilung in Quantico ermitteln.«

»Sie haben mächtige Freunde, Mr. Kimberlain.«

»Ich kann Ihnen versichern, daß ich mir deren Freundschaft im Laufe der Jahre redlich verdient habe, Miss Talley.«

Kimberlain rutschte zurück, trank den Kaffee aus und stellte die Tasse energisch auf die Untertasse. Talley wußte, daß er ihr entglitt.

»Ich will Ihnen nur etwas über die Städte erzählen«, sagte sie. »Hören Sie sich an, was ich zu sagen habe, während ich mein Frühstück beende, okay?«

»Also gut.«

»Sein erster ... Zwischenstopp war Dixon Springs in Montana, hundertacht Einwohner. Sein zweiter und jüngster war Daisy in Georgia. Hundertfünfzehn Einwohner.«

»Was haben die beiden Städte gemeinsam, abgesehen von der Größe?«

»Abgeschiedenheit, sonst nichts. Dixon Springs ist ein Wintersportort. Im Sommer ist dort kaum etwas los. Und um Daisy liegen eine Menge kleiner Farmen.«

»Und die Zusammensetzung der Einwohner?«

»In Daisy wohnten fast nur Schwarze. Dixon Springs war zu hundert Prozent weiß.«

»Überlebende?«

»Ein paar Kinder, die draußen in den Wäldern gezeltet haben. Und Kleinkinder.«

Kimberlain runzelte die Stirn. »Er hat die Babys am Leben gelassen?«

»Nur die, die er nicht gefunden hat.«

Kimberlain räusperte sich. »Waffen?«

»Genauso, wie es in den Zeitungen stand. Mit bloßen Händen, dann ein Messer, eine Pistole mit Schalldämpfer und eine Maschinenpistole. In Dixon Springs auch noch Giftgas, in Daisy aber nicht.«

»Das bedeutet ...«

»Mit fast absoluter Sicherheit eine militärische Ausbildung. Und die Verfügbarkeit. Er benutzt das Zeug, an das er herankommt. Das schränkt das Feld schon beträchtlich ein.«

»Bis auf die Tatsache, daß Sie schon sämtliche Männer mit militärischem Hintergrund überprüft haben. Sie haben nach einem Kerl gesucht, der während seiner Dienstzeit eine Fußverstümmelung erlitt. Ihre Suche hat jedoch nichts ergeben.«

»Es kann auch erst nach seiner Dienstzeit zu der Verstümmelung gekommen sein.«

»Sie könnten eine Mitteilung an alle Krankenhäuser im Land schicken und darum bitten, daß man die entsprechenden Unterlagen überprüft.«

»Das haben wir bereits getan. Genauer gesagt, wir sind gerade dabei.«

Die Kellnerin brachte die Quarktasche, und Lauren Talley hob sie an den Mund, biß jedoch nicht hinein. »Sie waren in der Army, nicht wahr?«

»Was steht denn in meiner Akte?«

»Gar nichts, jedenfalls keine Einzelheiten.«

»Und worauf wollen Sie hinaus?«

»Darauf, daß einige Leute mit militärischem Hintergrund keine Akten haben.«

»Wie ich, zum Beispiel.«

»Ich habe mir gedacht, Ihnen fallen vielleicht einige mögliche Kandidaten ein.«

»Wegen meiner nicht vorhandenen militärischen Dienstzeit, meinen Sie.«

»Ja«, sagte Talley. »Genau das.«

»Ich habe nicht zusammen mit Peet gedient, Miss Talley.«

»Fällt Ihnen sonst noch jemand ein?«

»Ich habe allein gearbeitet. Immer.«

»Wie Tiny Tim. Er hinterläßt keine Fingerabdrücke, kein Blut, keinen Speichel, nicht einmal Schweiß, Mr. Kimberlain. Wir haben keine physischen Indizien, abgesehen von Fußspuren. Stiefel der Größe fünfzig, die wir jemandem zuordnen könnten, wenn wir riesiges Glück hätten.«

»Man kann wohl kaum von Glück sprechen, wenn man sich mit einem Burschen dieser Größe auseinandersetzen muß.«

Lauren Talley zögerte und lehnte sich zurück. Der Rest des Rühreis war kalt geworden, und an der Quarktasche schien sie das Interesse verloren zu haben.

»Aber auch nicht, wenn man in Kansas einem Burschen wie Peet über den Weg läuft.«

»Das war kein Glück. Ich habe Narben, die es beweisen.«

»Danach haben Sie dann aufgehört, nicht?«

»Ich habe nicht aufgehört. Ich jage nur nicht mehr den geisteskranken Arschlöchern hinterher. Irren, die in Amerikas Eingeweiden wühlen.«

»Sie haben Leeds geschnappt.«

»Jemand mußte es tun.«

»Jemand muß auch Tiny Tim schnappen.«

In Kimberlains blauen Augen loderte ein Feuer auf. »Aber nicht ich. Sie verschwenden Ihre Zeit.«

»Ich habe die Akten mitgebracht. Sie liegen im Wagen. Ich habe gehofft, Sie würden Sie sich ansehen und uns einen Tip geben, was wir falsch machen.«

»Vielleicht beten Sie nicht genug. Beten könnte das einzige sein, was Tiny Tim aufhält.«

»Wieso hat er sich ausgerechnet für diese beiden Städte entschieden, wo sie doch nichts gemeinsam haben?«

»Sie haben etwas gemeinsam, Miss Talley. Es gibt immer dieses Etwas. Man muß es nur finden und das Muster herausbekommen, damit man weiß, wo man suchen muß.«

»So haben Sie Leeds geschnappt. Und Peet. Ich könnte mir vorstellen, wir sind hinter Peet her. Ich glaube, Peet ist Tiny Tim.«

»Peet ist tot.«

»Man hat seine Leiche nie gefunden.«

»Man hat aber nicht in Neufundland gesucht. Dort wurde sie wahrscheinlich angeschwemmt.«

»Es gibt Zehntausende anderer Städte, die in Tiny Tims Muster passen. Wir können sie nicht alle beobachten. Und ganz gleich, welche Schritte die Einwohner ergreifen, sie werden Tiny Tim nicht aufhalten können.«

»Dann müssen Sie ihn eben aufhalten.«

Talley wollte die Quarktasche gerade wieder zum Mund führen, hielt aber auf halbem Weg inne. »Sagen Sie mir, wie.«

»Lecken Sie zuerst den Zuckerguß ab«, sagte Kimberlain, als er aufstand und aus der Nische glitt.

»Sie haben Ihren Kaffee nicht ausgetrunken.«

»Zuviel Kaffee bereitet mir Magenschmerzen.«

»Die werden Sie sowieso bekommen. Sehen Sie sich dieses Memo mal an, das mir gestern auf den Schreibtisch geflattert ist«, sagte Talley, zog ein ordentlich gefaltetes Blatt aus ihrer

Handtasche und hielt es ihm hin. »Wir haben nicht vor, es an die Presse weiterzugeben.«

Kimberlain faltete den Zettel auf. Sein Blick versteinerte sich, als er die erste Zeile las:

Die Flucht von vierundachtzig Gefangenen, darunter Andrew Harrison Leeds, aus dem Hochsicherheitstrakt von Graylocks Sanatorium wird . . .

»Wann?« fragte er.

»Vorgestern nacht.«

Kimberlain las weiter und blickte dann auf Lauren Talley hinab. »Tiny Tim ist jetzt das kleinste Ihrer Probleme.«

»Und was ist mit Ihren Sorgen? Leeds gehörte dazu.«

»Ich habe ihn lediglich gefaßt.«

»Also ist er Ihr Problem. Und jetzt, wo er draußen ist, müssen Sie ihn noch einmal fassen.«

Kimberlain machte sich nicht die Mühe, es abzustreiten. »Ich muß mich in ›The Locks‹ umsehen.«

»Das kostet Sie etwas.«

»Tiny Tim?«

Lauren Talley nickte. Kimberlain setzte sich wieder.

»Ihr Rührei wird kalt, Miss Talley. Essen Sie auf, damit wir uns unterhalten können.«

3

Das Maschinengewehr nahm knirschend das Gewicht des Munitionsstreifens auf. Dessen Masse ließ den Dreifuß beinahe umkippen. Hedda richtete den Aufbau aus und schob ihn näher an die klaffende Öffnung, die früher ein Fenster gewesen war. Sie blickte die Straße entlang auf die ehemalige heilige Residenz im moslemischen Viertel Beiruts, ganz in der Nähe des Hippodroms und nur fünf Häuserblocks von den ehemaligen Kasernen der US-Marines entfernt, die 1982 bei einem terroristischen

Bombenanschlag zerstört worden waren. Ihr Fernglas baumelte an ihrem Hals, doch sie hob es nicht vor die Augen; ihr Verstand funktionierte besser, wenn sie das Bild ohne Feldstecher in sich aufnahm.

Keiner der palästinensischen Wachtposten, die vor und hinter dem Zaun patrouillierten, bedachte dieses Wohnhaus auch nur mit einem zweiten Blick. Nach allem, was sie wußten, war es im Bürgerkrieg zweimal ausgebombt worden, und selbst die zahlreichen Obdachlosen der Stadt waren klug genug, das Gebäude zu meiden. Dennoch hätten die Terroristen ihre Pflichten ernster nehmen müssen. Hedda nahm an, daß es an einer gewissen überheblichen Selbstsicherheit lag. Die Terroristen hatten bei einer Operation, wie Hedda sie durchführen wollte, noch nie eine abendländische Geisel verloren.

Aber sie hatten es auch noch nie mit den Caretakers zu tun bekommen.

Hedda hatte von ihrem Kontrolloffizier, Librarian – dem Bibliothekar –, erfahren, daß der Sohn eines ranghohen Amerikaners im saudiarabischen Ölkonglomerat Aramco von einer palästinensischen Gruppe entführt worden war, die sich für den völligen Rückzug des kapitalistischen amerikanischen Einflusses aus der Region einsetzte. Man hatte weder Lösegeld für den Jungen gefordert noch anderweitige Bedingungen gestellt. Er war schlichtweg ein Symbol und wurde nur am Leben gelassen, damit man Videobänder aufnehmen und vielleicht, falls die Dinge sich zum Schlechteren entwickelten, einen abgetrennten Finger oder ein Ohr an die amerikanische Botschaft schicken konnte. Es war dem Vater des Jungen gelungen, Kontakt mit den richtigen Stellen aufzunehmen, und er hatte sich als bereit und imstande erwiesen, das nicht aushandelbare Honorar zu zahlen. Danach war alles sehr schnell gegangen.

Hedda wußte nicht, wie die Caretakers das Versteck des Jungen gefunden hatten, und es war ihr auch gleichgültig. Ihre Aufgabe bestand darin, ihn dort herauszuholen und zum Treffpunkt zu bringen. Einzig und allein *ihre* Aufgabe. Caretakers arbeiteten niemals in Gruppen und nur gelegentlich zu zweit. Zweimal hatte Hedda sich mit Deerslayer zusammengetan; bei ihrer letzten gemeinsamen Aktion hatte der »Wildtöter« ein

Auge verloren. Nur Heddas schnelles Eingreifen hatte ihm das Leben gerettet. Sie hatte gehört, daß Deerslayer noch gefährlicher geworden war, nachdem er nun eine schwarze Augenklappe tragen mußte.

Hedda sah auf die Uhr. Sie hatte in den letzten beiden Tagen beobachtet, daß der Junge immer genau zur gleichen Zeit hinausgebracht wurde, damit er ein bißchen Zeit im Sonnenschein verbringen konnte. Seine Entführer hatten versucht, ihn dazu zu bringen, mit einem Fußball zu spielen, doch er hatte sich geweigert und war ihnen verdrossen ausgewichen.

Der Junge hatte noch seine Schuluniform getragen; das weiße Hemd war schmutzig, und ein Bein seiner grauen Flanellhose war am Knie aufgerissen. Hedda hatte das Fernglas an die Augen gehoben und auf den Jungen gerichtet, während er im einst gepflegten Innenhof der heiligen Residenz allein auf einer Bank saß. Auf beiden Wangen hatte sie die Spuren von Tränen gesehen. Seine Oberlippe war geschwollen und verschorft, und sein langes Haar strähnig und ungekämmt.

Hedda zog einen Schnappschuß von dem Jungen aus der Tasche. Das Foto war zerknittert und ein wenig unscharf. Es zeigte den Jungen, wie er lächelnd dastand, in derselben Schuluniform.

Christopher Hanley, zwölf Jahre alt . . .

Hedda dachte wieder darüber nach, was sie in den beiden letzten Tagen auf dem Innenhof beobachtet hatte. Die beiden Terroristen hatten versucht, den Jungen zum Fußballspielen zu verleiten. Sie hatten ihm den Ball zugetreten, doch der Junge hatte ihn nicht beachtet. Diese Szene würde sich wiederholen, und darauf basierte ihr Plan.

Hedda holte einen Gegenstand aus ihrem Rucksack, der wie ein Transistorradio aussah, und machte sich daran, ihn am Maschinengewehr anzubringen.

Fünfzehn Minuten später hatte sie sich zwischen den Überresten dreier ausgebrannter Wagen auf einer Nebenstraße am Rand des Geländes verborgen. Sie blickte wieder auf die Uhr.

16 Uhr 20.

Dem gewohnten Ablauf zufolge würde der Junge innerhalb der nächsten zwanzig Minuten mit seinen Häschern auf dem Hof erscheinen. Es wurde also langsam Zeit.

Lediglich zwei Wachen patrouillierten außerhalb der zwei Meter hohen Steinmauer; auf dem Innenhof waren jedoch weitere postiert. Alle trugen die üblichen Khaki-Uniformen der PLO und die bauschigen arabischen Kopfbedeckungen, die bis auf die Schultern fielen. Hedda hatte die Männer eingehend beobachtet und festgestellt, daß sie des öfteren gähnten und sich nicht besonders für ihre Aufgaben interessierten. Es war kein Problem, einen von ihnen zu eliminieren, um sich Zutritt zu verschaffen. Es kam nur auf das richtige Timing an.

Hedda zog ihre Kopfbedeckung tief in die Stirn und bereitete sich vor. Der Rucksack, den sie mitgebracht hatte, enthielt eine Uniform, die jener der palästinensischen Wachen entsprach. Mit einem Meter und fünfundsiebzig war sie recht hochgewachsen für eine Frau, so daß ein Größenunterschied den Plan, den sie durchführen wollte, nicht gefährden konnte.

16 Uhr 30.

Die heilige Residenz bildete praktisch eine Oase inmitten einer Wüste der Verheerung. Dieser Teil Beiruts war so gut wie verlassen, abgesehen von ein paar Obdachlosen und Bettlern, die hierher kamen, um vor aufflackernden Gefechten zu fliehen. Als Hedda die Residenz aus dem Wohnhaus beobachtete, hatte sie sich entschieden, auf der rechten Flanke des Geländes zuzuschlagen. Der Posten, der zwischen ihr und dem Eingang stand, trug einen Bart, und so hatte ihre letzte Handlung vor dem Verlassen des Wohnhauses darin bestanden, sich einen falschen Bart anzukleben.

Hedda glitt so nahe wie möglich an den Mann heran und kauerte sich hinter einigen alten Mülltonnen nieder, um die herum es von Fliegen und Maden wimmelte. Ein weiterer Palästinenser stand auf einem kreisrunden Ausguck, der sich über die Kuppel der heiligen Residenz erhob, und beobachtete die Straße. Doch wenn er nach Westen blickte, in Heddas Richtung, mußte er in die Sonne sehen. Genau aus diesem Grund hatte Hedda sich für die rechte Flanke entschieden.

Der Posten schritt an ihr vorbei. Hedda sprang.

Mit einem einzigen Atemzug hatte sie die Breite der Straße überwunden. Sie kam auf den Zehenspitzen auf, um jedes Geräusch zu vermeiden, und hielt das Messer bereits in der Hand. Hedda schlang einen Arm um die Kehle des Wachtpostens und stieß ihm von hinten die Klinge ins Herz. Sein Körper zuckte, und er trat um sich, während er zu einem Schrei ansetzte, den sie jedoch mit der Hand erstickte. Er zuckte noch immer, als sie ihn über die Straße zerrte, um ihn hinter dem Abfall zu verbergen.

Nachdem Hedda dem toten Palästinenser die Maschinenpistole abgenommen und sich vergewissert hatte, daß sein Leichnam nicht entdeckt werden konnte, nahm sie den Fußball, den sie zwischen zwei fliegenumschwärmte Mülltonnen gedrückt hatte. Bis auf eine kaum wahrnehmbare dunklere Färbung des Leders handelte es sich um ein genaues Duplikat des Balles, mit dem die Entführer den Jungen am Vortag für ein Spiel zu interessieren versucht hatten. Sie hielt ihn so, daß man ihn deutlich sehen konnte, während sie über die Straße ging. Auf dem Bürgersteig ließ sie ihn ein paarmal auf und ab hüpfen und warf ihn dann beiläufig über den Zaun, dorthin, wo die Entführer am Vortag mit ihrem eigenen Ball gespielt hatten. Das alles sah völlig harmlos aus, falls sie beobachtet werden sollte: Sie hatte einen Ball geholt, der über die Mauer geschossen war, und zurück auf den Hof geworfen.

Hedda hörte, wie der Ball zweimal auf und ab sprang, bevor er weiterrollte. Als vom Hof weder Lärm noch Rufe erklangen, atmete sie auf. Jetzt war alles vorbereitet.

16 Uhr 35.

Christopher Hanley würde jede Minute herauskommen. Hedda ging auf dem vorgesehenen Weg des Postens weiter, den sie gerade getötet hatte.

Das Tor, das den Zutritt zum Hof ermöglichte, befand sich auf zwei Drittel Höhe der rechten Mauerseite vor ihr. Es war selbst jetzt von innen verschlossen, doch sie hatte die Konstruktion des Schlosses lange genug durch das Fernglas studiert, um es mit einem Dietrich in höchstens acht Sekunden knacken zu können. Sie würde den Hof genau in dem Augenblick betreten, wenn für die ideale Ablenkung gesorgt war: sobald die junge

Geisel auf dem Innenhof erschien und alle Blicke auf sich zog.

Hedda brauchte nicht zu sehen, wie Christopher Hanley hinausgeführt wurde; sie hörte, wie laut gesprochen wurde, und dann erklang auch schon das dumpfe Geräusch, mit dem jemand gegen den Fußball trat.

Gegen den ihren oder den meinen? fragte sie sich.

Sie erreichte das Tor und hatte das Schloß in knapp sieben Sekunden geknackt. Sie schwang es auf und zog es hinter sich wieder zu.

Hedda ging schnellen Schrittes über den Hof zum hinteren Ende des Hauses. Der Junge saß wie zuvor auf der Bank. Er stampfte trotzig mit den Füßen auf und starrte zu Boden, während sich seine Entführer den Fußball zuspielten.

Nein, *zwei* Fußbälle. Sie spielten gleichzeitig mit ihrem eigenen und dem Heddas. Einer landete weit weg im Gebüsch. Hedda hielt den Atem an, denn sie befürchtete, es sei ihr Ball. Doch dann erkannte sie an den etwas helleren Ledervierecken, daß jener Ball im Gebüsch gelandet war, mit dem die Terroristen Christopher Hanley zum Mitspielen zu verleiten versucht hatten. Ausgezeichnet.

Sie ging keine zwei Meter an dem Jungen vorbei und wäre versucht gewesen, Augenkontakt mit ihm aufzunehmen, hätte er nicht geistesabwesend zu Boden geschaut.

Du wirst hier raus sein, bevor du es richtig mitbekommst, dachte sie, als könne der Junge Gedanken lesen. *Ich verspreche es dir . . .*

Christopher Hanley hob leicht den Kopf, als hätte jemand seinen Namen gerufen, und senkte ihn dann wieder. Hedda hatte das Haus erreicht und ging weiter. Nachdem der Junge nun draußen war, konzentrierten sich alle Blicke auf ihn, und sie hatte den nötigen Handlungsspielraum.

Zwei Wachen gingen auf der Rückseite der heiligen Residenz Streife, während ein dritter neben der Tür Posten bezogen hatte. Hedda zerrte ihre schallgedämpfte 9-Millimeter-Pistole aus dem Gürtel und hielt sie an der Hüfte verborgen. Ohne das geringste Zögern ging sie direkt auf den Posten an der Tür zu. Die beiden anderen konnten sie nun sehen, achteten jedoch nicht auf sie.

»Was haben ...«

Das waren die beiden einzigen Wörter, die der Mann noch hervorbringen konnte, bevor Hedda ihm die Pistole an die Rippen hielt und zweimal abdrückte. Sie hielt den Mann fest, als sei er nur ein Federgewicht, öffnete die Tür und zerrte ihn mit sich hinein. Zu ihrer Rechten befand sich eine kleine Nische. Dort ließ sie die Leiche fallen; dann zog sie die Tür wieder zu.

Sie hörte, wie im Stockwerk über ihr eine Tür geschlossen wurde. Hedda erreichte die prunkvolle, breite Treppe, die nach oben führte, in dem Augenblick, als ein etwas älterer Mann in Uniform herunterkommen wollte. Ihre Blicke trafen sich – und der des Mannes verriet Hedda genug. Sie schoß ihm in den Kopf, und der Uniformierte brach zusammen. Der Lärm lockte einen Palästinenser, der keine Kopfbedeckung trug, aus dem vorderen Teil des Hauses heran, und er griff beim Laufen nach seiner Pistole. Hedda schoß ihm dreimal in die Brust und ging weiter.

Ein weiterer Posten sprang aus einer Türöffnung und griff nach ihrer Pistole. Sie sah, wie sein Mund sich zu einem Schrei öffnete, und hieb mit der geballten Faust zu. Die Wucht des Stoßes schmetterte ihm die Schneidezähne heraus, und seine Augen traten ihm vor Schmerz aus den Höhlen. Hedda ließ die Pistole los und legte statt dessen ihre stählernen Finger um sein Handgelenk. Sie zerrte den Arm zur Seite, und das plötzliche Knacken, als der Knochen brach, war lauter als jeder ihrer schallgedämpften Schüsse. Sie dämpfte den gequälten Schrei des Mannes mit der anderen Hand und legte die Handfläche unter sein Kinn. Hedda sah, wie dem Mann die Tränen in die Augen schossen, als sie sein Kinn zurückstieß. Diesmal erklang ein eher mahlendes Geräusch – Muskeln, die von gebrochenen Wirbeln abgerissen wurden. Das Genick des Mannes brach, und sein Kopf sackte nach unten. Hedda wartete, bis er erschlaffte, und zerrte ihn dann in den Raum, aus dem er gekommen war. Dann schlich sie gebückt zu einem Fenster, von dem man auf den Innenhof der heiligen Residenz hinaussehen konnte.

Christopher Hanley hatte sich von der Bank erhoben. Er hatte die Hände in die Hosentaschen gesteckt und trat wahllos gegen kleine Steine auf dem Boden. In der Nähe, aber nicht zu nahe, spielten seine Häscher weiterhin mit dem Fußball, den sie in den Garten geworfen hatte. Hedda zog den Fernzünder aus dem kleinen Rucksack auf ihrem Rücken und schaltete ihn ein. Zwei der drei Birnen auf der schwarzen Umhüllung leuchteten rot auf.

Neben beiden blinkenden Birnen war je ein Knopf angebracht. Mit dem ersten konnte sie das hochexplosive Gas, mit dem sie den Fußball vollgepumpt hatte, mit fein zermahlenen Glasstückchen vermischen, die völlig harmlos waren, bis sie unter dem Druck der Explosion in alle Richtungen geschleudert wurden. Mit dem zweiten Knopf konnte sie das russische Maschinengewehr Kaliber 7.62 Millimeter, das sie auf der anderen Straßenseite im Wohnhaus postiert und auf den Innenhof gerichtet hatte, losfeuern lassen. Selbst wenn die Kugeln kein einziges Opfer fordern sollten, würden sie die Aufmerksamkeit der verbleibenden Wachen auf den vermeintlichen Angriffspunkt lenken, und zwar unmittelbar nachdem der explodierende Fußball die beiden Männer ausgeschaltet hatte, die auf Christopher Hanley aufpaßten.

Es würde zum totalen Chaos kommen, und Hedda würde die Wachen von hinten angreifen können, während diese sich vollständig auf das Wohnhaus konzentrierten. Hedda würde den Eindruck erwecken, den Jungen zurück ins Haus, in Sicherheit bringen zu wollen, und ihre Widersacher dann überraschend ausschalten.

Heddas falscher Bart juckte mittlerweile fürchterlich, und sie wünschte, sie könnte das verdammte Ding abnehmen. Die kugelsichere Kevlar-Weste, die sie unter ihrer Uniformjacke trug, hüllte sie von den Achseln bis zum Zwerchfell in Schweiß. Doch der Bart war für ihren Plan unerläßlich, und bald kam vielleicht der Zeitpunkt, da sie die Kevlar-Weste dringend benötigte.

Hedda blickte zu den beiden Palästinensern hinüber, die mit dem Fußball spielten. Sie befanden sich in ausreichender Entfernung von Christopher Hanley. Sie hob den Fernzünder und legte zwei Finger auf die beiden obersten Knöpfe.

Halt! Augenblick. Das Haupttor wurde geöffnet, und Hedda

machte dahinter einen Jeep und einen Mannschaftswagen aus, die anscheinend auf das Gelände fahren wollten. Verstärkung? Ablösung? Es spielte keine Rolle. Vom Wohnhaus aus hatte sie insgesamt vierzehn Wachen gezählt, von denen fünf bereits tot waren und der Großteil der anderen sich vor ihr befand. Doch nun kamen zusätzliche Soldaten ins Spiel. Ihr Plan war gescheitert, *alles* war gescheitert!

Doch es bestand noch eine letzte Aussicht auf Erfolg, wenn sie nur schnell genug handelte. Das Tor schwang noch immer auf. Die Männer auf dem Lastwagen waren noch außerhalb des Gebäudekomplexes, und sie selbst befand sich darin. Hedda drückte den obersten Knopf des Fernzünders.

Der Fußball explodierte mit einem lauten *Puff!* Ein kurzer Schrei folgte in dem Augenblick des Zögerns, bevor Hedda auf den zweiten Knopf drückte. Das Schnellfeuer des Maschinengewehrs setzte augenblicklich ein und hämmerte ohne Unterlaß in der schwachen Brise. Es würde zehn oder elf Sekunden dauern, bis die Salve von einhundert Schuß abgefeuert war.

Augenblicklich spurtete Hedda vom Fenster zur Vordertür, riß sie auf und stürmte die Stufen hinab in das Chaos, das sie geschaffen hatte.

Hervorragend! Überall feuerten Terroristen in das leere Wohnhaus, und keiner achtete auf sie. Auf der Ladefläche des Jeeps, der gerade das Tor passiert hatte, war ein großkalibriges Maschinengewehr postiert, und einige Insassen des Wagens versuchten, die Waffe auszurichten und in das Gefecht einzugreifen. Die Soldaten, die sich auf dem Lastwagen befunden hatten, waren vor dem Tor hinabgesprungen. Einige schossen bereits, was nur zu der stakkatohaften Symphonie beitrug. Andere waren einfach in Deckung gesprungen.

Christopher Hanley hatte sich mittlerweile zitternd hinter einem Gebüsch zusammengekauert und wandte dem plötzlichen Chaos den Rücken zu. Die Männer, die der Fußball-Bombe zum Opfer gefallen waren, lagen mit schweren Verletzungen nur ein paar Meter vom Jungen entfernt auf dem Boden.

Hedda kniete neben Christopher nieder.

»Nein!« schrie er.

»Ich bin hier, um dich zu befreien«, sagte sie, und ihr perfektes Englisch ließ den Jungen aufblicken.

Sein Gesicht war schmutzbefleckt und verzerrt vor Angst. Hedda riß ihn auf die Füße. »Bleib bei mir! Was auch passiert, bleib bei mir!«

Sie schirmte ihn mit ihrem Körper ab und rannte in den letzten Sekunden des Maschinengewehrfeuers zum Haus zurück. In dessen Innerem stürmten uniformierte Gestalten die Treppe hinab.

»Ich habe ihn!« rief Hedda ihnen mit einer Stimme entgegen, die sie so tief verstellt hatte, daß sie wie die eines Mannes klang.

Ihre Verkleidung war nicht dazu geschaffen, einer genauen Musterung standzuhalten, doch das war auch nicht wichtig. Die heranstürmenden Wachen bemerkten erst, daß etwas nicht stimmte, als sie sich auf gleicher Höhe mit Hedda befanden – und da spuckte ihre Maschinenpistole schon Blei. Den Jungen hatte sie hinter sich geschoben. Als es vorüber war, zog sie ihn wieder an ihre Seite und zerrte ihn von den Fenstern weg, für den Fall, daß die Schüsse die Aufmerksamkeit der Männer draußen erregt hatten. Hedda vermutete, daß ihr jetzt nur noch die Flucht durch den hinteren Teil der Residenz blieb. Sie erreichte die Hintertür, durch die sie sich Zutritt verschafft hatte, hielt dann jedoch inne.

Allein könnte ich es schaffen. Aber mit dem Jungen, verfolgt von der Verstärkung auf dem Lastwagen, allein in einer feindlichen Stadt . . .

Außerhalb der Residenz, außerhalb dieser Mauern gab es keine Hoffnung für sie – noch nicht jedenfalls. Ihre beste Chance auf Erfolg und Überleben lag nun in dem Gebäude selbst.

»Hier entlang!« sagte sie und zerrte Christopher Hanley zurück zum vorderen Teil des Hauses.

»Nein!« protestierte er und versuchte, sich irgendwo festzuklammern.

»Es ist die einzige Möglichkeit«, sagte Hedda in so beruhigendem Tonfall, wie sie ihn zustandebringen konnte. »Du mußt mir vertrauen.«

4

»Ich habe den vorgesetzten Stellen mitgeteilt, daß ich Sie hier nicht sehen will«, lauteten Dr. Alan Vogelhuts erste Worte an Kimberlain. »Ich habe ihnen gesagt, daß wir Sie nicht brauchen.«

»Haben Sie Leeds und die anderen gefunden?« Und als Vogelhut nicht antwortete: »Dann brauchen Sie mich vielleicht doch.«

»Ich erwarte jeden Augenblick einen Anruf von Lauren Talleys Vorgesetzten.«

»Die haben zur Zeit anderes zu tun, Herr Doktor. Zum Beispiel, das Durcheinander aufzuräumen, das hier durch Ihre Schuld entstanden ist. Ersparen Sie's sich, neben dem Telefon zu warten.«

Sie befanden sich in Vogelhuts Büro in dem kleinen Verwaltungsflügel der Anstalt, der sich von außen hauptsächlich durch das Vorhandensein von Fenstern erkennen ließ, die bei den meisten anderen Trakten fehlten. Vogelhut hatte seinem Besucher keinen Stuhl angeboten, und Kimberlain hatte sich nicht gesetzt. Das Büro roch nach starkem, abgestandenem Kaffee. Vogelhuts Kleidung war zerknittert, sein Gesicht verkniffen. Wenn er überhaupt geschlafen hatte, hatte es ihm nicht viel geholfen.

»Sie befürchten, wegen dieser Sache Ihren Job zu verlieren«, sagte Kimberlain plötzlich.

»Daran müssen Sie mich nicht erinnern.«

»Ich kann Ihnen helfen.«

Vogelhut öffnete den Mund, sagte aber nichts.

»Wir haben das gleiche Ziel, Herr Doktor. Daß Leeds und die anderen wieder hierher gebracht werden, wohin sie gehören.«

»Draußen sucht schon eine ganze Armee nach ihnen.«

Kimberlain schüttelte den Kopf. »Die Leute wissen nicht einmal, wo sie anfangen sollen.«

»Wir haben alles unter Kontrolle.«

»Ach ja, Herr Doktor?« Kimberlain trat näher an ihn heran, bis seine Schenkel Vogelhuts Schreibtisch berührten. »Eine interessante Gruppe, die neulich einfach hier herausspaziert ist. Wollen wir nicht mal ein paar Namen nennen? Warum fangen wir nicht mit C. J. Dodd an, der die Gäste drei verschiedener Schnellrestaurants mit Maschinenpistolen niedergeschossen hat? Oder Jeffrey Culang, der Automechaniker, der mit seinem Abschleppwagen über die Autobahnen streifte, auf der Suche nach liegengebliebenen Fahrzeugen, deren Besitzer Hilfe brauchten. Er hat aus ihren Leichenteilen in seinem Keller ein Museum errichtet. Haben Sie nicht bei seinem Prozeß als Gutachter ausgesagt?«

Vogelhut antwortete nicht.

»Aber bei Dr. Alvin Rapps Prozeß haben Sie nicht ausgesagt, oder? Ein freundlicher Herr, der neun seiner Patienten ausgeweidet und ihr Blut getrunken hat. Fast so nett wie Mary Conaty, bekannt auch unter dem Spitznamen Mary Mary Quite Contrary, die die sterblichen Überreste von fünfzehn Pennern in ihrem Garten begraben hat.«

»Das reicht jetzt, Mr. Kimberlain.«

»Keineswegs. Wir hätten noch achtzig mehr, einschließlich Leeds.« Kimberlains Blick veranlaßte Vogelhut, den Kopf zu senken. »Wir können die Sache auf zwei verschiedene Weisen durchziehen, Herr Doktor. Entweder mit Ihrer Hilfe oder ohne sie. Ich bin aufgrund einer FBI-Vollmacht hier. Ich muß gar nicht mit Ihnen sprechen, dachte aber, ich erweise Ihnen die Höflichkeit in der Hoffnung, daß Sie sie erwidern. Ich gehe jetzt zum MAX-SEC, ob Sie mich nun begleiten oder nicht.«

Der Fährmann war auf halbem Weg zur Tür, als Vogelhut aufstand.

»Sie würden genau zu Ihnen passen, Mr. Kimberlain«, sagte Vogelhut, als sie mit hallenden Schritten den Korridor zum Hochsicherheitstrakt entlanggingen.

»Ist das Ihr beruflicher Eindruck?«

»Ich bin lange genug in dieser Branche tätig, um den Gestank wahrzunehmen.«

»Sie müssen diesen Gestank aber wirklich lieben, Herr Doktor. In einem Beruf wie dem Ihren brennt man normalerweise ziemlich schnell aus und wird genauso schnell ersetzt. Seltsam, daß Sie von Anfang an hier sind. Sie haben nicht ein einziges Mal Urlaub gemacht.«

»Ich habe einen Job zu erledigen.«

»Genau deshalb bin auch ich hier.«

Sie wechselten keine weiteren Worte, bis sie die Überwachungszentrale erreicht hatten, die den offiziellen Eingang zum MAX-SEC markierte. Kimberlain hatte erwartet, daß es dort von Ermittlern nur so wimmelte, sah sich aber getäuscht. Der in helles, fluoreszierendes Licht gehüllte Raum war verlassen. Die Bildschirme der Kontrolltafel waren schwarz und tot.

Vogelhut drückte auf einige Knöpfe, und Kimberlain hörte das laute Klicken, das ihm verriet, daß die Türen zum MAX-SEC geöffnet wurden.

»Genauso haben meine Wachen den Trakt vorgefunden. Wir haben nichts verändert.«

Kimberlain vernahm Vogelhuts Worte, nachdem er schon durch die Türöffnung getreten war. Seine Schritte hallten auf den Fliesen, als er langsam den Korridor entlangging und versuchte, etwas zu spüren, zu fühlen. Der Rückstand des Wahnsinns, der so lange hier verweilt hatte, lag dick in der Luft. Der Fährmann glaubte, ihn beinahe riechen zu können. Die starken Luftumwälzungsanlagen konnten den Moder einfach nicht herausfiltern. Ein feuchter Geruch nach Schimmel und verdorbener Nahrung.

»Gehen wir davon aus, daß den Gefangenen die Flucht in den etwa sechs Minuten gelungen ist, als es zum totalen Stromausfall kam«, sagte Kimberlain. »Welche möglichen Fluchtwege gibt es?«

»Wie ich schon erwähnt habe, waren die Türen aller Etagen mit Kobaltriegeln gesichert.«

»Welche Möglichkeit bleibt dann?«

»Der MAX-SEC ist völlig abgesondert. Sicher, es gibt Notausgänge am Ende eines jeden Korridors, aber die Kobaltriegel haben auch sie gesichert.«

»Aber niemand kann beweisen, daß die Riegel tatsächlich ausgefahren wurden. Ich meine, Sie wissen lediglich, daß das

System aktiviert wurde. Da die Ausgänge erst überprüft wurden, *nachdem* die Stromversorgung wiederhergestellt war, wissen Sie nicht genau, ob das System auch funktioniert hat.«

»Aber wir wissen, daß die einzige andere Zugangstür, zu der alle anderen Türen auf der obersten MAX-SEC-Etage führen, tatsächlich verriegelt war. Darüber hinaus hatten meine Männer keine Minute nach dem ersten Stromausfall neben der Tür Position bezogen.«

Kimberlain nickte nachdenklich. »Luftschächte, Abwässerkanäle und so weiter?«

»Keiner, der einen größeren Durchmesser als Armesdicke hätte.« Kimberlain dachte einen Augenblick nach. »Und was ist, wenn die Gefangenen gar nicht während des Stromausfalls entkommen sind? Was, wenn sie gewartet haben, bis danach die Türen geöffnet wurden und dann inmitten des Durcheinanders irgendwie geflohen sind?«

»Daran habe ich auch gedacht«, erwiderte Vogelhut. »Ich ließ die Wachen jedes nur denkbare Versteck absuchen, jeden Winkel und jede Nische im MAX-SEC. Und für den Fall, daß die Männer irgend etwas finden würden, habe ich die Türen wieder schließen lassen, bevor sie mit der Durchsuchung begannen.«

»Angenommen, die Gefangenen wären irgendwie an ihnen vorbeigekommen. Was dann?«

»Dann hätten sie noch immer die Insel verlassen müssen, und wir haben sie von Wachtposten und drei Hubschraubern sichern lassen. Hier geht es ja nicht darum, daß ein einziger Gefangener entkommen ist, wie damals bei Peet. Vierundachtzig Gefangene hätten niemals von der Insel kommen können, ohne bemerkt zu werden.«

»Aber Sie haben trotzdem für den Fall aller Fälle das gesamte Cape Stone absuchen lassen?«

»Und auch den größten Teil des Lake Ontario, wenn auch weniger gründlich. Die Suche hat nichts ergeben.«

»Und Sie haben sowohl die Anstalt wie auch Bowman Island gründlich absuchen lassen?«

»Meine Leute setzen die Suche zur Zeit noch fort.«

Kimberlain griff jetzt nach Strohhalmen. Er schritt den Gang ab und lauschte auf den Hall seiner Schuhe. Schließlich blieb er vor einer der High-Tech-Zellen stehen und konzentrierte sich auf die Tür.

»Dieser Schlitz hier«, sagte er und betastete eine mit zwei Schlössern gesicherte viereckige Öffnung, die sich auf Hüfthöhe befand und achtzehn mal sechsunddreißig Zentimeter groß war. »Ich vermute, Sie reichen den Gefangenen ihr Essen da hindurch.«

»Sie sind natürlich auf die genauen Ausmaße der Tabletts angelegt. Die Tabletts selbst bestehen aus Papier, das aufgrund einer Spezialbehandlung sehr biegsam ist und nicht zu scharfen Gegenständen geformt werden kann.«

»Wann bekamen die Gefangenen am Abend der Flucht ihr Essen?«

»Zwischen sechs und halb sieben, wie immer.«

»Sind Sie sicher?«

»Ich habe es überprüft.«

»Und zu dem Stromausfall kam es kurz vor halb zwölf?«

»Ja, richtig.« Vogelhut versuchte, Kimberlains Gedankengang nachzuvollziehen, doch es gelang ihm nicht. »Aber die Gefangenen waren in ihren Zellen, als ich meine Runde machte. Ich habe Ihnen ja schon gesagt, daß ich sie gesehen habe. Was hier passiert ist, ist einfach unmöglich. In den letzten beiden Tagen haben sich über zweihundert Ermittler im MAX-SEC umgesehen, und keinem einzigen von ihnen ist es gelungen, mich vom Gegenteil zu überzeugen.«

»Haben Sie es mit Hunden versucht?«

»MAX-SEC jagt den Tieren zuviel Angst ein, als daß sie sich auf das Aufspüren einer Fährte konzentrieren können. Einige waren drauf und dran, ihre Führer anzugreifen, als sie die Hunde mit ins Gewölbe nehmen wollten. Verdammt dumme Viecher.«

»Vielleicht sind sie klüger als wir.« Kimberlain ließ die Hand kurz über die Wand gleiten. »Ich würde gern meinen eigenen Bluthund hinzuziehen, jemand, der sich auf das Unmögliche spezialisiert hat.«

»Ist er sauber?«

»Er existiert gar nicht mehr, wenn Sie verstehen, worauf ich hinauswill.«

Vogelhut tippte nervös mit der Fußspitze auf, während er darüber nachdachte. »Ich kann ihm vierundzwanzig Stunden verschaffen. Mehr auf gar keinen Fall.«

»Er hat sich auf das Unmögliche spezialisiert, nicht auf Wunder.«

»Mehr kann ich einfach nicht tun.«

»Hoffen wir, daß er mehr tun kann.«

Kimberlain hatte sich schon umgedreht, um den Hochsicherheitstrakt wieder zu verlassen, als Vogelhuts Stimme ihn verharren ließ. »Darf ich Ihnen eine Frage stellen?«

»Schießen Sie los.«

»Würden Sie das auch tun, wenn Andrew Harrison Leeds nicht unter den Entflohenen wäre?«

»Das werden wir wohl niemals erfahren, Herr Doktor, nicht wahr?«

Andrew Harrison Leeds war das bisher letzte Ungetüm, das der Fährmann zur Strecke gebracht hatte. Vor einer Weile hätte er auf die Einschränkung ›bisher‹ verzichtet und erklärt, das allerletzte überhaupt – so, wie er es über Winston Peet gesagt hatte –, doch nun wußte er, daß solche Erklärungen völlig bedeutungslos geworden waren.

Manipulationen von Nahrungsmitteln hatten die Grundlage für Leeds' Schreckensherrschaft dargestellt. Vergiftete Babynahrung, Limonade, Tiefkühlkost, nicht verschreibungspflichtige Medikamente und Süßigkeiten hatten zum Tod von einundvierzig Menschen in den gesamten USA geführt. Die Vorliebe des Killers für Schokoriegel hatte die Zeitungen und Nachrichtensprecher dazu gebracht, ihn mit dem Spitznamen »Candy Man« zu belegen. Der Fährmann hatte versucht, seine Spur aufzunehmen, nachdem eine Mutter aus Peekshill, New York, während des Verzehrs eines Schokoladenriegels vor den Augen ihrer Kinder gestorben war.

Das FBI hatte schließlich fünfzehn Geschäfte in zehn verschiedenen Staaten ermittelt, in denen vergiftete Lebensmittel gekauft worden waren, doch kein bestimmtes Muster feststellen können. Kaufhäuser, Supermärkte, Tante-Emma-Läden und

Drogerien – der Candy Man suchte anscheinend die Läden, in denen er seinen Tod verteilte, mit uncharakteristischer Zufälligkeit aus. Kimberlain las die Akten immer und immer wieder durch, bis ihm schließlich der entscheidende Punkt auffiel.

Der Candy Man gab sich nicht lediglich damit zufrieden, seine vergifteten Produkte auf die Regale zu legen und wieder zu verschwinden. Seine Befriedigung gewann er daraus, seine Opfer zu beobachten, wenn sie das Produkt kauften, vielleicht sogar auf dem Rückweg zum Wagen auf dem Parkplatz das Papier vom Schokoriegel rissen. Darin lag für ihn das perverse Vergnügen an der ganzen Sache. Seine Tat war sinnlos, wenn er nicht Zeuge war.

Der Candy Man hat in den Geschäften gearbeitet. Verdammt, er hat in allen Geschäften gearbeitet!

Das FBI hatte jedem einzelnen Angestellten in allen Geschäften die Fingerabdrücke abgenommen, aber nur Nieten gezogen. Doch Kimberlain wußte, daß man die Fingerspitzen anderer Personen mit Lack überziehen und ihn dann, nachdem er getrocknet war, wieder vorsichtig abziehen konnte. Mit einem klein bißchen Klebstoff zur richtigen Zeit konnte man sich dann neue Fingerabdrücke beschaffen, die jeder Überprüfung standhalten würden. Daher las Kimberlain sorgfältig die Niederschriften aller Gespräche, die das FBI mit sämtlichen Beschäftigten der dreizehn Läden geführt hatte. Als er das Protokoll des fünften Geschäfts gelesen hatte, kannte er das Aussehen des Täters. Anrufe am nächsten Morgen bei allen dreizehn Geschäften bestätigten, daß der fragliche Mann tatsächlich unmittelbar nach jedem Zwischenfall gekündigt hatte. Verschiedene Namen, verschiedene Sozialversicherungsnummern. Keine Fotos.

Die Abteilung Verhaltenswissenschaft ließ sich von allen Läden ausführliche Beschreibungen des jeweiligen Verkäufers geben. Es überraschte Kimberlain nicht, daß sie – abgesehen von der Körpergröße – allesamt völlig unterschiedlich ausfielen. Verschiedene Augen- und Haarfarbe; in einem Fall humpelte, in einem anderen stotterte er. Der Candy Man ließ niemanden sein wahres Ich sehen.

Doch die Beschreibungen sagten immerhin soviel aus, daß

man ein Phantombild anfertigen konnte. Innerhalb von drei Tagen hatte man das Bild an alle Geschäfte in den USA geschickt, und zwei Tage darauf kam der Anruf.

Der Candy Man befand sich in Key Biscayne, Florida, und arbeitete als Kassierer in einem Winn-Dixie-Supermarkt. Kimberlain stand ihm Auge in Auge an der Kasse gegenüber, als die FBI-Agenten mit schußbereiten Waffen aufmarschierten.

Fünf Stunden später fanden sie drei vergiftete Flaschen Limonade. Dem Fährmann lief es kalt über den Rücken, als er sich vorstellte, wie dieses Ungetüm lächelnd den Preis eintippte und dem Käufer dann noch einen schönen Tag wünschte, während er die Einkaufstüte in den Wagen stellte.

Der Candy Man wurde später als Andrew Harrison Leeds identifiziert. Leeds bestritt seine Verbrechen nicht und wurde nach einer psychiatrischen Untersuchung in ›The Locks‹ eingewiesen. Damit hätte der Fall eigentlich abgeschlossen sein können, doch als Kimberlain an der Kasse stand und in die eiskalten Augen des Mannes sah, war er überzeugt, daß das Vergiften von Lebensmitteln nur die Spitze von Leeds' höllischem Eisberg war. In der Tat hatte das, was Kimberlain herausgefunden hatte, als Leeds schon in der Anstalt saß, ihn zu einem Stoßgebet bewogen, die Welt möge nie wieder von diesem Ungetüm hören.

Doch nun würde sie wieder von ihm hören, und nicht nur von Leeds. Dreiundachtzig andere waren mit ihm entkommen, befanden sich wieder in Freiheit, in der Welt, die sie schon einmal terrorisiert hatten und wieder terrorisieren würden. Dreiundachtzig plus Leeds ...

Diese Aussicht rief eine Gänsehaut auf Kimberlains Rücken hervor.

Der Mann, der sich am Ufer von Cape Stone zwischen den Bäumen verborgen hatte, beobachtete, wie das Boot sich dem Dock näherte. Sein einziger Passagier stand in der Mitte und trotzte dem Wind und den Wellen. Der sich versteckt haltende Mann hob eine Miniaturvideokamera vor sein Auge und drückte auf den Aufnahmeknopf. Er mußte die Kamera nur leicht bewegen, um dem Boot beim Anlegen zu folgen. Als der Passagier auf den Steg trat, betätigte der Mann den Zoom und hielt in einer Nahaufnahme alle Einzelheiten des eckigen Gesichts fest, die die Linse enthüllte.

Der Wagen des Mannes stand am Straßenrand, unmittelbar hinter den Bäumen, die das Ufer umsäumten. Er nahm das Band aus der Kamera und schob es in einen Videorecorder, der auf dem Rücksitz lag. Das Gerät war an die Parabolantenne auf dem Wagendach gekoppelt. Der Mann drückte auf den Knopf »Senden«, und der Inhalt des Bandes wurde augenblicklich via Satellit an die nächste Zwischenstation geschickt.

Das Gerät piepste zweimal – das Zeichen für einen erfolgreichen Sendevorgang –, und der Mann kehrte zu seiner Wache am Ufer zurück.

5

Hedda wartete in der Dunkelheit. Neben ihr im Schrank erschauderte wieder der junge Christopher Hanley.

»Jetzt dauert es nicht mehr lange«, sagte sie mit soviel Zuversicht, wie sie aufbringen konnte.

Sie befanden sich am einzigen Ort, an dem die Palästinenser nicht nach ihnen suchen würden, suchen *konnten*: der heiligen Residenz selbst, genau dort, wo Christopher Hanley festgehalten worden war.

Als die Terroristen zur Vordertür hereingestürmt kamen, hatte Hedda den Jungen in eine Nische gezerrt. Diese Nische führte in einen Raum, aus dem alle Einrichtungsgegenstände entfernt worden waren. Ein großes Viereck aus leuchtendem Holz, das von dunkleren Stellen umrahmt war, wies darauf hin, daß hier einmal ein großer Teppich gelegen hatte. Am anderen Ende des Zimmers hatte Hedda eine Tür gefunden, die zu einem leeren, begehbaren Vorratsschrank führte. Im Schrank hatte sich Hedda von dem Bart befreit.

»Wer sind ...«

»Pssst«, hatte sie den Jungen gewarnt.

»Ich will wissen, wer Sie sind«, hatte er geflüstert. »Hat mein Vater Sie geschickt?«

»Ja«, erwiderte sie.

»Ich wußte es! Ich habe es gewußt!«

Christopher klang sehr tapfer, und Hedda wollte nicht alles verderben, indem sie ihm erklärte, daß sie es noch längst nicht geschafft hatten. Alles, was auch nur entfernt mit einem erfolgreichen Ende der Mission zu tun hatte, lag außerhalb der Mauer; die hundert Meter, die sie davon trennten, hätten genauso gut tausend sein können. Doch da die Palästinenser ihre Suche auf die unmittelbare Umgebung der Mauer konzentrieren würden, konnten sie und der Junge sich im Schutz der Dunkelheit vielleicht hinausschleichen. Hedda hatte an drei verschiedenen Standorten Autos abgestellt. Wenn sie eins der drei erreichten, konnten sie die nötige Entfernung zwischen sich und die Männer bringen, die sie unbedingt fassen wollten. Dann würde Hedda auch ein Telefon finden und dafür sorgen, daß Librarian sie abholte.

Und nun hatte sich die Dunkelheit über das Gebäude gesenkt, wie Hedda an dem spärlichen Licht erkannte, das durch den Spalt unter der Schranktür fiel. Sie und der Junge saßen auf dem Boden, dicht, aber nicht zu dicht nebeneinander. Er hatte die Arme um die Knie geschlungen und schaukelte sanft vor und zurück.

Hedda dachte noch einmal die Logistik durch. Ihr Versteck befand sich im vorderen Teil der Residenz, und der Haupteingang des Komplexes lag hundert Meter weit entfernt. In ein paar Minuten würde sie Christopher durch eines der Fenster führen und dann mit ihm durch das nächste Tor entkommen. Sie rutschte näher an ihn heran und erklärte ihm flüsternd ihren Plan.

»Ich habe Angst«, erwiderte er.

»Ich auch. Aber wenn du alles tust, was ich dir sage, *alles*, wirst du morgen wieder zu Hause sein und Football spielen.«

»Fußball«, berichtigte der Junge sie.

Ein Gefühl der Zuneigung stieg in Hedda auf und bildete einen starken Kontrast zu der eiskalten Perfektion, mit der sie vorhin noch getötet hatte. Sie wollte, daß dieser Junge überlebte. Verdammt, sie war seine einzige Hoffnung. Irgendwo tief in ihr rührte sich eine Erinnerung. Ein anderer Junge, etwa in Christopher Hanleys Alter. Hedda versuchte, die Erinnerung vollständig zu erfassen, gab dann jedoch schnell auf, als die beruhigenden Eindrücke ihrer eigenen Kindheit an die Oberfläche drängten. Sie war auf dem Bauernhof ihrer Großeltern aufgewachsen. Sie sah ihn nun an einem Wintertag. Schnee bedeckte die Wiese. Der Atem gefror vor dem Gesicht ihres Großvaters, als er in einer schlichten Mackinaw-Jacke von seinen morgendlichen Pflichten zum Haus zurückkehrte, und der Wind zerzauste seine weißen Locken. Solche Erinnerungen trösteten sie. Sie kamen, wenn sie sie am dringendsten brauchte, und sie waren immer lebhaft und nie weit entfernt.

»Ich bin soweit«, flüsterte Christopher Hanley und holte Hedda in die Gegenwart zurück.

»Gut. Nur noch einen Augenblick.«

Ihr war etwas eingefallen, und sie knöpfte die mittlerweile schweißnasse Khakijacke auf: Die kugelsichere Weste war nur knapp zweieinhalb Zentimeter dick; ihr Kevlar war zu unglaublich dichten Strängen verwoben. Sie zog sie über den Kopf und wünschte, ihr Schweiß hätte die Weste nicht um noch einiges schwerer gemacht.

»Zieh dein Hemd aus und lege das hier an«, sagte sie zu dem Jungen.

»Was ist das?«

»Eine kugelsichere Weste.«

Die Zeit wurde knapp. Wenn sie zu lange warteten, würden die Soldaten zur Residenz zurückkehren. Wenn sie zu früh aufbrachen, würde die Nacht noch nicht dunkel genug sein, um sie zu verbergen.

»Wie viele von ihnen haben Sie getötet?« fragte Christopher Hanley, als er sein Hemd über der Weste zuknöpfte.

»Keine Ahn . . . das spielt keine Rolle.«

»Doch, es spielt eine Rolle. Als die Männer mich entführten, haben sie meinen Lehrer getötet. Ich habe den Mann gesehen, der es getan hat.«

»Ich weiß.«

»Ich hasse die Kerle. Ich wußte, daß jemand kommen würde. Ich habe es geträumt. Hätte ich eine Pistole, hätte ich dasselbe getan wie Sie. Ist mir egal, ob Sie mir glauben oder nicht.«

»Acht«, erwiderte Hedda.

»Was?«

»Und ich glaube dir.«

Das weiche Gras dämpfte die Geräusche, als sie aus dem Fenster glitten. Hedda ging zuerst und half Christopher dann hinaus. Die früher einmal gepflegten Büsche gaben ihnen für den Augenblick Deckung, doch die Scheinwerfer verbreiteten mehr Licht, als Hedda erwartet hatte. Wenn sie jetzt einfach losstürmten, riskierten sie es, auf offener Fläche überrascht zu werden, und Hedda wußte, daß sie kaum Widerstand leisten konnte. Sie hatte zwar ein neues Magazin in die Maschinenpistole geschoben, doch sie konnte nicht schießen, wenn sie nicht alle feindlichen Kräfte auf sich aufmerksam machen wollte. Doch im Augenblick befanden sich sämtliche Wachtposten auf ihren Streifengängen ziemlich weit auseinander, und da ihre junge Geisel ja anscheinend entkommen war, bestand für sie kein Grund zu erhöhter Wachsamkeit.

Lichtstrahlen durchschnitten die Nacht und hätten sie beinahe erfaßt. Hedda packte Christopher und riß ihn zu Boden. Das Licht glitt über sie hinweg und verlosch. Ein Fahrzeug, offenbar ein Jeep, war durch das Haupttor auf das Gelände der Residenz gefahren. Als das Fernlicht des Jeeps ausgeschaltet wurde, verdichtete die Dunkelheit der Nacht sich wieder. Hedda hörte, wie der Motor des Jeeps kurz stotterte und dann ebenfalls erstarb. Sie vermutete, daß das Fahrzeug nun auf der kreisrunden Auffahrt auf halber Höhe zwischen dem Tor und dem Haus stand.

»Bleib neben mir«, flüsterte sie dem Jungen zu. »Beweg dich, wie ich mich bewege.«

Auf Knien und Ellbogen kroch sie so langsam voran, daß er mithalten konnte, doch sie mußte kaum Rücksicht nehmen. Der Knabe war jung und sportlich und kroch erstaunlich schnell über den Boden. Sie blieben in den vertrockneten

Büschen, die das Haus auf der gesamten Vorderseite umsäumten. Der Jeep stand genau dort, wo Hedda es vermutet hatte. Zwei Wachen hielten die Stellung am Tor, einer auf jeder Seite.

Der Jeep war fünfunddreißig Meter von ihnen entfernt. Es war zu riskant, einfach schnell hinüber zu spurten, da sie damit auf jeden Fall Aufmerksamkeit erregen würden. Nein, sie mußten sich langsam und im Schutz der Nacht bewegen, damit die Wachen sie erst bemerkten, wenn sie den Jeep erreicht hatten.

Hedda zeigte zum Jeep hinüber, und der Junge nickte. Es war erstaunlich, daß er nach allem, was er durchgemacht hatte, noch über eine solche Selbstbeherrschung verfügte. Erneut rührte sich etwas in ihrem Gedächtnis. Ein anderer Junge ... eine andere Zeit ...

Wann?

Wer?

Andere Dinge verlangten jetzt ihre vollkommene Konzentration. Auf dem Weg zum Jeep gab es etwas Deckung, aber nicht viel. Das letzte Stück mußten sie über eine offene Fläche zurücklegen, und Hedda konnte nur hoffen, daß die Nacht sie schützen würde. Das kalte Erdreich wich schnell dem warmen Asphalt der Auffahrt und dieser dann dem feuchten Gras. Bevor sie es richtig mitbekamen, hatten sie schon dreißig Meter zurückgelegt.

Die Angst trieb den Jungen voran, und er erreichte den Jeep, als Hedda noch auf dem Bauch kroch. Sie schloß zu ihm auf, schob ihn unter die Deckung der vorderen Stoßstange und glitt dann zur Fahrerseite hinüber. Es war derselbe Jeep, der an diesem Nachmittag auf das Gelände gefahren war, unmittelbar bevor sie ihren Plan in die Wirklichkeit umsetzen wollte. Der Lauf des aufmontierten Maschinengewehrs hing nach unten, schlank und selbst aus dieser geringen Entfernung in der Dunkelheit kaum auszumachen. Den Wagen selbst als Deckung ausnutzend, rutschte Hedda auf den Fahrersitz und kauerte sich vor dem Armaturenbrett nieder.

Der Schlüssel steckte. Blitzschnell rechnete Hedda aus, wie lange es dauern würde, um den Motor anzulassen, den Gang einzulegen und durch das Tor zu brechen. Ein gewisses Risiko blieb, doch es war beträchtlich geringer als beim Versuch, zu Fuß aus der Residenz zu fliehen.

»Jetzt!« krächzte sie und hörte augenblicklich, wie der Junge über die Pflastersteine kroch.

Sie half ihm auf den Beifahrersitz und bedeutete ihm, unten zu bleiben, sich so tief zu ducken, wie er konnte.

»Dann durchsucht es noch mal!«

Die Worte drangen durch den offenen Eingang in die heilige Residenz. Die Besatzung des Jeeps kehrte zurück! Kein Wunder, daß das Tor nach ihrer Ankunft nicht wieder geschlossen worden war.

Hedda drehte augenblicklich den Schlüssel und drückte fast mit derselben Bewegung das Gaspedal durch. Der Jeep machte einen Satz, und die Reifen wirbelten Steine auf. Sie riß das Lenkrad nach links und raste über den Rasen dem Tor entgegen.

Schreie und Schüsse folgten jedem Lenkmanöver, doch die Kugeln kamen erst bedrohlich nahe, als der Jeep das Tor erreicht hatte.

»Unten bleiben!« befahl Hedda dem Jungen.

Einer der Wachtposten rannte von links auf sie zu, und Hedda schoß ihm ins Gesicht. Der zweite Palästinenser sprang direkt vor sie und das Tor. Gelbe Flammen schlugen aus dem Lauf seiner Maschinenpistole, doch die stakkatohaften Salven wurden von dem aufjaulenden Motor des Jeeps übertönt. Hedda duckte sich, um den Glassplittern zu entgehen, als die Windschutzscheibe unter dem Sperrfeuer nach innen explodierte. Sie hielt zwar noch die Maschinenpistole in der Hand, doch der Jeep selbst war eine wesentlich wirksamere Waffe.

Sie zuckte zusammen, als die Stoßstange den Palästinenser mit einem lauten Knall traf. Der Mann wurde unter den Jeep gezogen und mit einem dumpfen Poltern von einem der Hinterreifen überrollt.

Die Wachen auf dem Hof schickten ihnen Kugeln hinterher, doch es war zu spät. Sie kannte diese Straßen gut; es hatte zur Vorbereitung dieser Mission gehört, sie sich genau einzuprägen. Hedda hatte den am nächsten befindlichen Wagen auf der Javinta-Straße geparkt, auf der auch zu dieser späten Stunde genug Verkehr herrschte, um ausreichend Deckung zu bekommen. Sie atmete nun etwas leichter. Diese Mission näherte sich dem Ende. Die restliche Fluchtstrecke hatte sie bereits ausgearbeitet. Von hier an war alles Routine.

Sie bog nach links und dann nach rechts ab. Ein kurzes Stück eine Einbahnstraße entlang, und sie hatte die Javinta-Straße erreicht. Direkt hinter dem Stoppschild vor ihr wartete der Fluchtwagen. Hedda fuhr langsamer, um mit dem normalen Verkehr zu verschmelzen. Noch während sie in der Dunkelheit nach dem beruhigenden Anblick des Fluchtwagens suchte, überlegte sie, wo sie den Jeep stehenlassen konnte. Direkt hinter dem Stoppschild, direkt . . .

Das harte Beschleunigen eines Motors ließ sie herumwirbeln. Vom anderen Ende der Javinta-Straße kam ein Jeep herangerast. Seine Besatzung schoß aus der offenen Kabine. Die wenigen Fußgänger auf der Straße stoben auseinander und warfen sich in Deckung. Kugeln schlugen in das Stahlgerüst ihres Fahrzeugs. Diesmal mußte sie Christopher nicht extra sagen, sich zu ducken. Hedda glitt neben ihn hinter das Armaturenbrett und erwiderte das Feuer mit ihrer Maschinenpistole. Der verfolgende Jeep kam schlitternd zum Stehen, unwillig, in den kurzen Hagel ihrer Kugeln zu preschen. Dazu bestand auch nicht der geringste Grund. Die Verfolger hatten sie eingeholt, und sie befanden sich in der Überzahl und waren besser bewaffnet. Außer . . .

Heddas Blick fiel auf das Maschinengewehr, das auf der Ladefläche des Jeeps festgeschraubt war. Sie zog sich über den Sitz und richtete das Gewehr auf, entsicherte es, schob einen Munitionsstreifen ein und stand trotzig da, während ein Kugelhagel die Luft um sie herum zerfetzte.

Sie bekam noch mit, daß Christopher ihr etwas zurief; dann setzte auch schon das laute *Rat-tat-tat* ein. Es dröhnte in ihren Ohren, und das Gewehr ruckte in ihren Händen. Die Salven schlugen in die Seite des feindlichen Jeeps ein und mähten die Männer nieder.

Doch dann sah Hedda zu ihrem Entsetzen zwei weitere Jeeps, die mit kreischenden Reifen die Javinta-Straße entlangrasten und der Route des Wagens folgten, den Hedda soeben zerstört hatte. Hedda erfaßte das Ziel, wußte jedoch, daß sie sich wieder im Nachteil befand.

»Ich kann fahren«, rief Christopher aus seiner Deckung zu ihr hinauf.

»Was?«

»Mein Vater hat es mir beigebracht. Ich kann...«

»Dann fahr!« rief sie in dem Augenblick, als die Schützen auf den beiden neuen Jeeps ihr Ziel in der Nacht gefunden zu haben schienen.

Christopher glitt auf den Fahrersitz und trat auf das Gaspedal. Er war kaum groß genug, um durch die Überreste der Windschutzscheibe sehen zu können. Hedda spürte, wie der Jeep einen Satz machte, kurz zur Seite ausbrach und dann gerade weiterfuhr. Die verfolgenden Wagen kamen in Schußweite. Hedda eröffnete das Feuer, als der Jeep ruckend an Geschwindigkeit gewann.

Der Fahrer des zweiten verfolgenden Jeeps verlor die Kontrolle über sein Fahrzeug. Der des dritten wich dem schlingernden Wagen geschickt aus und raste weiter. Ein Zwillingsbruder von Heddas Maschinengewehr erwiderte das Feuer, während Christopher durch Beiruts Straßen preschte, ohne auf Ampeln oder Fußgänger zu achten. Er mußte nicht auf die Hupe drücken; das Maschinengewehrfeuer war Warnung genug. Im gleichen Maß, wie sein Selbstvertrauen wuchs, fuhr er immer besser und schneller. Plötzlich befürchtete Hedda, eine Vollbremsung oder eine scharfe Kurve könne sie vom Wagen schleudern.

Hedda sah, daß ihr Munitionsstreifen fast leergeschossen war. Sie durchsuchte schnell die Ladefläche des Jeeps, fand jedoch kein Ersatzmagazin. Sie hatte höchstens noch vierzig Schuß übrig und feuerte nun viel kürzere Salven, um ihre Verfolger in gebührendem Abstand zu halten.

In gebührendem Abstand... ja, das war es!

Sie ließ das Maschinengewehr fallen und griff nach ihrer Maschinenpistole, die noch auf dem Beifahrersitz lag. Dann packte sie mit einer ihrer starken Hände zwischen die des Jungen und ergriff das Lenkrad.

»Festhalten«, befahl sie. »Es gibt gleich einen netten Zusammenstoß.«

»Was...«

Doch Hedda hatte den Jeep schon zur Seite gerissen; er streifte einen geparkten Lastwagen. Christopher wurde in seinem Sitz hochgeworfen, und Hedda prallte gegen den Stahlrahmen der Windschutzscheibe. Der Atem wurde ihr aus den Lungen getrieben, doch sie eröffnete dennoch ein anscheinend verzweifeltes Feuer mit ihrer Maschinenpistole, die noch an ihrer Schulter baumelte, während der letzte Jeep zuversichtlich Kurs auf sie hielt.

Als er nur noch dreißig Meter entfernt war, machte sie einen Satz hinter das große Maschinengewehr. Ihre Hand fand den Abzug und drückte ihn mit derselben Bewegung. Die restlichen Kugeln im Magazin schlugen in den Motor, durchdrangen ihn und zerfetzten den Bug des verfolgenden Jeeps. Flammen schossen aus der Motorhaube. Sie sah, wie er kurz schlitterte, bevor er sich überschlug und an ihnen vorbei die Straße entlangrutschte. Der Stahl schlug Funken, und Augenblicke später ertönte ein ohrenbetäubender Knall. Ein gewaltiger Feuerball verschlang den Jeep. Die letzte Explosion erfolgte, bevor das Wrack irgendwo aufprallte. Zerfetzte Stahlteile schossen durch die Luft, und Hedda warf sich über den Jungen, um ihn mit dem Körper abzuschirmen.

»Und jetzt bringen wir dich nach Hause«, sagte sie zu Christopher.

Sie ließen den Jeep liegen und gingen zu Fuß zum nächsten Fluchtwagen weiter, mit dem sie quer durch die Stadt zu einem kleinen Restaurant fuhren, von dem Hedda wußte, daß es über einen Münzfernsprecher verfügte. Christopher blieb die ganze Zeit neben ihr, und beide zogen sie die Blicke der verwirrten Gäste auf sich.

»Station sechzehn.«

»Hier ist Hedda. Wiedererlangung abgeschlossen. Erbitte Abholung.«

»Position?«

Sie nannte sie.

»Die Brücke über den Fluß Litani im Bekaa-Tal. Vierzig Kilometer östlich von Ihnen.«

»Ich kenne das Tal. Librarian wird dort sein.«
Die Verbindung wurde unterbrochen.

Der Junge plapperte den Großteil der Fahrt nervös vor sich hin. Hedda schenkte seinen Worten kaum Beachtung, bis ihr plötzlich irgend etwas seltsam erschien.

»Was hast du gerade gesagt?« fragte sie ihn.

Christopher wirkte verwirrt. »Daß ich nicht begreife, warum ...«

»Nein, über deinen Vater.«

»Daß er nichts mit denen zu tun hat. Warum haben die Männer mich dann eigentlich entführt?«

»Aber er arbeitet doch für Aramco.«

Der Junge schüttelte den Kopf. »Nein, tut er nicht. Er ist Chemiker, Spezialist für organische Chemie.«

Jetzt war es an Hedda, Verwirrung zu zeigen. »In Riad?«

»Nein, in London. Von da komme ich auch.«

Hedda versuchte, sich aufs Fahren zu konzentrieren. Die Informationen, die Librarian ihr bezüglich Christopher Hanley gegeben hatte, waren allesamt falsch. Ihrer Gruppe waren niemals solche Fehler unterlaufen, außer ... außer ...

Man hatte sie absichtlich gemacht.

»Sie haben dich in London entführt«, nahm Hedda den Faden wieder auf.

»Ich habe nur einen von den Kerlen gesehen.«

»War er in der Residenz?«

»Nein. Er war nur in der Schule.« Der Junge senkte den Kopf. »Er hat den Lehrer erschossen, als der versucht hat, mir zu helfen.« Seine Augen schimmerten feucht. »Der Mann war groß und hatte nur ein Auge.«

Ein Frösteln lief Hedda über den Rücken. »Nur ... ein Auge?«

»Über dem anderen trug er eine Klappe.«

Hedda wurde eiskalt.

Deerslayer! Der einzige andere Caretaker, den sie kannte, ein Mann, dem sie das Leben gerettet hatte ... Dieser Junge beschrieb Deerslayer!

Aber wie war das möglich? Warum sollten die Caretakers eine Entführung arrangieren, nur, um sie schließlich selbst zu beenden? Das ergab keinen Sinn. Es mußte irgend etwas geben, das sie nicht wußte, etwas, das man ihr verschwiegen hatte – aus welchen Gründen auch immer.

Man hatte sie belogen . . .

Allein die Möglichkeit brachte sie völlig aus der Fassung. Wenn sie erst das Vertrauen in die Caretakers verloren hatte, war alles verloren. Welchen Grund gab es dafür? Was für einen Sinn konnte dieses Vorgehen haben? Vielleicht hatte sie sich zu einer Überreaktion hinreißen lassen, vielleicht beeinträchtigte ihre rapide zur Neige gehende Nervenstärke ihre Fähigkeit, zusammenhängend zu denken.

»Wir sind da«, sagte sie ein paar Minuten später, nachdem sie den Wagen an den Straßenrand gefahren hatte.

»Wollen Sie nicht über die Brücke fahren?«

»Nein«, antwortete sie dem Jungen, nicht ganz sicher, was genau sie nun vorhatte.

Die Brücke war dunkel und abgeschieden. Hedda und Christopher erreichten ihr linkes Ende, und augenblicklich flammten auf dem rechten drei Scheinwerferpaare auf. Hedda blinzelte in die Helligkeit. Der Junge hob eine Hand vor die Augen.

»Komm«, sagte sie zu ihm, und gemeinsam gingen sie auf das Licht zu, das sich in ihre Richtung ergoß.

Die Brücke war hundert Meter lang und erstreckte sich über den gesamten Fluß Litani, der von Norden nach Süden verlief. Christophers Schritte wurden langsamer, als sie sich der Mitte näherten. Hedda spürte sein Zögern.

»Sie werden mich ihnen übergeben, nicht wahr?« vermutete er völlig richtig.

»Sie werden dich zu deinem Vater zurückbringen.«

Er ist Chemiker, Spezialist für organische Chemie.

Auf der anderen Seite der Brücke warteten diejenigen, die sie belogen hatten. Sie hatten sie aus Gründen ausgeschickt, den Jungen zurückzuholen, die sie ihr nicht ehrlich enthüllt hatten . . .

Er war groß und hatte nur ein Auge.

. . .nachdem Deerslayer den Jungen entführt und an die Araber ausgeliefert hatte. Vielleicht ein Zufall. Vielleicht irrte der Junge sich auch.

Irgendwo tief in Hedda regte sich eine Erinnerung. Ein anderer Junge, eine andere Zeit. Lichter, Schüsse und Blut, soviel Blut . . .

Sie waren auf halber Höhe der Brücke, als Hedda endlich die Männer ausmachen konnte, die vor allen drei Wagen standen. Eigentlich nur Gestalten, kaum sichtbar im blendenden Glanz der Scheinwerfer. Aber für eine einfache Übernahme hatten sie sich völlig falsch verteilt. Hedda ging langsamer und streckte die Hand zu dem Jungen aus.

»Bleib stehen«, befahl sie.

»Was?«

Ihre Hand berührte seine Schulter. »Wenn ich es dir sage, drehen wir uns um und laufen zur anderen Seite zurück, zu dem Wagen.«

»Aber . . .«

»Wenn ich es dir sage.«

Hedda war kaum herumgewirbelt, als Schüsse die Nacht zerrissen. Beim ersten Knall ließ sie sich instinktiv fallen. Zwei Kugeln schlugen gegen die Brust des Jungen und wurden von der Kevlar-Weste aufgehalten, die sie ihm gegeben hatte. Sie sprang zu ihm und stieß ihn zurück, versuchte, ihn mit ihrem Körper abzuschirmen. Weitere Einschüsse überschütteten sie mit Splittern der uralten Holzbrücke. Eine Kugel streifte sie an der Schulter und riß sie vom Jungen fort. Sie sprang zu ihm, als eine Kugel seinen Schenkel traf und sie mit Blut bespritzte. Sie hörte, daß der Junge aufschrie und dann stöhnte.

Hedda griff nach Christopher, hielt ihn fest und brach mit ihm durch das Geländer in die Dunkelheit. Kugeln pfiffen ihnen um die Ohren, bis das kalte Wasser des Litani sie umschloß.

»Ich glaube, wir haben sie erwischt, Sir«, meldete der Mann einer Gestalt, die im Wagen saß.

Librarian hatte den Rücksitz der mittleren Limousine während des Hinterhalts nicht verlassen, nicht einmal, als seine Männer später auf die Brücke schwärmten, um nach treibenden

Leichen Ausschau zu halten. Nun schob er etwas, das wie ein Adapter mit drei Steckern aussah, in die hautfarbene Buchse, die direkt unter dem Adamsapfel aus seiner Kehle ragte. Als er sprach, drang seine mechanisch erzeugte Stimme aus einem Lautsprecher, der auf seinem Schoß lag.

»Habt ihr . . . eine Leiche gefunden?« Die Stimme war ein nasses Gurgeln; sie klang, als würde jemand mit einem Mund voll Wasser sprechen, das dabei seltsamerweise nicht hinauslief.

»Noch nicht, Sir.«

»Dann habt ihr sie . . . nicht erwischt.«

»Wir haben Blut gefunden, Sir.«

»Aber nicht . . . genug.«

»Ich kann die Männer zum Flußufer schicken.«

»Das ändert . . . nichts daran.«

»Wenn Sie erlaubt hätten, daß wir Männer auf beiden Seiten der Brücke postieren . . .«

»Auf einer Seite hätte . . . genügen müssen, Sturges.«

Sturges schien Einwände vorbringen zu wollen, überlegte es sich dann jedoch anders und kehrte zur Brücke zurück. Librarian sah ihm mit einem leisen Lächeln nach, das ganz kurz seine Lippen umspielte, und mit einem kaum wahrnehmbaren Seufzen, das aus dem Lautsprecher drang.

6

Mitternacht war vorbei, als Kimberlain den Wagen in eine Parklücke in der Nähe des Sunnyside Railroad Yard lenkte, einem Friedhof für ausgediente Eisenbahnwaggons direkt neben dem Tunnel unter dem Hudson, der zur Penn Station in Manhattan führte. Seine erste Aufgabe bestand darin, herauszufinden, wie die Flucht aus dem MAX-SEC durchgezogen worden war. Nur ein Mensch, den er kannte, konnte ihm helfen, dieses Rätsel zu lösen, und Kimberlain näherte sich gerade seinem Zuhause.

Er sprang leichtfüßig über die toten Gleise, als führte vielleicht eins hindurch, das noch benutzt wurde. Die grauen und braunen Stahlkadaver der Personenwaggons von Amtrak und New Jersey Transit standen auf gut zweihundert Metern aneinandergereiht, und die einzelnen Gleise lagen so eng nebeneinander, daß Kimberlain kaum zwischen ihnen hindurchpaßte. Die beiden verrosteten braunen Waggons, auf die er zuhielt, hatten zu ihren Lebzeiten Güter und keine Personen befördert. Sie standen etwas abseits auf einer Seite, ein Stück von den benachbarten Gleisen mit Amtrak-Waggons entfernt, die noch relativ neu zu sein schienen.

»Wer klopft denn da?« sagte er leise in einen schmalen Schlitz, der auf Augenhöhe in die Seite eines der verrosteten Waggons geschnitten worden war. Die hintere Tür des Waggons öffnete sich mit dem vertrauten Zischen einer Hydraulik.

»Wird auch Zeit, verdammich«, sagte Captain Seven.

Natürlich war Seven nicht sein echter Name, und Kimberlain hätte gar nicht sagen können, wie er wirklich hieß. Er kannte ihn nur als ausgeflippten Techno-Freak, der sich in Vietnam als brillanter Sprößling des siebenten Planeten eines anderen Sonnensystems ausgegeben hatte. Captain war auch nicht sein wirklicher Rang, doch es klang ganz nett, wenn man das ›Seven‹ dahinter setzte. Er schien niemals zu seiner eigenen Identität zurückkehren zu wollen, und Kimberlain bedrängte ihn niemals mit Fragen darüber.

»Was soll der Scheiß?« sagte Seven, als die Tür sich zischend wieder hinter ihnen geschlossen hatte. »Du wolltest schon vor 'ner Stunde hier sein. Ich hab' auf dich gewartet, Mann, ich hab' gewartet . . .«

Das Haar des Captains fiel ihm – schon seit Kimberlain ihn kannte – wild und ungekämmt bis auf die Schultern hinab. Der einzige Unterschied lag darin, daß in letzter Zeit einige Locken grau wurden. Er trug abgeschnittene Jeans, die seine dünnen, knochigen Beine freiließen, und eine Lederweste über einem schwarzen Grateful-Dead-T-Shirt. An einer Kette um seinen Hals baumelte ein Medaillon mit dem Friedenssymbol der sechziger Jahre, obwohl er einen Großteil dieses Jahrzehnts kämpfend in Vietnam verbracht hatte, anstatt gegen diesen Krieg zu protestieren.

»Sieht dir gar nicht ähnlich, so nervös zu sein, Captain.«

»Tja, die Zeiten ändern sich. Und die Menschen auch. Willst du wissen, warum ich so nervös bin? Komm her, und ich zeig's dir.«

Captain Seven führte Kimberlain durch die technologischen Aufbauten des ersten Eisenbahnwaggons. Alles war dunkel und glatt; eine schimmernde schwarze Ledergarnitur war handgearbeitet und genau den Räumlichkeiten angepaßt. Ebenfalls maßgefertigte Schränke waren vom Boden bis zur Decke mit aufblitzenden Lampen, Dioden, Videorecordern, Monitoren, Schaltern und zahlreichen Computern mit der dazugehörigen Hardware angefüllt, an denen sie auf dem Weg zum zweiten der miteinander verbundenen Waggons vorbeigingen. Seven ließ die Tür aufgleiten und führte Kimberlain hinein.

Der Wohnraum des Captains unterschied sich kaum von dem ersten Waggon. Ein Bett und ein Stuhl kämpften mit weiteren Ausrüstungsgegenständen, die vorn keinen Platz mehr gefunden hatten, erbittert um Raum. Ein an den Kanten scharf geschwungener Fernsehbildschirm beherrschte eine Wand. Seven hatte für Kimberlain ein dreidimensionales Projektionssystem entwickelt, das es ihm ermöglichte, Filme zu sehen, als würde er in ihnen mitspielen. Lediglich aufgrund des Platzmangels hatte der Captain in seinem Eisenbahnheim auf ein ähnliches System verzichtet.

»Na? Was ist das wohl?« fragte Captain Seven ihn und hielt einen Plastikapparat hoch, der hauptsächlich aus Röhren und mit Flüssigkeit gefüllten Kammern bestand.

»Deine Lieblingserfindung, mit der du dir dein Hawaiianisches Lavabett-Marihuana reinziehst. Wenn ich mich recht entsinne, mußt du es in diesem Ding nicht anzünden.«

»Genau. Das Einatmen erzeugt die notwendige Verbrennung. Ich habe einen Bestandteil hinzugefügt, der mit Sauerstoff reagiert. Eine komplizierte Formel, aber ich hatte gerade nichts zu tun. Fällt dir sonst noch was auf?«

»Es ist leer.«

»Verdammt richtig, es ist leer. Und weißt du auch, warum?«

»Mußte dein Dealer aus der Stadt verschwinden?«

»Ich habe damit aufgehört, Fährmann, und es bringt mich verdammt noch mal um. Ich habe das Zeug dreiunddreißig Jahre lang geraucht, seitdem ich neun war, und hatte nie ein Problem damit. Jetzt habe ich aufgehört, und ich bin das reinste Nervenbündel.«

»Warum hast du dann aufgehört?«

»Um mir zu beweisen, daß ich es schaffe. So eine Art Herausforderung.«

Kimberlain musterte die ergrauenden Locken des Captains. »Eher eine Art Midlife-Krise«, sagte er.

»Nee, tut mir leid, Mann. Die habe ich einfach übersprungen, genau wie meine Zeit als Teen und Twen. Als Heranwachsender saß ich in der Jugendstrafanstalt, weil ich eine Schule in die Luft gejagt hatte, und als junger Mann kämpfte ich in Vietnam, weil ich die Sache mit der Schule so gut hingekriegt hatte, daß sie mich nicht mehr aus den Krallen lassen wollten. Die verdammte Musterungsbehörde hat ein seltsames Auswahlprinzip.«

Captain Seven setzte sich mit seiner hochmodernen ›Pfeife‹ auf das Bett und tätschelte sie, wie ein kleines Mädchen eine Puppe tätscheln würde. Kimberlain nahm den Stuhl. »Die Jungs bei den SF sind auf Leute scharf, die Ergebnisse bringen«, sagte er.

»Ja, die Special Forces waren ein guter Verein. Die fragen nicht, wie es geht, die sagen einfach: mach mal. Je mehr Ergebnisse, desto besser. Niemand stellt Fragen. Dann haben sie die Einheit aufgelöst und mich einer anderen zugeteilt. Der leichten Infanterie oder so 'nem Scheiß. Plötzlich mußte ich Berichte schreiben! Kannst du dir das vorstellen? Bevor ich ein Alka Seltzer ins Wasser werfen konnte, bekam ich Befehle von Lieutenants, die noch nicht trocken hinter den Ohren waren und noch keinen Tropfen Blut gesehen hatten. Ich hatte mal so ein Perimeter-Verteidigungssystem ausgetüftelt, wie ein Minenfeld, nur daß man den Sprengstoff an Bäume hängte, anstatt ihn einzugraben. Ich dachte mir, wenn das erste Schlitzauge einen Stolperdraht berührt, wird es zerfetzt, während seine Kumpels sich zu Boden werfen und drauflos feuern. Also ließ ich mir etwas einfallen, bei dem der erste Bursche einen Zünder auslöste, aber die Minen erst ungefähr fünf Sekunden später hochgingen, wenn sein ganzer Trupp in der Todeszone war. Das hätte 'ne Wirkung gehabt, als würden wir das Gelände mit zehn Maschinengewehren durchmähen. Und keiner unserer Jungs hätte sich auch nur auf 'ne halbe Meile heranwagen müssen.«

Captain Seven streichelte noch immer das moderne Pfeifchen auf seinem Schoß, als wäre es ein schlafendes Kind.

»Also gehe ich zu dem Lieutenant, und der schickt mich zu einem anderen Lieutenant, und der schickt mich zu einem Captain, und der sagt: ›Mann, das klingt sehr beeindruckend, ist aber viel zu teuer.‹ Ob ich mir nicht was Preisgünstigeres einfallen lassen könnte, das er dem Colonel leichter verkaufen kann? Also sage ich ihm, er soll die Hosen runterlassen, wenn die Vietnamesen kommen, und seine Fürze anzünden, das würde ihn nicht so teuer zu stehen kommen.«

Kimberlain lachte.

»He, Fährmann, habe ich dir schon mal meine Marihuana-Story erzählt?«

»Du hast mir schon jede Menge Marihuana-Stories erzählt, Captain.«

»Nein, ich meine die *absolute* Marihuana-Story. Es war so. Du kannst sie gar nicht kennen, weil es vor deiner Zeit passierte, aber eins der größten Probleme in Vietnam war damals, was wir mit dem ganzen Shit anfangen sollten. Ich meine, es konnte damals in unseren Camps ganz schön heiß hergehen, wenn die Jungs nicht aufpaßten. Also ließ ich mir was einfallen, womit ich den Shit in ein methanähnliches Gas umwandeln konnte, gegen das Napalm wie eine Sonnenschutzcreme wirkte. Diesmal ging ich direkt selbst zum Colonel. Er sagte, ihm gefiele die Idee, und gab mir ein Dutzend Formulare zum Ausfüllen. Auf einem stand, daß ich eine Materialprobe zur Prüfung einschicken mußte. Gott im Himmel, ich hatte den Eindruck, die wußten gar nicht, daß wir im Krieg waren! Also dachte ich mir, zum Teufel damit, und tat, was sie verlangten: Ich schickte ihnen einen Beutel Shit.«

»Und da haben sie dich nach Hause geschickt«, glaubte Kimberlain sich zu erinnern.

»Nicht ganz. Die Arschlöcher haben zwei Wochen gebraucht, um herauszufinden, was in dem Beutel war.«

»Du hast vierundzwanzig Stunden, um herauszufinden, worum ich dich heute bitten will.«

Captain Sevens Augen leuchteten auf. »Wieder ein Mord in einem hermetisch abgeriegelten Raum?«

»Besser. Ein Massenausbruch aus dem Hochsicherheitstrakt in den ›Locks‹.«

»Wie viele?«

»Vierundachtzig.«

»Leeds?«

»Auch darunter.«

»Oh, Scheiße.«

Captain Seven sprang vom Bett und stürmte zu der schwarzen Kleidertruhe. Aus der obersten Schublade nahm er einen Plastikbeutel und öffnete ihn. Kimberlain sah, daß er feingemahlenes, grünschwarzes Marihuana enthielt.

»Hawaii-Lava«, erklärte er: »Das beste, das es gibt.«

»Ich dachte, du hättest damit aufgehört.«

Seven füllte die entsprechende Kammer mit dem Stoff. »Das war heute morgen. Aber jetzt muß ich meinen Verstand zusammenhalten.«

Captain Seven saugte den Inhalt einer Kammer ein. Das Wasser wallte auf und schlug Blasen, und plötzlich war überall Rauch, der sich durch das Labyrinth der Röhrchen den Weg in seine Lungen bahnte. Der Captain schloß die Augen und atmete den Rauch tief ein.

»Aaah«, machte er ein paar Sekunden später mit wohliger Stimme und öffnete die Augen wieder. »Schon besser. Jetzt bin ich bereit. Schieß los.«

Kimberlain erzählte ihm die Geschichte, wie Vogelhut sie ihm berichtet hatte, beschrieb in allen Einzelheiten die Umstände des Ausbruchs und betonte den beschränkten Zeitfaktor.

»Die Arschlöcher haben in sechs Minuten Dunkelheit wirklich 'ne Menge abgezogen.«

»Vogelhut, dieser Hirni, ist ganz sicher, daß sie nicht mehr

Zeit hatten. Wir haben es also mit einer hochmodernen Festung auf einer Insel inmitten eines tobenden Sturms zu tun. Selbst wenn die Insassen aus ihren Zellen spaziert sind . . . wohin, zum Teufel, sind sie verschwunden? Wie sind sie von der Insel gekommen?«

Captain Seven nahm noch einen langen Zug an seiner Pfeife. Als er wieder sprach, klang seine Stimme nasal und heiser vom Glücksfeuer in seiner Kehle.

»Geh nach Hause und leg dich aufs Ohr, Fährmann. Überlaß das Unmögliche mir.«

»Vierundzwanzig Stunden, Captain.«

Seven griff nach einer alten Jeansjacke, die an einem Haken hing. »Wenn ich jetzt losfahre, bin ich bei Tagesanbruch dort. Wir treffen uns am Tag danach zum Frühstück.«

Direkt nach seinem Gespräch mit Captain Seven fuhr Kimberlain zurück zu seiner Hütte in den Wäldern Vermonts. Er haßte lange Fahrten, da er sich unterwegs nur mit seinen Gedanken wachhalten konnte. An diesem Abend schweiften die Gedanken zurück zur Entstehung des Fährmanns.

Er hatte seine Ausbildung bei den Special Forces beendet und war für eine bestimmte Dienstzeit vom Anti-Terror-Kommando der Delta Forces aufgenommen worden, als er die Nachricht vom Tod seiner Eltern erhielt. Er bekam Sonderurlaub, um an der Beerdigung teilnehmen zu können. Er war der einzige Verwandte dort, der einzige, der übrig geblieben war, abgesehen von einer Schwester, die aus dem strengen Elternhaus geflohen und nie zurückgekehrt war. Für seinen Vater hatte sie nicht mehr existiert; seine Mutter aber hatte viele Tränen darüber vergossen. Kimberlain, der damals noch ein Junge gewesen war, erinnerte sich kaum an seine Schwester.

Der Kommandant von Fort Bragg hatte angedeutet, daß die Umstände des Todes seiner Eltern ungewöhnlich, wenn nicht sogar seltsam waren, und in den Stunden vor der Beerdigung hatte Kimberlain herausgefunden, daß diese Vermutung zutraf. Anscheinend waren sie in ihrem kürzlich erworbenen Wohnmobil kreuz und quer durch Kalifornien gefahren, als sie wegen eines technischen Defekts anhalten mußten. Sein Vater hatte starrköpfig darauf bestanden, den Schaden selbst zu beheben, doch nach Anbruch der Nacht hatte er den Wagen noch immer nicht repariert, und das ältere Ehepaar war einer Motorradbande zum Opfer gefallen, die es auf das Wohnmobil abgesehen hatte. Es kam zu einem Schußwechsel, und nach allem, was Kimberlain in Erfahrung bringen konnte, hatte sein Vater tapfer Widerstand geleistet. Doch letztendlich trugen die Motorradfahrer schon aufgrund ihrer beträchtlichen Überzahl den Sieg davon und hatten seine Eltern ermordet.

Kimberlain hatte insgesamt drei Tage Sonderurlaub von Fort Bragg bekommen. Bei der Beerdigung hatte er nicht auf die klischeehaften Phrasen des Priesters gehört, sondern über andere Dinge nachgedacht. Er hatte in seinem Gepäck eine .45er aus dem Militärlager geschmuggelt, und wenn er mehr als ein Magazin benötigte, um seine Aufgabe zu erledigen, hatte er das Schicksal verdient, das ihn in diesem Fall erwartete.

Er hatte schnell einen Plan ausgearbeitet. Er behielt den Anzug an, den er zur Beerdigung getragen hatte, und zog eine Kappe über seinen kurzen Army-Haarschnitt. Bei der nächsten Hertz-Niederlassung mietete er einen großen Lincoln und bezahlte in bar für das stählerne Ungetüm. Er fuhr zu einer Kneipe, die als Motorradrocker-Treffpunkt bekannt war, und stellte von außen fest, daß sich tatsächlich eine unrühmliche Anzahl lederbekleideter Trunkenbolde und Unruhestifter darin aufhielt. Kimberlain schätzte, daß sich die Menge wohl kaum vor Mitternacht auflösen würde, und wartete in aller Ruhe ab.

Gegen halb zwölf fuhr er in südliche Richtung los. Sämtliche Motorradfahrer wohnten in einer Siedlung an der Route 15, und er suchte sich eine Stelle aus, die nur schwach von einer Straßenlampe erhellt wurde, und hielt an. Er holte den Wagenheber aus dem Kofferraum und gab vor, einen Platten zu haben.

Dutzende Motorradfahrer brausten an ihm vorbei, ohne anzuhalten. Ein paar fuhren langsamer. Einige beschimpften oder verspotteten ihn. Kimberlain überlegte, was er tun würde, falls die Nacht so enden sollte.

Er mußte nicht lange überlegen. Sieben Motorradfahrer

näherten sich ihm. Ursprünglich waren sie vorbeigefahren, dann aber zurückgekehrt. Er mußte seine gesamte Selbstbeherrschung aufbringen, um abzuwarten, daß sie den ersten Schritt taten, und nachdem sie ihn getan hatten, war alles sehr schnell vorbei. Die ersten beiden und den letzten tötete Kimberlain mit bloßen Händen. Bei den anderen benutzte er die .45er; jeder Schuß ein Treffer. Die darauffolgende Untersuchung der Leichen ergab, daß sich der Boß der Bande nicht unter den sieben befand. Kimberlain kehrte zur Bar zurück und verschaffte sich Zutritt zu einem Hinterzimmer, in dem er den Bandenboß in ein Gespräch mit einem großen, gutgekleideten Mann vertieft vorfand.

»Scheiße!« brüllte der Boß, als er Kimberlain kommen sah.

Doch seltsamerweise war es der gutgekleidete Mann, der eine Waffe zog. Aber Kimberlain gelang es, den wegen seines Bierkonsums langsam gewordenen Boß zu packen und in die Schußlinie zu zerren. Der Rocker wurde von vier Kugeln getroffen, prallte gegen Kimberlain und schlug dem späteren Fährmann dabei die .45er aus der Hand. Während ihm noch immer Kugeln um die Ohren pfiffen, zerrte Kimberlain eine schwere Kette von der Brust des Toten und schlug damit zu. Das spitze Ende grub sich in die Kehle des Schützen und zerfetzte sie. Kimberlain ließ ihn in einer Blutpfütze liegen und beobachtete, wie der Mann dem Tod entgegengurgelte.

Kimberlain verließ Kalifornien ohne einen weiteren Gedanken an die Motorradrocker und fuhr mit dem Lincoln ohne Pause bis nach Fort Bragg durch, wo er sich der Militärpolizei stellte. Man entschied, daß er der Militärgerichtsbarkeit unterstand, und sperrte ihn in eine Zelle, in der er den Prozeß vor dem Kriegsgericht erwarten sollte. Es war durchaus möglich, daß man ihn zum Tode durch den Strang verurteilte; zumindest eine lebenslange Haftstrafe war ihm sicher . . . wäre ihm sicher *gewesen*, wäre der Mann von den Caretakers nicht erschienen.

»Sie verfügen über Fähigkeiten, die für eine besondere Gruppe, die ich repräsentiere, hervorragend geeignet sind.«

»Was für eine Gruppe?«

»Sie haben nie von uns gehört. Das haben nur sehr wenige. Wir werden die Caretakers genannt. Eigentlich ›die Verwalter‹, aber bei uns hat das Wort eine tiefe Bedeutung. Wir nehmen Anteil. Wir achten auf etwas, kümmern uns um etwas.«

»Und um was genau kümmern Sie sich?«

»Um unser Land«, hatte der Mann geantwortet.

Und fast drei Jahre nachdem Kimberlain aus der Haft ›entlassen‹ worden war, hatte er dasselbe getan. Jeder Caretaker war ein Experte in der Kunst des Tötens, doch keiner kam ihm in dieser Hinsicht gleich. Der rätselhafte blinde Führer der Gruppe, der sich Zeus nannte, taufte Kimberlain ›Charon‹, nach dem Fährmann aus der griechischen Mythologie, der die Toten über den Fluß Styx brachte. Der Deckname hätte nicht treffender sein können. In Kimberlains ersten beiden Jahren scheiterte keine einzige seiner Missionen. All die, die einen Fahrschein für die Reise über den Styx gebucht hatten, traten sie auch an.

Doch am Ende hatte sich der eingeschlagene Weg als Einbahnstraße entpuppt. Bei seinem letzten Auftrag ließen seine eigenen Leute ihn auf Zeus' Befehl als tot zurück; ausgerechnet auf *dessen* Befehl! Die langen Tage seiner Flucht allein durch den Dschungel Mittelamerikas machten ihm seine mißliche Lage klar: um das Böse zu vernichten, war er selbst zum Bösen geworden. Die Caretakers selbst waren böse. Indem er die entsprechenden Behörden auf ihre Existenz aufmerksam machte, erzwang Kimberlain eine Entscheidung. Die Caretakers konnten nicht zulassen, daß ihre Existenz in den falschen Ämtern Washingtons bekannt wurde. Die Gruppe löste sich so heimlich und leise auf, wie sie sich gebildet hatte.

Es war ihm gelungen, sich an denen zu rächen, die ihm Unrecht zugefügt hatten. Und doch war er unglücklich, und sein Leben hatte keinen rechten Sinn mehr. Er vermißte verzweifelt die Außeneinsätze und die Erfüllung, die sie seinem Dasein gaben. Obwohl er aus den falschen Gründen gehandelt hatte, hatten die Missionen doch den Mittelpunkt seines Lebens gebildet, und ohne diesen Mittelpunkt kam er sich aus dem Gleichgewicht geworfen und nutzlos vor. Er mußte sich wieder würdig fühlen, eine Rolle spielen; sein Leben brauchte einen Sinn.

Die Lösung des Problems bot sich ihm ganz zufällig. Ein

ehemaliger Caretaker, mit dem er einmal zusammengearbeitet hatte, war in Südkalifornien zum Sheriff gewählt worden. In seinem Bezirk in Orange County trieb ein Massenmörder sein Unwesen, der seine Opfer erdrosselte, und der Ex-Kollege bat den Fährmann um Hilfe. Kimberlain überwand sein ursprüngliches Zögern und stellte fest, daß dieser Fall ihm ermöglichte, die Fähigkeiten einzusetzen, die seit so langer Zeit ein Teil von ihm waren und die er so sehr vermißt hatte. Doch nun übte *er* die Kontrolle aus. Seine Jagd führte zur Festnahme des Mörders, und seine Belohnung war ein tieferes Verständnis seiner selbst. Er war ein Jäger, und ein Jäger mußte jagen. Mehr noch – er war ein Ungeheuer, und nur, indem er andere Ungeheuer zur Strecke brachte, konnte er seine Vergangenheit wiedergutmachen. Er begann, auf eigene Faust und ohne Auftrag die abscheulichsten Verbrecher zur Strecke zu bringen.

Doch auch diese Jagd auf Ungeheuer brachte ihm lange nicht die ersehnte Erfüllung. Um diese Ungetüme aufspüren zu können, mußte er sich ihre Gedanken zu eigen machen, und selbst vor seiner Begegnung mit Winston Peet hatte ihn der Haß gepackt. Er hatte gehofft, für seine Handlungen als Caretaker Buße leisten zu können, indem er die abscheulichen Mörder zur Strecke brachte, die im Gedärm der USA herumkrochen. Doch deren Opfer blieben tot, genau wie die seinen. Nach seiner Begegnung mit Peet lag er lange Wochen im Krankenhaus und dachte über den Verlauf nach, den sein Leben genommen hatte. Er war nicht mehr damit zufrieden. Überall war Tod; sein gesamtes Dasein wurde vom Tod definiert. Nichts hatte sich geändert, und nichts würde sich jemals ändern, bis er eine Möglichkeit gefunden hatte, sich selbst wieder Leben einzuhauchen.

Aber wie? Der Fährmann betrachtete die Welt und sah Schmerz. Überall, wohin er blickte, nahm er Menschen wahr, denen man Unrecht zugefügt hatte und die sich nicht selbst rächen konnten. Man hatte ihnen die Herrschaft über ihr Leben genommen. Oftmals trug das System daran Schuld, ein System, zu dem er selbst einmal gehört hatte. Ein System, für das er getötet hatte. Er kam zur Erkenntnis, daß er am besten wieder wirklich leben konnte, indem er anderen half, ebenfalls zu ihrem eigenen Leben zurückzufinden. Indem er ihnen in der Hoffnung, ihn selbst ergreifen zu können, einen Rettungsring zuwarf.

Und so begann er mit der Tilgung, – mit den Rückzahlungen. Zuerst langsam und unregelmäßig, bis sich die Nachricht herumsprach und er mehr Hilfeersuche bekam, als er erfüllen konnte. Es gab keine feststehende, bestimmte Möglichkeit, wie man Kimberlain erreichen konnte. Doch die Nachricht verbreitete sich weiterhin. Die Menschen, die seiner Hilfe bedurften, schienen ihn irgendwie immer finden zu können, und er half ihnen, weil er sich damit selbst helfen konnte. Wie viele Leben hatte er als Caretaker genommen oder zerstört? Kimberlain hatte sie damals nicht gezählt, genausowenig, wie er jetzt die Menschen zählte, denen er mit seiner Tilgung, seinen Rückzahlungen half. Er wußte, daß er ein Gleichgewicht erlangen mußte und daß er es wissen würde, wenn er es erreicht hatte. Bis dahin würde er mit den Rückzahlungen weitermachen.

Ihm blieben weitere Grübeleien erspart, als er zwei Stunden vor Sonnenaufgang die Privatstraße erreichte, die zu seiner Hütte führte. Er bahnte sich in einem Allrad-Pathfinder den Weg hinauf über die ungepflasterte Straße und überprüfte an verschiedenen Punkten der Fahrt die Alarmanlagen und Warnsysteme, die er überall um die Hütte installiert hatte. Es war kein Alarm ausgelöst, keine Falle aktiviert worden. Die Hütte befand sich in dem Zustand, in dem er sie verlassen hatte.

Er befand sich auf halber Strecke zwischen dem Pathfinder und der Veranda, als er den Zettel sah, den jemand an die Eingangstür der Hütte geheftet hatte. Er flatterte im Wind wie ein Hemd auf einer Wäscheleine. Erst als der Fährmann so nah vor dem Zettel stand, daß er ihn berühren konnte, war es ihm möglich, die Druckbuchstaben zu entziffern:

Kam so schnell her, wie ich konnte. Leider habe ich Dich verpaßt. Werde mich wieder melden.

Die Worte ergaben wenig Sinn, bis der nächste Windstoß den umgeknickten unteren Teil des Zettels herunterschlug und die Unterschrift enthüllte:

Andrew Harrison Leeds

DIE ZWEITE GEWALT

SPUREN

Samstag, 15. August, 6 Uhr

7

»Wir werden so schnell wie möglich von hier verschwinden«, versprach Lauren Talley.

»Kein Grund zur Eile. Das werde ich auch.«

»Endgültig?«

»Bis diese Sache vorbei ist. Meine Sicherheitsvorkehrungen wurden durchbrochen. Wenn ich hier bleibe, wird Leeds oder einer der anderen zurückkommen.« Talley hatte es in Rekordzeit nach Vermont geschafft, innerhalb von drei Stunden, nachdem sie Kimberlains Anruf entgegengenommen hatte. Sie war mit demselben Learjet wie am Vortag geflogen – und wieder, so behauptete sie, zum Verdruß des FBI.

»Sie bekommen allmählich Übung darin, gegen die Regeln zu verstoßen, Miss Talley.«

»Es hält sich in Grenzen, Fährmann.«

Kimberlain kniff die Augen zusammen. »Wie ich sehe, haben Sie in den Akten gewühlt.«

»Nur in einer. Mich interessierten besonders weitere Einzelheiten über Ihre Rückzahlungen.«

»Ach ja?«

»Aus persönlichen Gründen. Wie Sie sich erinnern, haben wir eine Vereinbarung getroffen. Ich habe Ihnen den freien Zutritt zur Anstalt verschafft. Sie helfen mir bei Tiny Tim.«

»Und das heißt . . .«

»Ein Besuch in der Stadt, die er vor drei Tagen überfallen hat, damit Sie uns sagen können, was wir übersehen haben.«

»Später.«

»Das reicht mir nicht.«

»Muß es für den Augenblick aber. Ich will hören, was Sie erfahren haben.«

Die Beamten der Spurensicherung, die sie begleitet hatten, suchten noch immer die Umgebung ab, als sie von der Veranda in Kimberlains Hütte traten.

»Wer immer es war, er ist allein gekommen«, erstattete Lauren Talley Bericht.

»Es war Leeds.«

»Das wissen wir noch nicht mit absoluter Sicherheit.«

»Ich aber.«

»Die Handschrift entspricht nicht den Mustern in unseren Akten.«

»Sie wissen wirklich nicht viel über Andrew Harrison Leeds, nicht wahr? Ich kann Ihnen fünfzehn Proben seiner Handschrift zeigen, die alle vollkommen verschieden sind.«

»Das ist unmöglich.«

»Nicht für Leeds. Irgendwelche Spuren eines Fahrzeugs?«

Lauren Talley schüttelte den Kopf. »Wir haben jedenfalls keine finden können. Vielleicht hat er den Wagen auf der Straße abgestellt und ist zu Fuß hinaufgekommen.«

Sie ließ die Blicke durch das Innere der Hütte schweifen. Bis auf zwei Ausnahmen wirkte alles ganz normal. Die erste war eine Wand, die vollständig mit Waffen verziert war. Pistolen, Musketen, alte Schwerter, Säbel und Messer waren dort ohne jedes erkennbare Muster angehäuft, und einige Waffen sahen noch so neu aus wie an dem Tag, da sie hergestellt worden waren. Die zweite Ausnahme war ein seltsames Gerät, das wie ein Filmprojektor aussah, aus dem allerdings Dutzende von Linsen in allen möglichen Richtungen herausragten.

»Multidimensionales Fernsehen«, erklärte Kimberlain. »Ein Freund von mir hat es für mich entwickelt, derselbe Freund, der im Augenblick in den ›Locks‹ herauszufinden versucht, wie Leeds und die anderen rausgekommen sind.«

Lauren Talley blickte zur anderen Wand hinüber. »Und die Waffen?«

»Ich habe sie restauriert. Ein sehr beruhigendes Hobby. Sie sollten es mal probieren. Zivilisierte Waffen für zivilisiertere Zeiten.«

Lauren Talley musterte die beeindruckende Ausstellung. »Man könnte gewisse Schlüsse daraus ziehen.« Sie zögerte. »Glauben Sie wirklich, daß Leeds hierher zurückkommen könnte? Ich könnte ein Team anfordern und ihm eine Falle stellen . . .«

»Das wäre die sicherste Methode, dafür zu sorgen, daß er nie wieder auftaucht.«

»Meine Leute sind gut.«

»Leeds auch. Er würde sie schon aus einem Kilometer Entfernung spüren.«

Die dunklen Augen Talleys blitzten unter ihrem fließenden, kastanienbraunen Haar auf.

»Wieviel wissen Sie wirklich über Andrew Harrison Leeds, Miss Talley?«

»Ich habe die Akten und das Protokoll der Verhandlung gelesen.«

»Die Gerichtsverhandlung bezog nur ein, was man Leeds beweisen konnte. In der Akte steht nur ein Bruchteil der Geschichte, höchstens zwanzig Prozent, wahrscheinlich noch weniger.«

»Sie meinen die Identitätsfrage.«

»Leeds hatte fünf verschiedene Identitäten, von denen wir wissen. Vor den Morden, die ihm den Spitznamen Candy Man einbrachten, war er Professor für forensische Pathologie an der medizinischen Fakultät der Brown University. Wollen Sie ein paar Einzelheiten hören?«

Als die Talley nicht antwortete, fuhr Kimberlain fort.

»Eines Tages stand Leichensektion auf dem Unterrichtsplan. Leeds demonstrierte jeden Schritt einer solchen Sektion auf einem erhöhten Podest. Das Problem war nur, daß seine Leiche nicht tot war, sondern nur betäubt. Er hat eine Autopsie an einer lebendigen Studentin durchgeführt.« Der Blick Lauren Talleys wurde unsicher.

»Seine dritte Identität war die eines Arztes für Allgemeinmedizin. Er hat zweiundzwanzig seiner älteren Patienten auf zweiundzwanzig verschiedene Weisen getötet.«

»Mein Gott . . .«

»Nummer vier war ein Psychiater. Seine Patienten schworen auf ihn. Dann kamen am selben Tag sieben davon nicht mehr nach Hause zurück. Man fand sie alle in seiner Praxis. Sie saßen wie zu einer Gruppentherapie zusammen, waren aber alle tot. Leeds hatte sie erwürgt, ihnen die Augen ausgestochen und die Ohren und Zungen abgeschnitten.«

Die Talley schwankte. »Darf ich mich setzen?«
»Bitte sehr.«
Sie sank auf die Couch. »Warum steht nichts davon in meiner Akte?«
»Ich habe es selbst herausgefunden. Man veröffentlicht nicht, was man nicht beweisen kann.«
»All das haben Sie selbst herausgefunden?«
»Ich bin den Spuren, den Mustern gefolgt.«
»Er wollte gefaßt werden, nicht wahr?«
»Keineswegs. Er wollte *bemerkt* werden. Ohne Anerkennung bleibt die Tat bedeutungslos. Menschen wie Leeds leben von rohen Gefühlen. Ihre Taten füttern ihr Ego, und im Gegenzug verlangt ihr Ego nach mehr. In dieser Hinsicht sind sie fast wie Kleinkinder.«
»Menschen wie Leeds«, wiederholte Talley. »Was heißt das?«
»Ungeheuer. Die Verhaltenswissenschaft kann sie mit jedem psychiatrischen Fachbegriff belegen, der Ihnen gerade einfällt, doch sie sind und bleiben Ungeheuer.«
»Was ist mit seiner fünften Identität?«
»Lehrer an einer Privatschule. Eine siebente Klasse irgendwo in Florida. Er machte eines Tages mit seinen Schülern einen Ausflug...«
»O nein...«
»Man hat nie auch nur eine Leiche gefunden.«
Die Talley war plötzlich sehr bleich. »Er war der schlimmste, nicht wahr?«
»Oder der beste. Das hängt von der Sichtweise ab.«
»Großer Gott... Wie haben Sie das nur geschafft? Solchen Monstern nachzujagen, meine ich?«
»Weil ich es mußte... genau wie Sie.«
»Und in diesem Fall müssen Sie ihn erwischen, bevor er Sie erwischt? Ist es das?«
Kimberlain trat näher an sie heran, so daß er sich mitten in dem Licht befand, das von den zahlreichen Linsen des multidimensionalen Fernsehgeräts reflektiert wurde. Für einen Augenblick stellte Lauren Talley sich vor, er sei wirklich eine Projektion, kein Mensch, sondern ein gespenstisches Phantom, das in einer Auflösung von sechshundert horizontalen Zeilen projiziert wurde.

»Keineswegs«, erwiderte er. »Falls Leeds hierher kommt, dann nur, weil er sich in einer ganz bestimmten Hinsicht völlig sicher fühlt. Weil er absolut sicher ist, daß er ein perfektes Versteck hat.«

»Das heißt . . .«

»Das heißt, eine sechste Identität, die ich nicht aufdecken konnte, eine sechste Identität, in der er sicher untertauchen kann. Und sobald er das erst einmal tut, werden wir ihn nie mehr finden.«

»Wo wollen Sie anfangen?«

»Bei einem Experten«, erwiderte der Fährmann.

Schon mehr als die Hälfte des Tags war verstrichen, als Kimberlain seinen Nissan Pathfinder von der Straße steuerte und so weit querfeldein fuhr, wie die Wälder Maines es gestatteten. Danach mußte er noch über drei Kilometer zu Fuß zurücklegen. Hier hatte es einmal eine Straße gegeben, mit der ein Geländewagen mit Allradantrieb spielend leicht fertig wurde. Doch sie war schon vor geraumer Zeit getarnt worden und dann zugewachsen, um die Existenz der Hütte und ihres derzeitigen Bewohners vor unwillkommenen Blicken zu schützen.

Kimberlain näherte sich der Hütte, sorgsam darauf bedacht, seine Anwesenheit nicht zu verbergen, sie aber auch nicht allzu laut zu verkünden. Die Hütte sah beträchtlich anders aus als zu der Zeit, da er selbst sie gelegentlich benutzt hatte. Ihr neuer Bewohner hatte die Bäume, das Gestrüpp und das Unterholz in der Nähe nicht mehr gepflegt, hatte es verwildern lassen. Schlingpflanzen hatten das Dach überwuchert und die Pfeiler der Veranda bedeckt. Die Hütte erweckte jetzt nicht mehr den Anschein, als habe man sie im Wald errichtet, sondern wirkte eher so, als wäre sie aus ihm gewachsen. Es überraschte Kimberlain nicht.

Krach!

Er erkannte augenblicklich, daß das Geräusch hinter dem Haus erklungen war. Während er herumging, hörte er es noch dreimal, bevor sein Blick auf die gewaltigen nackten Schultern und die muskelbepackten Arme fiel, die mühelos eine Axt schwangen.

Krach!

Ein weiterer Scheit zersplitterte in zwei Teile und fiel vom Klotz. Der ordentlich gepackte Holzstapel, der fast die gesamte freie Fläche zwischen der Hütte und dem Wald beanspruchte, würde für mindestens zwei, vielleicht sogar drei Winter reichen. Doch Kimberlain wußte, daß er trotzdem von Tag zu Tag größer werden würde.

»Hallo, Fährmann«, sagte Winston Peet, ohne sich umzudrehen, während er wieder mit der Axt zuschlug. »Ich wußte, daß du kommen würdest.«

Es war seltsam, diesen Mann jetzt einen Freund zu nennen, da sie seit dem Tag, an dem sie sich vor sechs Jahren zum erstenmal begegnet waren, mit beträchtlicher Entschlossenheit versucht hatten, sich gegenseitig zu töten.

Fünfzehn Morde waren begangen worden, bevor die Abteilung Verhaltenswissenschaft den Fährmann hinzugezogen hatte. Bei allen Leichen hatten die Köpfe gefehlt; die Pathologen hatten erklärt, daß der Mörder sie *mit bloßen Händen* abgerissen hatte, nachdem er die Opfer erwürgt hatte. Der Täter mußte also unglaublich kräftig sein. Suchen Sie nicht nach einem Mann, hatte man ihm geraten, suchen Sie nach einem Monstrum.

Schließlich hatte Kimberlain herausgefunden, daß die Antwort auf die Frage, wie man ihn fassen konnte, die ganze Zeit über vor aller Augen gestanden hatte: Der jeweils nächste Mord hatte sich im Geburtsort des jeweils vorherigen Opfers ereignet. Das erste war in Boston ermordet worden. Der Geburtsort dieses Opfers war Gilford, New Hampshire, gewesen; das dortige Opfer war in White Plains, New York, geboren worden. Und so ging es weiter, ein Staat nach dem anderen.

Das sechzehnte Opfer war in der Stadt Medicine Lodge im Staat Kansas geboren worden. Dort, in der Küche des einzigen Schnellrestaurants des Ortes, war Kimberlain zum erstenmal Winston Peet begegnet. Er stand über der Leiche der einzigen Kellnerin des Lokals. Kimberlain hatte in seiner aktiven Zeit mit jeder Menge Riesen zu tun gehabt, die entweder abnorm groß oder abnorm muskulös gewesen waren, jedoch niemals ein Geschöpf gesehen, auf das beides in einer so überproportionalen Hinsicht zutraf.

Das Monstrum hatte unter seinem kahlen Schädel gegrinst und den Kopf der hübschen Kellnerin über den Boden vor des Fährmanns Füße gerollt. Der nachfolgende Kampf hatte in gewisser Hinsicht Geschichte gemacht, und er dauerte genau die siebenundfünfzig Sekunden, welche die durch den Lärm alarmierten FBI-Agenten benötigten, um zur Küche vorzudringen. Sie fanden Kimberlain über dem Ungetüm stehend, die Pistole in der Hand. Der Arm, der sie hielt, hing schlaff aus einer ausgerenkten Schulter. Sein anderes Handgelenk war gebrochen. Er hustete bereits Blut aus zahlreichen inneren Verletzungen, darunter ein böser Nierenriß. Das Ungetüm hingegen blutete heftig aus einer Verletzung am Schlüsselbein, die von einem Hackmesser stammte, das Kimberlain ihm tief ins Fleisch getrieben hatte; diese Verletzung hatte Peet letztendlich auch gestoppt.

Als Kimberlain hörte, wie die FBI-Agenten durch die Türöffnung stürmten, richtete er die Pistole auf das Ungetüm.

Schieß, sagte er sich.

Erschieße mich, schienen die blutunterlaufenen Augen des Ungeheuers zu bitten.

Der Fährmann hielt die Waffe starr auf ihn gerichtet, und dann hatten die FBI-Agenten übernommen. Sie zielten mit ihren Pistolen und Gewehren auf Peet, als sei er ein wildes Tier, das sie endlich im Urwald in die Enge getrieben hatten.

Wildes Tier – daran fehlte nicht viel. So lautete zumindest der Schuldspruch des Gerichts. Die Geschworenen hielten Winston Peet für völlig unfähig, zwischen richtig und falsch zu unterscheiden, und verurteilten ihn zur lebenslangen Haftstrafe in den ›Locks‹. Kimberlain glaubte zu diesem Zeitpunkt, mit Peet endgültig fertig zu sein, doch dann begann Peet, ihm zu schreiben, und es kamen immer mehr Briefe.

Zwei davon hatten eine besonders brutale Mordserie zum Thema, und wegen dieser beiden Briefe hatte Kimberlain vor drei Jahren die Anstalt aufgesucht. Peet schien etwas über das Ungetüm zu wissen, das der Fährmann zu diesem Zeitpunkt jagte. Knapp eine Woche nach ihrer Unterhaltung war Peet aus ›The Locks‹ ausgebrochen und tauchte kurz darauf in einem Krankenzimmer auf, in dem Kimberlain lag. Er behauptete, geläutert worden zu sein, wiedergeboren; sein ehemaliges Ich sei von der spirituellen Kugel des Fährmanns getötet worden. Er wollte Kimberlain helfen und versicherte, er sei der einzige, der dazu imstande war.

Wie sich herausstellte, behielt Peet recht. Eine Schicksalsfügung schmiedete sie als Verbündete zusammen, und als die Sache ausgestanden war, schuldete Kimberlain dem Riesen zuviel, als daß er ihn wieder in die Anstalt zurückschicken konnte. Also hatte er Peet hierher gebracht, zu der Hütte, die er selbst in den Wäldern Maines gebaut hatte, damit er dort sein Leben allein und in Frieden verbringen konnte. Er besuchte den Riesen in sporadischen Abständen, eher wegen seiner als wegen Peets Bedürfnissen, wie er sich eingestehen mußte.

Winston Peet drehte sich jetzt um und sah ihm entgegen, die Axt in der Hand. Die Muskeln seines gewaltigen Brustkorbs schienen sich zu kräuseln.

»Sprechen wir über Tiny Tim, Fährmann.«

8

»Deshalb bin ich nicht gekommen.«

Peet lehnte die Axt gegen den Klotz und kam auf ihn zu. Bei einem Mann seiner Größe hätte bei jedem Schritt die Erde erzittern müssen, doch Peet bewegte sich leichtfüßig und grazil, und die Mokassins, die er selbst genäht hatte, streiften kaum den harten Boden. Sein kahler Schädel schimmerte vor Schweiß. Er blieb einen Meter vor Kimberlain stehen, streckte jedoch nicht die Hand aus.

»Aber er ist da draußen, Fährmann, und nur du kannst ihn schnappen.«

Kimberlain musterte den Riesen, und sein Blick verharrte kurz auf der sauber verheilten Narbe an der Stelle, an der er ihm das Hackmesser ins Schlüsselbein getrieben hatte. »Woher hast du gewußt, daß ich komme?«

»Du brauchst mich wieder. Dein Verlangen erreicht mich wie ein Seil, das mich in die Welt zurückziehen will, die zu verlassen du mir geholfen hast.«

»Das FBI hat sich an mich gewandt. Eine junge Dame aus der Abteilung Verhaltenswissenschaft, die eine eigene Theorie über Tiny Tim hat. Sie ist darauf gekommen, daß du vielleicht noch lebst. Sie glaubt, daß du Tiny Tim bist.«

»Ach ja?«

»Ja.«

»Und was glaubst du?«

»Wie ich schon sagte, deshalb bin ich nicht hier.«

»Wenn du willst, kannst du meine Füße überprüfen.« Er schielte zu der Axt hinüber. »Vielleicht habe ich mir ja versehentlich einen Teil des linken Fußes abgehackt.«

»Ein cleverer Mensch würde keine Axt brauchen, um die Spuren zu hinterlassen, die er hinterlassen will.«

»Ein Mensch wie du, Fährmann.«

»Aber mich hat die junge Dame nicht in Verdacht.«

»Vielleicht kennt sie dich nicht so gut wie ich.«

»Und das soll heißen?«

Peets Gesicht war ausdruckslos. »Akzeptiere, was du bist, Fährmann. Hör auf, mich als Maßstab für die Ebene zu benutzen, die du gern erreichen möchtest. Sogar die junge Frau vom FBI hat dich angesehen und wußte es.«

»Wußte was, Peet?«

»Daß sie sah, hinter was sie her war. Vielleicht nicht dem Namen, aber ganz bestimmt dem Gefühl nach. Die andere Ebene, Fährmann. Sie hat gewußt, daß nur jemand, der sich dort befindet, das tun kann, was der getan hat, den sie festnehmen soll. Du, ich und jetzt Tiny Tim. Sie hat mich beschuldigt, aber genausogut hätte sie auch dich beschuldigen können.«

»Ich wollte ihr nicht glauben.«

»Warum nicht?«

»Weil das bedeutet, daß ich mich in dir geirrt habe.«

»Nein – weil es bedeutet, daß du dich in dir selbst geirrt hast. Deine Fehleinschätzung meines Charakters würde nur die

Fehleinschätzung deines eigenen spiegeln. Wenn ich noch immer einer solchen Tat fähig sein könnte, gälte das auch für dich.«

»Und könntest du es?«

Der Hauch eines Lächelns legte sich auf Winston Peets Lippen. »Wie gut oder schwach meine Augen auch sein mögen, sie können nur eine gewisse Entfernung überblicken, und der Raum, auf dem ich lebe und mich bewege, wird von dieser Entfernung begrenzt. Die Linie dieses Horizontes, der ich nicht entkommen kann, bestimmt in allen kleinen und großen Dingen mein unmittelbares Schicksal. Um jedes Lebewesen kannst du dir einen Kreis vorstellen, der einen Mittelpunkt hat und nur für dieses eine Wesen gilt. Anhand dieser Horizonte, in denen jeder von uns gefangen ist wie hinter Gefängnismauern, messen wir die Welt . . .«

»Und wie mißt Tiny Tim sie?«

»Das Böse der Starken schadet gedankenlos anderen – es *muß* sich entladen. Das Böse der Schwachen *will* anderen schaden und die Spuren des Leids sehen, das es verursacht hat.«

»Du behauptest also, Tiny Tim sei schwach.«

»Körperlich ist er uns gewachsen, aber nicht in anderer Hinsicht. Wie viele sind es mittlerweile?«

»Über zweihundert. Zwei verschiedene Städte nicht einmal innerhalb einer Woche.«

Peet schien kurz darüber nachzudenken. »Ihm gefällt, was er tut, Fährmann. Ich habe ihn dort draußen gespürt, ein schwarzes Vakuum, das das Wenige, das es aufnehmen kann, in sich aufsaugt.«

»Aber du hast nicht nach mir geschickt. Du wolltest nicht . . .«

»Helfen?« beendete Peet den Satz. »Ich wollte es nicht, weil ich es nicht kann. Ich kann dir bei Tiny Tim nicht helfen, denn die dunkle Welt, die er bewohnt, liegt am Rand unserer eigenen. Will ich ihm nachspüren, muß ich diese Grenze überschreiten, und ich fürchte, sobald ich sie einmal überschritten habe, werde ich nie mehr zurückkehren können.«

»Mit anderen Worten, du hast Angst davor, wieder zu dem Mann zu werden, der du einmal warst.«

»Weil ich nie aufgehört habe, dieser Mann zu sein, Fährmann. Ich habe bloß mein Innerstes neu definiert. Um Tiny Tim nachzuspüren, müßte ich es erneut neu definieren.«

»Wer Ungeheuer jagt, mag zusehen, daß er dabei nicht zum Ungeheuer wird«, wandelte Kimberlain Nietzsche ab.

Der Riese lächelte breit. »Und wenn du lange in einen Abgrund blickst, blickt der Abgrund auch in dich hinein.«

»Ich bin gerade von dort zurückgekommen«, erwiderte Kimberlain. »Und er ist leer.«

»Leeds ist draußen«, sagte Kimberlain, als sie sich in der Hütte befanden. Peet runzelte die Stirn. »Er ist vor drei Tagen aus ›The Locks‹ entkommen, zusammen mit den anderen Insassen des Hochsicherheitstrakts.«

»Wie viele?«

»Mit Leeds vierundachtzig.«

»Ich habe sie nicht gespürt, Fährmann. Seltsam.«

Das Mobiliar der Hütte bestand aus den Einrichtungsgegenständen, die Kimberlain selbst gezimmert hatte, bevor er Peet die Hütte überlassen hatte, und Möbeln, die Peet selbst gebaut hatte. Die Umrisse von Peets Stücken – ein Sofa mit handgefertigten Polstern, ein Küchentisch aus Birkenholz, nur spärlich gefüllte Bücherregale – waren viel runder und weicher. Kimberlain erkannte, daß die harte Eckigkeit seiner eigenen Arbeiten die schwierigen Zeiten widerspiegelte, die er damals durchlebt hatte. Er nahm auf dem Sofa Platz und versank geradezu darin. Peet hatte natürlich alle Möbelstücke für seine gewaltige Größe ausgelegt. Der Riese stand bewegungslos in der offenen Küchennische, hin- und hergerissen zwischen den Aufgaben, Frühstück zu machen und Kimberlains Worte zu akzeptieren. Auf der Küchentheke stand ein starkes Kurzwellenradio, das Peets einzigen Kontakt mit der Außenwelt darstellte. Kimberlain schätzte, daß die Batterien wahrscheinlich sein Leben lang halten würden.

»Leeds kam zu meinem Haus«, fuhr er fort. »Spazierte geradewegs zu meiner Tür und ließ mir eine Nachricht da.«

»Wie kamst du dir da vor?«

»Mißbraucht.«

»Ja, Fährmann, aber nicht, weil er auf deinen Grund und Boden vordringen konnte, sondern in deinen Verstand. Hast du alles vergessen, was du von mir gelernt hast, Fährmann? Für Leeds ist das Ziel unbedeutend. Ihm kommt es nur auf die Mittel an. Nicht das Töten ist wichtig, sondern die Jagd, die dazu führt. Es ist nur ein Spiel, das aber keinen Spaß macht, wenn niemand da ist, mit dem man spielen kann.«

»Du meinst also, er will, daß ich ihn wieder verfolge.«

»Mehr noch. Er rechnet damit, und er will dich entmutigen, indem er vortäuscht, er sei dir überlegen.«

»Vielleicht täuscht er das nicht nur vor.«

»Und genau das ist doch der springende Punkt, nicht wahr? Zum erstenmal mußt du, der Fährmann, es mit jemandem aufnehmen, der besser ist als du. Wenn jemand, der eine ganze Menge Vorteile hat, darin nicht zumindest das Körnchen einer Erniedrigung findet, hat er das Schlechteste aus einem guten Geschäft gemacht. Leeds hat dich nicht nur einmal, sondern zweimal erniedrigt.«

»Zweimal?«

»Ein Mann wie Leeds würde, nachdem er einmal besiegt worden ist, niemals denjenigen verhöhnen, der ihn besiegt hat. Er würde ihn nur verhöhnen, wenn er den anderen wissen lassen will, daß er ihn keineswegs besiegt hat.«

»Und das heißt . . .«

»Wir sitzen in unserem Netz, wir Spinnen, und wir können nur das darin fangen, das sich auch fangen läßt.«

»Du behauptest, ich hätte Leeds geschnappt, weil er geschnappt werden *wollte*? Damit er in ›The Locks‹ eingesperrt wird?«

»Und jetzt, Fährmann, ist er mit dreiundachtzig anderen aus ›The Locks‹ ausgebrochen.«

»Und danach läßt er mir eine Nachricht zurück . . .«

»Seine Art, dich wissen zu lassen, daß er die ganze Zeit über besser war.«

Der Sinn in Peets Argumentation war pervers und verdreht, aber unwiderlegbar.

»Warum?« fragte Kimberlain.

»Einen Sinn, den wir nicht sehen können.«

»Warum *ich*?«

»Vorhersagbarkeit. Eine große Kraft, aber auch eine grundlegende Schwäche. Aber da ist noch mehr. Leeds hätte dich niemals mit seinem Besuch verhöhnt, würde er dich nicht auch fürchten. Wegen dieser Furcht nimmst du eine zentrale Rolle in seinen Gedanken ein. Manchmal greift man einen Feind nicht nur an, um ihm zu schaden oder ihn zu überwältigen, sondern um herauszufinden, wie stark er wirklich ist.«

»Er hätte mich einfach töten können.«

Peet lächelte. »Genau, wie du mich hättest töten können, als du in diesem früheren Leben eine noch bessere Gelegenheit dazu hattest. Es ist ganz einfach, Fährmann. Wer nur dafür lebt, um gegen einen Feind zu kämpfen, hat ein Interesse daran, daß sein Feind am Leben bleibt. Leeds braucht dich. Du bist für ihn etwas, das er hassen kann, und dieser Haß gibt dem Wahnsinn in ihm Nahrung.«

»Wie kann ich das für mich ausnutzen?«

»Indem du den Sinn findest, die Wahrheit, weshalb er sich in ›The Locks‹ sperren ließ ... und wie und weshalb er wieder herausgekommen ist. Es liegt in seiner Vergangenheit, und dort mußt du suchen.«

»Allein, Peet?«

Das Gesicht des Riesen wirkte plötzlich traurig. »Es tut mir leid, aber ich kann dir nicht helfen.«

»Ich verstehe.«

»Wirklich?«

»Betrete diesen Abgrund, und du wirst wieder zu dem Ungeheuer, das du einmal warst.«

»Oder ich definiere einfach das Ungeheuer um, das ich jetzt bin.«

»Also hättest du Tiny Tim sein können?«

»Genauso leicht wie du auch.«

Kimberlain ging zur Tür.

»Bleib doch zum Frühstück«, rief Peet ihm hinterher.

»Ich mache mich besser auf den Weg«, erwiderte Kimberlain und drehte sich noch einmal zu ihm um.

»Aber du wirst zurückkommen.«

»Ich bin schon zurückgekommen. Du hast mir deine Antwort gegeben, und ich akzeptiere sie. Es war falsch von mir, hierher zu kommen.«

»Ich bin wegen dir hier.«

»Eine Rückzahlung, Peet. Ich war es dir schuldig. Wir sind quitt. Dabei können wir es belassen.«

»Wir können niemals etwas einfach belassen, Fährmann. Du hast geschworen, ich sei das letzte Ungeheuer, das du zur Strecke bringst, doch dann kam Leeds. Jetzt ist Leeds wieder frei, und du mußt die Jagd erneut aufnehmen. Und danach wirst du hierher zurückkommen und bei einem anderen meinen Rat suchen.«

»Bei Tiny Tim, Winston?«

Peet kam aus der Küchennische. Seine massige Gestalt blockierte einen Großteil des Lichts, das durch das Fenster fiel. »Wir ähneln uns so stark, Fährmann. Wir sind wegen gewisser Eigenschaften verdammt, die nur wir beide haben. Wir sind verdammt, im Schatten des Urteils der Gesellschaft über uns zu leben. Verdammt, mit einer Kraft zu wachsen, die andere nicht verstehen und daher fürchten. Akzeptiere dies und sei auf der Hut.«

»Auf der Hut wovor, Peet?«

»Je höher wir streben, Fährmann, desto kleiner wirken wir auf die, die nicht fliegen können.«

Librarian saß in dem abgedunkelten Zimmer und sah zu der Kamera hoch, die an die Decke über ihm montiert war.

»Sie enttäuschen mich, Mr. Chalmers«, sagte eine Stimme durch einen unsichtbaren Lautsprecher.

Chalmers überzeugte sich, daß sein eigener Lautsprecher auf die Kamera ausgerichtet war, bevor er antwortete. Die Schnur, die ihn mit seiner Kehle verband, baumelte schlaff auf seinen Schoß hinab.

»Es war ... unvermeidlich.«

»Wirklich? Dann muß ich davon ausgehen, daß Heddas Entkommen Ihrer Nachlässigkeit zuzuschreiben ist.«

»Meine Männer hätten ... das Feuer früher ... eröffnen müssen.«

»Sie hätten es ihnen befehlen müssen.«

Chalmers erwiderte nichts darauf.

»Halten Sie mich nicht zum Narren, Mr. Chalmers.«

»Sie mich . . . aber auch nicht.«

»Ich fürchte, Sie lassen mir keine Wahl. Wir müssen schließlich auch noch berücksichtigen, daß der Rest Ihrer Einsatzkräfte noch nicht auf der Insel eingetroffen ist.«

»Die Rückrufaktion hat . . . länger gedauert . . . als erwartet.«

»Ich verliere langsam die Geduld, Mr. Chalmers.«

Chalmers' Hände schlossen sich um die Lehnen seines Sessels.

»Diese Kräfte sind wichtig für mich. Ich brauche sie. Sie sind lebenswichtig für meinen Plan. Sie werden Sie zu der Insel schicken, Mr. Chalmers.«

»Ja.«

»Und Sie werden Hedda beseitigen.«

»Ja.«

»Enttäuschen Sie mich nicht noch einmal.«

Chalmers starrte in die Kamera und sagte nichts.

9

»Werden wir sterben?«

Die Frage des Jungen riß Hedda aus ihrer Benommenheit, und sie versuchte, selbstsicher zu klingen, als sie ihm antwortete.

»Dafür sind wir schon viel zu weit gekommen.«

»Ich habe Angst«, sagte er, während er den Hosengürtel enger zog. Sein Bein war steif und lahm von der Verletzung und schmerzte.

Hedda zwang sich zu einem zuversichtlichen Lächeln und schüttelte den Kopf. »Wir werden bald in Sicherheit sein. Ich verspreche es dir.« Doch ihre Gedanken glitten zurück und versuchten verzweifelt, eine deutliche Erinnerung an die letzten vierundzwanzig Stunden zu bewahren.

Solange war es jetzt her – fast auf die Minute genau –, seit sie und der Junge von der Brücke gesprungen waren.

Sie hatte Christopher beim Sturz loslassen müssen und hörte dann, wie er einen winzigen Augenblick nach ihr auf das Wasser schlug. Als sie ihn erreichte, war er bereits untergegangen. Obwohl er bewußtlos war, zitterte er – anscheinend der Schock. Sie wußte, daß die Kevlar-Weste, die sie ihm gegeben hatte, ansonsten augenblicklich tödliche Treffer verhindert hatte, doch je nachdem, an welcher Stelle ihn die Kugel ins Bein getroffen hatte, würde das vielleicht keine Rolle mehr spielen. Sie schwamm zu dem Jungen und drückte ihm einen Arm unter das Kinn. Das Wasser konnte den Geruch des Blutes nicht verbergen, weder den des seinen noch den des ihren. Ihre eigene Verletzung ignorierend, schwamm sie los. Sie stützte den Jungen, so daß sein Gesicht über der Oberfläche blieb. Ihr selbst genügte alle zwanzig oder dreißig Sekunden ein Atemzug.

Mit den Atemzügen kamen kurze Blicke auf die Geschehnisse auf der Brücke über ihr. Die Schützen versuchten zuerst, sie auszumachen, und hielten dann Ausschau nach einem schnellen Weg zum Flußufer hinab. Doch als sie ihn gefunden hatten, war Hedda schon ein gutes Stück geschwommen.

Ihre Schulter begann zu pochen. Doch noch schlimmer war, daß Christopher Hanleys Blut noch immer aus seiner Beinverletzung floß. Wenn er die Nacht überleben sollte, mußte sie augenblicklich etwas unternehmen.

Er oblag schließlich noch immer ihrer Verantwortung. Was Hedda betraf, so hatte ihr Auftrag mit der bizarren Wendung der Ereignisse auf der Brücke keineswegs sein Ende gefunden. Der Sprung in das eiskalte Wasser mochte ihnen das Leben gerettet haben, aber nur zeitweilig. Librarian würde wissen, daß sie noch lebten, daß sie, Hedda, noch lebte, und dementsprechend reagieren. Hedda mußte nun den Vorteil ausnutzen, den ihr die derzeitige Verwirrung des Gegners bot.

Der Gegner ... ihre eigenen Leute.

Warum? Und warum hatte man sie bezüglich des Jungen von Anfang an belogen? Deerslayer hatte ihn entführt, und dann war sie beauftragt worden, ihn zurückzubringen. Es ergab keinen Sinn!

Doch im Augenblick kam es nur darauf an, Christophers Verletzung zu versorgen. Hedda zog ihn unter der Deckung dichter Büsche vorsichtig an Land. Die Nacht war warm, und es wehte kaum ein Lüftchen, ein nicht unbeträchtlicher Vorteil, da sie ja ihre Körpertemperaturen auf einem Niveau halten mußten, das ein Überleben ermöglichte. Außerdem stand ein aufgehender Mond am Himmel, was Hedda die Arbeit beträchtlich erleichterte.

Sie entfernte einen Lederbeutel, den sie an ihrem Gürtel befestigt hatte, und zog den Gürtel dann aus den Hosenschlaufen. Sie legte den Beutel auf einen Felsen neben ihr und zog den Gürtel über der Verletzung des Jungen um den Oberschenkel zusammen, um ihn notdürftig abzubinden. Fast augenblicklich wurde der Blutfluß unterbrochen. Dann öffnete Hedda den Beutel und nahm zahlreiche Tupfer, Verbandszeug und verschiedene Schmerz- und Beruhigungsmittel heraus. Die kleine Taschenlampe ganz unten im Beutel war wesentlich stärker als ein normales Modell und verfügte über einen justierbaren Strahl. Hedda wischte sich die Hände mit einem alkoholgetränkten Tuch ab, um sie so gut wie möglich zu säubern. Ihre rechte Hand schloß sich um die Stablampe, und sie überprüfte die Lebenszeichen des Jungen. Der Puls ging langsam, war aber deutlich zu spüren. Seine Haut war schrecklich bleich. Wenn es noch nicht zu spät war, war es zumindest sehr knapp.

Die Kugel hatte ihn fünfzehn Zentimeter über der Kniescheibe getroffen und den Oberschenkel glatt durchschlagen. Das bedeutete, daß sie nicht einmal, sondern zweimal nähen mußte, doch zumindest brauchte sie keine Kugel zu entfernen. Immerhin etwas. Hedda säuberte die Wunde und griff zur Nadel. Sie wollte dem Jungen in seinem geschwächten Zustand kein Sedativum verabreichen. Falls er zu sich kommen sollte, blieb ihr zwar keine andere Wahl, doch bis dahin würde sie auf seine Bewußtlosigkeit als Anästhesie hoffen. Sie war erschöpft und mußte alle Willenskraft aufbringen, um die Wunden zu nähen. Dann verband sie das Bein. Christophers Gesichtsfarbe kehrte allmählich zurück. Er stöhnte leise. Hedda streichelte dem Jungen über die Stirn.

Abrupt zog sie die Hand zurück. Irgendwo in ihr hatte sich

wieder die Erinnerung an einen anderen Jungen gerührt. Ein anderer Junge, der erschossen worden war, ein anderer Junge, dessen Blut sie befleckt hatte. Die Erinnerung kam mit dem überwältigenden Nachdruck, mit dem man sich mitten am Tag plötzlich an einen Traum erinnerte, den man kurz vor dem Aufwachen gehabt hatte.

Das Geräusch eines Schusses, eine Kugel, die einen Schädel zerfetzte und Gehirn und Knochen mit sich riß. Die Erinnerung verblich und wurde erneut durch Gedanken an ihren Großvater ersetzt. Sie hatte ihm mit den Kühen geholfen, sie gemolken und gefüttert. Der Hof war abgeschieden und lag weit entfernt von der Stadt; daher waren die Tiere ihre besten Freunde geworden. Da war ein Pferd, das nur sie reiten konnte, und ein blinder Hund, der sein Gnadenbrot bekam und die meiste Zeit schlafend am Fuß ihres Bettes verbrachte. Des Nachts ließ sie ihn zu sich unter die Decke kriechen. Am Morgen beobachtete sie ihren Großvater gern beim Rasieren. Manchmal rieb er eine mit grünem, süßlich riechendem Aftershave bedeckte Hand durch ihr Gesicht.

Hedda konzentrierte sich wieder auf die Gegenwart. Sie mußte agieren, solange die Nacht noch ihr Verbündeter war. Ein Boot stehlen oder ein Flugzeug auftreiben, das sie zu einem der Schutzverstecke bringen konnte, die sie im Lauf der Jahre eingerichtet hatte. Doch um überhaupt irgendwo hinzukommen, mußte sie laufen und den Jungen tragen, wodurch sie unerträglich langsam wurde. Also ein Fahrzeug. Sie brauchte ein Fahrzeug ...

Sie trug den Jungen so behutsam in den Armen, wie sie konnte. Er bewegte sich ein paarmal, und Hedda spielte mit dem Gedanken, ihm ein Beruhigungsmittel zu geben, damit er nicht zu sich kam. Ihr Marsch durch die Wälder brachte sie wieder in Reichweite der Straße, und sie setzte sich und wartete ruhig ab. Fünf Minuten vergingen, dann erschien ein Wagen und hielt kurz darauf an. Drei Gestalten stiegen aus und verteilten sich im Unterholz.

Als Hedda ihre Verfolger sah, brandete ein neuer Adrenalinstoß durch ihre Adern. Die Narren waren für so einen Job viel zu gut gekleidet. Noch ungeschickter war, daß sie sich nach kurzer Zeit aus den Augen verloren. Ihre Suche war eine reine Routinemaßnahme, die man hinter sich bringen mußte, und nichts weiter. Wahrscheinlich hielten die Kerle sie für tot. Hedda blickte wieder zum Wagen. Sie konnte hinüberlaufen und mit ihm verschwinden, ohne daß einer der drei Männer davon auch nur etwas mitbekam. Doch sie würden den Diebstahl des Wagens kurz darauf melden, und Librarian würde dementsprechend reagieren. Damit hatte sie nichts erreicht.

Die Männer mußten sterben. So einfach war das. Nicht wegen ihr, sondern wegen Christopher Hanley, dessen Leben davon abhing.

Sie entschloß sich nun doch, ihm ein Beruhigungsmittel zu verabreichen. Danach bereitete sie sowohl ihr Messer wie auch einen Würgedraht vor. Sie mußte schnell und leise töten. Hedda ließ den Jungen im Schutz des Unterholzes liegen und verschmolz mit der Dunkelheit. Beim ersten und dritten Häscher benutzte sie das Messer, beim zweiten die Schlinge. Sie atmete nicht einmal schwer, als sie Christopher Hanley auf den Rücksitz legte und in die Nacht hineinfuhr.

Auf der Bootsfahrt, die die nächste Etappe ihrer Reise bildete, kam Christopher Hanley halbwegs zu sich. Hedda hörte seinen durchdringenden Schrei, während sie auf der Brücke Wache hielt. Sie stürmte nach unten und fand ihn schluchzend und stöhnend vor, ein Opfer sowohl der von den Sedativa hervorgerufenen als auch der wirklichen Alpträume, die ihn beinahe das Leben gekostet hatten. Er klammerte sich an sie, und sie duldete es. Das Gefühl war ihr fremd und fern, aber irgendwie ganz willkommen.

»Wie fühlt sich dein Bein an?« fragte sie ihn.

»Taub. Steif.«

»Kannst du gehen?«

»Ich . . . glaube nicht.«

»Dann mußt du es auch nicht.«

Er sah sie ängstlich an. »Ich weiß noch, daß jemand geschossen hat. Die Männer auf der Brücke haben auf mich geschossen, nicht wahr? Was . . . ist passiert?«

»Es spielt keine Rolle. Ich werde dich nach Hause bringen. Tu, was ich sage, und ich verspreche dir, daß ich dich nach Hause bringen werde.«

Der Junge umarmte sie erneut. Er wirkte im Gegensatz zu Hedda klein und zerbrechlich.

Das Boot hatte genug Treibstoff, um sie nach Syrien zu bringen, wo sie die nächste Phase ihres Plans in Angriff nahm. Der Junge konnte tatsächlich nicht laufen, und so fertigte sie eine Krücke für ihn an und brachte ihm bei, wie er sie zu benutzen hatte. Bei ihrer Tarnung waren sie auf das angewiesen, was ihnen zur Verfügung stand, und in diesem Fall bot sich die Rolle einer Frau mit ihrem verkrüppelten Sohn geradezu an. Hedda zeigte ihm sogar, wie er betteln mußte, damit er in dem begrenzten Zeitraum, den sie benötigten, um eine sichere Zuflucht zu finden, als Einheimischer durchging.

Eine Stunde nach Anbruch der Dämmerung legten sie in der syrischen Hafenstadt Latakia an. Auf dem dortigen Markt war viel mehr als nur Fisch und landwirtschaftliche Produkte erhältlich. Für den richtigen Preis bekamen Hedda und der Junge Plätze in einer Transportmaschine nach Qatar. Sie mietete sich mit dem Jungen im Gulf Hotel in der Hauptstadt Doha ein. Die Augen des Türstehers blitzten auf, als er sie erkannte, und er sorgte dafür, daß das Einchecken schnell und problemlos vor sich ging. Ein Page brachte sie und Christopher direkt auf ein abgeschieden gelegenes Zimmer in der sechsten Etage, ohne daß sie sich an den Portier wenden mußte. In Doha war Diskretion alles.

Der Nachmittag wurde zum Abend, und ihr gelang es, ein paar Mal kurz einzuschlafen, wonach sie sich jedesmal nur noch müder fühlte. Sie war sehr weit gekommen und wußte, daß sie und der Junge in Sicherheit waren. Doch gleichermaßen steckten sie auch in der Falle. Doha bot zwar Schutz, aber keine bequemen Fluchtmöglichkeiten.

»Können Sie nicht einfach meinen Vater anrufen?« fragte der Junge.

»Man wird ihn beobachten und abhören.«

Er zögerte. »Die Männer auf der Brücke... Sie haben mit ihnen zusammengearbeitet.«

»Ja.«

»Aber sie haben versucht, uns zu töten.«

»Und sie werden es noch mal versuchen, wenn wir ihnen die Gelegenheit dazu bieten.«

»Es waren so viele.« Er seufzte.

»Jetzt sind es weniger«, erwiderte Hedda und dachte an die drei Männer, die sie in der vergangenen Nacht in dem Wald ausgeschaltet hatte. Sie wollte es ihm erklären, konnte es jedoch nicht, ohne ihn nur noch mehr zu beunruhigen.

In seinen Augen standen wieder Tränen. »Aber wie kann mein Vater kommen und uns holen, wenn Sie ihn nicht anrufen können?«

»Es gibt eine Möglichkeit«, versicherte sie ihm. »Es gibt eine Möglichkeit.«

Hedda verfaßte den Brief überaus sorgfältig und erstellte ein halbes Dutzend Entwürfe, bevor sie glaubte, die passenden Formulierungen gefunden zu haben. Es war nicht möglich, alles zu sagen. Der Trick bestand darin, genug zu sagen.

DR. HANLEY,
ICH HABE CHRISTOPHER BEI MIR, UND ER IST IN SICHERHEIT. MITTLERWEILE WIRD IHNEN JEMAND GESAGT HABEN, ER SEI TOT. DAS IST NICHT WAHR. ER SITZT NEBEN MIR UND SAGT, ER HOFFT, SIE HÄTTEN FLEISSIG BACKGAMMON GEÜBT. ICH HABE DEN AUFTRAG BEKOMMEN, IHN AUS DER GEWALT SEINER ENTFÜHRER ZU BEFREIEN, DOCH MEINE VORGESETZTEN HABEN MICH VERRATEN. UND IHR SOHN STECKTE MITTENDRIN. ICH MÖCHTE IHN NUR SICHER NACH HAUSE BRINGEN. DOCH IHR LEBEN KÖNNTE GENAUSO IN GEFAHR SEIN WIE DAS IHRES SOHNES: VERHALTEN SIE SICH *VÖLLIG* NORMAL. MORGEN WERDEN SIE DANN ...

EIN FREUND

Der Brief führte genau aus, wann und wo sie sich treffen würden. Sie ließ ihn von einem Kontaktmann nach London faxen, dem sie auch genaue Anweisungen über die Art der Zustellung erteilte: Wenn Christopher Hanleys Vater an diesem Abend oder am nächsten Morgen seine Tageszeitung aufschlug, würde er im Börsenteil einen Umschlag finden. Wenn alles klappte, würde er seinen Sohn morgen abend zurückhaben, und Hedda würde etwas mehr über die Gründe des Hinterhalts auf der Brücke wissen.

»Ich weiß nicht, wie ich Ihnen dafür danken soll.«

»Danken Sie mir noch nicht«, sagte Hedda zu dem Mann, der neben ihr über Dohas Marktplatz ging. »Sie haben noch eine Menge vor sich, und nur wenig davon wird angenehm sein.«

Sie schlenderten an Händlern vorbei, die in der Hitze des Nachmittags ihre Waren anpriesen. Der Markt war nichts weiter als eine Straße, die mit einem verrosteten alten Wellblechdach bedeckt war. Die glücklicheren Händler besaßen Läden, die die Straße säumten, doch die große Mehrheit hatte ihre Waren auf Tüchern oder kleinen Tischen ausgebreitet. Die Überdachung fing die Gerüche und Geräusche der Straße auf und warf sie wieder zurück, was zu einem ständigen, pochenden Lärm und einem gleichermaßen von Gewürzen wie frischem Fisch geleiteten hartnäckigen Angriff auf die Nasen führte.

»Wissen sie genau, daß wir in Sicherheit sind?« wollte Lyle Hanley wissen.

Wie verlangt, war er allein gekommen. Andernfalls hätte Hedda keinen Kontakt mit ihm aufgenommen.

»Wären sie hier, würden sie sofort auffallen.«

»Genau wie wir.«

»Das meine ich.«

»Was ist mit meinem Sohn? Wo ist er?«

»Ich möchte nicht, daß Sie ihn sehen, bis Sie begriffen haben, womit Sie es zu tun haben.«

»Aber sagen Sie mir wenigstens... ist er verletzt? Ihr Brief...«

»Er wurde vorletzte Nacht verwundet.«

»Verwundet?«

»Angeschossen.«

Lyle Hanley blieb abrupt stehen. »Von wem?«

»Das spielt keine Rolle. Wichtig ist nur, dafür zu sorgen, daß es nicht noch einmal geschieht. Sie beide sind zu gefährlich für sie geworden. Man kann es sich nicht leisten, Sie am Leben zu lassen.«

»Ich habe Ihre Anweisungen befolgt. Niemand weiß, daß ich London verlassen habe.«

»Doch, irgendwer weiß es. Irgendwer weiß es immer. Doch das spielt keine Rolle mehr, denn Sie werden nicht dorthin zurückkehren.«

»*Was?*«

»Zumindest nicht in der nächsten Zeit. Sie werden Ihren Sohn nehmen, Sir, und mit ihm untertauchen.«

»Aber ich bin nicht darauf vorbereitet, nicht . . .«

»Genau darauf kommt es an, Dr. Hanley. Sie werden irgendwo hingehen, wo niemand Sie kennt. Sie werden dort drei oder vier Wochen bleiben. Benutzen Sie Mittelsmänner, um Ihre Frau zu benachrichtigen. Holen Sie sie zu sich. Sofort. Sie drei müssen verschwinden, vielleicht für immer.«

»*Mein Gott . . .*«

»Es tut mir leid, Dr. Hanley, aber es geht nicht anders. Man hat versucht, Ihren Sohn zu töten, und man wird versuchen, Sie zu töten. Und nun werden Sie mir den Grund dafür verraten.«

Lyle Hanley erstarrte.

»Meine Vorgesetzten haben mir gesagt, Christopher sei von Arabern entführt worden, weil Sie für Aramco arbeiten«, fuhr Hedda fort. »Doch Christopher hat mir gesagt, daß Sie Chemiker sind, Fachmann für organische Chemie, und ich weiß mittlerweile, daß diese Entführung von meinen eigenen Leuten arrangiert wurde. Diese Leute haben vorgestern versucht, mich zu töten, Dr. Hanley. Sie haben versucht, Ihren Sohn zu töten.«

»Diese Leute haben mir ihr Wort gegeben!« Hanley hatte die Stimme soweit gehoben, daß man ihnen aus den Buden, an denen sie vorbeigingen, Blicke zuwarf. »Mein Sohn sollte unverletzt zurückgebracht werden, sobald meine Rolle beendet war. Man hat es mir hoch und heilig versprochen.«

»Ihre Rolle worin?«

»Sie haben sich an mich gewandt wegen meiner Arbeit mit toxischen Substanzen, die hauptsächlich in der Landwirtschaft eingesetzt werden.«

»Ich verstehe nicht.«

»Ich habe mich den Großteil meiner Karriere damit beschäftigt, Pestizide zu entwickeln, die auf Pflanzen und Saatgut haften, um über einen langen Zeitraum hinweg Insekten und Parasiten abzutöten. An sich ist das nichts Neues. Neu war bei meinen Entwicklungen jedoch, daß es sich um transdermale Gifte handelt.«

Hedda sah ihn fragend an.

»Das heißt, daß der toxische Bestandteil durch die Haut oder Außenhülle aufgenommen wird«, erklärte Hanley. »In allen anderen Fällen mußten die Pestizide entweder eingeatmet oder von dem Schädling verzehrt werden. Transdermal bedeutet, daß lediglich eine einfache Berührung erforderlich ist, um den gewünschten Effekt zu erzielen.«

»Den Tod.«

»Ja.«

»Und jemand hat Ihren Sohn entführt, um ihn gegen diese Formel austauschen zu können?«

»Nein, nicht genau.«

»Wie war es dann?«

»Sie wollten ein transdermales Toxin haben, das bei Menschen wirkt.«

»Ich verstehe nicht«, sagte Hedda wieder.

»Das Prinzip ist der Medizin schon seit geraumer Zeit bekannt. Nehmen Sie zum Beispiel gewisse Pflaster, die ihre Inhaltsstoffe nach und nach durch die Haut des Patienten abgeben. Sie wollten ein Gift haben, das ganz ähnlich funktioniert, das durch bloßen Hautkontakt töten kann.«

»Und Sie haben es ihnen gegeben?«

»Was für eine Wahl hatte ich denn? Sie hatten meinen Sohn. Sie hatten Christopher. Ja, ich habe es ihnen gegeben. Es handelte sich lediglich um eine etwas kompliziertere Weiterentwicklung eines meiner Pestizide.«

»Aber genauso tödlich.«

»Zumindest genauso. Wahrscheinlich noch tödlicher.«

»Dann haben Sie es tatsächlich hergestellt?«

Hanley nickte. »Und die Herstellung beaufsichtigt. Es handelt sich um eine Flüssigkeit, die ich TD-13 nannte. TD für transdermal und dreizehn, weil ich so viele Versuche benötigte, um es zu entwickeln. Ich habe mehrere Monate daran gearbeitet, und diese Zeit war die reine Hölle für mich. Denn sie hatten ja Christopher und haben mir immer wieder gedroht, ihn zu töten. Gelegentlich bekam ich einen Brief oder ein Tonband von ihm.«

»Wer waren ›sie‹?«

Hanley schnaubte. »Warum fragen Sie mich das? Sie haben doch gesagt, *Ihre* Leute hätten meinen Sohn entführt.«

»Einmal angenommen, sie waren es . . . wie könnten sie dieses Gift einsetzen?«

»Die von mir hergestellte Menge des Toxins reicht nicht aus, um in wirklich großem Maßstab Schaden anrichten zu können. Ich meine, wir sprechen von einem Stoff, der beträchtliche Beschränkungen aufweist. Er kann nicht von einem Menschen auf den nächsten weitergegeben werden, denn es handelt sich ja nicht um ein Bakterium oder einen Virus. Er kann nur durch direkten Kontakt übertragen werden.«

Hedda versuchte, diesen Gedankengang weiterzutreiben. »Und was, wenn er bei einem Gegenstand benutzt wird, der von zahlreichen Menschen berührt wird?«

Hanley zuckte die Achseln. »Wenn man damit jede Türklinke besprüht . . . Nein, angesichts der Beschränkungen des Toxins begreife ich nicht, warum jemand das alles auf sich nimmt, um solch ein Gift zu bekommen.«

»Aber jemand hat es getan.«

»Ihre Leute . . .«

»Nur als Mittelsmänner, als Soldaten im Dienst eines anderen. Des Mannes, der Christopher entführt hat.« Sie hielt inne. »Genau wie ich.«

»Sie hätten ihnen Christopher ausliefern können und haben es nicht getan. Die Leute hätten ihn getötet, nicht wahr?«

»Das kommt darauf an.«

»Worauf?«

»Ob Sie noch irgendeinen Wert für sie haben.«

»Die Produktion des Toxins wurde vor neun Tagen abgeschlossen.«

Hedda nickte. »Dann hätten diese Leute Sie beide getötet, und zwar bei Christophers Rückgabe.«

»Mein Gott, was für Menschen sind das nur?« fragte Hanley mit zitternden Lippen.

»Menschen, für die Sie Ihr TD-13 produziert haben, Dr. Hanley. Jetzt müssen wir nur noch herausfinden, was diese Leute damit vorhaben.«

10

Es gab keinen bestimmten Ort, der sich für den Beginn der Suche anbot, auf die Peet ihn geschickt hatte. Am ehesten konnte Kimberlain es noch mit der Brown University versuchen, an der Leeds unter einer falschen Identität gearbeitet hatte. Als Professor Alfred Andrews hatte er vor den Mitgliedern eines Kurses über forensische Pathologie eine Autopsie an einer lebendigen Studentin vorgenommen, die er selbst einmal unterrichtet hatte. Darüber hinaus waren in dem Jahr, an dem Leeds an der Universität unterrichtet hatte, fünf weitere Studenten verschwunden oder ermordet worden oder hatten angeblich Selbstmord begangen. Keiner dieser Fälle konnte eindeutig mit Leeds in Verbindung gebracht werden, doch ein Zusammenhang war unbestreitbar, zumindest nach Kimberlains Auffassung.

Die fast vierstündige Fahrt nach Providence verbrachte er mit Leeds als Reisegefährten. Er rief sich in Erinnerung, wie er das Ungetüm vor drei Monaten bei der Gerichtsverhandlung beobachtet hatte. Leeds war von durchschnittlicher Größe und ebensolchem Körperbau. Seine dunklen Augen waren verquollen und wirkten vorzeitig gealtert. Er war fünfzig und sah keine Spur jünger aus. Das einzig Auffällige an ihm, an das Kimberlain sich erinnern konnte, war sein Haar. Er hatte es zu einem gräßlichen Pechschwarz getönt, und es sah aus wie Schuhwichse, die unter den hellen Lampen im Gerichtssaal schimmerte.

Als der Fährmann ihn beobachtete, mußte er an Peet und so viele andere denken, deren körperliche Eigenschaften irgendwie genau zu ihrem verdrehten Verstand paßten. Doch Leeds wirkte schwach und schlapp. Was ihn antrieb, kam tief aus seinem Inneren und war dunkel, verderbt und häßlich; eine schleimige, augenlose Schnecke, die sich dort befand, wo die meisten Menschen ihre Seelen hatten.

Kimberlain orientierte sich mit Hilfe einer Straßenkarte, fand die Brown University und stellte den Wagen in einer Parklücke vor einem Zaun im Schatten eines großen, im Bau befindlichen Studentenwohnheims ab. Die Kälte ließ ihn frösteln, und er erkannte, daß er für das hiesige Wetter falsch gekleidet war. Er folgte den Hinweisschildern zum Büro von Dr. Ryan Fields. Fields, mittlerweile Assistenzprofessor, hatte Jahre zuvor unter Leeds alias Alfred Andrews studiert. Fields' Büro befand sich im zweiten Stock der biologisch-medizinischen Fakultät. Als Kimberlain an die offenstehende Tür klopfte, las Fields gerade Laborberichte seiner Studenten des Sommersemesters.

»Dr. Fields?«

Der Professor erhob sich und nahm die Brille ab. Er mußte jetzt Anfang Dreißig sein, sah aber zehn Jahre älter aus. Die Mitte seines Schädels war bereits kahl. Seine Augen wirkten müde und leblos.

»Nennen Sie mich bitte Ryan. Ich nehme an, Sie sind Kimberlain.«

Der Fährmann ging zum Schreibtisch und gab Fields die Hand. »Danke, daß Sie mich so kurzfristig empfangen, und das auch noch an einem Samstag.«

Fields nahm langsam wieder Platz. »Sie sind schließlich derjenige, der Alfred Andrews geschnappt hat.«

»Andrew Harrison Leeds«, korrigierte Kimberlain.

»Er hat aus seinem Vornamen den Nachnamen gemacht. Ist das ein übliches Vorgehen bei ihnen?«

»Bei wem?«

»Serienmördern. Verrückten.«

»Halten Sie Leeds für verrückt?«

»Sie nicht?«

»Ich bin hergekommen, um das von Ihnen zu erfahren.«

»Ich hielt ihn damals für einen hervorragenden Hochschullehrer. Es schmerzt mich, das sagen zu müssen, aber ich habe mehr von ihm gelernt als von jedem anderen, unter dem ich studiert habe.« Fields hielt inne. »Ich habe gelesen, daß er einen IQ von über zweihundert hat. Wie viele verschiedene Identitäten hatte er? Vier, nicht wahr?«

»Wir wissen von mindestens fünf. Wahrscheinlich hatte er noch eine oder zwei mehr.«

»Woher wollen Sie das wissen?«

»Weil ich alle Personen fand, die zu sein er vorgab, aber niemals den wahren Leeds selbst.«

Ryan Fields sah zur Wanduhr hoch. »Ich muß in einer halben Stunde in der Klinik sein. Bitte, setzen Sie sich doch.« Der Fährmann tat wie geheißen, und Fields fuhr fort: »Worum genau geht es, Mr. Kimberlain? Sie haben sich am Telefon nicht besonders klar ausgedrückt.«

»Leeds ist vor drei Tagen aus dem Sanatorium entkommen.«

Ryan Fields riß überrascht die Augen auf. »Das wußte ich nicht. Ich habe nichts davon gelesen . . .«

»Es wurde vor der Presse geheimgehalten. Es wäre sinnlos, eine Panik auszulösen. Wenn wir Glück haben, ist er wieder in Gewahrsam, bevor irgend jemand etwas mitbekommen hat«, fügte Kimberlain hinzu und versuchte, überzeugend zu klingen.

»Und wenn nicht?«

»Ich bin hier, um dafür zu sorgen. Ich suche nach Hinweisen auf die Identität, die wir nicht ermitteln konnten. Wenn ich herausfinde, was seine anderen Identitäten verbindet, habe ich einen Anfang.«

Fields räusperte sich. »Was genau wollen Sie von mir?«

»Mich interessiert hauptsächlich der Eindruck, den Sie von ihm gewonnen haben. Von allen Menschen, mit denen ich noch sprechen werde, haben Sie wahrscheinlich mehr Zeit allein mit Leeds verbracht als irgendwer sonst.«

Fields unterdrückte ein Schaudern und lehnte sich auf seinem Stuhl zurück. »Wir haben uns oft unterhalten. Sein Büro lag diesem hier direkt gegenüber. Eigentlich hat fast nur er gesprochen.«

»Worüber?«

»Über alles mögliche. Was sein Wissen betrifft, war er ein bemerkenswerter Mensch. Viele unserer Gespräche waren rein fachgebunden. Ein paar andere . . . na ja . . .«

»Fahren Sie fort.«

»Er hatte gewisse Ideen, Vorstellungen darüber, daß die Gesellschaft untergehen würde, wenn sie den eingeschlagenen Weg nicht korrigierte.«

»Es kam Ihnen nicht seltsam vor, daß ein Professor für forensische Pathologie über solche Themen sprach?«

»Nein, denn er hatte offensichtlich viel Spaß an seinen Ausführungen. Meistens hörte ich ihm kaum zu. Manchmal aber doch, und dann wurde mir sehr schnell unbehaglich.«

»Inwiefern?«

Fields schien nach den richtigen Worten zu suchen, um seine Eindrücke beschreiben zu können. »Na ja, er kam immer wieder darauf zurück, daß in den USA vielleicht alles genau verkehrt herum läuft. Vielleicht sollten die Verrückten und die verurteilten Straftäter freigelassen und alle anderen eingesperrt werden. Denn was könnte sicherer sein, da wir doch versuchen, sie von unserer Welt fernzuhalten? Dann würden sie ein- und nicht mehr ausbrechen.«

»Fahren Sie fort.«

»Ich gestand ein, daß dieses Argument über eine gewisse Stichhaltigkeit verfügte, doch Andrews – Leeds – trieb die Sache noch weiter. Er fragte immer wieder, was passieren würde, wenn nur noch die Armen, die Verrückten und die moralisch Verderbten übrigblieben. Er hatte alle möglichen Theorien, wie die Welt dann aussehen und wieso sie besser sein würde. Er schlug vor, ich solle meine Doktorarbeit darüber schreiben, und hatte sogar schon einen Titel dafür: ›Die neunte Gewalt.‹«

»Was soll das bedeuten?«

»Anscheinend hatte er eine Theorie, daß schon achtmal in der Geschichte große Persönlichkeiten versucht hatten, die Welt zu beherrschen, aber jedesmal gescheitert waren.« Fields blickte durch die noch immer geöffnete Tür zum gegenüberliegenden Büro hinüber, das man nicht mehr besetzt hatte, nachdem die Wahrheit über Professor Alfred Andrews bekanntgeworden war. »Ich erinnere mich noch genau, wie wir dort saßen und er mir erklärte, was alles schiefgegangen sei.«

Die Gedanken des Fährmanns schweiften ab. Leeds' Geruch war hier so stark, daß er sich fragte, ob er sich vielleicht in seinem ehemaligen Büro versteckt hatte und sie belauschte. »Was hat das alles mit Verrückten und Kriminellen zu tun?«

»Ihm zufolge ging es dabei um die Reinheit. Verrückte und Verbrecher seien die einzigen reinen Menschen, da sie keine Angst hätten, sich völlig frei auszudrücken. Nichts hielte sie zurück. Sie stellen sich etwas vor und sorgen dafür, daß es geschieht. Die neunte Gewalt würde die Welt zu der ihren machen.«

Kimberlain bekam eine Gänsehaut. »Hat er auch gesagt, wie?«

»Ich glaube, er wußte es nicht. Noch nicht.«

»Noch nicht?«

Alle Farbe war aus Dr. Fields Gesicht gewichen. »Ich stand ihm nahe, Mr. Kimberlain, näher als sonst jemand an dieser Universität. Eine Woche bevor er die Studentin umbrachte, bat er mich, Berechnungen darüber anzustellen, wie lange ein betäubtes Objekt bei einer Sektion im Verhältnis zu einem unbetäubten leben würde.«

»Eine Überlegung . . .«

». . .von sehr vielen. Doch erst am letzten Tag begriff ich, daß er jede einzelne davon verwirklicht hatte.«

Wie benommen ging Kimberlain zu dem Parkplatz zurück, auf dem er seinen Pathfinder abgestellt hatte. In seinem Geist schwammen noch Dr. Ryan Fields' Worte, und er verglich sie mit denen Winston Peets.

Indem du den Sinn findest, die Wahrheit, weshalb er sich in ›The Locks‹ sperren ließ . . . und wie und weshalb er wieder herausgekommen ist . . .

Die neunte Gewalt, das neunte Reich . . . eine Welt, die den

Verrückten und den Verbrechern gehörte, mit dem verrücktesten von allen am Ruder. Der Fährmann konnte sich genau vorstellen, wie Leeds darauf hinplante, für dieses Ziel lebte. Und das, obwohl er hier nur ein Teil des Bildes gesehen hatte, und überdies nur ein sehr kleines.

Er erreichte den Pathfinder und öffnete die Fahrertür. Die Schatten des Rohbaus tanzten auf der Straße, dorthin geworfen von den Straßenlampen, die ihnen auch die Illusion von Bewegung verliehen. Die schweren Bagger und Bulldozer auf der anderen Straßenseite wirkten wie große gelbe Dinosaurier, die nur darauf warteten, erweckt zu werden. Kimberlain stieg auf den Fahrersitz, zog die Tür zu und steckte den Schlüssel ins Zündschloß.

Im Rückspiegel tauchte ein gewaltiger Schatten auf und warnte den Fährmann einen Sekundenbruchteil vor dem Aufprall der sich rasend schnell senkenden Räumschaufel. Ihm blieb nur noch Zeit, sich unter das Armaturenbrett zu werfen, dann ließ ein heftiger Schlag den Wagen erdröhnen. Das gesamte Verdeck des Pathfinders riß auf und verbog sich unter dem Gewicht der Schaufel. Das Fahrzeug schwankte auf seinen Rädern, und Kimberlain spürte, wie seine Zähne aufeinanderschlugen.

Er wollte nach seiner Waffe greifen, als eine Kugelsalve in den Pathfinder einschlug. Glas zersplitterte, und Metall gab nach. Die Geschosse zerrissen den Stahl des sargengen Führerhauses. Kimberlains rechte Hand fuhr unter die Bodenmatte, und endlich fand er den dort verborgenen Hebel. Er schob ihn ganz nach rechts und zerrte dann heftig daran, während weiterhin Kugeln in den Pathfinder einschlugen. Der Winkel, in dem er sich niedergekauert hatte, drohte seine Anstrengung scheitern zu lassen, doch endlich glitt die verborgene Tür auf, und ein Fluchtloch öffnete sich in die Dunkelheit.

Captain Seven hatte ihm geholfen, die Bodenluke in den Pathfinder einzubauen und den tiefsten Teil des Fahrzeugrahmens mit zusätzlichen zweieinhalb Zentimetern galvanisierten Stahls zu verstärken. Er hatte nie damit gerechnet, jemals eine der beiden Verbesserungen zu brauchen, und hatte sie bis zum heutigen Tag auch nicht gebraucht. Es handelte sich dabei einfach um zwei weitere Vorsichtsmaßnahmen unter vielen.

Doch diese beiden hatten sich nun mehr als nur bezahlt gemacht.

Während die Salven aus den Schnellfeuergewehren weiterhin den oberen Teil des Fahrzeugrahmens zerfetzten, stieß Kimberlain sich mit den Beinen ab und zwängte seinen Körper durch das Loch im Boden. Die Nacht und die Konzentration der Schützen auf ihre Waffen würden ihm ein Mindestmaß an Deckung geben. Es waren insgesamt drei Schützen, einer auf der Fahrerseite des Pathfinders, einer vor und der dritte hinter dem Wagen. Damit blieb ihm die Beifahrerseite, hinter der sich der Bürgersteig und der Maschendrahtzaun der Baustelle befanden. Er hatte kaum Handlungsspielraum, benötigte ihn jedoch auch nicht; er hatte sich die Positionen der Schützen bereits eingeprägt.

Kimberlain tauchte mit dem Kopf zuerst durch das Loch. Schnell zog er die Arme nach und stützte sich ab, während dann auch die Beine hinausglitten, er sich zum Bürgersteig zog und unter dem Wagen hervorkam.

Mit zusammengedrücktem Dach bot der Pathfinder ihm keine Deckung, sobald er sich erst erhoben hatte. Er mußte schießen, das Feuer beibehalten und darauf vertrauen, daß die Überraschung ihm die Sekunden verschaffte, die er benötigte.

Endlich erstarb das Feuer der Maschinenpistolen. Kimberlain richtete sich in die Hocke auf. Er hatte sich zu eng gegen den Wagen gedrückt, um einen der Schützen sehen zu können, doch als er unter dem Pathfinder gelegen hatte, hatte er alle drei Beinpaare gesehen. Er blieb hocken, während sich der Schütze auf der Fahrerseite langsam näherte. Der Fährmann wartete, bis sein herankommender Widersacher die Überreste der Tür erreicht hatte und in der Erwartung, die Leiche seines Opfers zu sehen, in das Fahrerhaus spähte. In diesem Augenblick sprang Kimberlain auf und erhob sich hoch über den zusammengedrückten Pathfinder. Er erschoß zuerst den Mann hinter dem Wagen und riß die Waffe herum, während der Kopf des Mannes noch nach hinten geschleudert wurde. Die nächsten drei Kugeln schlugen in die Brust des Mannes vor dem Wagen ein. Doch mittlerweile war der Angreifer, der einen Blick in den demolierten Pathfinder geworfen hatte, zurückgesprungen; er hatte den Finger noch am Abzug. Das instinktive Manöver brachte ihn jedoch genau in die Schußlinie des Fährmanns. Kimberlain schoß zweimal; beide Kugeln trafen, und der Mann brach zusammen. Sein Gesicht war nur noch eine blutige Masse.

Kimberlains Atem beruhigte sich etwas. Er zögerte kurz und kam dann hinter den Überresten des Pathfinders vor, um sein Werk zu begutachten. Das gedämpfte Geräusch eines auf dem Asphalt knirschenden Absatzes drang an seine Ohren. Im nächsten Augenblick machte Kimberlain einen Sprung, und ein Kugelhagel regnete an der Stelle hinab, an der er gerade noch gestanden hatte.

Die Attentäter waren zu viert gewesen!

Die Geschosse aus der Maschinenpistole verfolgten ihn und peitschten Asphaltbrocken in die Luft. Kimberlain versuchte sich aufzurichten, um wenigstens einen Zufallstreffer landen zu können, doch eine weitere Salve prallte von den Überresten des Pathfinders ab. Ein Querschläger traf seine Sig Sauer und riß sie ihm aus der Hand. Kimberlain setzte ihr kurz nach, doch eine weitere Salve zwang ihn, sich zu Boden zu werfen.

Er fand sich direkt vor dem Maschendrahtzaun wieder. Nun blieb ihm nur noch ein einziger Fluchtweg. Die Schüsse waren verstummt, und der Fährmann wußte, daß sein unsichtbarer Gegner das Magazin wechselte. Er warf sich über den Zaun und spurtete über den harten Erdboden zum Rohbau des Wohnheims. Ein Bauwagen bot ihm Deckung. Vor ihm befand sich ein behelfsmfäßiger Weg, der zu einer Tür ohne Stufen führte. Kimberlain überlegte blitzschnell, welche Möglichkeiten ihm blieben, und fand eine.

Kugeln pfiffen ihm um die Ohren, als der Fährmann in den Rohbau sprang.

Dort drückte er sich gegen eine Wand und wartete; vielleicht folgte ihm der Schütze ja auf dem Fuße. Mittlerweile vernahm er das Jaulen von Sirenen. Vielleicht bewog die Gefahr, eintreffenden Gesetzeshütern in die Arme zu laufen, den letzten Attentäter zur Flucht, doch Kimberlain bezweifelte es. Wahrscheinlich hatte er den hohlen, schwach erhellten Bau durch einen anderen Eingang betreten und setzte dem Fährmann nun nach.

Kimberlain hatte keine andere Wahl, als sich in Bewegung zu setzen. Sein Verfolger hatte nicht den geringsten Grund zur Eile. Er wußte, daß der Fährmann nun unbewaffnet war, und gegen den Attentäter sprach lediglich – in vieler Hinsicht aber auch gegen sie beide –, daß irgendwann die Polizei eintreffen würde. Doch Kimberlain hatte etwas anderes im Sinn, das er zu seinem Vorteil einsetzen wollte: Den Rohbau des Studentenheims selbst.

Er vermutete, daß das Erdgeschoß und auch alle Etagen darüber nach einem bestimmten Grundriß konstruiert waren: eine Reihe von kleinen Apartments um einen größeren Gemeinschaftsbereich. Viele Wände fehlten ganz oder teilweise, wodurch so etwas wie ein Labyrinth entstand. Die Decken waren ebenfalls nur zum Teil eingezogen oder waren noch gar nicht vorhanden. Das Gebäude schien über insgesamt vier oder fünf Stockwerke zu verfügen. Kimberlain konnte durch einige Öffnungen den freien Himmel ausmachen.

Sägespäne und die Überreste von Fiberglasisolierungen drangen ihm in die Augen und dann in die Nase. Der Fährmann legte die Hand vor den Mund und lief weiter. Vor ihm erhob sich eine unvollendete Treppe, und er stieg sie vorsichtig hinauf. Die Stufen bogen nach links ab und hoben sich dann geradeaus weiter. Er erreichte das erste Stockwerk.

Von unten drang das Geräusch kreischender Reifen und zuschlagender Türen an seine Ohren. Er hörte verstümmelte Meldungen aus Funkgeräten und Walkie-talkies, und auf dem Gestein und Kies kamen knirschende Schritte näher.

Kommt ja nicht rein! wollte er den Polizisten zurufen. *Kommt nicht herein!*

Kimberlain beugte sich vor; er war drauf und dran, seine Warnung tatsächlich hinauszuschreien.

Ein Kugelhagel aus einer schallgedämpften Pistole zersplitterte das Holz um ihn herum. Die Geschosse kamen aus dem *Keller*! Der Attentäter hatte einen Weg hinab gefunden und ihn die ganze Zeit über dort unten verfolgt. Der Fährmann sprang zur nächsten Treppe und stürmte hinauf; seine Beine bewegten sich so schnell, als wollten sie die Kugeln aus ihrer Bahn treten.

»Helfen Sie mir! Bitte, helfen Sie mir!«

Die Worte hallten von unten hinauf; der Schütze wollte die Polizisten in den Rohbau locken.

»Ich bin im Erdgeschoß ... *bitte, beeilen Sie sich!*«

»Wir kommen herein!« rief einer der Polizisten, während er auf Verstärkung wartete.

»Nein!« rief Kimberlain hinab, doch es war zu spät.

Drei Stockwerke unter ihm brandete Automatikfeuer auf. Schmerzens- und Todesschreie folgten augenblicklich. Die schlecht vorbereiteten Polizisten hatte es kalt erwischt. In den nächsten Minuten würden ihnen keine mehr folgen. Der Killer hatte erreicht, was er wollte.

Kimberlain kletterte zum vierten Stock hinauf und blieb in einem offenem Raum von der Größe von vier noch nicht fertiggestellten Zimmern stehen. Große Arbeitstische und Sägeblöcke ruhten zwischen gewaltigen Sägespanhaufen, den Überresten erst kürzlich abgeschlossener Arbeiten. Zu schade, daß die Blöcke zu schwer waren, um sie hochheben und als Waffen benutzen zu können.

Dieser Gedanke brachte ihn auf eine Idee. Er zerrte eine Tischsäge näher zu der Schwelle, über die er den Raum betreten hatte, und bedeckte die Klinge mit Sägespänen. Dann vergewisserte er sich, daß der Stecker herausgezogen war, und schaltete das Gerät an. Er huschte zu den Steckdosen, neben denen der Stecker lag, und hatte sie gerade erreicht, als er die Schritte seines Widersachers vielleicht noch einen Korridor entfernt hörte.

Kimberlain erhaschte einen Blick auf die in die Dunkelheit vordringende Gestalt; das schwache Licht des Ganges war nur noch eine Erinnerung. Der Mann bewegte sich äußerst vorsichtig und hielt die Maschinenpistole schußbereit. Ein gelegentliches Scharren verriet Kimberlain, daß der Mann immer wieder den Bauschutt streifte, der überall auf dem Boden lag. Der Fährmann zählte die Sekunden, bis sein Widersacher die Schwelle neben der Tischsäge erreicht haben würde.

Als es soweit war, rammte Kimberlain den Stecker in die Steckdose. Die Tischsäge setzte sich mit einem jaulenden Knirschen in Bewegung und spuckte das Sägemehl in alle Richtungen davon. Der Schütze war geistesgegenwärtig genug, um nur eine Hand vor die Augen zu heben, während er mit der anderen weiterhin die Maschinenpistole festhielt. Doch Kimberlain hatte sich schon in Bewegung gesetzt.

Endlich sah ihn der Schütze und riß seine Waffe herum. Kimberlain schloß eine Hand um ihren Lauf und zwang sie hinab. Als seine andere Faust gegen das Kinn des Mannes hämmerte, fiel das Magazin der Waffe zu Boden. Der Fährmann spürte, wie die Zähne seines Widersachers nachgaben und sein Kiefer zurückgeschoben wurde. Der Mann stöhnte auf und stieß dann einen Schrei aus, der jedoch im Jaulen der Säge unterging.

Der Schütze ließ die Maschinenpistole los und warf sich gegen Kimberlain. Die beiden waren gleich groß und, wie der Fährmann feststellen mußte, auch gleich stark. Ineinander verkeilt, drehten sie sich in einer bizarren Pirouette über den Boden. Kimberlain schlug weiterhin auf das Gesicht des Attentäters ein, spürte dafür aber dessen Hiebe in seinen Rippen, spürte, wie seine Füße den Rand eines rechteckigen Lochs im Boden berührten, in das später einmal eine Treppe eingelassen werden sollte. Im halbdunklen Schimmer versuchte der Attentäter, ihn hinabzustoßen, doch Kimberlain wirbelte herum und rammte den Mann gegen die nächste Wand.

Das gesamte Gebäude schien zu erzittern. Kimberlain fand sein Gleichgewicht wieder und trat mit einem Knie zu, doch ein weiterer wuchtiger Schlag traf ihn am Hinterkopf. Dann wurde er vorwärts gezerrt, direkt gegen eine andere Wand, wie er glaubte, bis er die sich noch immer drehende Säge sah.

Seine Hand umklammerte den Tisch, und er fand einen Sekundenbruchteil Halt, bevor sein Gesicht den Stahl streifte. Mit der Nase berührte er fast das rotierende Sägeblatt; Öl und weitere Reste des Sägemehls drangen in seine Augen. Der Attentäter schob ihn nach vorn; er spürte, daß er die Sache jetzt zu einem Ende bringen konnte. Der Fährmann brauchte alle Kraft, die er aufbringen konnte, um sich festzuhalten, war damit aber unfähig, sich gegen weitere Schläge zu verteidigen. Er wußte, daß er das Patt nicht mehr lange beibehalten konnte. Ein höchst gefährlicher Positionswechsel war seine einzige Hoffnung.

Mit einer plötzlichen Bewegung drehte Kimberlain den ganzen Körper. Dem Angreifer nun ins Gesicht sehend, umklammerte er die Schultern des Mannes. Sein Widersacher drängte ihn zurück, und der Hinterkopf des Fährmanns berührte fast die rotierende Klinge. Ausdruckslose Augen starrten ihn an, und die Hände des Mannes versuchten, genug Kraft aufzubringen, um ihn endgültig hinabzuzwingen.

Kimberlain rammte den rechten Arm gegen die Luftröhre des Attentäters, fand dessen Adamsapfel und drückte zu. Der Mann wich zurück, wodurch es Kimberlain möglich war, mit der linken Hand nach dem Einschaltknopf der Säge zu greifen.

Klick.

Der wilde, erzürnte Hieb des Attentäters trieb Kimberlain gegen die Klinge, doch sie drehte sich nicht mehr. Der Fährmann verstärkte den Druck auf den Adamsapfel.

Der Mann jaulte auf und zerrte Kimberlain hoch. Der Fährmann leistete keinen Widerstand, sondern ging mit der Bewegung. Der Attentäter glaubte wahrscheinlich, ihn endlich zu haben, glaubte es bis zu dem Augenblick, da Kimberlains Hände sich um seine Jacke schlossen und ihn mitrissen, seinen eigenen Schwung ausnutzend. Kimberlain ließ den Mann nicht los, duckte sich, drückte seine Schultern gegen die Sperrholzwand und rammte dem Mann das Knie in den Unterleib. Der Attentäter konnte nichts tun, um dem Manöver auszuweichen, und wurde hochgeworfen. Er riß sich los, um sich drehen und seinen Sturz abfangen zu können, und begriff zu spät, daß er genau auf das Loch zustürzte, in das eine Treppe eingelassen werden sollte. Er schlug verzweifelt mit den Armen um sich, versuchte, sich irgendwo festzuhalten, fand jedoch nichts. Sein Schrei zerriß die Nacht und endete mit einem dumpfen Aufprall fünf Stockwerke tiefer.

Während das Jaulen weiterer Polizeisirenen näherkam, lief Kimberlain schon dem Hinterausgang entgegen.

Er rief Lauren Talley von einem Münzfernsprecher in einem Café einen Kilometer südlich an der Ecke Brook und Wickenden Street an.

»Probleme, Lauren«, sagte er, als sie abgehoben hatte.

»Sind Sie noch in Providence?«

»Nicht weit entfernt von der Brown University.«
»Leeds?«
»Nicht genau.« Kimberlain faßte kurz zusammen, was geschehen war.
Lauren Talley nahm seinen Bericht ruhig hin. »Ich schicke Agenten von unserem Büro in Boston zu Ihnen. In einer Stunde werden sie dort sein. Sie werden diskret vorgehen.«
»Die Mühe können die Leute sich sparen.«
»Können Sie sich zum Flughafen durchschlagen?«
»Sobald ich einen Wagen aufgetrieben habe.«
»In einer halben Stunde geht eine Maschine nach Atlanta. Ich sorge dafür, daß sie festgehalten wird, bis Sie an Bord sind. Gehen Sie direkt zum Flugsteg durch. Tut mir leid, daß ich Ihnen nicht den Learjet schicken kann.«
»Ich nehme an, den brauchen Sie selbst.«
»Ich will nicht, daß Sie allein nach Georgia fliegen.«
»Ich wußte nicht, daß ich überhaupt nach Georgia fliege.«
»Wir haben heute morgen darüber gesprochen.«
»Später, habe ich gesagt, Lauren.«
»Und jetzt ist später, Jared.«

11

»Daisy, Georgia«, las Lauren Talley von einem gelben Notizblock ab, der auf ihren Knien lag. »Hundertfünfzehn Einwohner.«
»Hauptsächlich Schwarze«, sagte Kimberlain hinter dem Steuer.
»Fast alle. Sechzehn weiße Einwohner; dreizehn von ihnen bildeten drei der neunzehn Familien der Stadt.«
Kimberlain umfaßte das Lenkrad fester. In Hartsdale hatte eine Privatmaschine auf ihn gewartet und ihn zum Savannah International Airport gebracht, wo Lauren Talley ihn schon erwartete. Ihr Mietwagen stand auf der Rollbahn, bereit für die halbstündige Fahrt nach Daisy.

»Glauben Sie, daß das irgend etwas zu bedeuten hat?« fragte Talley ihn.

»Das Verhältnis in der anderen Stadt war fast umgekehrt. Nein, ich glaube nicht, daß die Rassenzugehörigkeit eins der Kriterien ist, nach denen er seine Opfer auswählt.«

»Sie haben die Akten gelesen.«

»Nur überflogen.«

»Hat man Ihnen irgend etwas verraten, was mir entgangen ist?«

»Ihm gefällt, was er tut, Miss Talley.«

»Sie können mich ruhig weiterhin Lauren nennen.«

Doch Kimberlains Gedanken beschäftigten sich schon mit etwas anderem. »Es ist für ihn zu einem Spiel geworden, zu einer Herausforderung – vielleicht zur ultimaten Herausforderung.«

»Inwiefern?«

»So viele Menschen zu töten, ohne gesehen zu werden, und so wenig Zeit zwischen seinen Anschlägen verstreichen zu lassen. Die anderen, die ich verfolgt habe, selbst Leeds und Peet, waren Taktiker, Strategen. Jeder Zug, den sie machten, folgte einer bestimmten Methode, die wiederum zu einem eindeutigen Ziel führte, ganz gleich, wie widerwärtig es auch sein mochte. Aber Tiny Tim könnte rein zum Vergnügen handeln. Im Gegensatz zu den anderen, mit denen ich es zu tun gehabt habe, reicht es ihm nicht, die Tat zu planen und dann im Nachhinein darüber nachzusinnen. Entweder ist sein Drang zum Töten unstillbar, oder . . .«

»Oder was?«

»Etwas an der Art, wie er die Städte auswählt, deutet darauf hin, daß er so schnell wie möglich wieder zuschlagen muß.«

»Weil er Angst hat, gefaßt zu werden, oder weil er gefaßt werden will?«

Kimberlain musterte sie aufmerksam. »Das entspricht einem typischen Profil der Verhaltenswissenschaft, nicht wahr? Nun, ich glaube, in diesem Fall trifft es nicht zu. Nein, wenn er seine Opfer nicht zufällig auswählt, hat er einen sehr logischen Grund dafür, nicht zu viel Zeit zwischen seinen Morden verstreichen zu lassen.«

»Und wenn er sie zufällig auswählt?«

»Dann schlägt er vielleicht aufs Geratewohl eine Straßenkarte auf. Oder wirft womöglich Pfeile auf eine Karte. Dann werden wir sein Schema niemals erkennen.«

»Und das heißt?«

»Wenn wir ihn schnappen wollen, müssen wir darauf hoffen, daß er in den beiden Kaffs vielleicht irgendwelche Hinweise zurückgelassen hat.«

Plötzlich tauchte Daisy in der Nacht vor ihnen auf. Im einen Augenblick fuhren sie noch auf einer dunklen Landstraße und im nächsten auf der Hauptstraße eines Ortes, der nie wieder erwachen würde. Die Autobahnpolizei von Georgia hatte rund um die Uhr auf beiden Hauptzufahrtsstraßen Beamte postiert, die die morbiden Neugierigen und die Touristen mit ihren 35-Millimeter-Autofokus-Kameras entmutigen sollten. Lauren Talley zeigte ihren Ausweis, und sie durften passieren.

»Das Überleben von Dixon Springs war von dem saisonalen Skibetrieb abhängig«, erinnerte sie Kimberlain. »Bei Daisy war es etwas völlig anderes. Wer dort keine Farm hatte, fuhr vielleicht Tag für Tag zwanzig oder dreißig Meilen zu seiner Arbeitsstelle.« Sie fuhren die Main Street entlang. »Einige Häuser liegen ziemlich abgelegen. Tagsüber ein schöner Blick auf die Berge und den See. Mit denen fing er an.«

Kimberlain nahm die Geschwindigkeit noch mehr zurück. Rechts von ihnen lag ein Restaurant mitsamt Bar namens Belle's. Ein kommunales Gebäude, welches das Postamt, das Büro des Sheriffs und eine Bank beherbergte, lag direkt gegenüber auf der anderen Straßenseite. Es folgten ein kleiner Supermarkt und ein Bekleidungsgeschäft, zwischen denen sich ein paar kleinere Läden befanden, die sich hauptsächlich an Touristen und Durchreisende wandten. Über einem zweiten Restaurant befand sich eine Pension, doch Kimberlain vermutete, daß sie schon dichtgemacht worden war, bevor Tiny Tim Daisy einen Besuch abgestattet hatte.

Eine kühle Brise begrüßte sie, als sie aus dem Wagen stiegen. Von hier aus nicht zu sehende Schlagläden klapperten in der

Nacht. Irgendwo quietschte eine offenstehende Tür im Wind. Der Fährmann ging zum Restaurant hinüber und blieb vor dem gelben Band mit der Aufschrift NICHT ÜBERSCHREITEN stehen, mit dem die Polizei Tatorte markierte.

»Wie viele?« fragte er.

Lauren Talley sah auf ihrem Notizblock nach, den sie sich dicht vor die Augen hielt, um in der Dunkelheit lesen zu können. »Fünf, einschließlich des Barkeepers. Der Koch war schon nach Hause gegangen. Er wohnt nicht in Daisy. Wir wissen nicht, ob Tiny Tim die Leute getötet hat, bevor oder nachdem er . . .«

»Vorher«, sagte Kimberlain.

»Wieso?«

»Weil es sich um Stammgäste handelte und er wußte, daß sie dort sein würden, genau wie er wußte, daß sie die größte Bedrohung für ihn darstellten. Die Telefone waren nicht tot, oder?«

Talley blickte wieder auf den Notizblock und blätterte ein paar Seiten um. In Dixon Springs ja, hier aber nicht. Zu viele unterirdische Leitungen, ob Sie es nun glauben oder nicht.«

»Das hat er gewußt.«

»Es ist nicht gerade schwierig, das herauszufinden.«

Kimberlain trat einen Schritt auf sie zu und blickte von der Veranda hinunter. »Wie hat er in Dixon Springs die Telefone lahmgelegt?«

»Er hat die Überlandleitungen durchgeschnitten. Drei Stück. Nein«, korrigierte sie sich, nachdem sie die richtige Seite gefunden hatte. »Vier.«

»Hat er hier Leitungen durchgetrennt?«

»Nein.«

»Nicht einmal die, bei denen es ihm möglich gewesen wäre?«

»Ich verstehe nicht, was das bedeu . . .«

»Seine Kenntnisse über diese Städte waren wesentlich besser, als Sie es vermutet haben. In Daisy hat er sich mit den Leitungen gar nicht erst die Mühe gemacht, weil er wußte, daß ein Großteil von ihnen unterirdisch verlegt war. Er verschwendete nicht gern Energie und Zeit.«

»Also hat er zuerst in der Bar zugeschlagen.«

Kimberlain kam hinab und ging an ihr vorbei. »Und in allen anderen Häusern oder Räumen, in denen noch mehrere Menschen wach und zusammen waren.«

»Davon gab es nicht viele. Es war schon spät, als er zuschlug. Nein«, fügte sie hinzu, nachdem sie schnell ein paar Seiten überflogen hatte, »das war nur hier in der Bar der Fall.«

»Nein.«

»Bitte?«

»In einigen Häusern waren die Menschen noch wach, haben ferngesehen, gelesen oder telefoniert. Vielleicht hören oder sehen sie etwas und tätigen dann einen Anruf, der Tiny Tims schöne Pläne völlig durchkreuzen könnte.«

Lauren Talley ließ den Notizblock sinken. »Diese Zufälligkeit . . . wir konnten sie uns nicht erklären. Er kommt in die Stadt, schlägt in irgendeinem Haus zu, wendet sich aber erst mehr als eine Stunde später dem Nachbarhaus zu.«

»Er hat sich zuerst um die Häuser gekümmert, deren Bewohner noch wach waren?«

»Gehen wir ein paar Schritte, Lauren, und ich zeige es Ihnen.«

Es war, als schritten sie durch eine alptraumhafte Version des Landes Oz. Anstatt der gelben Ziegelstraße folgten sie den gelben Bändern mit der Aufschrift NICHT ÜBERSCHREITEN. Einige hatten bereits den Elementen nachgegeben und flatterten wie Luftschlangen einer Gartenparty im Wind. Lauren stellte fest, daß sie fror, obwohl Kimberlain ihr seine Jacke gegeben hatte. Dennoch schien der Fährmann zu schwitzen. Schweiß hatte sein Hemd befleckt und bildete auf Brust und Rücken große, dunkle Stellen. Sie kamen zu einem Haus, das sich unter den ersten befand, die Tiny Tim betreten hatte. Es war zweistöckig, wirkte sehr solide, war dunkelgrün gestrichen – wenngleich es dringend einen neuen Anstrich nötig hatte – und verfügte über eine geflieste Terrasse.

»Eltern und zwei Kinder, Teenager. Die Mutter war Lehrerin an der Schule in Harnell; dorthin bringt der Schulbus auch die Kinder aus Daisy. Dem Vater gehörte eine Tankstelle am Highway«, las Talley aus ihrem Notizblock vor. »Als er in das Haus eindrang, waren alle vier noch wach. Jeweils drei Kugeln pro

Person, abgegeben aus einer Waffe mit Schalldämpfer. Keiner hat sich gewehrt. Die Jalousien waren hinabgelassen. Wir glauben nicht, daß er von außen hineinsehen konnte. Zumindest dürfte er nicht viel mitbekommen haben.«

»Das hatte nichts damit zu tun.«

»Sie haben gesagt, er habe gewußt, daß sie noch wach sind, als er am Haus vorbeigegangen ist.«

»Nicht aufgrund dessen, was er sah, sondern wegen dem, was er hörte.«

Lauren Talley musterte ihn nun sehr genau. Sie folgte ihm um das Haus herum und zu einem Fenster, das ein gutes Stück über dem Boden lag.

»Haben Sie hier seine Stiefelabdrücke gefunden?« fragte Kimberlain.

Sie mußte auf dem Notizblock nachsehen und blickte überrascht auf, als sie es gefunden hatte. »Ja. Genau dort, wo Sie jetzt stehen. Aber er kann nicht genug gehört haben, um . . .«

»Nicht mit bloßem Ohr. Er hatte ein Hilfsmittel.«

Kimberlain deutete mit der Hand auf das Fenster. »Er hatte ein Hörgerät dabei. Er brachte es mit einem Saugnapf am Fenster an und konnte alles verstehen, was in dem Zimmer dahinter gesprochen wurde, als wäre er selbst darin.«

»Ein Saugnapf«, wiederholte Talley, als ihr ein Licht aufging. »Er hat vielleicht daran geleckt.«

»Mit größter Wahrscheinlichkeit. Wie lange ist es jetzt her?«

»Drei Tage.«

»Spuren?«

»Vielleicht sind sie noch vorhanden. Er kann nicht das gesamte Sekret von allen Fenstern gewischt haben. Es hängt wohl davon ab, wie hoch seitdem der Feuchtigkeitsgehalt der Luft war. Ich lasse morgen früh die Spurensicherung aufmarschieren, um es herauszufinden.« Sie hielt inne. »Wie konnten wir das nur übersehen?«

»Passen Sie auf«, sagte Kimberlain. Er stellte sich auf die Zehenspitzen, konnte das Fensterglas jedoch kaum berühren. »Ich bin einsfünfundachtzig groß. Wer auch immer diesen Saugnapf benutzt hat, er muß mindestens zehn, vielleicht sogar zwanzig Zentimeter größer sein als ich.«

Talley stellte sich das Bild des Mannes vor und erschauderte. »Wir haben gewußt, daß er groß ist, aber . . .«

»Können Sie anhand der Speichelreste auf dem Glas seine Blutgruppe bestimmen?«

»Das allemal, wenn noch Reste vorhanden sind.«

»Die Blutgruppe, die Größe, irgendeine militärische Ausbildung, Kenntnisse über moderne Elektronik.«

»Man braucht keine besonderen Kenntnisse, um einen Saugnapf anzuwenden.«

»Aber um einen zu basteln.«

»Sie glauben, er hat ihn selbst gebaut?«

»Sonst hätte Tiny Tim ihn nicht benutzt. Es wäre zu einfach, der Spur zu folgen und herauszufinden, wo er ihn gekauft hat. Aber ich kann mir vorstellen, daß er seine reine Freude daran hätte, wenn Sie dieser Spur trotzdem folgten und damit kostbare Zeit verschwendeten.«

»Sie haben noch nichts über seinen mißgebildeten Fuß gesagt.«

»Weil Sie ihn auf diese Art nicht finden werden. Vergessen Sie die Hoffnung, es könnte sich um einen angeborenen Fehler handeln.«

»Warum?«

»Keine militärische Einheit würde jemanden mit solch einem Geburtsfehler aufnehmen, und ganz besonders nicht die Leute, die diesen Burschen ausgebildet haben. Es ist nach seiner Dienstzeit passiert.«

»Oder bei einem Einsatz?«

»Könnte sein. Aber Sie haben alle Akten überprüft und nichts gefunden, was Ihnen weiterhelfen würde, oder?«

»Die Suche läuft noch.«

Kimberlain blickte jetzt zu Boden und versuchte sich vorzustellen, wie Tiny Tim drei Abende zuvor dasselbe getan hatte. »Er benutzt keinen Stock, nicht wahr?«

Die Talley sah ihn erstaunt an. »Die Spurensicherung hat keine Indizien dafür gefunden, ist aber der Ansicht, daß er bei seiner Behinderung eigentlich einen benutzen müßte.«

Der Fährmann schüttelte den Kopf. »Tut er aber nicht. Vielleicht hat er einmal einen benutzt, jetzt aber nicht mehr. Ein

Stock zeugt von Schwäche, und dieser Bursche würde niemals irgendeine Schwäche eingestehen. Für ihn ist Stärke überaus wichtig, weil sie Macht bedeutet, und Macht . . . nun ja, Macht ist alles für ihn.«

Kimberlain blickte auf. Das Fenster reflektierte nicht den kleinsten Lichtschimmer.

»Er hat die erschossen, die ihm gefährlich werden konnten, die noch wach waren«, fuhr er fort. »Bei den meisten Schlafenden hat er Gas benutzt.«

»Aber er ist immer in das jeweilige Haus eingedrungen.«

»Männer wie er müssen zuschauen, wie ihre Opfer auf die eine oder andere Weise sterben.«

»Und er hat ein Messer benutzt«, erinnerte Talley ihn. »Zumindest ein paarmal. Besonders bei einer Familie.« Sie blätterte hektisch die Seiten durch und dann wieder zurück, als sie begriff, das sie den betreffenden Eintrag übersehen hatte. »Sie hat auf der anderen Seite der Stadt gewohnt. Er hat sie verstümmelt.«

»Direkt am Anfang?«

»Nein. Er hat sie so ziemlich am Ende getötet.«

»Das paßt nicht ins Schema«, erwiderte Kimberlain. »So etwas würde er mit einer Familie anstellen, die noch wach war, als er zuschlug. Sonst hat es keinerlei Verstümmelungen gegeben?«

»Nein.«

»Was ist mit Dixon Springs?«

»Keine, aber . . .«

»Aber was?«

»Er hat einige Häuser niedergebrannt. Wir dachten, er wolle damit die Aufmerksamkeit auf sein . . . Werk lenken. Vielleicht war es aber auch ganz anders.«

»Ihre Laborleute sollen noch einmal mit den besten Geräten aufmarschieren, die sie haben. Sagen Sie ihnen, sie sollen sich auf die Überreste der Leichen in den niedergebrannten Häusern konzentrieren. Sagen Sie ihnen, sie sollen nach Spuren irgendwelcher Verstümmelungen suchen.«

»Glauben Sie, daß da ein Muster vorliegt?«

»Es ist vielleicht zu spät, um es in Dixon Springs noch herauszufinden, und selbst, falls es noch nicht zu spät sein sollte, wüßte ich nicht, was es zu bedeuten hat. Ich weiß nur, daß vielleicht etwas dahinterstecken könnte.«

»Und das ist schon mehr, als wir hatten, als wir hier eintrafen.«

»Vielleicht finden wir noch mehr heraus. Gehen wir weiter.«

Zwei Stunden weiterer Rekonstruktionen des letzten Abends im Leben der Stadt Daisy, Georgia, brachten keine neuen Hinweise. Lauren Talley war schon mehrmals in der Stadt gewesen, aber noch nie des Nachts. Noch schlimmer kam ihr vor, daß Kimberlain sich immer weiter von ihr zu entfernen schien, je länger die Ermittlungen dauerten. Ein paarmal blickte sie verstohlen zu ihm hinüber und stellte sich vor, sie würde Tiny Tim höchstpersönlich sehen. Sie war erleichtert, als sie zum Wagen zurückkehrten.

Das Autotelefon begann zu klingeln, noch bevor sie den Zündschlüssel ins Schloß gesteckt hatte.

»Es ist für Sie«, sagte sie und reichte Kimberlain den Hörer.

»Hallo, Captain«, sagte er, da Captain Seven der einzige Mensch war, dem er verraten hatte, wie man ihn erreichen konnte.

»Wo, zum Teufel, warst du, Boß? Ich versuche schon seit Stunden, dich zu erreichen.«

»Ich habe nach Gespenstern gesucht.«

»Hast du welche gefunden?«

»Weiß ich noch nicht.«

»Ich aber, und zwar vierundachtzig Stück, die mir jede Menge zu sagen hatten.«

»The Locks?«

»Schaff deinen Arsch hierher, Fährmann. Ich habe diesen Hurensohn am Wickel.«

DIE DRITTE GEWALT

RENAISSANCE

Sonntag, 16. August, 1 Uhr

12

»Bist du es, Hedda? Bist du es wirklich?«

Hedda ließ sich von dem kleingewachsenen Mann umarmen, der vielleicht der einzige war, der ihr jetzt helfen konnte.

»Oh, bitte, verzeih meine Manieren. Komm aus dem Regen. Du bist ja pitschnaß.«

Hedda trat in das Restaurant, und sein winziger Besitzer Jacques, Sohn vietnamesisch-französischer Eltern, schlug die Tür hinter ihr zu. Sie zuckte bei dem Geräusch zusammen.

»Du bist nervös. Und du hast Hunger.«

»Ich kann nicht bleiben.«

»Unsinn. Jacques sieht doch, daß du völlig ausgehungert bist. Ich habe Eintopf, Wildbret, Hühnchen, alles frisch. Bitte, ich brauche nur ein paar Minuten, um dir ein ausgezeichnetes Mahl zu bereiten.«

»Ich . . .«

»Ich will keine Widerworte mehr hören. Setz dich und wärme dich auf, während ich dein Essen vorbereite.«

Nachdem der Junge wieder sicher in den Händen seines Vaters war, konnte Hedda über ihr weiteres Vorgehen entscheiden, ohne noch Rücksicht auf ihn nehmen zu müssen. Ihre eigenen Leute, die Caretakers, waren Teil eines Plans, der ihren Tod erforderlich machte. Ihre einzige Überlebenschance lag darin, schleunigst herauszufinden, was sie vorhatten und welche Rolle Lyle Hanleys Toxin TD-13 dabei spielte. Und ihre einzige diesbezügliche Hoffnung war, Deerslayer zu finden. Schließlich war er derjenige gewesen, der Christopher entführt hatte. Er mußte etwas wissen, und das war mehr, als sie zur Zeit wußte.

Sie erreichte Paris ohne Zwischenfall und fuhr direkt zum Le Jardin D'Amber. Jacques' kleines Restaurant befand sich in unmittelbarer Nähe der Palastmauer von Versailles und hatte einen Kundenstamm, der sich fast ausschließlich aus Personen mit militärischem Hintergrund zusammensetzte. Bei der Stuckfassade des Gebäudes fehlte mehr als nur eine Verzierung – eine Folge der deutschen Schrapnellangriffe im Zweiten Weltkrieg, wie Jacques behauptete. Das Lokal war nur etwa fünf mal zehn Meter groß, was es Jacques, der gleichzeitig auch als Koch fungierte, ermöglichte, sich eingehend um die sieben Tische zu kümmern. Die meisten seiner Gäste begrüßte er namentlich.

Er hatte gerade seine Runde an den Tischen gemacht, als Hedda am frühen Sonntag morgen eintraf. Sie stellte fest, daß die meisten Tische – wie immer – besetzt waren, die Gäste zu dieser späten Stunde aber nicht mehr aßen, sondern sich eher ihren Getränken widmeten. Man starrte sie an, als sie das Restaurant betrat, doch nachdem die Gäste zu der Überzeugung gelangt waren, daß Hedda eine von ihnen war, widmeten sie sich wieder ihren Kartenspielen oder Getränken.

Jacques tauchte mit einem Tablett in der Hand aus der Küche auf. Er setzte es auf einen Beistelltisch ab und servierte ihr einen Teller dicker Suppe.

»Ich muß mit Deerslayer sprechen«, sagte Hedda leise, als Jacques sich hinüber beugte, um einen Korb mit Brot auf den Tisch zu stellen.

»Ich habe ihn erst gestern gesehen.«

»Dann ist er in der Stadt?«

»Soweit ich weiß.« Jacques wischte sich die Hände an der Schürze ab. »Ärger?«

»Großen Ärger.«

»Wie kann ich helfen?«

»Indem du dafür sorgst, daß niemand erfährt, daß ich hier war.«

»Natürlich.«

»Und mir sagst, wo ich den Wildtöter finden kann.«

Deerslayers neuester Wohnsitz befand sich in der schmutzigen Seitenstraße *Rue du Chat qui Peche* auf dem linken Seineufer im Pariser Stadtteil Quartier Latin. Hedda ging an einem verfallenen Häuserblock nach dem anderen vorbei und fragte sich, warum, zum Teufel, Deerslayer eine so miese Gegend als

Hauptquartier gewählt hatte. Durch die geöffneten Fenster hörte sie das Weinen von Babys, Gebrüll und Streitigkeiten. Selbst zu dieser Stunde trieben sich noch zahlreiche Kinder in Gruppen herum. Ein paar musterten sie kurz und schreckten dann zurück, als hätten sie einen elektrisch geladenen Zaun berührt.

Deerslayer wohnte in der vierten Etage einer Mietskaserne. Vor dem Haus und im Eingangsbereich waren keine Lampen angebracht. Wo sich einmal ein Türschloß befunden hatte, klaffte nur noch ein Loch. Das Fenster der Innentür fehlte. Hedda schloß sie vorsichtig hinter sich, damit die Tür nicht quietschte oder zufiel, und stieg das dunkle, schmutzige Treppenhaus hinauf. Der dritte Stock wurde vom Licht einer einzigen Glühbirne erhellt, die selbst für Heddas geübte Augen zu schwach war, als daß sie viel hätte sehen können. Sie stieg noch eine Etage höher, fand Deerslayers Wohnungstür und erstarrte; das Schloß war aufgebrochen worden. Lange Holzsplitter ragten aus Türblatt und Rahmen hervor. Hedda legte die Hand auf die Tür und schob sie langsam auf.

Sie trat über die Schwelle und drückte die Tür hinter sich zu. Die einzige Helligkeit im Zimmer stammte vom Licht flackernder Neonschilder am Gebäude gegenüber, das durch die halb zugezogenen Jalousien fiel. Der Raum war ein einziges Chaos. Möbel waren umgeworfen und zertrümmert worden. Der Boden war mit bereits trocknenden Blutpfützen bedeckt, die Wände mit zahlreichen Blutspritzern. Hedda bückte sich und berührte das Blut mit den Fingerspitzen. Es war noch frisch, höchstens eine oder zwei Stunden alt. Sie ging weiter.

Das Zimmer war völlig quadratisch, nicht tapeziert und armselig möbliert. Der scharfe Geruch vergossenen Blutes wurde immer stärker. Es zog sich in einer punktförmigen Linie über den Boden bis zur hinteren Wand, in der eine einzige Innentür in ein Badezimmer führte. Diese Tür stand einen Spaltbreit auf. Hedda fand die Klinke und zog die Tür auf. Die Strahlen der Neonschilder fielen ins Badezimmer.

Deerslayer lag auf dem Boden, die rechte Hand im Todesgriff um eine schmutzige Toilettenschüssel verkrampft. Die Menge seiner Verletzungen war einfach unglaublich. Trocknende Blutklumpen färbten seinen Leib rostbraun. Seine Kehle war zerfetzt, und der linke Arm, der schlaff hinabhing, war zerfleischt worden.

Hedda verließ das Badezimmer wieder, sah sich genauer im Zimmer um und reimte sich zusammen, wie es geschehen war. Es waren zwischen vier und sechs Angreifer eingedrungen. Sie hatten die Tür aufgebrochen und waren schießend hereingestürmt. Trotz seiner Überraschung hatte Deerslayer erbitterten Widerstand geleistet. Die Blutspur neben dem Bett war als erste vergossen worden. Er mußte nach einer Pistole gegriffen haben, während die Kugeln der Feinde schon seinen Leib zerfetzten. Eine hatte ihn in den Hals getroffen und das Bettuch scharlachrot gefärbt. Deerslayer war wohl noch imstande gewesen, ein vollständiges Magazin auf die Angreifer abzufeuern, und nun richtete sich Heddas Aufmerksamkeit auf die dunkleren Blutflecke an der Wand neben der Eingangstür. Er hatte zwei Attentäter getötet, wahrscheinlich einen dritten verletzt und war dann, als er keine Munition mehr hatte, mit einem Messer auf sie losgegangen. Doch er war schon zu schwach gewesen, um es auch zu benutzen, und einer der Angreifer hatte es gegen ihn eingesetzt und ihm damit nach einem verzweifelten Kampf den Arm zerfleischt. Das war das Ende gewesen, und aus irgendeinem Grund hatten die Killer ihn danach ins Badezimmer gezerrt.

Hedda merkte, daß ihr Atem schnell und röchelnd ging. Deerslayer war ein Bindeglied zu den Geschehnissen, in welche die Caretakers verwickelt waren, und man hatte ihn ermordet. Sie war ebenfalls ein Bindeglied, und man hatte versucht, auch sie zu töten.

Ihre Gedanken verharrten plötzlich. Der Mord war nicht gerade sehr professionell ausgeführt worden und ziemlich unappetitlich geraten; also mußte der Zeitfaktor eine wichtige Rolle gespielt haben. Demnach wären die Attentäter sofort nach Erledigung des Auftrags mit ihren Verletzten und Toten geflohen.

Warum hatten sie sich dann die Mühe gemacht, Deerslayer noch ins Badezimmer zu zerren?

Die Antwort kam mit einem Frösteln: sie hatten ihn nicht

dorthin geschleppt, das hatte er selbst getan. Er war noch nicht tot gewesen, als sie gegangen waren. Er war ins Badezimmer gekrochen, um ... um ...

Ja, warum?

Hatte er gespürt, daß Hedda kommen würde? Hatte er gewußt, weshalb man ihn umbringen wollte, und ihr irgendeine Warnung hinterlassen? Die Aufräummannschaft, die die Spuren des Mordes beseitigen würde, durfte sie nicht finden. Also konnte er nichts auf den Boden oder die Wände schreiben. Aber wo im Badezimmer konnte er ...

Hedda lief schnell zum Bad zurück und betrachtete Deerslayers Leiche; noch im Tod wirkte er stark und bedrohlich. Seine Hand hatte sich um das zersplitterte Porzellan der Toilettenschüssel geschlossen.

Hedda bückte sich. Sie untersuchte den Wasserbehälter – nichts! – und den Sitz. Wieder nichts. Dann beugte sie sich vor und untersuchte die Toilettenschüssel selbst. Am hinteren Teil fand sie Blut, lange, matte Flecke in symmetrischen Mustern. Nein, nicht nur Muster – Buchstaben, Zahlen, eine Nachricht!

Hedda mußte sich auf den Rücken legen, um sie lesen zu können. Sie schob Deerslayer ein Stück zur Seite. Seine Hand glitt von der Toilettenschüssel und streifte ihre Wange. Hedda versuchte die Nachricht zu lesen, konnte es in der Dunkelheit aber nicht und mußte das Risiko eingehen, eine von der Decke baumelnde Glühbirne einzuschalten.

Deerslayer hatte die Nachricht mit zitternder Hand geschrieben: 17 Rue Plummet – 6A

Eine Adresse und die Nummer einer Wohnung. Deerslayer schickte sie dorthin, weil sie dort Antworten oder Hilfe finden würde – oder ihn dort vielleicht rächen sollte. Wer auch immer dort wohnte, er würde etwas wissen.

Wumm ...

Ein dumpfes Geräusch auf dem Gang oder im Treppenhaus. Sonst war nichts zu hören. Dann plötzlich schwere, unsichere Schritte und heiseres Gelächter. Betrunkene, die nach Hause kamen.

Nein!

Wenn es Betrunkene gewesen wären, hätte Hedda sie schon

vorher gehört, in den unteren Stockwerken. Die Leute, die dort kamen, gaben sich nur als Betrunkene aus, nachdem einer von ihnen gestolpert war und das Geräusch verursacht hatte, das Hedda gewarnt hatte.

Gelächter hallte durch den Korridor unter Deerslayers Wohnung.

Hedda verschmierte schnell die mit Blut gekritzelte Nachricht und sprang auf. Die anderen wußten, daß sie hier war; sie hatten wahrscheinlich auf sie gewartet. Sie stürmte ins Wohnzimmer und zu dem Fenster, hinter dem die Feuertreppe lag. Es öffnete sich quietschend, und Hedda schlüpfte hindurch.

Der Erdboden lag vier Stockwerke unter ihr. Die Stahlsprossen waren verrostet und wacklig. Sie begann mit dem Abstieg; mit der einen Hand hielt sie sich am Geländer fest, die andere hatte sie um ihre Pistole geschlossen.

Pffft . . . Pffft . . . pffft . . .

Die schallgedämpften Schüsse von oben schepperten neben ihr auf dem Stahl. Hedda duckte sich, sah hinauf und gab mehrere Schüsse ab. Durch das noch geöffnete Fenster von Deerslayers Wohnung hörte sie, daß die Tür aufgestoßen wurde. Die Männer, die sich als Betrunkene ausgegeben hatten, stürmten wahrscheinlich schon zum Fenster. Sie saß in der Falle.

Weitere Schüsse, diesmal von unten. Gestalten jagten die Straße entlang. Nun konnte sie weder hinauf noch hinab, womit ihr nur noch die Seite übrig blieb. Die Wohnungen neben der Deerslayers waren über eine zweite, verrottete Feuertreppe zugänglich.

Über ihr zersplitterte Glas. Einer der ›Betrunkenen‹ sprang, eine Maschinenpistole in der Hand, auf die Plattform der Feuertreppe. Hedda schoß auf ihn und warf sich herum. Vier Stockwerke unter ihr waren zwei Schützen aus ihrer Deckung hervorgekommen. Sie erledigte sie mit vier Kugeln. Nun hatte sie noch sieben in diesem Magazin; das reichte. Die Gelegenheit war gekommen, und Hedda ergriff sie.

Sie gab weitere fünf Schüsse auf das zersplitterte Fenster ab, um sich die nötige Deckung für ihren Spurt zum Geländer der schlüpfrigen Feuertreppe zu verschaffen. Es gab unter ihrem Gewicht fast nach, hielt aber lange genug stand, daß sie hinüberspringen und das Geländer der benachbarten Treppe ergreifen konnte. Während ihr schon wieder Kugeln folgten, wandelte Hedda den Schwung ihres Sprungs zu einer Kehre um. Sie flog mit den Füßen zuerst auf ein Fenster direkt rechts unter ihr zu. Die Scheibe zersplitterte, und sie stürzte in die Wohnung, die eine Etage tiefer neben der Deerslayers lag.

Glasscherben hatten ihr Arme und Gesicht aufgekratzt, doch irgendwie war es ihr gelungen, die Pistole festzuhalten. Sie stürmte aus der Wohnung auf den Gang, rammte ein neues Magazin in den Schacht und lief auf die Treppe zu.

Dann verharrte sie. Das Treppenhaus war eine tödliche Falle. Der Feind beherrschte es. Sie konnte dieses Stockwerk zum Schlachtfeld machen, doch irgendwann würde die Gegenseite sie durch ihre bloße zahlenmäßige Überlegenheit niederzwingen. Nein, sie mußte fliehen, aber wie? *Wie*?

In die Wand rechts neben ihr war eine hüfthohe Tür eingelassen, die man aufziehen konnte. Bei diesem Gebäude mußte es sich einmal um ein Hotel gehandelt haben, und auf jeder Etage befanden sich noch Wäscheschächte. Natürlich!

Plötzlich begriff sie, warum Deerslayer sich ausgerechnet hier niedergelassen hatte. Der Schacht führte in den Keller hinab, und vom Keller aus ...

Als Hedda die Klappe geöffnet hatte, wurden auf beiden Seiten des Ganges Türen aufgerissen. Im nächsten Augenblick hatte sie sich durch die schmale Öffnung gezwängt und glitt zum Keller hinab. Zuerst gelang es ihr, den Fall zu bremsen, indem sie Hände und Füße gegen die Wände drückte, doch die beiden letzten Stockwerke legte sie mit einem halsbrecherischen Tempo zurück. Der Aufprall trieb ihr die Luft aus den Lungen.

Hedda rollte sich auf den Bauch und rappelte sich auf die Knie hoch. Die Dunkelheit des Kellers wurde nur von dem trüben Licht der Straßenlampen gebrochen, das durch die übermalten Fenster fiel. Mit ausgestreckten Händen kroch sie über den Boden.

Wo war er? Er mußte doch irgendwo hier sein, verdammt noch mal!

Als sie fast die gegenüberliegende Wand erreicht hatte, berührten ihre Finger den Schnappriegel auf dem Boden. Sie hatte es gewußt! Da Deerslayer geahnt haben mußte, daß er sich in Schwierigkeiten befand, hatte er sich nur für dieses Haus entschieden, weil es über einen Zugang zu dem Tunnelsystem verfügte, das der französische Widerstand im Zweiten Weltkrieg benutzt hatte. Die Caretakers waren auf solche Überlegungen getrimmt. Hedda ergriff den Riegel mit beiden Händen und zog daran. Die verborgene Tür gab erst nach, klemmte dann jedoch. Hedda mußte loslassen und es noch einmal versuchen. Die Zeit wurde knapp; es konnte sich nur noch um ein paar Sekunden handeln, bis ihre Verfolger die Kellertür gefunden hatten und hindurchstürmten.

Hedda zog diesmal heftiger, und die Tür gab nach. Der Gestank von Moder, Schimmel und Fäulnis stieg ihr in die Nase. Vor ihr befand sich eine Leiter, und direkt daneben eine Taschenlampe, die Deerslayer dort festgeklemmt hatte. Als sie danach griff, hörte sie, wie Schritte die Kellertreppe hinunter polterten. Hedda ließ sich auf die dritte Sprosse hinab und griff nach oben, um die Falltür wieder zu schließen, als die Sprosse unter ihrem Gewicht nachgab. Sie stürzte gut drei Meter tief und schlug mit dem Kopf heftig gegen die Leiterstange. Die Taschenlampe glitt ihr aus der Hand. Das Glas zersprang, und die Lampe rollte zur Seite und warf ein spinnennetzähnliches Lichtmuster durch den Hohlraum. Die Pistole hatte Hedda ebenfalls verloren. Über ihr tauchten bereits Gestalten neben der geöffneten Falltür auf. Hedda nahm die Taschenlampe und taumelte davon.

Die Tunnels der französischen Resistance stellten eine Mischung aus längst aufgegebenen Abwasserkanälen und den Gängen dar, die sie miteinander verbanden. Einige waren sogar für Besichtigungen geöffnet, doch andere – wie dieser – vergessen worden und seit Jahrzehnten unbenutzt. Dementsprechend widerwärtig war der Gestank.

Hinter ihr durchdrang das Licht stärkerer Taschenlampen die Dunkelheit. Das Geräusch von Schritten, die durch den feuchten Schlamm stapften, vermischte sich mit dem Klacken teurer Schuhe auf der Straße über dem Tunnel. Waffenlos, wie sie war, konnte Hedda niemals hoffen, alle Verfolger auszuschalten. Und dieses Labyrinth aus Tunneln und Gängen konnte sie auch nicht auf ewig schützen. Es war sogar gut möglich, daß sie bei dem Versuch, ihre Verfolger abzuschütteln, selbst die Orientierung verlor.

Doch im Augenblick blieb ihr keine andere Wahl, als in Bewegung zu bleiben. Aus Furcht, das Licht der Taschenlampe könne sie verraten, knipste Hedda sie aus und tastete sich an der Wand entlang. Sie brauchte ein Versteck. Wenn sie irgendein Versteck finden konnte . . .

Der Boden vor ihr fiel plötzlich steil ab, und Hedda stürzte und rollte hinab. Dann wurde das Gefälle geringer, und sie fand sich in einer Höhle in einem Teich wieder, von dem ein Gestank ausging, der sie zu ersticken drohte. Die Luft war dick von Faulschlammgasen, die sich seit Jahren hier gesammelt haben mußten. Wenn sie ihnen länger als ein paar Minuten ausgesetzt blieb, konnte sie sich eine ernste Vergiftung zuziehen. Eine Methangasexplosion war ebenfalls eine sehr reelle Möglichkeit.

Hedda blieb wie angewurzelt stehen. Eine Explosion! Natürlich! Sie bewegte sich schneller durch die Höhle und zählte die Sekunden, die sie benötigte, um die andere Seite zu erreichen. Dann stieg der Boden wieder an, und sie schätzte die Entfernung ab. Schon konnte sie die hallenden Schritte einiger ihrer Verfolger in der Höhle hören. Hedda drückte sich gegen eine Wand und riß sich den unteren Teil ihrer Bluse ab. Sie schaltete die Taschenlampe wieder ein und drückte den Stoff gegen die freiliegende Birne. Nach einem kurzen Augenblick versengte sie sich durch das Gewebe die Finger. Als der Stoff zu rauchen begann, legte sie die Taschenlampe auf den Boden und trat zurück, nachdem sie sich vergewissert hatte, daß der Stoff noch immer fest gegen die Birne gedrückt war.

Sie sah eine kleine Flammenzunge, drehte sich um und lief los. Vor ihr lag lediglich Dunkelheit, und sie hielt sich gegen die Wand gedrückt, um die Orientierung nicht zu verlieren. Sie bog um mehrere Kurven, bis sie schließlich eine große Nische erreichte.

Sie hatte sich kaum in die Nische geduckt und gegen die Innenwand gedrückt, als die Explosion das Gewölbe erzittern ließ. Der Knall war ohrenbetäubend. Die Wand, an der sie Schutz gesucht hatte, begann zu zerbröckeln, und sie wandte sich noch gerade rechtzeitig um, um zu sehen, wie eine gewaltige, blaugelbe Flamme durch den Gang schoß, durch den sie ebenfalls gekommen war.

Hedda spürte den unglaublichen Ansturm der Hitze und glaubte, ihre Haut würde versengen. Der helle Blitz schoß auf sie zu, und sie riß einen Arm hoch, als wolle sie ihn so abwehren. Dann schlug ein Teich aus Dunkelheit über ihr zusammen, und Hedda stürzte hinein.

13

Sie fanden Captain Seven auf dem Hauptkontrollpult neben dem Eingang zum Hochsicherheitstrakt von ›The Locks‹ sitzend.

»Schön, daß du dich auch mal sehen läßt, Fährmann.«

»Kommen Sie da runter!« befahl Dr. Vogelhut.

Captain Seven ließ sich hinab, wobei er sorgfältig darauf achtete, den verschiedenen Knöpfen und Schaltern auszuweichen. Seine Sandalen klapperten auf dem Boden.

»Immer mit der Ruhe, Vogey. Verpiß dich.«

Vogelhut fuhr zu Kimberlain herum. »Ich will, daß dieser Mann hier verschwindet! Sobald er uns erklärt hat, was er herausgefunden haben will, will ich ihn nicht mehr sehen!«

»Ich kann ja jetzt schon gehen, Vogey«, sagte Seven zu ihm und griff nach seiner ›Pfeife‹ auf dem Kontrollpult. »Nur noch einen Zug für unterwegs . . .«

Captain Seven senkte die Lippen an die Spitze seines Apparats und saugte am Inhalt der wassergefüllten Kammern. Augenblicklich produzierte die blasenschlagende Flüssigkeit einen trüben Rauch, der schnell in seinem Mund verschwand. Er hielt den Atem an, bis sein Gesicht rot anlief, und atmete dann aus.

»Aaah«, sagte er lächelnd.

»Gott im Himmel«, sagte Vogelhut.

»Ich versuche nur, meine Gedanken zu sammeln, Vogey. Sie

sollten es auch mal probieren. Sie brauchen es mir nur zu sagen, und ich ...«

»Kommen Sie zur Sache, gottverdammt noch mal!«

Captain Seven schlurfte vor. Die Säume seiner verblichenen Jeans scharrten über den Boden. Er trug ein vergilbtes Hemd und hatte sein wildes Haar zu einem Pferdeschwanz gebunden.

»Machen wir lieber zwei Züge daraus«, sagte er und blinzelte Kimberlain zu. »Mir gefällt es allmählich hier, Fährmann. Ich überlege schon, ob ich mir nicht eins ihrer vielen freien Zimmer mieten sollte.«

»Ich habe es nicht nötig, mir das alles anzuhören«, schimpfte Vogelhut wütend. Er hatte sich schon umgedreht und ging den Korridor zurück, als Captain Seven einen Knopf drückte, der alle zwölf Monitore an der Wand vor ihm aktivierte. Ihr Schimmer tauchte den Gang in ein dunkles Licht, und die Bilder erwachten zum Leben. Vogelhut blieb stehen und drehte sich wieder um.

»Kommt Ihnen das bekannt vor?« fragte Captain Seven.

Auf den Bildschirmen wurden verschiedene Gefangene dargestellt, die aus ›The Locks‹ entkommen waren. Sie hielten sich noch in ihren Zellen auf; es handelte sich um Aufnahmen, die unmittelbar vor dem Stromausfall entstanden waren. Vogelhut trat näher und musterte sie schnell.

»Wir machen Aufzeichnungen«, sagte er. »Eine übliche Maßnahme.«

»Und das sind Aufzeichnungen der fraglichen Nacht?«

»Richtig.«

»Falsch, Vogey.«

»Was meinen Sie damit?«

»Daß Leeds und die anderen schon lange verschwunden waren, bevor der Strom sich verabschiedete. Ihre Jungs haben es nur nicht gewußt.«

»Fangen wir am Anfang an«, übertönte Seven Vogelhuts beharrliche Proteste. »Wann haben Sie an diesem Abend Ihre Tiere gefüttert?«

»Den Unterlagen zufolge zwischen sechs und halb sieben.«

»Und der Stromausfall war um ...«

»Um halb zwölf. Oder kurz davor oder danach.«

»Also hatten Ihre Jungs so in etwa fünfeinhalb Stunden, in denen die Bekloppten verschwinden konnten.«

»Aber ich habe die Gefangenen gesehen«, wandte Vogelhut ein. »Als ich zurückkam, habe ich sie in ihren Zellen gesehen!«

»Sie haben sie in ihren Zellen gesehen, Vogey, aber sie waren schon nicht mehr da. Sie haben gerade gesagt, es sei eine übliche Vorsichtsmaßnahme, Aufzeichnungen zu machen. Zwölf Kameras bedeuten jeweils zwölf Zellen. Eine ziemlich komplizierte Sache.«

»Es ist auch ein kompliziertes System. Das fortschrittlichste, das es zur Zeit gibt.«

»Nicht ganz. Die Version der NASA ist Ihnen ein paar Meter voraus und meine übrigens auch. Sie hätten eine bessere Überwachung haben können. Zu schade, daß Sie sie nicht hatten.«

»Warum?«

»Weil Ihr System Leeds und den anderen die Flucht ermöglicht hat«, fuhr Captain Seven fort. »Hören Sie, in die Eingeweide Ihres Kontrollpults ist ein Aufzeichnungsgerät von der etwa vierfachen Größe eines normalen Videorecorders eingebaut. Die Bänder sind ungefähr dreimal so groß. Wenn Sie diese Tiere am nächsten Tag sehen wollen, sagen Sie dem Computer, welche Zelle er Ihnen einspielen soll, und dieses Bild kommt auf Ihren Monitor.«

»Das weiß ich«, sagte Vogelhut. »Das Gerät wurde nach meinen Anforderungen konstruiert.«

»Miese Anforderungen.«

»Was?«

»Fehler. Schwächen.«

»Das ist doch verrückt!«

»Nein«, sagte Seven und tippte auf das Hauptkontrollpult. »Das ist Scheiße. Ein Schuljunge aus der siebenten Klasse könnte ein besseres System zusammenbasteln. Gott im Himmel, Sie kapieren es wirklich nicht, oder?« fuhr der Captain fort. Die drei Männer waren in das Licht der zwölf flackernden Monitore getaucht. »Jemand ist in Ihr System eingedrungen,

Vogey. Jemand hat ein paar Veränderungen vorgenommen, die Ihr Aufzeichnungsgerät in ein Abspielgerät verwandelt haben.«

Kimberlain folgte mit den Blicken Sevens Finger zur Schalttafel des Hauptkontrollpults, die wie das eines hochmodernen Videorecorders aussah. Der Knopf ÜBERWACHUNG/AUFZEICHNUNG war gedrückt, aber der WIEDERGABE-Knopf nicht. »Dann ist das, was wir jetzt sehen . . .«

»Genau das, was die Wachen und Vogey vor vier Abenden gesehen haben. Nur, daß es damals genauso unwirklich war wie heute.«

»Nein«, keuchte Vogelhut, als bekäme er plötzlich keine Luft mehr. »Das System wurde überprüft. Wir haben keinen Fehler gefunden, wie Sie ihn beschreiben.«

»Weil es später wieder umgeschaltet wurde, was kein Problem gewesen sein dürfte, da Sie das System erst fast einen Tag nach dem Ausbruch überprüft haben.« Seven schaltete das Gerät aus, und die Bildschirme wurden dunkel. »Ich habe es erneut umgeschaltet, um diese kleine, beschissene Vorführung durchziehen zu können. Das reinste Kinderspiel. Als würde man eine Glühbirne auswechseln. Dieses Band ist wahrscheinlich vor über einer Woche aufgenommen worden, damit Ihre Wachen sich an keine auffälligen Einzelheiten mehr erinnern und darüber nachdenken, was sie da sehen.

Vielleicht hat man sogar eine Reihe von Bändern mit nächtlichen Überwachungsaufnahmen zusammengeschnitten.«

»Dann haben wir es mit einem Insider-Job zu tun«, schloß Kimberlain. »Jemand, der hier arbeitet, muß den Entflohenen geholfen haben.«

»Aus mehr als nur einem Grund, Fährmann.«

Vogelhut wandte sich plötzlich von den dunklen Bildschirmen ab. »Wann sind sie ausgebrochen?« fragte er. »Und *wie?«*

»Komisch, daß Sie das auch mal fragen.« Captain Seven lächelte. »Gehen wir von hinten nach vorn vor.« Er kletterte wieder auf das Kontrollpult, und diesmal protestierte Vogelhut nicht.

»Fangen wir mit dem Blackout und dem Ausfall der Systeme an«, schlug Kimberlain vor.

»Zu dem es laut der Aufzeichnungen um genau dreiundzwanzig Uhr neunundzwanzig kam. Was uns schon viel von dem verrät, was wir wissen müssen.«

»Wieso?« fragte Vogelhut.

Seven griff nach seinem ›Pfeifchen‹ und nahm einen tiefen Zug. »Es ist folgendermaßen, Vogey. Die Zwölfspur-Bänder, die Ihr System benutzt, können pro Kassette nur drei Stunden aufnehmen. Wenn das Band also am Ende angelangt war und die Bildschirme nur noch Flimmern zeigten, hätten selbst Ihre neunmalklugen Wächter mitgekriegt, was da abläuft.« Er sog den letzten Rest Rauch ein, der in der Hauptkammer des blauen Plastikapparats verblieben war. »Außer natürlich, in diesem Augenblick kommt es zufällig zu einem völligen Ausfall der Strom- sowie der Notstromversorgung.«

»Das Licht geht wieder an, aber alle haben ganz andere Probleme«, folgerte Kimberlain. »Zum Beispiel leere Zellen.«

Vogelhut schritt nervös auf und ab. »Sie behaupten also, die Männer wären entkommen zwischen acht Uhr neunundzwanzig und ... wann?«

»Tja, Vogey, Sie können Ihre Jungs ruhig loben, weil sie die Insel so schnell wie möglich abgeriegelt haben, als der Strom wieder da war. Sie konnten ja nicht wissen, daß Leeds und seine Leute da schon lange fort waren. Meinen Berechnungen zufolge müssen sie ihre Zellen spätestens um zehn Uhr fünfundvierzig verlassen haben. Vielleicht sogar schon um neun.«

»Das erklärt immer noch nicht, wie sie es gemacht haben.«

»Ja. Das Beste kommt noch.«

Als sie sich im MAX-SEC-Zellenblock befanden, zeigte Captain Seven zu einer der Überwachungskameras hoch.

»Wie ihr euch erinnert, Jungs, übertrugen diese Babys überhaupt nichts, und die Sicherheitsvorkehrungen sahen vor, daß sich keine Wachen in den Korridoren aufhielten. Also konnten Leeds und die anderen in den Gängen des Hochsicherheitstrakts frei schalten und walten.«

»Aber dafür mußten sie zuerst einmal aus ihren Zellen herauskommen«, erinnerte Vogelhut ihn.

»Sie haben hier ein sehr schönes System. Es ermöglicht Ihnen, eine einzelne Zelle zu öffnen, eine einzelne Etage oder alle Etagen auf einmal. Das Essen wird irgendwann zwischen sechs Uhr und halb sieben gereicht. Die Mahlzeiten werden durch Schlitze in den Türen geschoben«, sagte Seven und betastete einen. »Mein Gott, wie bei einem Mitnahme-Schnellimbiß. Ich nehme einen Hamburger und eine doppelte Portion Pommes!« rief Seven in den Schlitz.

»Worauf wollen Sie hinaus?«

»Diese Schlitze sind genau wie die Türen mit Schlössern versehen. Mit einem einzigen Knopf können Sie von der zentralen Wachtstation aus jede Etage bedienen.«

»Na, und?«

»Vogey, der *Schließmechanismus* der Schlitze für die Mahlzeiten wurde mit dem *Öffnungsmechanismus* der Türen gekoppelt. Nachdem Ihre Schutzbefohlenen ihr Fresserchen bekommen hatten, stand jede Tür im MAX-SEC weit auf, und keiner Ihrer Männer hat erfahren, wer denn nun aus seiner Zelle spazierte.«

»Damit waren sie also auf den Gängen«, folgerte Kimberlain. »Was passierte dann, Captain?«

Seven deutete mit einem knochigen Arm in die Richtung der drei Haupteingangstüren. »Diese Möglichkeit können wir wohl unbesehen außer Betracht lassen. Ich meine, Vogey, selbst Ihre Leute hätten wahrscheinlich bemerkt, daß vierundachtzig Irre an ihnen vorbeimarschieren. Damit bleiben die Türen am anderen Ende der Treppen auf jeder der vier Etagen des Hochsicherheitstrakts.«

»Solider, dreißig Zentimeter dicker Stahl mit kobaltverstärkten Riegeln auf beiden Seiten« sagte Vogelhut. »Sie müssen manuell von der anderen Seite geöffnet werden. Das innere Treppenhaus, das die einzige Verbindung der MAX-SEC-Etagen darstellt, ist nur von oben zugänglich, und diese Tür wird die ganze Zeit über von zwei Männern bewacht. Leeds und die anderen sind nicht an ihnen vorbeigekommen, was Ihren Worten zufolge bedeutet, daß sie den Hochsicherheitstrakt niemals verlassen haben.«

»*Meinen* Worten zufolge?« Captain Seven sah Kimberlain

an. »Habe ich das behauptet, Fährmann?« Bevor Kimberlain antworten konnte, fuhr er fort: »Mannomann, Vogey, ich würde ja fast meinen, Sie wollten mir Worte in den Mund legen. Aber ich bin mir nicht sicher, ob Sie überhaupt die richtigen finden könnten!«

»Sagen Sie mir einfach, wie die Gefangenen es gemacht haben!«

Captain Seven ging den Korridor entlang und die vier Treppenfluchten hinauf. »Sie müssen wissen, Vogey«, erklärte er dabei, »daß die ganze Flucht von außen geplant wurde und nicht von innen.«

»Von Leeds' Leuten?«

»Von Leeds *selbst*.«

»Ich ... verstehe nicht.«

Aber Kimberlain begriff allmählich, wie sich an seinem verkniffenen Gesichtsausdruck zeigte.

Sie hatten den Kopf des Treppenhauses erreicht und befanden sich nun ein Stockwerk über der obersten Etage des Hochsicherheitstrakts. Um sie herum befanden sich Wände aus dickem Beton. Vor ihnen erhob sich eine Sicherheitsstahltür, die aussah, als könne sie eine Atombombenexplosion überstehen. Captain Seven blickte zur Decke hoch.

»Hilf mir mal rauf, Fährmann.«

Kimberlain nahm den Captain auf seine Schultern. Sevens Hände betasteten die Decke.

»Ich hab' das noch nicht nachgeprüft«, sagte er. »Dachte mir, es würde mehr Spaß machen, wenn wir es gemeinsam herausfinden ... Ja, da hätten wir's ja.«

Seven stieß hart zu, und eine quadratische Platte der zwanzig Zentimeter dicken Decke schien zu verschwinden. Über ihm, in dem begehbaren, wenn auch sehr niedrigen Zwischenraum unter dem nächsten Stockwerk, war nur Dunkelheit zu sehen.

»Voilà«, sagte der Captain, als Kimberlain ihn wieder hinunterließ. »Der Privatfahrstuhl zum MAX-SEC war an diesem Abend wegen Reparaturen geschlossen, nicht wahr, Vogey?«

»Ja.«

»Aber in Wirklichkeit war er völlig in Ordnung. Den Grundrissen zufolge, die Sie mir überlassen haben, würde ich sagen, daß Leeds und die anderen diesen Zwischenraum benutzt haben, um zum Fahrstuhlschacht zu gelangen. Dann sind Ihre ehemaligen Zöglinge einfach gruppenweise runtergefahren und haben das Gebäude verlassen. Der Sturm bot ihnen Deckung. Draußen haben sie sich dann an einer vorher verabredeten Stelle getroffen.«

»Aber glauben Sie mir doch! Die Wachen hätten sie gesehen!«

»Nicht, wenn die Jungs die Nebeneingänge der Trakte mit niedrigeren Sicherheitsvorkehrungen benutzt haben. Und wer hätte sie bei diesem Sturm schon draußen sehen können? Wir sprechen von vierundachtzig Personen, die in einem Zeitraum von etwa zwei Stunden entkommen sind. Sie konnten es sich leisten, geduldig zu sein, Vogey.«

»Aber wie haben sie die Insel verlassen?«

»Dazu kommen wir jetzt.«

Als die drei die Felsen erreichten, die das zerklüftete Ufer der Bowman Island bildeten, war die Sonne durch die Wolken gebrochen. Sie schritten vierzig Minuten lang durch den kalten Wind und hatten jene Stelle der Insel erreicht, die gegenüber von Watertown auf der anderen Seite des Lake Ontario lag, als Captain Sevens ständig schweifender Blick auf einer Stelle verharrte.

»Hier.« Mehr sagte er nicht.

Kimberlain kauerte sich nieder, bis er die Gischt des Salzwassers auf seinem Gesicht spürte, und streckte die Hand nach einer kleinen Pfütze zwischen zwei Felsen aus.

»Ist es da?« fragte Captain Seven.

Kimberlain wollte schon etwas sagen, als seine Hand einen dicken, runden Gegenstand berührte. Er fand zwei weitere und erhob sich dann.

»Wie viele?« fragte der Captain.

»Drei«, erwiderte der Fährmann.

»Drei was?« wollte Vogelhut wissen.

»Du wirst in der Nähe noch fünf oder sechs weitere finden.«

»Weitere *was*?« fragte Vogelhut erneut.

»Stahlbolzen«, erwiderte Kimberlain. »Sie haben sie in diese Felsen getrieben, um sich zu Flößen hinabzulassen.«

»Flöße?« fragte Vogelhut fassungslos.

»Etwa zehn Mann pro Floß«, führte Seven aus, während er auf den grauen See hinausblickte. »Sie mußten sich zusammendrängen, aber sie hatten es ja nicht weit.«

»Leeds und die anderen haben die Insel mit *Flößen* verlassen? Das kann ich nicht glauben. Es ist unmöglich. Als wir um halb zwölf mit der Suchaktion begannen, wären sie noch auf dem See gewesen. Wir hätten sie gefunden.«

»Zu diesem Zeitpunkt hatte man sie schon längst abgeholt.«

»Kein Flugzeug hätte sich bei diesem Sturm über den See wagen können und auch kein Hubschrauber.«

Seven hatte sich dem Rand des Felsens soweit genähert, daß Wasser über seine in Sandalen steckenden Füße schlug. »Kein Flugzeug oder Hubschrauber, Vogey, ein U-Boot.«

»Ein U-Boot . . .«

»Da mußten sie wiederum gewaltig zusammenrücken, aber erneut hatten sie es nicht weit.« Der Captain sprach in den Wind, und die Worte wurden zu seinen beiden Begleitern zurückgeweht. Er drehte sich zu ihnen um. »Es ist schlimmer, als ich dachte.«

»U-Boote, Flöße, elektronische Überbrückungen, genaue Pläne der gesamten Anstalt.« Vogelhut schüttelte fassungslos den Kopf. »Selbst Leeds hätte das alles nicht planen können, nachdem er eingebuchtet wurde.«

»Nein«, erwiderte Kimberlain, »er hat es geplant, bevor er hier eingeliefert wurde.«

Er blickte Captain Seven an, der bestätigend nickte, während Vogelhut völlig verwirrt stammelte: »Das . . . das ist einfach . . . nicht möglich.«

»Ich habe Leeds nur erwischt, weil er es so wollte, Herr Doktor. Weil er wollte, daß ich ihn schnappe, weil er wußte, daß er« – Kimberlain drehte sich zu der festungsähnlichen Anstalt um – »hierher kommen würde.«

»Damit er wieder *fliehen* konnte?«

»Mit den anderen. Er wollte sie herausholen. Es war die einzige Möglichkeit.«

»Aber weshalb? Was steckt dahinter?«

Kimberlain sah Vogelhut an. »Ich weiß es auch nicht, Herr Doktor.«

Aber er wußte es. Er war sich nun dessen sicher, was er vorher nur vermutet hatte.

Die neunte Gewalt . . .

Für Andrew Harrison Leeds war es nicht nur eine verrückte Vision; zumindest jetzt nicht mehr.

Kimberlain ließ den Captain alle verfügbaren Videoaufnahmen von Leeds in seiner Zelle zusammenschneiden, um sie sich anzusehen. Dieses Band hatte eine Länge von fünfundvierzig Minuten, und der Fährmann sah es sich jetzt zum vierten Mal an. Die Bilder waren stumm, doch beim dritten Betrachten fügte er im Geiste den Ton hinzu. Ein kratzendes Geräusch, wenn Leeds sich den Kopf rieb. Ein leises Quietschen, wenn er sich auf seinem Bett umdrehte. Ein tiefes Zischen, wenn er zur Kamera hochsah und seine Zähne zu einem wölfischen Schnauben entblößte.

Leeds war in keiner Hinsicht ein großer Mann, doch Kimberlain mußte sich dies ständig in Erinnerung zurückrufen, während das Band vor ihm ablief. Es war, als griffe der Verrückte über den Kamerabereich hinaus, um dem Betrachter zu zeigen, was er ihn sehen lassen wollte. Oder der Betrachter wurde vielleicht von der Größe der Absichten Leeds beeinflußt, der Bandbreite des Bösen, das in ihm wohnte. Wenn man Größe an Taten und Absichten messen konnte, wäre keine Zelle in ›The Locks‹ groß genug gewesen, um ihn aufzunehmen.

Die schwarzweiße Aufnahme betonte Leeds' bleiche, farblose Gesichtszüge. Sein Haar war pechschwarz und glatt zurückgekämmt. Die Brauen waren buschig und weiß gesprenkelt. Sein Gesicht war hager, fast skeletthaft, mit tief eingesunkenen Augen, den Augen einer Leiche. Sie schienen auch schwarz zu sein, doch Kimberlain wußte, daß sie in Wirklichkeit dunkelbraun waren. Leeds trug – wie alle Häftlinge in ›The Locks‹ – die übliche weiße Montur. Er hatte die Hemdsärmel hochgerollt und enthüllte zwei sehnige Unterarme und lange, sanfte Hände, die weich wie die eines Babys zu sein schienen.

Auf keinem einzigen Bild enthüllte Andrew Harrison Leeds sich wirklich der Kamera. Er war ein Showman, der ständig auf der Bühne weilte, weil er wußte, daß ihn jederzeit jemand beobachten konnte. Der Fährmann betrachtete die Videoaufnahme und wartete darauf, daß Leeds' Wachsamkeit für einen Augenblick nachließ und er einen Blick auf dessen wahres Selbst erhaschen konnte. Kimberlain wollte und mußte ihn verstehen. Doch Leeds enthüllte der Kamera zu keinem Augenblick die Wahrheit. Er hatte nicht nur eine andere Persönlichkeit angenommen, er ging völlig in ihr auf. Seine verschiedenen Identitäten mußten wie die Hotelzimmer eines Handlungsreisenden gewesen sein – oder noch immer so sein: er nahm dasjenige, das ihm gerade am angenehmsten und bequemsten war.

»Ein Anruf, Mr. Kimberlain.«

Als er die Stimme von Vogelhuts Sekretärin hörte, fuhr er abrupt vom Stuhl hoch. Erschrocken schlug die Frau die Hand vor den Mund. »Es tut mir leid. Ich wollte Sie nicht . . . Aber da ruft jemand für Sie an. Ich habe es über die Gegensprechanlage versucht, aber . . .«

»Danke«, sagte der Fährmann und griff nach dem Hörer, als sie ging.

»Kimberlain.«

»Talley.«

»Wie stehen die Dinge in Daisy?«

»Sie haben recht gehabt«, sagte sie. »Tiny Tim hat bei dem Fenster einen Saugnapf benutzt. Wir haben bereits seine Blutgruppe festgestellt und hoffen, daß die weiteren Untersuchungen des Sekrets noch mehr ergeben werden. Ich habe auch einen Gerichtsbeschluß zur Exhumierung der verbrannten Überreste der Opfer aus Dixon Springs erwirkt. Wir können sie also auf Verstümmelungen hin untersuchen, genau, wie Sie es gesagt haben.«

»Aber deshalb haben Sie nicht angerufen.«

»Nein.«

»Dann also Neuigkeiten aus Providence, wie ich hoffe.«

»Washington hat die Leiche des Mannes identifiziert, der Ihnen dort aufgelauert hat. Ein gewisser Donald Dwares. Er hat in Miami fünf Lehrer getötet und wurde zum Tode verurteilt.«

»Da komme ich nicht ganz mit, Lauren.«

»Dann versuchen Sie mal, sich darauf einen Reim zu machen: Donald Dwares, der Mann, den Sie gestern getötet haben, starb vor fünf Jahren in Florida auf dem elektrischen Stuhl.«

14

Erst am frühen Montag morgen erreichte Hedda endlich die Adresse, die der sterbende Deerslayer in seinem blutigen Badezimmer hingekritzelt hatte. Nach der Explosion im Tunnel hatte sie für eine Weile das Bewußtsein verloren, und als sie wieder zu sich kam, konnte sie auf dem einen Ohr nichts mehr hören, während es im anderen beharrlich klingelte. Doch die Nische hatte Hedda genug Schutz geboten, um ihr das Leben zu retten, und nachdem sie sich eine Zeitlang durch die Dunkelheit getastet hatte, hatte sie einen Weg in den Keller eines anderen Gebäudes gefunden. Sie hatte von einer Wäscheleine neue Kleidung gestohlen und sich an einem öffentlichen Brunnen so gut wie möglich gesäubert.

Das Wohnhaus an der Rue Plummet überblickte den Bois de Vincennes und stellte einen starken Kontrast zu dem Haus dar, in dem Deerslayer am Abend zuvor gestorben war. Es war ein prachtvolles Backsteingebäude mit sechs Stockwerken. Hier kam sie nicht so einfach herein; sie mußte warten, bis der Pförtner abgelenkt war.

Nachdem sie zwanzig Minuten lang gewartet hatte, hielt ein Taxi vor dem Haus, und eine Frau mit einem halben Dutzend Einkaufstüten stieg aus. Der Pförtner eilte hinaus, um ihr zu helfen, und Hedda marschierte einfach an seinem verlassenen Pult vorbei durch die Tür.

Da sie nicht auf den Fahrstuhl warten wollte, lief sie zum Treppenhaus und nahm schnell die Stufen. Apartment 6A befand sich ein gutes Stück den Korridor entlang, und sie schritt wachsam an den anderen Türen vorbei. Keine davon verfügte über einen Spion. Sie erreichte 6A und klopfte zweimal.

»Wer ist da?« rief eine Stimme hinter der Tür.

Hedda nannte mit dem leisen, flüsternden Tonfall einer älteren Frau den Namen, den sie auf der benachbarten Tür gelesen hatte. Die spinnwebhaften, altmodischen Buchstaben der Schrift auf dem Schild deuteten zumindest auf eine solche Person hin.

»Einen Augenblick.«

Sie vernahm etwas, das wie das Geräusch von Rädern klang, und dann wurden Schlösser entriegelt. Die Tür öffnete sich knarrend.

»Guten Morgen, Madame . . .«

Der Sprecher im Rollstuhl sah sie an, und seine Augen drohten aus den Höhlen zu quellen. Hedda erwiderte den Blick genauso gebannt.

»Nein«, keuchte der alte Mann im Rollstuhl. *»Das ist unmöglich . . .«*

Er war ihr Großvater!

»Du bist tot!« krächzte er. *»Du bist tot!«*

Eine knochige Hand hob sich in dem Versuch, die Tür zuzuschlagen. Hedda stieß sie mühelos zurück und betrat die Wohnung; der Rollstuhl fuhr über den Teppich zurück. Hedda schloß die Tür und verriegelte sie wieder.

»Was hast du hier zu suchen?« keuchte der alte Mann ängstlich. »Was willst du?«

Heddas Hand zitterte, als sie sie vom Riegel nahm. Sie war völlig verwirrt. So oft in angespannten Augenblicken der Vergangenheit hatte sie Zuflucht in den friedlichen Erinnerungen an ihre Jugend gesucht. Der Hof, ihr Großvater – wenn sie daran dachte, kam alles wieder in Ordnung, war sie schnell wieder ausgeglichen. Doch dieser Mann, den sie jetzt anstarrte, das Gesicht rot vor Furcht, konnte unmöglich ihr Großvater sein. Nur ein Zufall, versuchte sie sich einzureden, doch sie spürte, daß es so einfach nicht war.

»Verschwinde hier«, raunte er, »bevor sie kommen.«

»Bevor *wer* kommt?«

»Sei doch nicht dumm! Sie haben den Wildtöter erwischt,

doch irgendwie bist du ihnen entkommen, und jetzt stellst du dein Glück zu sehr auf die Probe.«

»Du hast Deerslayer gekannt . . .«

»Ich habe euch alle gekannt.«

»Uns alle?«

»Die Caretakers. Ich habe euch geschaffen, Hedda«, sagte er und sprach zum erstenmal ihren Namen aus. »Ich habe euch alle geschaffen.«

Hedda schwankte. Sie stützte sich am Türrahmen ab.

»Wer *bist* du?« fragte sie kaum hörbar.

»Wir könnten es dabei belassen, daß ich dein Großvater bin. Das wäre einfacher, angenehmer und unproblematischer.«

»Aber eine Lüge.«

»Verstehst du denn nicht? Es gibt keine Wahrheit, hat sie niemals gegeben, nicht für dich oder die anderen.«

»Wovon sprichst du?«

Der alte Mann blickte sich um. Das Wohnzimmer war wunderschön mit Antiquitäten eingerichtet; auf dem prachtvollen Orientteppich zeichneten sich die Spuren der letzten Wege des Rollstuhls ab. Die Sonne fiel ungehindert durch ein großes Fenster ein. Hedda erschauderte unweigerlich bei dem Gedanken, daß jemand – jeder – sie in diesem Augenblick durch dieses Fenster beobachten konnte.

Der alte Mann richtete den Blick auf die Tür. »Es wäre viel einfacher, wenn du jetzt gingest, Hedda«, sagte er. »Nicht um meinet-, sondern um deinetwillen. Du mußt mir das glauben. Höre zu, was ich zu sagen habe, und du wirst diese Wohnung als anderer Mensch verlassen. Als Mensch, von dem du gar nicht gewußt hast, daß es ihn überhaupt gibt.« Ein Frösteln lief ihr über den Rücken. »Ich will die Wahrheit hören.«

»Vergiß die Wahrheit. Ich habe dir doch gesagt, es gibt sie nicht. Die Wahrheit ist eine Illusion, die wir schaffen, ein Mythos, auf dem wir beharren, damit wir uns sogar in der normalen Welt zum Narren halten können. Religion, Spiritualismus, Bedürfnisse, unser Wollen – sieh dir das alles an. Die Wahrheit ist nicht das, was wir sehen, sondern das, was für uns geschaffen wird, um den Schmerz zu lindern, der daher rührt, daß wir in einem Vakuum existieren.«

»Wie das, in dem ich existiert habe, meinst du.«

»Nein!« beharrte er. »Niemals! Die Wahrheit war für dich, was sie sein mußte.«

»Aber du warst Teil dieser Wahrheit. Dein Eindruck, dein Bild.«

»Aufrecht gehend. Stark und energisch.«

»Ja! Ja!«

»Meine Wahrheit, wie sie nie wieder sein kann. Wenn ich nie wieder gehen kann, will ich wenigstens in deiner Vorstellung gehen und in der der anderen.«

»Warum? Wer *bist* du?« wiederholte Hedda.

»Ein Name?«

»Für den Anfang, da du ja irgendwie auch meinen kennst.«

»August Pomeroy.«

Heddas Gesicht wurde ausdruckslos. »Diesen Namen habe ich noch nie gehört. Ich habe zwar den Eindruck, dich mein Leben lang zu kennen, aber diesen Namen habe ich noch nie gehört.«

»Ich war nur Teil deines Gedächtnisblocks.«

Heddas Knie begannen zu zittern. »Wovon sprichst du?«

»Ich spreche von gewissen Sperren in deinem Verstand, die verhindern sollen, daß du dich bewußt an vergangene Ereignisse erinnerst.«

Sie trat näher an ihn heran, wollte die Worte einfach abtun, wußte aber, daß dies unmöglich war. Vielleicht hatte ihr Unterbewußtsein schon immer gewußt, was ihr Bewußtsein nun erfuhr. »Manchmal tauchen seltsame Gedankenfetzen in mir auf, wie Träume, die mir wieder entgleiten, bevor ich mich an sie erinnern kann.«

»Das liegt an der Blockierung. Etwas, das deinen Verstand tröstet und beruhigt, das eine Alternative zu schmerzvollen realen Erinnerungen darstellt.«

»Das Bild von dir auf dem Hof, als mein Großvater.«

»Aus praktischen Gründen gewählt, sowohl als Ego wie auch als Erweiterung. Soll der Block wirksam sein, muß er wenigstens teilweise in der Wirklichkeit verankert werden. Wenn schon kein tatsächliches Ereignis, dann zumindest eine tatsächliche Person, die wir in eine Illusion umwandeln konnten. Wie ein Schauspieler, der für einen Film vor einem falschen Hintergrund aufgenommen wird. Ich mußte so intensiv mit dir arbeiten, daß ich die logische Wahl für diese Person war.«

»Du behauptest, mein gesamtes Gedächtnis sei eine Lüge. Du behauptest, ich hätte keine Ahnung, wer ich wirklich bin.«

»Dein Leben als Hedda begann vor vier Jahren.«

»Und davor?« Als Pomeroy schwieg, trat Hedda näher an ihn heran. »*Und davor?*«

August Pomeroy musterte sie für einen Augenblick, bevor er antwortete. »Das ist deine letzte Chance, die Tür hinter dir zu schließen, Hedda. Von jetzt an wird es nur immer mehr Fragen geben, und die Antworten darauf werden zunehmend unangenehmer ausfallen.«

»Ich muß sie hören, Mr. Pomeroy.«

»*Doktor* Pomeroy. Komm mit in die Küche. Ich mache uns Tee.«

Pomeroy setzte das Wasser selbst auf. Hedda beobachtete ihn dabei; ihre Hände zuckten, und ihre Finger trommelten ungeduldig auf die Platte des dicken Eichentisches.

»Ich bin Psychiater«, sagte der alte Mann, als er mit dem Rollstuhl zum Tisch fuhr. »Viele Jahre lang wurde ich in meinem Fach respektiert und galt als Kapazität auf meinem Spezialgebiet.«

»Erinnerungen?«

»Nicht ganz. Schmerz; wenn das Leben einer Person durch Schuldgefühle oder Bedauern wegen eines besonderen Ereignisses ruiniert wurde, vielleicht wegen einer falschen Entscheidung oder des Verlustes eines geliebten Menschen. Ich widmete mein Leben der Aufgabe, diesen Schmerz zu lindern, ihn abzumildern und die betreffende Person zu heilen, wie ein Chirurg vielleicht ein gebrochenes Bein oder ein zertrümmertes Knie wiederherstellt. Ich brachte es wieder in Ordnung, damit der Verstand des Patienten sein Gleichgewicht zurückfand.« Seine Stimme wurde leiser. »Ich heiratete eine Amerikanerin und verlegte meine Praxis in die Vereinigten Staaten, wo mein Schaffen gedieh wie nie zuvor. Dann starb meine Frau unter tragischen

Umständen, und ich stellte fest, daß ich meiner eigenen Behandlung bedurfte. Wie heißt es doch so schön? Arzt, heile dich selbst! Ich verlor mich in meinem Selbstmitleid, und dann wandte sich jemand mit einer Herausforderung an mich, die mein Leben wieder lebenswert machte.«

Er hielt inne und räusperte sich. Auf dem Herd begann der Wasserkessel zu klappern.

»Die Forschungen auf dem Gebiet der Unterdrückung von Erinnerungen waren anerkannt und gut dokumentiert. Doch diese Männer strebten die völlige Unterdrückung der Vergangenheit eines Menschen und ihren Ersatz durch falsche Eindrücke und Erinnerungsbrocken an.«

»Meine Erinnerungen an ... Sie, den Bauernhof, die Friedfertigkeit dort.«

»Genau. Verstehst du, Hedda, ein Gehirnteil namens Ammonshorn, auch als Hippokampus bekannt, regelt die Bildung von und den Zugriff auf Langzeiterinnerungen. Im Prinzip habe ich lediglich versucht, die Fähigkeit des Hippokampus' kurzzuschließen, Signale an andere Gehirnteile zu senden, die normalerweise Erinnerungen abgerufen hätten. Sobald die Signale empfangen wurden, griffen die falschen Erinnerungen ein, die ich eingepflanzt hatte – die Blocks, sie verhinderten einen Orientierungsverlust und besänftigten das Gehirn.«

»Das ist doch Wahnsinn!«

»Ganz im Gegenteil, befürchte ich. Ich wurde beauftragt, Personen zu überstellen, die keine Vergangenheit hatten, nur eine Gegenwart.« Der alte Mann seufzte. »Personen für ein Projekt namens Renaissance.«

»Versuchsobjekte ... wie viele waren es?«

»Wie viele Caretakers gibt es?«

»Ich weiß es nicht.«

»Ich auch nicht. Aber es könnten Hunderte sein. Weitere Psychiater wurden hinzugezogen und mit meiner Forschung vertraut gemacht.«

»Von wem, Herr Doktor?«

»Würdest du mir glauben, wenn ich dir sage, daß ich es nicht weiß?«

»Nein.«

»Es stimmt aber. Ich hatte natürlich auch meine Vorstellungen. Eine Privatarmee, vielleicht von einer abtrünnigen Fraktion der amerikanischen Geheimdienstgemeinde ins Leben gerufen ... Aber das spielt eigentlich gar keine Rolle. Ich tat, was sie von mir verlangten, um meinen eigenen Schmerz zu lindern. Es war mir völlig gleichgültig, wer sie wirklich waren, Hedda. Vielleicht ist das einer der Gründe, weshalb ich noch lebe.«

»Und auch der Grund, weshalb vielleicht Millionen Menschen sterben werden.«

»Wovon sprichst du?«

»Von TD-13, einem transdermalen Gift, über das nun jemand verfügt, der mit den Caretakers zu tun hat. Deerslayer und ich waren Teil der Operation, mit der dieses Gift beschafft wurde. Nachdem diese Gruppe das Gift erst einmal in ihrem Besitz hatte, sollten alle Spuren beseitigt werden.« Plötzlich fiel es Hedda wie Schuppen von den Augen. »Deshalb waren Sie so überrascht, mich zu sehen. Sie haben gewußt, daß Deerslayer tot ist, und hielten mich auch für tot! Das stimmt doch, oder?«

»Er ... hat mich aufgesucht.«

»Deerslayer? Er kam hierher?«

»Zweimal. Beim erstenmal, weil seine Blocks sich allmählich auflösten. Er hatte mich zufällig im Park gesehen und verfolgte mich. Er wollte Antworten.«

»Und Sie haben sie ihm gegeben.«

»Genau, wie ich sie nun dir zu geben versuche.«

»Wer war er vor Renaissance? Wer war *ich*?«

»Keine Ahnung.«

»Aber Sie müssen das doch wissen!«

Der Wasserkessel begann zu pfeifen. Bevor Hedda sich rühren konnte, rollte der alte Mann zum Herd und nahm ihn von der Platte. »Was weißt du über die ursprünglichen Caretakers?« fragte er.

»Die ursprünglichen? Sie meinen, es gibt mehr als eine solche Gruppe?«

August Pomeroy rollte wieder zum Tisch und stellte die beiden Teetassen ab. »Eine Organisation gleichen Namens ging der deinen voraus. Ihre Glanzzeit hatte sie vom Ende des Vietnamkriegs bis zum Anfang der achtziger Jahre, als sie von einem ihrer eigenen Leute zur Strecke gebracht wurde. Jared Kimberlain, bekannt als der Fährmann und der letzte Überlebende der ursprünglichen Mitglieder, wurde von seinen eigenen Leuten betrogen und hat daraufhin die Caretakers auffliegen lassen. Erst vor fünf Jahren baute eine andere interessierte Partei die Organisation wieder auf«

»Renaissance . . .«

»Aber da ist noch mehr, Hedda. Der Begriff Renaissance trifft auch auf die Methode zu, nach der die Agenten ausgewählt wurden. Du weißt, was du wiederholt für deine Auftraggeber getan hast. Du weißt, was für Menschen sie für diese Arbeit brauchen.«

Hedda sagte nichts.

»Du, Deerslayer, all die anderen – Killer par excellence. Aber sie haben euch nicht zu Killern ausgebildet, sie haben euch nur umgewandelt . . . umprogrammiert.«

»Was sagen Sie da?«

»Du wirst das nicht hören wollen.«

»Heraus damit!«

»Du und die anderen, ihr wurdet ausgewählt, weil ihr schon unter Beweis gestellt hattet, zu welchen Gewalttaten ihr fähig wart. Ihr hattet schon bewiesen, daß ihr den Job ausgezeichnet ausführen konntet . . . und euren Spaß daran hattet.«

»Das ist doch Quatsch!«

»Nein, das ist die Wahrheit. Das habt ihr gewollt, und das habt ihr bekommen. Du und alle anderen Caretakers . . . man hat euch aus Gefängnissen, Irrenanstalten, Militärgefängnissen aufgelesen. Eure ‹Freilassung› wurde arrangiert, damit ihr wiedergeboren und in ihrem Sinne instruiert werden konntet. Man hat dich und alle anderen auf eine Insel gebracht, auf der ich auf euch gewartet habe.«

»Und Sie haben unsere Vergangenheit ausgelöscht.«

August Pomeroy schüttelte den Kopf. »Ich habe lediglich eure Erinnerungen eliminiert, damit ihr praktisch auf der Stufe Null neu anfangen konntet. Wo früher einmal das Chaos euer aller Leben bestimmt hatte, konnte nun dank meiner Arbeit eine gewisse Ordnung geschaffen werden. Eure Neigungen und

Vorlieben habe ich nicht verändert. Genauso wenig eure Fähigkeiten und Talente ... ich habe sie nur in andere Bahnen gelenkt. Die Leute, die über euch stehen, wollten skrupellose Killer haben, aber sie wollten sie auch beherrschen können.«

Hedda spürte, wie ihr Mut sank. »Ich sehe manchmal einen Jungen. Wer ist er? Habe ich ihn getötet?«

»Man hat mir niemals Einzelheiten mitgeteilt. Keine Details über dich, über Deerslayer, über niemanden.«

»Wie alt bin ich? Woher komme ich?«

»Ich weiß es nicht! Ich weiß es nicht!«

»Wie heiße ich?«

»Ich weiß es nicht!«

»Warum Hedda?«

»Wie ich es verstanden habe, wurden die ursprünglichen Caretakers allesamt nach Gestalten der griechischen Mythologie benannt. Die neuen Caretakers, zu denen auch du gehörst, wurden nach berühmten Charakteren aus der Literatur benannt. Du zum Beispiel nach Hedda Gabler.«

»Und das alles haben Sie dem Wildtöter erzählt ...«

Der Alte nickte. »Ja, als er zum erstenmal kam. Vor vier Tagen.«

»Was ist mit Ihrer zweiten Begegnung?«

»Er kam vorgestern noch einmal zurück, um mir eine Nachricht zu überbringen.« Der Blick von Pomeroys rot unterlaufenen Augen hielt dem ihren stand. »Eine Nachricht für dich. Er wußte, daß du zu mir kommen würdest.«

Der alte Mann rollte zum Kühlschrank, an dem er mit einem Magneten einen weißen Umschlag befestigt hatte. Wie Poes entwendeter Brief war er für alle Augen sichtbar angebracht.

»Er hat mich gebeten, ihn dir zu geben. Er meinte, du wüßtest, was du nun tun mußt.«

Hedda nahm den Umschlag. Sein dünner Inhalt bestand lediglich aus einem Zeitungsartikel, der sich mit der dramatischen Auferstehung einer Plastikfabrik in Massachusetts namens PLAS-TECH beschäftigte.

»Wissen sie, was das zu bedeuten hat?« fragte sie August Pomeroy.

»Ich habe nicht hineingesehen. Ich wollte es nicht. Deerslayer hat gesagt, es seien keine weiteren Erklärungen nötig.«

Keine weiteren Erklärungen ... Und doch wurden in dem Artikel weder transdermale Gifte noch tödliche Pläne irgendeiner Gruppe erwähnt, die sich der Hilfe der Caretakers bediente. Aber irgendwie mußte PLAS-TECH mit den Umständen zu tun haben, die ihren Tod und den Deerslayers erforderlich gemacht hatten. Soviel hatte er herausgefunden, doch den Rest hatte er ihr überlassen.

»Was wirst du jetzt tun?« fragte Pomeroy sie.

»Herausfinden, wer das TD-13 besitzt.«

»Sie werden dich töten.«

»Sie werden Hedda töten, meinen Sie. Der Mensch, der ich wirklich bin, ist schon tot ... den haben Sie selbst getötet. Die anderen sind vielleicht die einzigen, die mir sagen können, wer ich war.«

»Ich habe Medikamente benutzt; die anderen benutzen Kugeln.«

»Genau wie ich, Doktor Pomeroy.«

DIE VIERTE GEWALT

ANDREW HARRISON LEEDS

Montag, 17. August, 14 Uhr

15

»Können Sie mich hören, junger Mann?«

Arthur Whitlow bekam den Frosch nicht aus dem Hals. »Jawohl, Sir«, krächzte er.

»Ich erwarte Ihren Bericht.«

Auf einem der vierundzwanzig Fernsehschirme, die die Wand direkt vor T. Howard Briarwoods Schreibtisch bildeten, konnte man einen jung aussehenden Mann mit Brille ausmachen, der sich auf seinem Stuhl wand. Whitlow verspürte eine verständliche Ehrfurcht. Schließlich hatte er in den sieben Jahren, die er bei der Firma war, noch von keinem anderen leitenden Angestellten gehört, der jemals persönlich mit dem Kopf des gewaltigen Multi-Milliarden-Dollar-Konzerns gesprochen hatte.

Die Briarwood Industries unterhielt Tochtergesellschaften in praktisch allen amerikanischen Geschäftsbereichen, die allesamt vom Firmenleiter selbst überwacht wurden, wenn auch aus der Ferne. Die vierundzwanzig Monitore vor ihm bildeten die Verbindung mit seinem Reich außerhalb der obersten Stockwerke des firmeneigenen Wolkenkratzers. Nicht weniger als fünfhundert ähnliche Sende- und Empfangsgeräte waren über die ganze Welt verstreut. Briarwood konnte sie zu jeder gewünschten Zeit aktivieren und sich selbst überzeugen, was gerade in seinen verschiedenen Holdings vor sich ging. Manche hätten das Bespitzelung oder Aushorchung genannt. Briarwood nannte es gute Geschäftsführung.

Natürlich wußte Whitlow nichts von alledem. Er wußte nur, daß er das wichtigste Gespräch seines Lebens mit einer Fernsehkamera und einer Phantomstimme führte, die ihn über einen nicht sichtbaren Lautsprecher erreichte. Der Blick des jungen Mannes klebte auf dem Blatt Papier auf seinem Schoß, und endlich gelang es ihm, seinem Chef zu antworten.

»Die letzte Lieferung von PLAS-TECH ging gestern heraus.

Wie man mir mitteilte, liegt der Installationsprozeß voll im Zeitplan.«

»Ausgezeichnet. Sehr schön, daß Onkel Sam endlich den würdigen Rat eines hilfsbereiten Neffen akzeptiert. Sagen Sie«, fuhr die Stimme über den Lautsprecher fort, »haben Sie selbst einen Eindruck vom Produktionsprozeß gewonnen?«

»Jawohl, Sir. Höchst beeindruckend, Sir.«

»Und erfüllt auch das Werk in Kansas den Zeitplan?«

»Es ist ihm sogar voraus, Sir. So weit voraus, daß die Lagerkapazität erschöpft war und wir vorzeitig an drei der großen Verteilerknotenpunkte ausliefern mußten.«

Abrupt veränderte sich die Stimme. »Warum hat man mich nicht früher darüber informiert?«

»Die Lieferungen werden natürlich erst zum vorher bestimmten Zeitpunkt ausgegeben.«

»Sind Sie sich da ganz sicher?«

Whitlow nickte verwirrt zur Kamera hinüber. Er begriff nicht ganz, worauf T. Howard Briarwood mit seinen Fragen hinauswollte.

»Und Sie wissen ebenfalls ganz genau, daß wir die Dienste von PLAS-TECH nicht mehr benötigen?«

»Der Vertrag wurde zur beiderseitigen Zufriedenheit erfüllt. Es sind natürlich schon zusätzliche Bestellungen eingegangen, doch im Augenblick . . .«

»Sie werden dorthin zurückkehren, nicht wahr, Mr. Whitlow? Zum Werk in Kansas, meine ich.«

»Kein Problem, Sir.«

»Ich frage mich, ob Sie vielleicht die Endstufe der Herstellung für mich auf Video aufnehmen würden. Ich beschaffe Ihnen die nötigen Genehmigungen. Das werden Sie doch für mich tun, oder?«

»Natürlich, Sir.«

T. Howard Briarwood legte den Finger auf einen Knopf auf seinem Pult. »Andererseits wäre es vielleicht besser, wenn Sie es nicht täten.«

Er drückte den Knopf und beobachtete auf dem Bildschirm, wie sich Whitlows Körper grausam verkrampfte. Seine Hände und Füße zuckten in einem verzerrten Gleichmaß, während der elektrische Strom weiterhin durch seinen Körper floß. Dann war es endlich vorbei.

Der Stuhl war eine von Andrew Harrison Leeds' ersten Erfindungen gewesen, und er war nie davor zurückgeschreckt, sie auch zu benutzen. Während er beobachtete, wie Whitlows Leiche verschmorte, versuchte er sich den Geruch verbrannten Haars und Fleisches vorzustellen. Eine Schande, daß Whitlow sterben mußte. Der Mann war T. Howard Briarwood völlig treu ergeben gewesen. Zu schade, daß er zuviel über Andrew Harrison Leeds' Pläne wußte.

Leeds legte die Finger wieder auf das hochmoderne Kontrollpult auf seinem Schreibtisch und musterte die Bildschirme. Er schaltete um wie ein ungeduldiger Fernsehzuschauer mit einer überaktiven Fernsteuerung. Orte in fünfzehn verschiedenen Ländern glitten an seinen Augen vorbei. Leere Konferenzräume, überfüllte Hotelhallen, ein Fernsehstudio. Leeds verweilte bei keinem Bild lange genug, um alles auf einmal aufnehmen zu können, und doch übersah er nichts. Alles, was die Bildschirme zeigten, gehörte Briarwood; hätten sie seinen vollständigen Besitz erfassen sollen, wären Tausende mehr nötig gewesen.

Ein einziger Bildschirm auf der großen Wand blieb leer, bis Leeds einen Wiedergabeknopf direkt neben seinem Zeigefinger drückte. Augenblicklich flammte das Bild eines Mannes auf, der in einem Motorboot stand und auf ein Dock zuhielt. Leeds aktivierte den Schnellvorlauf, bis eine Großaufnahme des Gesichts den Bildschirm ausfüllte; dann schaltete er auf das Standbild um.

»Kimberlain«, murmelte er. »Diesmal wirst du mich nicht fassen. Diesmal werde ich es nicht zulassen.«

Leeds ließ das Band in Zeitlupe weiterlaufen und studierte jede Bewegung, jede Geste des Fährmanns. Er wollte das Band schon zurückspielen, um es noch einmal zu betrachten, als er plötzlich hochfuhr.

»Ah«, sagte er laut, »die Konferenz.«

Er erhob sich vollends und trat zur Tür des Konferenzraums. Ihr Kameraauge erfaßte ihn, und sie öffnete sich vollautomatisch.

Andrew Harrison Leeds trat in die undurchsichtige Dunkelheit eines fensterlosen Zimmers.

»Guten Tag«, sagte er zu den Gestalten, die an dem runden Tisch in der Mitte des Raumes saßen. »Und es ist wirklich ein sehr guter Tag...«

Andrew Harrison Leeds hatte zum erstenmal im Alter von zehn Jahren getötet. Er wollte den Hund eines Nachbarn streicheln, und das Tier biß ihn. Leeds spürte den stechenden Schmerz und riß die Hand zurück. Der Hund knurrte und setzte ihm nach.

Leeds erwiderte das Knurren.

Das war das erste Mal, daß er die rohe, ungezähmte Wut verspürte, die ihn danach zu immer neuen, größeren Taten getrieben hatte. Aber er beherrschte diese Wut. Er schlug nicht nach dem Hund, sondern kehrte ins Haus seiner Eltern zurück und stahl aus der Küche ein scharfes Messer und aus dem Kühlschrank ein kleines Steak. Leeds wartete, bis der Hund in den benachbarten Wald davonstreunte, und folgte ihm. Nachdem er ihn im Schutz der Bäume gefunden hatte, streckte er das Fleisch als Friedensangebot aus. Er war völlig überzeugend, gestand nicht einmal sich selbst seine Absicht ein. Das Tier zögerte nur kurz. Doch noch bevor sich seine Kiefer um das Fleisch schlossen, stach Leeds zu und trieb dem Hund die Klinge ins Herz.

Er hörte sein Jaulen, und es gefiel ihm.

Später tötete er noch andere Tiere, doch es machte nie wieder so großen Spaß. Er mußte es unbedingt einmal bei einem Menschen versuchen... Leeds gab sich seinen Wunschträumen hin. In seiner Vorstellung war die Tat immer ganz einfach und... befriedigend. Eine Weile genügten ihm diese Vorstellungen. Irgendwo lag die Wirklichkeit, doch sie schien keine große Rolle zu spielen. Die Wirklichkeit war immer das, was man schuf. Das hatte Leeds bereits in der Schule herausgefunden. Er wußte, wie intelligent er war, viel intelligenter als die gripslosen Wichte, die ihn unterrichteten. Aber er zeigte seine Klugheit niemals, hielt sein wahres Selbst bedeckt, offenbarte es niemandem.

Später traf er sich mit einem jüngeren Mädchen aus der Nachbarschaft, das sich häufig im Wald aufhielt. Es war oft schmutzig und hatte manchmal blaue Flecke oder sogar ein blaues Auge. Es erklärte, es wolle ausreißen. Leeds sagte, er würde ihr helfen.

Wenn er jetzt zurückdachte, mußte er sagen, daß es kaum anders gewesen war als bei dem Hund. Er brachte dem Mädchen etwas zu essen, um ihr Vertrauen zu gewinnen, und während sie aß, schlang er einen Strick um ihren Hals und erwürgte sie. Nachdem Leeds die Leiche des Mädchens neben der des Hundes begraben hatte, kehrte er nach Hause zurück und hörte Radio.

Er war zwölf Jahre alt.

Seine Eltern begriffen nie, wie klug er wirklich war. Niemand begriff es, denn Leeds verbarg seine Intelligenz. Sie sahen nur, was er ihnen zeigen wollte. Leeds konnte die Menschen dazu bringen, ihn gernzuhaben, ihn zu hassen, ihm zu folgen. Er konnte sie in Angst und Schrecken versetzen, sie aufheitern, sie für sich einnehmen, sie fertigmachen. Sie waren nur Spielzeuge für ihn. Doch sie gaben seinen Phantasievorstellungen Nahrung und verhinderten, daß er allzu oft den Wald aufsuchen mußte.

Erst auf dem College enthüllte er, was wirklich in ihm steckte, denn auf diese Art schien er schneller zur Herrschaft über seine Umwelt gelangen zu können. Herrschaft war schließlich das, was das Leben ausmachte. Töten hatte mit Herrschaft zu tun. Leeds konnte einen Körper töten, aber auch eine Seele. Mit dreißig Jahren waren bereits drei Dutzend Menschen durch seine Hand gestorben. Er suchte sie sorgfältig aus und verhinderte behutsam jedes Schema. Doch das reichte ihm noch nicht. Er lebte von seinen Phantasien, doch wollte er sie entwicklungsfähig halten, mußte er sie irgendwie mit der Wirklichkeit verschmelzen.

Er nahm eine Stellung als Physiklehrer an einer High-School an. Drei glorreiche Monate lang gewann er das Vertrauen seiner Schüler und stellte sich das Ende vor, von dem nur er wußte, daß es kommen würde. Er sorgte dafür, daß die Behörden den Schulbus fanden, und machte alles um vieles schöner, indem er es so einrichtete, daß man die Leichen der sechsundzwanzig Schüler niemals finden würde.

Danach schlug er eine kurze Laufbahn als Arzt ein, bei der es fast genauso viele Opfer gab, Leeds aber unendlich mehr Vergnügen empfand, da er immer nur einen Patienten nach dem anderen tötete und niemals dieselbe Methode zweimal anwandte. Man konstatierte jedesmal natürliche Todesursachen, und als die Polizei endlich hinter den Zusammenhang kam, war Leeds schon wieder verschwunden. Er stellte fest, daß er nur noch eine gewisse Zeit von seinen Phantasievorstellungen leben konnte; sein Verstand war wie eine Parkuhr, bei der jede nachfolgende Münze weniger Parkzeit verschaffte.

Seine Identität als Psychiater erwies sich als unerfüllt und frustrierend. Er haßte es, das Geschwätz seiner Patienten zu hören, die sich über das dunkle Böse beklagten, das ihnen das Leben zur Hölle machte. Ergebt euch doch! wollte er ihnen sagen. Gebt euch dem Bösen hin, erst dann werdet ihr euer wahres Ich erkennen . . . Doch Leeds wußte, daß sie niemals auf ihn gehört hätten, und so machte er nach drei Monaten des Praktizierens den Problemen seiner Therapiegruppe für immer ein Ende.

Später, als Professor für forensische Pathologie, mußte er enttäuscht feststellen, daß seine brillanten Studenten mehr daran interessiert waren, gute Noten zu bekommen, als ihren Horizont zu erweitern. War es das, was die Welt erwartete? Würde sie dieser Horde lebender Toten überlassen werden? Dieser Gedanke brachte Leeds auf die Idee, wie er seinen Abschied von dieser Identität feiern könnte. Er fragte sich, ob jemand die Symbolik erkennen würde.

Sein kurzer Aufenthalt an der Universität bestätigte seine Überzeugung, daß die Verrückten, Straftäter und Ausgestoßenen am besten dafür geeignet waren, die Welt zu erben. Im Lauf der nächsten Monate nahm dieser Traum allmählich Gestalt an; er brauchte nur die Mittel, um ihn auch zu verwirklichen. Und als er – während seiner Existenz als Candy Man – diese Mittel gefunden hatte, konnte Leeds seine Erregung kaum verbergen.

Doch um seine Ziele zu erreichen, mußte er in die unter dem Spitznamen ›The Locks‹ bekannte Anstalt eingewiesen werden.

Nur in deren Mauern würde er die letzten Pinselstriche auf sein Gemälde von der Zukunft anbringen können:

Eine Welt, deren Innerstes nach außen gekehrt werden würde. Der Wahn, in den er bislang hatte fliehen müssen, würde ihn dort erwarten. Er konnte die Hand nach ihm ausstrecken und ihn berühren.

Und so hatte er den besten Widersacher überlistet, mit dem er es je zu tun bekommen hatte. Er hatte die größte Stärke dieses Widersachers in eine Schwäche verwandelt. Sollte er doch den Nervenkitzel der Jagd empfinden. Sollte Kimberlain doch überzeugt sein, die Fährte aufgenommen zu haben und ihr zu folgen. In jeder Hinsicht ein brillanter Schachzug.

Doch der Fährmann war noch immer irgendwo dort draußen, und Leeds würde keine Ruhe finden, bis er ihn endlich aus dem Weg geräumt hatte.

»Wo soll ich anfangen?« fuhr Andrew Harrison Leeds fort.

Zwei der vier Wände des Konferenzraums waren von Karten der Vereinigten Staaten bedeckt, die beiden anderen von Weltkarten. Schwache, auf diese vier Karten gerichtete Scheinwerfer stellten die einzige Beleuchtung des Raumes dar, so daß dessen dunkelste Stelle der Konferenztisch war, an dem acht von neun Stühlen von schweigenden Gestalten besetzt waren. Leeds trat zum noch freien Stuhl am Kopf des Tisches und nahm dort Platz.

»Mit einer Entschuldigung natürlich. Es tut mir leid, daß ich zu spät komme, meine Freunde, doch es ließ sich nicht verhindern. Meine Arbeit ist so gut wie abgeschlossen. In ein paar Wochen wird Kansas ausliefern, und kurz darauf werden wir mit der Verteilung beginnen. Jetzt müssen wir nur noch warten – darauf warten, daß eine verrottete Gesellschaft von ihren Schwächen gesäubert wird.«

Andrew Harrison Leeds umklammerte mit den Händen die Tischplatte. Er wartete darauf, daß eine der acht Gestalten am Tisch etwas sagte, doch alle schwiegen.

»Was denn, meine Freunde, keine Kommentare? Keine Glückwünsche, kein Lob? Aber nein. Ich verstehe. Ihr seid so voller Bewunderung für meine Pläne, daß es euch die Sprache verschlagen hat. Denn schließlich werde ich vollbringen, wobei ihr gescheitert seid. Ihr alle habt versucht, ein Reich zu gründen, das auf euern persönlichen Träumen beruhte, doch am Ende wurdet ihr alle besiegt. Beim neunten Reich, bei der neunten Gewalt, wird es anders sein, denn ich habe beschlossen, die Welt in das zu verwandeln, was sie eigentlich schon immer sein sollte, und ich habe die Möglichkeit gefunden, meine Ziele auch zu verwirklichen.«

Leeds erhob sich langsam, schritt dann zur rechten Seite des Tisches und musterte die Gestalten genau, als erwarte er, daß sie jetzt etwas sagten. Doch sie blieben noch immer stumm. Die Gestalten, die Leeds hier versammelt hatte, waren Wachsfiguren ehemals großer Befehlshaber und Visionäre, von Caesar und Dschingis Khan über Karl den Großen bis hin zu Napoleon und Hitler. Das waren die einzigen Führer, von denen Leeds der Ansicht war, sie kämen ihm an Entschlossenheit und Wesensart gleich.

Leeds blieb bei der letzten Gestalt auf der rechten Seite stehen. »Du, Dschingis Khan, hättest ganz Asien beherrschen können, den Orient und die Welt darüber hinaus. Doch deine Gewalttätigkeit schreckte deine engsten Gefolgsleute ab, und du bezahltest mit dem Leben dafür.«

Die Wachsfigur von Dschingis Khan erhob keine Einwände und rührte sich nicht. Andrew Harrison Leeds ging weiter.

»Und du, Alexander, wurdest Opfer deiner eigenen Mäßigung und Zufriedenheit. Du glaubtest, du hättest genug erobert, und das, worauf du verzichtet hast, wurde zur Saat deines Untergangs.«

Leeds berührte die Wachsschulter der nächsten Figur. »Ah, Caesar, auf der Schwelle großer Errungenschaften von deinen eigenen Leuten umgebracht, von denen, die du für deine engsten Verbündeten hieltest. Du hast sie zu nahe an dich herankommen lassen, denn Männer wie du und ich, wir können uns solchen Luxus nicht leisten.«

Er ging zu einer Figur in Uniform mit glatt zurückgekämmtem Haar und einem kleinen Schnurrbart weiter. »Adolf Hitler. Gerade bei dir verstehe ich nicht, daß du gescheitert bist, und doch war es so, nachdem du eine Herrschaft angetreten hattest, die beinahe den Lauf der Geschichte verändert hätte. Aber die Besessenheit hat dich zu Fall gebracht. Du hast nur ausgewählte Bilder durch einen Tunnel gesehen, den du dir selbst geschaffen hast, aber nicht das ganze Bild, und das hat dich vernichtet.«

Andrew Harrison Leeds' Blick streifte die verbleibenden vier Figuren, doch er sprach sie nicht an, während er an Katharina der Großen und dem Hunnen Attila vorbei zum Kopf des Tisches zurückging.

»Euch allen muß ich zugute halten, daß ihr die Welt nach eurer eigenen Vorstellung gestalten wolltet. Doch am Ende war es der Irrtum in eurer Vision, der euch scheitern ließ. Aber mit dem neunten Reich, mit der neunten Gewalt, wird es anders sein.« Leeds hielt inne und atmete tief ein. »In den drei Monaten nach dem ersten September werden die Vereinigten Staaten sich in eine Einöde verwandelt haben. Mindestens fünfundneunzig Prozent der Bevölkerung werden sterben, ohne daß bei den Gebäuden und der Technologie des Landes der geringste Schaden entsteht. Kein nuklearer Fallout, keine biologischen Giftstoffe, die die Luft verseuchen – keine so krassen, endgültigen Einschnitte. Ich werde erben, was vom Land übrigbleibt, und es zu meinem Reich schmieden und mit denen bevölkern, die ich für würdig erachte. Der Rest der Welt wird kurz darauf folgen, ohne sich der Springflut widersetzen zu können, die ich hervorrufe.

Mein neuntes Reich wird von den Ausgestoßenen bevölkert werden, von jenen, die die Gesellschaft gemieden hat und die ihrerseits die Gesellschaft gemieden haben. Von Gefangenen, die tief in ihrem Innern nach einer Freiheit dürsten, die es ihnen erlaubt, ihre Gefühle und Wünsche zum Ausdruck zu bringen, ohne Entfremdung und Bestrafung befürchten zu müssen. Es wird ihre Welt sein, und sie können nach ihrem Gutdünken mit ihr verfahren.«

Leidenschaft erfüllte Andrew Harrison Leeds' Gesicht. In seinen Augen standen Tränen.

»Ich empfinde Mitgefühl für euch, die ihr nicht mehr miterleben konntet, wie eure Visionen sich verwirklichten. Aber der Erfolg kann noch immer euch gehören. Kommt mit mir, meine

Freunde. Begleitet mich, wenn ich euch auf eine Reise in den Abgrund der Seele eines Menschen mitnehme, wenn ich das Innere der Welt nach außen kehre, damit sie endlich gesunden und rechtens werden kann. Es ist an der Zeit, sich aus den Spalten zu erheben, hervorzukriechen aus den Rissen, in die die Gesellschaft diejenigen von uns gesteckt hat, die das Leben gut genug verstehen, um es zum Ausdruck bringen zu können. Die Welt wird uns nicht länger begraben.« Er ergriff die wächsernen Hände Hitlers und Katharinas der Großen, die zu beiden Seiten am Kopf des Tisches saßen. »Gesellt euch auf einem Kreuzzug zu mir, bei dem über zweihundertfünfzig Millionen Menschen sterben werden, während ich nur mit einem Auge blinzle. Ein Kreuzzug, bei dem sie von einer Vision hinweggewischt werden, die sich nicht länger verleugnen läßt.«

»Was ist mit dem Fährmann?« glaubte Leeds eine der Figuren fragen zu hören.

Leeds' Gesicht begann zu zucken. Seine linke Wange pulsierte und schien sein eingefallenes Auge überwuchern zu wollen. Sein Atem ging schneller. Die Wachshände verformten sich unter seinem Griff.

»Um ihn habe ich mich bereits gekümmert.«

»Du hast deine Chance bereits verpaßt.«

»Du hättest ihn töten sollen. Du hättest vor seinem Haus warten und ihn töten sollen.«

»Er kann dich zur Strecke bringen. Er ist der einzige, der dazu fähig ist.«

Leeds löste seinen Griff, und die Wachsklumpen, die einmal sorgfältig geformte Hände gewesen waren, fielen auf den Tisch. Die Stimmen der gescheiterten Eroberer schienen über ihm zusammenzuschlagen, ihn mit ihren Vorwürfen zu ersticken.

»Was ist mit der Frau?«

»Sie ist sehr gefährlich, denn sie weiß von . . .«

»Es reicht!« schrie Leeds. Seine Hände umklammerten die Tischplatte, und mit einem unglaublichen Kraftausbruch hob er ihn hoch und kippte ihn um. Der schwere Tisch knallte zu Boden und zerstreute die Wachsfiguren in alle Richtungen. Hitlers Kopf löste sich vom Rumpf und rollte über den Boden. Der Arm Katharinas der Großen flog durch die Luft und fiel hinab.

»Ich werde den Fährmann töten! Habt ihr verstanden?« rief Leeds. »Ich werde ihn finden und töten. Und auch die Frau! Reicht euch das? *Gottverdammt, reicht euch das?«*

»Wann?« schienen die Stimmen im Einklang zu fragen.

»Heute abend noch!« tobte Leeds, und dann wurde seine Stimme unheimlich ruhig. »Heute abend.«

16

Garth Seckle schlief draußen, manchmal in einem Zelt, manchmal unter dem Sternenhimmel. Die Luft war heute abend dicker, aber angenehm kühl für den Sommer. Wäre es zu kalt gewesen, hätte er sich unbehaglich gefühlt und vielleicht kurz ein Feuer anzünden müssen. Doch er wollte auf alles verzichten, was auf ihn aufmerksam machen konnte. Er war allein, und so mußte es auch bleiben. Keine Spur hinterlassen, keine Fährte, der man folgen konnte. Das hatte er bislang vermieden, und so wollte er es auch weiterhin halten.

Er hatte im Lauf seines Lebens schon viele Namen getragen, doch keiner davon bedeutete ihm soviel wie der, mit dem das Land ihn nun belegt hatte: Tiny Tim.

Unglaublich! Die Presse war so kreativ, daß sie ihn nach einem unschuldigen, kleinen, verkrüppelten Jungen benannt hatte, der keiner Fliege etwas zuleide tun konnte. Nun ja, er tat Fliegen genau wie verkrüppelten Jungs etwas zuleide. Er traf keinen Unterschied zwischen ihnen.

Er hatte einen großen Teil seines linken Fußes verloren, und damals hatte sein Leben sich zum erstenmal verändert. In manchen Nächten ließ der kalte Wind seinen Fuß schlimmer als gewöhnlich schmerzen. Heute fühlte sich der Wind besänftigend an. Es gefiel ihm, die Socke auszuziehen und den Fuß zu betrachten, denn lediglich dieser Fuß erinnerte ihn daran, wer er wirklich war und welche Aufgabe noch vor ihm lag.

Seckle drehte sich auf dem Gras um und zog seinen Rucksack heran, um ihn als Kissen zu benutzen. Die Nacht war so warm, daß er seinen Schlafsack nicht als Decke zweckentfremden mußte. Er schlief nie in dem Schlafsack. Zu eng, besonders für einen Menschen von zwei Metern und fünf Zentimetern Größe und fast 150 Kilo Gewicht. Seckle hatte es niemals gemocht, eingeengt zu werden. Er hatte die Instinkte eines wilden Tiers. Ein Mann, der allein lebte und allein jagte.

Die beiden Städte waren kein Problem für ihn gewesen, vier gesegnete Stunden, während denen der Tod neben ihm stand und jede seiner Taten bejubelte. In das erste Haus eindringen, die Maschinenpistole mit dem aufgeschraubten Schalldämpfer schon in der Hand. Zuerst das Elternschlafzimmer, dann das Kinderzimmer ...

Pffft... pffft... pffft...

Und seine Opfer zuckten noch ein wenig und lagen dann still. Manchmal spritzte Blut auf. Manchmal nicht. Ein paarmal war es seinen Opfern gelungen, einen Blick auf ihn zu werfen, bevor er sie tötete. Ein paarmal war es ihnen sogar gelungen, sich zu bewegen oder ihn zu bitten, sie zu verschonen. Seckle sah sie durch den tiefenscharfen Dunst seiner Nachtsichtbrille.

Bei einigen Häusern war der Einsatz der Giftgaskanister nötig gewesen, die er an seinem Gürtel befestigt hatte. An seinem Gürtel hing auch eine hochmoderne Gasmaske, mit der er aussah wie ein Ding aus einem Science-fiction-Film. Den Einsatz seiner Hände sparte er sich immer bis zum Schluß auf, für das, was Seckle den Todeskreis nannte. Den Opfern das Genick brechen oder sie erwürgen und zuzusehen, wie ihnen die Augen aus den Höhlen quollen ... Seckle gefiel der Anblick, wenn sie aufgaben und wußten, daß es zu Ende war. Er wünschte, diese Augenblicke würden länger dauern. Natürlich bedeutete ihm der Großteil dieser Opfer nichts. Sie waren für ihn nicht wirklicher als schwarzweiße Pappsilhouetten auf einem Schießstand. Sie waren Unpersönlichkeiten, im Tod genauso bedeutungslos wie im Leben. Seine einzige wahre Befriedigung lag bei jedem seiner Besuche in einem einzigen Zwischenhalt. Bei diesen Opfern benutzte er spezielle Methoden, und er hätte es eigentlich bei ihnen belassen können. Doch diese Sache war für ihn ein Sport, ein Wettbewerb, und er wollte sehen, ob es dort draußen jemanden gab, der gut genug war, um es mit ihm aufnehmen zu können.

Natürlich gab es einen, und Seckle konnte es kaum erwarten, herauszufinden, wie lange dieser eine brauchte, um die wahre Bedeutung seines Tuns zu erkennen. Mittlerweile würde das FBI diesen Mann hinzugezogen haben, und die Jagd war eröffnet. Vielleicht würde dieser Mann ihn bei einem seiner noch ausstehenden Besuche erwarten, und das wäre Seckle mehr als nur recht.

Tiny Tim...

Seckle las gern die Zeitungsmeldungen über die unberechenbare Zufälligkeit seiner Besuche. Zwei in gut einer Woche, und die gesamte Nation kauerte sich vor Angst zusammen. Er hatte gelesen, daß in Kleinstädten im ganzen Land die Nationalgarde postiert worden war. Glaubten sie wirklich, ihn auf diese Weise aufhalten zu können? Selbst wenn sie gewußt hätten, welche zehn Städte er noch besuchen mußte, hätten sie seinem lodernden Zorn keinen Einhalt gebieten können. Dieser Zorn hatte seinen Körper in den toten Jahren durchdrungen, als sein Leben auf einen Raum von zweieinhalb mal zweieinhalb Metern begrenzt gewesen war. Er hatte jede Sekunde gewußt, daß seine Zeit kommen würde, und als sie kam, hatte er nicht gezögert.

Seckle schob seinen Rucksack hin und her und versuchte, eine bequeme Lage für seinen Kopf zu finden. Die erzwungene Untätigkeit dieser Nacht machte ihn ruhelos. Er zog sein Gerber-MKII-Messer aus der Scheide an seinem Gürtel und hielt es hoch wie ein Zepter, das aus der Nacht Kraft zog.

In seiner Magengrube regte sich der Hunger, der ihn trieb. Er benetzte die Lippen mit dem Speichel, der blasenschlagend aus seinem Mund drang.

Es war an der Zeit, den nächsten Besuch abzustatten.

17

Die Provinz Prince Edward, das kanadische Ufer des Lake Ontario, sah aus wie eine verzweifelte Hand, die sich aus dem Wasser hob. Ihre gekrümmten Finger bildeten zerklüftete Halbinseln, die mit Docks und Kleinstädten gesprenkelt waren. Kimberlain verbrachte schon den zweiten Tag damit, die schmalen Küstenstraßen abzufahren und nach dem Ort zu suchen, an dem das U-Boot mit Andrew Harrison Leeds an Bord angelegt hatte.

»Ich vermute, Leeds hat es in einem der Eisenerzfrachter auf dem See bekommen«, hatte Captain Seven in ›The Locks‹ spekuliert. »Ein guterhaltenes Stück aus dem Zweiten Weltkrieg, das gar nicht mal so schwer zu tarnen ist. Denk mal darüber nach, Boß. Das U-Boot sammelt Leeds und die anderen von den Flößen auf und setzt sie irgendwo am Ufer ab. Aber es ist kein Zuckerschlecken, bei so rauher See mit einem U-Boot herumzugondeln, das noch mit einer alten Dieselmaschine ausgerüstet ist. Wenn das Ding absäuft, kann man nur noch versuchen, die Stahlwände mit den Zähnen durchzunagen. Ich würde die Strecke so kurz wie möglich halten . . . also eine gerade Linie.«

»Prince Edward?«

»Ja, die kanadische Seite des Sees. Kurz und schmerzlos. Irgendwo anlegen und abhauen. Da gibt es tausend Möglichkeiten, und bei so einem Sturm hätte keiner gewußt, was er da sieht, selbst wenn das Ding zehn Meter vor einem aufgetaucht wäre.«

»Es ist einen Versuch wert«, hatte Kimberlain gesagt, doch nun bezweifelte er allmählich, daß er die Anlegestelle jemals finden würde. Er hatte sich schon zu oft vergeblich umgehört. Wie er befürchtete, hatte der Sturm, der in der betreffenden Nacht tobte, dem Boot nicht nur Deckung gegeben, sondern auch verhindert, daß sich potentielle Zeugen vor die Tür gewagt hatten. Er versuchte, sich in Leeds' Gedanken zu versetzen. Wenn die Operation nach seinem Plan ausgeführt worden war, hatte er nichts dem Zufall überlassen. Alles war bis ins kleinste Detail durchdacht gewesen.

Kimberlain versuchte es nun mit Bloomfield Cove, einer Landzunge, die wie ein grinsender Bär geformt war, dessen Mund gefährliche Untiefen bildete. Die Docks befanden sich am Unterkiefer und waren auf drei Seiten von Land und nur auf einer von Wasser umgeben. Kimberlain hielt an und legte die letzten hundert Meter zu Fuß zurück. Eine steife Brise ließ ihn frösteln; das Wetter entsprach eher dem Herbst als dem Sommer. Er erreichte die kleine Bucht und ließ seinen Blick schweifen. Eine gefährliche, aber zu bewältigende Route, vor allem für ein U-Boot, das an der Wasseroberfläche fahren konnte, ohne befürchten zu müssen, entdeckt zu werden. Er erreichte die Anlegestelle und machte eine massige Gestalt aus, die nur mit einer einfachen Wolljacke bekleidet dort saß und ein Gewehr auf dem Schoß liegen hatte. Da er die Gestalt nicht erschrecken wollte, vergewisserte er sich, beim Gehen möglichst viel Lärm zu machen.

Die Gestalt drehte sich langsam um; sie schien nichts gegen seine Anwesenheit zu haben. Ein pausbäckiges, ausdrucksloses Gesicht musterte ihn unter einer alten Mütze, die nur unzureichend glanzloses, rotbraunes Haar bedeckte.

»Ich warte«, sagte die Gestalt zu ihm und drehte sich wieder zu ihrer einsamen Wache um.

Die träge, tiefe Stimme klang weiblich. Die Augen hatten ihn gelangweilt und desinteressiert gemustert, waren aber nicht alt gewesen. Kimberlain erkannte, daß die Frau in irgendeiner Hinsicht zurückgeblieben sein mußte. Körperlich war sie etwa dreißig Jahre alt, geistig aber noch ein Kind. Sie trug einen Jeansoverall, der an den Knien schmutzig war. Das Gewehr auf ihrem Schoß war von einer dicken Staubschicht bedeckt. Es war aufgeklappt, und Kimberlain sah, daß sich keine Patronen in den Kammern befanden. Er näherte sich ihr zögernd und wartete darauf, daß sie sich seiner Anwesenheit wieder bewußt wurde, bevor er sie ansprach.

»Worauf warten Sie?«

»Das darf ich nicht sagen.« Sie sah kurz zu ihm auf und neigte den Kopf dann wieder. »Sie haben mir nicht geglaubt.«

»Sie haben etwas gesehen.«

Sie nickte. »Hm.«

»Was denn?«

Sie schüttelte den Kopf. »Hm-hm. Das darf ich nicht sagen.«

Kimberlain setzte sich neben sie. Die Kindfrau rutschte ein Stück zur Seite.

»Wie heißen Sie?«

»Ich darf nicht mit Fremden sprechen.«

»Aber Sie haben doch schon mit mir gesprochen.« Er lächelte. »Oder etwa nicht?«

Sie erwiderte das Lächeln. »Ja, das stimmt. Ich heiße Alice.«

»Und ich bin Jared, Alice.«

»J-a-r-r-i-d«, buchstabierte sie.

»J-a-r-e-d» berichtigte er.

»Nur ein *r*.«

»Genau«

»Und ein *e*, kein *i*.«

»Ja.«

»Ich buchstabiere gern.«

»Alice, ich möchte etwas wissen. Ich glaube Ihnen.«

Ihre Augen strahlten. »Wirklich?«

Er nickte. »Ich suche nach dem Ding, das Sie gesehen haben.«

»Das Seeungeheuer?«

»Ich glaube nicht, daß es ein Ungeheuer war.«

»O doch!« sagte Alice nachdrücklich und wich vor ihm zurück. »Sie haben gesagt, Sie würden mir glauben!«

»Ich glaube, daß Sie ein Boot gesehen haben, eins von diesen Booten, die unter Wasser fahren. Man nennt es Unterseeboot.«

»Ich weiß nicht, wie man das buchstabiert.«

Kimberlain buchstabierte es für sie. Dann buchstabierten sie es noch einmal gemeinsam.

»Würden Sie mir sagen, was Sie in dieser Nacht gesehen haben, Alice?«

»Versprechen Sie mir, daß Sie nicht lachen?«

»Ich verspreche es. Ich habe doch gesagt, daß ich Ihnen glaube.«

Ihre Blicke musterten ihn; sie wollte ihm vertrauen. Sie rutschte wieder näher an ihn heran.

»Ich saß an meinem Fenster. Ich wohne da oben«, sagte Alice und deutete auf das Haus, das auf dem Hügel dem Ufer am nächsten stand. »Ich beobachte gern Stürme. Stürme machen Spaß. Mögen Sie Stürme?«

»Manchmal machen sie mir Angst.«

»Nein. Ich wette, das stimmt nicht.«

»Als ich jünger war, meine ich. Hat es Ihnen Spaß gemacht, diesen Sturm zu beobachten?«

»O ja. Viele Blitze im Himmel, die Art, die wie dünne Finger aussieht.«

»Und vor wieviel Tagen war das?«

»Ich weiß es nicht.«

»Vielleicht vor fünf oder sechs?«

»Ja. Genau. Ein Blitz kam, und ich sah das Ungeheuer. Es war schwarz. Ich sah, wie es zum Ufer schwamm. Ich dachte, ich rufe lieber um Hilfe, aber meine Mutter war nicht zu Hause. Ich versuchte, sie anzurufen, aber das Telefon funktionierte nicht.«

»Was hat das Ungeheuer getan?«

Alice beäugte ihn argwöhnisch. »Sie haben gesagt, es sei ein . . . ein U-Boot.«

»Sagen Sie mir, was Sie gesehen haben, dann werden wir es wissen.«

»Es schwamm zur Anlegestelle, und dann waren plötzlich Leute auf dem Dock. Ganz, ganz viele Leute, die im Regen naß wurden. Am besten konnte ich sie sehen, wenn es blitzte. Ich glaube, sie sind wegen des Ungeheuer-Boots gekommen«, sagte sie stolz auf sich, weil sie die Worte kombiniert und auch alles ordentlich erzählt hatte.

»Ganz, ganz viele Leute«, sagte Kimberlain. »Haben Sie sie gezählt?«

Sie wandte den Blick zu Boden. »Nein.«

»Sie haben das Dock verlassen?«

»Ja. Und gingen zu den Lastwagen. Die habe ich auch gesehen. Aber das war schwer, weil sie das Licht nicht eingeschaltet haben.«

»Und das Ungeheuer-Boot?«

»Es war groß und schwarz. Und ganz lang. Aber ich glaube, es kommt vielleicht zurück. Ich will es nicht erschießen. Ich will nur mit ihm sprechen. Was meinen Sie, wird es wohl zurückkommen?«

»Vielleicht. Aber wenn, dann spätestens morgen.«

Alice schien etwas einzufallen. »Jemand hat etwas daraufgeschrieben. Jemand hat etwas auf das Ungeheuer-Boot geschrieben.«

»Ein Wort, meinen Sie?«

»Ich weiß es nicht. Ich bin mir nicht sicher.«

»Können Sie es buchstabieren?«

»Ich kann es versuchen.« Vor Anstrengung verzog sie das Gesicht. *»M-a-r-l-i-n.«*

»Marlin?«

»Ja, Mar-lin. Spricht man das so aus?«

»Das war ausgezeichnet, Alice.«

Die Kindfrau strahlte und nickte stolz. »Haben alle Ungeheuer-Boote Namen, Jared?«

»Ja.«

»Warum?«

»Damit wir sie finden können, Alice, wenn sie sich verirrt haben.«

Captain Seven hatte gesagt, er brauche eine Stunde, um alles über die *Marlin* herauszufinden, und so rief Kimberlain sechzig Minuten später aus demselben kleinen Supermarkt in Bloomfield Cove zurück. Der Fährmann wußte, daß Sevens Computer mit praktisch jeder größeren Datenbank im ganzen Land verbunden war. Der Captain hatte die Zugangskodes und Paßwörter für sie alle. Und was er nicht hatte, konnte er sich beschaffen.

»Also«, sagte Captain Seven, »ich habe folgendes herausgefunden. Die *Marlin* wurde 1962 von der Marine ausgemustert und an Spanien verkauft, und da ist sie nach allem, was ich auftreiben konnte, bis heute geblieben.«

»Zumindest bis letzte Woche.«

»Wer sie zurückgeholt hat, weiß ganz genau, wie man alle Spuren verwischt.«

»Und wo können sie die *Marlin* jetzt versteckt haben?«

»Ich dachte schon, du würdest nie danach fragen, Boß. Da gibt es einige Möglichkeiten. Zum einen haben sie den Kahn vielleicht unter schwerer Tarnung irgendwo unter der Wasseroberfläche vertäut.«

»Ein zu großes Risiko. Sie hätten das Ding doch nur versenken müssen.«

»Keine gute Idee, Boß. Um das richtig hinzubekommen, hätten sie Sprengstoff einsetzen müssen, und das hätte die Aufmerksamkeit der zahlreichen Suchtrupps auf sie gelenkt.«

»Na schön, was haben sie also mit ihr gemacht?«

»Vielleicht haben sie sie einfach auf einem der fünf größten Schiffsfriedhöfe im ganzen Land versteckt, der sich zufällig in Oswego im Bundesstaat New York befindet.«

»Direkt gegenüber von der Stelle, an der ich gerade stehe . . .«

»Fast. Verstehst du, sie legen noch in derselben Nacht dort an, nachdem sie die Passagiere abgesetzt haben. Den Rest der Nacht schlagen sie sich mit Unterwasser-Schneidegeräten um die Ohren, und am Morgen haben sie die einzelnen Stücke des U-Boots über den gesamten Schiffsfriedhof verteilt.«

»Was aber bedeutet, daß dieser oder irgendein anderer Schiffsfriedhof irgend etwas mit Leeds zu tun haben muß.«

»Der Kandidat hat hundert Punkte.«

»Du hast dich gerade mal wieder selbst übertroffen.«

»Das war erst der Anfang. Ich habe noch etwas, das dich vielleicht interessiert.« Captain Seven hielt einen Augenblick inne, und Kimberlain wußte, daß er auf seinem Computer eine neue Datei aufrief. »Der Umstand, daß dieser Donald Dwares, der in Providence versucht hat, dich um die Ecke zu bringen, seit ein paar Jahren tot sein soll, hat mich nachdenklich gemacht. Ich habe alle Gefängnisse mit Hochsicherheitstrakten überprüft, und zwar fünf Jahre über seine vermeintliche Exekution hinaus. Eine Menge Häftlinge sind plötzlich krank geworden und gestorben. Es scheint nur die bösartigsten getroffen zu haben: Lebenslängliche und ein paar, die in Todeszellen saßen.«

»Hast du eine Liste?«

»Sie wächst von Minute zu Minute. Ein verdammt unappetitlicher Haufen. Meistens brutale Gewalttäter, die wie Dwares einfach Spaß an ihren abscheulichen Verbrechen haben. Eine Menge Namen werden dir bekannt vorkommen.«

»Wie viele?«

»Im Augenblick fünfundsechzig. Huch, nur vierundsechzig. Ich habe vergessen, Dwares auszustreichen.«

»Das klingt nach einer kleinen Armee.«

»Und es ist auch nicht weit davon entfernt.«

»Ich nehme Leeds' Spur auf, und Dwares ist hinter mir her«,

dachte Kimberlain laut. »Mittlerweile befreit Leeds dreiundachtzig weitere Täter, die genau in diese Liste passen.«

»Eine Armee, Fährmann, wie du gesagt hast.«

»Die Frage ist nur, was Leeds damit vorhat.«

»Keine Ahnung«, sagte Captain Seven. »Vielleicht kann die *Marlin* uns helfen, es herauszufinden.«

18

Kimberlain wartete bis nach Einbruch der Dunkelheit, bevor er den Garibaldi-Schiffsfriedhof in Oswego, New York, betrat. Er hatte sich für diese verstohlene Annäherung entschieden, da die Möglichkeit bestand, daß jemand auf dem Schrottplatz etwas mit Leeds zu tun hatte. Der Schiffsfriedhof stellte sich als großes Gelände am Rand der Kleinstadt heraus, an der Route 104, sechs Kilometer vom Lake Ontario entfernt. Die Schrottberge erstreckten sich weiter, als das Auge reichte. Da er keine Wachhunde ausmachen konnte, trennte er mit seinem Messer den Maschendrahtzaun auf und betrat den Schrottplatz.

Direkt vor ihm erhoben sich in Türmen zwischen sechs und zehn Metern Höhe die Überreste von Haushaltsgeräten. Viele Geräte hatte man ausgeschlachtet; noch brauchbare Teile waren ausgebaut worden, und die Überbleibsel konnten nun verrotten. Er sah Wasch- und Spülmaschinen, braun und verrostet, deren Metall zur Wiederverwertung ungeeignet war. Da waren Kühlschränke, deren Türen entweder ganz fehlten oder nur noch mit Stricken angebunden waren, was sie wie Gefangene inmitten einer trostlosen Umgebung wirken ließ. Und da waren Öfen und Herde, von denen die ältesten schon mindestens seit einer Generation nicht mehr in Gebrauch waren.

Die Szene wurde beherrscht von drei manuell zu bedienenden Kränen, die nach ihrer höchsten Nutzlast Zweitonner genannt wurden. Sie waren an die drei Meter hoch und sahen aus wie riesige Stahlskelette. Alle drei verfügten wie ein Mensch über Arm- und Beinextremitäten und über Öffnungen, in die der Kranführer Hände und Füße steckte, um sie auf diese Art und Weise zu bedienen. Die Arme waren besonders beeindruckend; statt mit Händen waren sie mit riesigen Zangen versehen. Die orangefarbenen Gebilde standen nackt und bedrohlich da wie Hüter eines Schatzes aus verrostetem, braunem Stahl. Kimberlain stellte fest, daß sie nach den Three Stooges benannt waren.

Kimberlain verließ diesen Teil des Schrottplatzes und fand sich zwischen Bergen brauner Stahlbehälter wieder. Er roch Öl und vermutete, daß es sich einst um Ölfässer gehandelt hatte. Nun waren sie undicht, und die Flüssigkeit tropfte heraus und wurde vom Erdreich aufgesogen. Die Fässer erhoben sich stumm und trotzig. Sie waren zu hohen Türmen – bis zu drei Meter – aufeinandergestapelt; eine Reihe von Ölfässern folgte der nächsten und streckte sich dem Himmel entgegen.

Der Fährmann ging weiter. Der nächste Teil des Schrottplatzes, der Auto- und Lastwagenwracks beherbergte, war viel größer als die beiden vorherigen. In den Pressen zusammengedrückte Autos lagen wie Spielkarten aufeinander. Die noch nicht gepreßten Wagen standen wie auf einem bizarren Parkplatz ganz dicht nebeneinander. Abgeschraubte Reifen waren zu einem Berg aufgehäuft, und ein paar Meter daneben Radkappen zu einem weiteren.

Überall in diesem Wirrwarr standen die Geräte und Maschinen, die den Schrott bewegten. Kimberlain bemerkte zwei gewaltige Frontlader aus massivem schwarzem Stahl. Er ging an den übermannsgroßen Reifen des einen vorbei und stellte fest, daß die zwei Meter langen Gabeln der Maschinen in einem hellen Rostton verfärbt waren. Der Rost, stellte er sich kurz vor, mochte das Blut sein, mit dem seine hilflosen Opfer ihn bespritzt hatten.

Sein Magen rumorte leicht, und er ging weiter, vorbei an einem Auflader mit Pendelarmen, mit denen er seine Lasten geschickt befördern konnte. Er war kleiner als seine Vettern und hellrot lackiert. Kimberlain machte auf der Seite der Maschine in schwarzen Buchstaben den Namen SCARLETT aus.

Ein Stück weiter stand vor der Umzäunung eine bewegliche Presse. Kimberlain stellte sich vor, wie die Auflader die Autowracks in ihre Öffnung schoben und wieder zurückfuhren, während die Presse sie zu schmalen Scheiben zusammendrückte, damit man sie platzsparender lagern konnte. Er glaubte sogar, das Geräusch zerplatzenden Glases und zerreißenden Stahls zu hören.

Die Fahrzeugwracks beanspruchten über einen Morgen Land, doch keiner der Hügel aus Schrottfahrzeugen schien geeignet, die auseinandergenommenen Teile der *Marlin* beherbergen zu können. Dazu boten sich bessere Verstecke im letzten und größten Teil von Garibaldis Schrottplatz, auf dem sich wesentlich größere Trümmerstücke befanden. Als der Fährmann näher trat, konnte er die auseinandergenommenen Überreste verschiedener Kirmesbahnen und -karussells ausmachen. In der Mitte des Platzes ragte ein riesiger Clownskopf aus einem Schrotthaufen hervor. Daneben und darüber erhoben sich die Überreste einer ehemaligen Achterbahn.

Direkt daneben lag ein fast genauso großer Haufen Stahl, der aus abgerissenen oder niedergebrannten Gebäuden geborgen worden war. In diesem Abschnitt konnte Kimberlain – im Gegensatz zu den anderen – nicht die geringste Ordnung ausmachen. Statt dessen schien man den Schrott einfach nur aufgehäuft zu haben. Ein großer Teil des Stahls war verbogen oder versengt. Er schien auf ein zweites Leben zu hoffen, war jedoch größtenteils schon so verrostet und verrottet, daß dieser Wunsch wohl nie mehr in Erfüllung gehen würde.

Hinter den Schrottbergen und einem gelben Auflader, der noch massiger und bedrohlicher wirkte als die schwarzen auf dem Autofriedhof, lagen die Schiffswracks. Einige wirkten noch einigermaßen gut erhalten, während von anderen kaum genug übriggeblieben war, um feststellen zu können, worum es sich einmal gehandelt hatte. Dort lagen Hüllen ohne Aufbauten gleichermaßen wie Aufbauten ohne Hüllen. Reste von Decks streckten sich neben Schanzkleidern aus. Wenn jemand die Überreste der *Marlin* hier verstecken wollte, war dies genau der richtige Ort. Vor allen Blicken verborgen – aber wahrscheinlich innerhalb eines Schrotthaufens, dem man vielleicht noch ansah, daß er vor kurzem noch bewegt worden war.

Der Fährmann ging weiter zu einem großen, wie zufällig aufgehäuft wirkenden Berg aus den Überresten kleinerer Schiffe. Er machte Schnellboote und Pontons aus, Kabinenjachten und Außenbordboote. Sie hatten Unfälle erlitten oder waren einfach wegen mangelnder Pflege oder ihres Alters aufgegeben worden. Da sie keinen Wert mehr hatten, hatten sie hier ihre letzte Ruhestelle gefunden. Kimberlain konnte sich genau vorstellen, wie die gewaltigen Auflader, an denen er gerade vorbeigekommen war, riesige Schrottmassen beiseite schaufelten, um Platz für die Überreste der *Marlin* zu schaffen, und dann die Lücken wieder auffüllten.

Nachdem eine flüchtige Untersuchung vom Erdboden aus nichts ergeben hatte, suchte er sich eine Stelle aus, die ihm einigermaßen sicheren Halt bot, und schickte sich an, den Schrottberg zu erklimmen. Es war fast, als würde er einen Berg hinaufsteigen, sah man einmal davon ab, daß sich Stahl in das Fleisch seiner Hände grub und der Untergrund mehr oder weniger heftig schwankte. Auf halber Höhe glitt Kimberlains Fuß auf einem abgerundeten Stück Stahl aus. Er hielt sich an den Überresten eines Vorderdecks fest, um seinen Sturz aufzuhalten, und atmete tief durch, um sich zu beruhigen. Dann blickte er nach oben.

Das Bruchstück, auf dem er fast ausgerutscht wäre, war schwarz und verjüngte sich am Ende. Es sah beinahe aus wie eine Kugel, die man in der Mitte durchgeschnitten und dann in einzelne Teile zerlegt hatte.

Wie eine Kugel ... oder ein U-Boot.

Der Fährmann zog seine Taschenlampe hervor und untersuchte den schwarzen Stahl genauer. Er zerrte die leere Hülle eines Schnellbootes soweit zur Seite, daß er den Kopf und die Schultern in das Wrackteil stecken konnte. Der Lichtstrahl enthüllte eine Reihe von Zahlen, deren weiße Umrisse deutlich auf dem schwarzen Untergrund auszumachen waren. Kimberlain fühlte, wie Aufregung ihn erfaßte: es handelte sich um die letzten drei Ziffern der Registernummer der *Marlin*. Er schob die Taschenlampe tiefer in das Trümmerstück, fand aber nichts weiter. Egal; er hatte gefunden, was er suchte, eine Verbindung, die ihm vielleicht helfen würde, Andrew Harrison Leeds aufzuspüren. Mindestens ein Angestellter des Schrottplatzes mußte irgend etwas wissen. Er würde morgen zurückkommen und herausfinden, um wen es sich handelte und woraus dieses Wissen bestand.

Er stieg den Hügel wieder hinab und hatte gerade den Fuß auf die verkehrt herum dort liegende Hülle einer Jacht ein knappes Stück über dem Boden gesetzt, als direkt vor ihm Scheinwerfer aufflammten. Kimberlain riß eine Hand hoch, um die Augen abzuschirmen und nicht geblendet zu werden, und hörte, wie ein starker Motor dröhnend zum Leben erwachte. Er begriff, daß es sich um den monströsen gelben Auflader handelte, und versuchte verzweifelt, sein Gleichgewicht zu wahren, um ihm aus dem Weg springen zu können.

Der Auflader rammte die Schiffshülle, auf der er stand. Die mächtigen Gabeln durchschnitten den Stahl wie Butter. Der Auflader setzte von dem Wrack zurück, und das Geräusch von knirschendem, zerfetztem Metall verriet, daß er seine Gabeln zurückzog. Kimberlain hatte sich mittlerweile in Bewegung gesetzt und blieb nahe an der Reihe der Schiffe. Der Auflader drehte in seine Richtung und folgte ihm.

Der Fährmann lief schneller, doch der Fahrer des Aufladers hatte einen Winkel gewählt, mit dem er ihm den Weg abschnitt. Die Zinken hatten ihn fast erreicht, und Kimberlain sprang verzweifelt hoch und hielt sich an einem Wrackteil fest.

Die stählernen Gabeln glitten mühelos in das Blech unmittelbar unter seinen baumelnden Füßen und wurden dann zu einem zweiten Versuch zurückgezogen. Der Fahrer richtete die Zinken höher aus und ließ seine Maschine wieder vorrollen. Kimberlain gelang es, diesmal seitlich auszuweichen; seine Beine traten wild durch die Luft, während er sich an der Reling eines uralten Dampfers festhielt. Der Auflader rollte wieder zurück und riß das Wrackstück mit dem daran baumelnden Kimberlain einfach mit.

Dann rollte das stählerne Ungetüm wieder vor, und der Fährmann schwang seinen Unterkörper zur Seite und zog sich mit einem Arm über die aufgerichteten Gabeln hoch. Sie zerfetzten Blech und wurden knirschend wieder zurückgezogen. Doch diesmal setzte der Fahrer nicht zurück, sondern rollte einfach vor, und die Zinken glitten mühelos durch die verrostete

Schiffshülle. Kimberlain warf sich wieder herum. Er sah, wie der Auflader etwas bockte, als er wieder zurückzusetzen versuchte, und die riesigen Reifen eine Staubwolke aufwirbelten, während sich die Gabeln weigerten, ihre Last aufzugeben. Kimberlain sah nach oben und konnte zum erstenmal einen Blick in das Führerhaus werfen.

Es war leer. Der Auflader hatte keinen Fahrer.

Diese Erkenntnis hatte harte Folgen für ihn. Seine Pistole würde ihm nicht weiterhelfen; er kämpfte gegen eine Maschine, gegen sieben oder acht Tonnen Stahl. Doch irgend jemand mußte sie lenken ... Andrew Harrison Leeds mußte jeden seiner Züge vorausberechnet und hier auf ihn gewartet haben. Er hatte mit ihm gespielt, seit er die Nachricht an seiner Tür zurückgelassen hatte ...

Während der ferngesteuerte Auflader noch versuchte, sich von dem Wrack zu befreien, ergriff der Fährmann die Initiative. Er riß eine verbogene Metallverstrebung vom Trümmerstück los, stieß sich ab und warf sich auf den rechten Zinken des Aufladers. Die Maschine hatte sich endlich befreit, setzte zurück, als habe sie von seiner Anwesenheit nichts mitbekommen, und fuhr die Gabeln dann hoch, um ihn abzuschütteln. Kimberlain nutzte den daraus entstehenden Schwung zu seinem Vorteil und glitt den Zinken hinab auf die Motorhaube des Fahrzeugs.

Er hob das verrostete Metallstück, stieß es mit aller Kraft wieder hinab und durchbohrte den riesigen Kühlergrill des Aufladers. Er rammte den Stahl noch einmal hinab, und ein drittes und ein viertes Mal. Endlich gab der Kühlergrill nach und enthüllte den hinteren Teil des Motors.

Die Maschine machte einen wahnwitzigen Satz nach vorn, und das Getriebe jaulte auf, als wollte es gegen den unerwünschten Fahrgast auf dem Motor protestieren. Kimberlain bereitete sich auf den Zusammenstoß vor, von dem er wußte, daß er kommen würde, indem er sich so eng wie möglich an die leere Fahrerkabine drückte. Die aufgerichteten Gabeln durchstachen den Stapel der Schiffswracks und drangen tiefer, bis die Motorhaube das Blech berührte. Als dieses Manöver den Fährmann nicht abschütteln konnte, setzte der Auflader zurück und preschte augenblicklich wieder vor.

Wäre das Fahrzeug ein drittes Mal gegen die Wracks gerast, hätte Kimberlain den Halt verloren und wäre hinabgestürzt. Doch statt dessen setzte es nur ein kurzes Stück zurück und hob die Zinken, um die Schiffswracks niederzureißen und ihn damit zu erschlagen.

Kimberlain drehte sich wieder zum Fahrerhaus um. Er schabte und sägte mit dem Stahlstück am Motor, erreichte damit jedoch nichts. Das Stück war zu dick und unbeweglich, um tief genug vordringen zu können. Also ließ er es fallen und griff mit beiden Händen in den freiliegenden Teil des Motors.

Die Gabeln hoben sich mit ihrer Schrottlast und schoben ein paar Trümmerstücke zur Seite, während die restlichen knirschend aneinanderrieben. Das war seine Chance, hier und jetzt.

Während der Schrotthaufen hinter ihm immer höher stieg, tastete der Fährmann den heißen, stampfenden Motor ab. Er wußte, daß er einen Finger oder die Hand verlieren würde, sollte er zufällig ein bewegliches Teil streifen. Wenn er die falsche Stelle berührte, würde er sich schreckliche Verbrennungen zuziehen. Seine Hände schlossen sich um Gummi, bei dem es sich um Zündkerzendrähte zu handeln schien, und er riß sie los.

Der Auflader stotterte, der Motor knirschte, doch die Zinken hatten sich fast in einem Winkel von fünfundvierzig Grad gehoben und schoben sich weiterhin in die Höhe. Kimberlains Hände fanden etwas, was sich wie ein Keilriemen anfühlte. Er zog die rechte Hand heraus, griff wieder nach dem Stück Stahl, führte es in das Loch in der Motorhaube ein und rammte es hart gegen den Riemen. Ein ohrenbetäubendes Kreischen ertönte, der Geruch nach verbranntem Öl drang in seine Nase, und Rauch stieg aus dem Motor auf. Dann erstarb er. Die Gabeln verharrten; ein verrosteter Außenbordmotor baumelte wie eine Trophäe an ihnen.

Kimberlain glitt von der Motorhaube des Aufladers und ließ sich auf den Boden hinab. Schwer atmend drückte er die Schultern gegen den schwarzen Stahl.

Es war Leeds! Das alles war Leeds' Werk!

Er fragte sich, wie der Wahnsinnige das geschafft hatte, doch wenn Leeds die Finger im Spiel hatte, hätte ihn eigentlich nichts überraschen dürfen. Am besten, er verschwand vom Schrottplatz, solange er noch die Gelegenheit dazu hatte. Er hatte in Erfahrung gebracht, was er wissen mußte; daran konnte Leeds nichts mehr ändern.

Kimberlain rannte los, fort von dem defekten Auflader. Er würde auf demselben Weg fliehen, auf dem er gekommen war, und verschwunden sein, bevor der Wahnsinnige noch weitere Kaninchen aus dem Hut ziehen konnte. Er hatte den Teil des Schrottplatzes erreicht, auf dem hauptsächlich die Autowracks lagen, als er das Dröhnen hörte und einen Augenblick später von den Scheinwerfern erfaßt wurde. Das Brummen verwandelte sich in das ohrenbetäubende Getöse zweier monströser Motoren, und die beiden schwarzen Auflader rollten auf ihn zu.

19

Kimberlain wußte, daß er langsamer war als die beiden Auflader, und falls er versuchen sollte, ihnen auszuweichen, würden sie ihren Kurs ändern und ihm den Weg abschneiden. Also blieb er einfach stehen und fragte sich, was die Auflader davon halten würden, wenn sie es sehen könnten.

Doch irgend jemand konnte es sehen, irgend jemand, der sie aus der Ferne steuerte...

Leeds.

»Das habt ihr euch so gedacht...« murmelte Kimberlain.

Als die Auflader ihn fast erreicht hatten, warf er sich zu Boden. Seine Bewegung erfolgte im letztmöglichen Augenblick, bevor die Fahrzeuge ihn zerquetscht hätten, und die führerlosen Maschinen konnten nicht mehr reagieren. Sie prallten gegeneinander, und Funken stoben, als ihre Zinken sich ineinander verkeilten. Flach zwischen den monströsen Reifen auf dem Bauch liegend, hörte Kimberlain, wie die Getriebe protestierend aufjaulten. Er kroch unter dem hinteren Auflader hervor und lief davon.

Die beiden eisernen Ungetüme legten gleichzeitig den Rückwärtsgang ein, um sich voneinander zu lösen. Doch ihre

Gabeln blieben ineinander verschränkt, was dem Fährmann die benötigte Zeit zur Flucht gab. Ein knirschendes Geräusch bewirkte, daß er sich wieder zu ihnen umdrehte, und er sah, daß die Auflader sich endlich voneinander gelöst hatten. Seite an Seite rollten sie auf ihn zu.

Wenn er sie nicht bewegungsunfähig machte, gab es kein Entkommen. Er brauchte eine Waffe ... aber welche?

Sein Weg führte an dem kleineren, roten Auflader vorbei, und sein Blick fiel auf *Scarlett*. Die Tatsache, daß diese Maschine sich nicht zu ihren beiden größeren Brüdern gesellt hatte, schien darauf hinzudeuten, daß Leeds sie nicht kontrollierte. Und wenn Leeds sie nicht beherrschte ... nun ja ...

Während die größeren Auflader schnell aufholten, sprang der Fährmann in *Scarletts* Führerhaus. Die kleinere Maschine war völlig anders konstruiert: sie verfügte zwar auch über die Gabeln zum Heben von Lasten, war aber mit beweglichen Gelenken versehen, die sich wie die Ellbogen eines Menschen drehen und krümmen konnten.

Kimberlain rammte ein kleines Gerät, das wie eine runde Haarbürste aussah, gegen das Zündschloß. Er drückte einen Knopf auf dem hinteren Teil des Gerätes, der elektrische Signale ausschickte, die die Zündanlage einer jeden Maschine täuschen konnten.

»Komm schon, meine Kleine! Komm schon!« rief der Fährmann, während er seinen Universalstarter drehte, um die richtige Impulsfolge zu finden.

Scarletts Motor erwachte dröhnend zum Leben, als einer der schwarzen Auflader vor den anderen zog und auf die kleinere Maschine zuhielt. Das grelle Licht seiner Scheinwerfer ergoß sich ins Fahrerhaus. Kimberlains Hände fanden die Joysticks, mit denen er *Scarletts* Arme bedienen konnte, und er schob den Stab vor und gab Gas.

Scarlett machte einen Satz auf ihren größeren Feind zu, und Kimberlain blieb gerade noch die Zeit, vor dem Aufprall den vorderen Aufbau der Maschine senkrecht hinabzuzwingen. Als der schwarze Auflader wieder näher kam, bremste er scharf und gab gleichzeitig Gas. Sein Ausbremsmanöver funktionierte und brachte *Scarlett* aus dem Weg ihres größeren Vetters.

Gleichzeitig drückte Kimberlain hart gegen den Joystick, um die Aufladezinken scharf nach links zu drehen.

Die Gabel traf den größeren Auflader am Bug, direkt hinter dessen linkem Seitenzinken. Der Aufprall warf das feindliche Fahrzeug heftig herum, und es raste direkt in ordentlich aufgestapelte Autowracks, die zusammenbrachen und den Auflader unter sich begruben.

Kimberlain zog gerade noch rechtzeitig herum, um zu sehen, daß der zweite Schlepper ihn fast erreicht hatte. Diesmal drehte er *Scarlett* genau in dessen Richtung. Als der Feind heranstürmte, zog Kimberlain *Scarletts* Hebearme zu seinem Führerhaus hinauf; die stählernen Arme bogen sich an den Gelenken nach innen. Erst im letzten Augenblick fuhr er sie wieder aus und senkte sie, den Schwung der Bewegung voll ausnutzend. Er wurde nicht enttäuscht. Der Aufprall zwang die Gabeln der größeren Maschine bis fast auf den Boden hinab. Das schwarze Ungetüm wurde langsamer, mußte beinahe anhalten und war hilflos, als Kimberlain wieder Vollgas gab und *Scarlett* ihre Ladezinken in die größere Maschine rammte.

Der Motorblock des Stahlungetüms verbog sich. Rauch quoll aus dem Kühlergrill. Kimberlain wollte das Ding ein zweites Mal rammen, doch es gab seinerseits Gas und wich ihm aus. Er versuchte, die sich hebenden Gabeln abzuwehren, doch sie fuhren einfach über ihn hinweg. Dann senkten sie sich wieder wuchtig auf *Scarletts* Greifarme und klemmten sie ein, bevor der Fährmann ausweichen konnte. Mit einem schrecklichen Kreischen rieb Stahl an Stahl. Kimberlain versuchte zurückzusetzen, doch es war sinnlos. Es gelang ihm nur ein Patt, in dem die beiden stählernen Ungetüme einander umkreisten und ihre Position zu verbessern versuchten, während ihre Reifen Erde und Schrott aufwirbelten.

Aus den Augenwinkeln sah Kimberlain, wie der zweite Auflader aus einem Stapel zusammengedrückter Wagen brach und einfach über die letzten ihm Widerstand leistenden ehemaligen Fahrzeuge hinwegrollte, um wieder in den Kampf einzugreifen. Wenn die Maschine, die ihn nun an Ort und Stelle festhielt, das Patt nur noch einen kurzen Augenblick bewahren konnte, war *Scarlett* erledigt.

Der freigekommene Auflader rollte direkt auf ihn zu, um ihn von hinten anzugreifen und in die Mangel zu nehmen. Die Maschinen kämpften wie riesige Ungetüme aus einer prähistorischen, stählernen Epoche. Ihre Motoren schnaubten und dröhnten, und ihre klauenähnlichen Greifzangen rieben sich pfeifend aneinander.

Der zweite Auflader hatte die richtige Position für den Angriff auf *Scarletts* Heck eingenommen. Kimberlain spürte, wie er herangerollt kam, und mußte nur einen kurzen Blick hinüberwerfen, um den richtigen Moment abzupassen. Als er nur noch zehn Meter entfernt war, riß er *Scarlett* herum und gab Gas. Der Schwung trug den roten Auflader gegen den größeren schwarzen, und die beiden wechselten die Position, bevor das heranrollende Fahrzeug den Angriff abbrechen konnte. Dessen Greifzangen gruben sich tief in den Motor und das Führerhaus seines Zwillings. Die schwer beschädigte Maschine spuckte Rauch und Öl. Flammen züngelten aus der schon verbogenen Motorhaube.

Kimberlain zog *Scarlett* zurück, um sie vollends zu befreien. Obwohl die Greifarmverkleidungen bei dem Kampf teilweise abgerissen waren, zögerte der Fährmann nicht. Der zweite schwarze Auflader hatte sich gerade aus den qualmenden Überresten seines Zwillingsmodells zurückgezogen, als *Scarlett* mit voller Wucht gegen ihn raste. Der Auflader wurde gegen den Schwung seiner durchdrehenden Räder zur Seite und zurück geworfen. Der Aufprall beförderte Kimberlain fast aus dem Führerhaus; in letzter Sekunde konnte er sich festhalten. Der zweite Auflader versuchte hektisch, sich wieder aufzurichten, und hatte es fast geschafft, als *Scarlett* ihre Gabeln in sein Heck rammte und ihn in den Brecher schob, in dem die Autowracks zerquetscht wurden. Fast augenblicklich senkte sich der obere Teil der Presse.

Das Führerhaus des schwarzen Aufladers wurde bei dem Aufprall zerquetscht. Glas zersplitterte und flog nach außen. Der schwere Stahl des Aufladers leistete noch kurzen Widerstand, zwang den Motor, noch hochtouriger zu laufen, und gab den Kampf dann auf. Zwei der riesigen Reifen explodierten unter dem Druck und ließen die Scheiben von Kimberlains

Führerhaus bersten. Er konnte sich gerade noch rechtzeitig ducken, und als er aufsah, hob sich der obere Teil der Presse wieder und enthüllte einen völlig flachgedrückten schwarzen Auflader.

Kimberlain kletterte aus *Scarletts* Führerhaus und ging vorsichtig davon. Er glitt an den noch qualmenden Überresten des zweiten Aufladers vorbei und überquerte den Teil des Schrottplatzes, auf dem die Autowracks lagen; trotzdem schien sich das Gelände noch endlos vor ihm auszudehnen.

Der Teil, der von den hohen Stapeln verrosteter Ölfässer beherrscht wurde, war dunkler und wirkte feindseliger, doch der Fährmann hieß die Stille willkommen. Er entschloß sich, einen Umweg einzulegen und von nun an ständig in Deckung zu bleiben. Es hatte Leeds schon zweimal geholfen, daß er sich ins Freie hinausgewagt hatte, und Kimberlain wollte dem Verrückten keine dritte Gelegenheit bieten. Zwischen den hoch aufgetürmten Ölfässern war gerade soviel Platz, daß sich Auflader und Lastwagen hindurchbewegen konnten. Diese Anordnung gab ihm Deckung und verbarg ihn praktisch vor allen Blicken.

Rumms . . . rumms . . . rumms . . .

In der Nacht erhob sich ein Geräusch, das entfernt an Schritte erinnerte.

Rumms . . . rumms . . . rumms . . .

Es erklang erneut, diesmal lauter und deutlicher. Etwas näherte sich ihm, etwas, das keine Anstalten machte, seine Anwesenheit zu verbergen.

Der Fährmann bog in einen engeren Gang ein, der von verrosteten braunen Fässern umsäumt wurde, die sich bis in den Himmel zu heben schienen. Er erreichte eine Kreuzung und bog erneut ab.

Rumms . . . rumms . . . rumms . . .

Das Geräusch war noch lauter geworden. Was es auch verursachte, es näherte sich vom Hauptgang des Schrottplatzes aus. Kimberlain spähte den Gang entlang. Direkt vor ihm bäumte sich ein großer, dunkler Schatten auf. Scheppernd und rasselnd bahnte sich einer der Zweitonner den Weg, fünfhundert Kilo orangefarbenen Stahls mit den Umrissen eines Menschen.

Obwohl die Gliedmaßen und der Torso nach diesem Vorbild

geformt waren, stellte der Kopf einen einfachen Käfig dar, der den Bediener der Maschine schützen sollte. Beim Gehen bogen sich die Kniegelenke wie die eines Menschen, doch die Arme schwankten nicht, waren völlig ruhig. Diese Arme konnten in praktisch jede Richtung bewegt werden und waren mit empfindlichen und doch starken Zangen versehen, die die Aufgabe der Hände übernahmen.

Der Zweitonner glitt hinter der nächsten Reihe außer Sicht, und Kimberlain hielt den Atem an, bevor er sich weiterwagte. Als er um den Schutz der Fässer bog, um noch einen Blick zu riskieren, stand das Ding unmittelbar vor ihm. Kimberlain duckte sich wieder hinter seine Deckung, doch die Stahlextremitäten des Zweitonners hoben sich bereits.

Mein Gott . . .

Es hatte genau gewußt, wo er war. Leeds mußte, wo auch immer er sich versteckt hielt, auf dem gesamten Schrottplatz verborgene Kameras installiert haben. Kimberlain spürte, was der Zweitonner vorhatte, und setzte zu einem Spurt an, um es zu vermeiden. Er stolperte auf dem armselig planierten, ölgetränkten Boden, als die mächtigen Arme des Monstrums gegen den nächsten Fässerturm schlugen. Augenblicklich brachen die Stahlfässer in sich zusammen; sie stürzten nicht in einer Reihe, sondern fielen auch in die Richtung, in die Kimberlain floh. Er hörte, wie ein Faß nach dem anderen scheppernd auf den Boden schlug. Es war, als wolle er vor einem Feuer fliehen; der Lärm brannte in seinen Ohren.

Krach!

Kimberlain begriff, daß die Fässersäulen, auf die er zuhielt, nun in einer zweiten Lawine zusammenbrachen. Die Blech- und Stahlwände schienen ihn zu umschließen wie von einem Hurrican ausgelöste Flutwellen. Er rannte zur Mitte des Schrottplatzes, und die Fässer rollten hinter ihm her, als wollten sie ihn gezielt verfolgen.

Schließlich konnte er der Lawine ausweichen, doch der Zweitonner tauchte wieder hinter ihm auf und schob einen weiteren Fässerberg direkt vor sich. Er konnte auf dem Gerät die Aufschrift *Moe* ausmachen. Der schwere Stahlarm senkte sich in seine Richtung, und Kimberlain duckte sich, um ihm auszuweichen, ohne dabei langsamer zu werden. Die riesigen Dinger waren zwar imstande, gewaltige Nutzlasten zu heben und zu befördern, aber auch langsam und schwerfällig. Ein weiterer Zweitonner mit der Aufschrift *Larry* zog seitwärts heran, um Kimberlain den Weg abzuschneiden. *Larrys* Arme hoben sich in rechten Winkeln, und der Zangenmechanismus drehte sich. Die Maschine schien ihn herausfordern zu wollen. Da sich *Moe* unmittelbar hinter ihm befand, war dem Fährmann dieser Fluchtweg versperrt, und er entschied sich für die zweitbeste Alternative. Er sprang auf einen Fässerhaufen, den die Zweitonner umgestürzt hatten. Die Maschinen drehten sich in seine Richtung, doch Kimberlain sprang bereits von Faß zu Faß in Richtung Gerätefriedhof und sicheres Entkommen.

Als er den Gerätefriedhof erreichte – die verfolgenden Zweitonner hatte er weit hinter sich gelassen –, erstarrte er. Die zuvor ordentlichen Schrottreihen waren umgestoßen worden und versperrten ihm in allen Richtungen den Weg. Die Zweitonner mußten dafür gesorgt haben, während er sich auf dem Autofriedhof mit den Aufladern auseinandergesetzt hatte. Leeds war kein Risiko eingegangen, und nun saß Kimberlain in der Falle.

Wo war *Curly*, der letzte der drei Stooges?

Er hatte kaum diesen Gedanken gefaßt, als er ein knirschendes Geräusch vernahm, herumwirbelte und sich duckte. Damit wich er der größten Wucht von *Curlys* Schlag aus, doch die Maschine wirbelte ihn trotzdem durch die Luft, und er prallte gegen einen Stapel verschrotteter Öfen. Er glitt zur Seite, während *Curly* ihm nachsetzte und im Weg liegende Herde einfach zermalmte.

Da Kimberlain keine andere Möglichkeit blieb, machte er einen Satz und zog sich auf einen Schrottberg hoch. Aufs Geratewohl sprang er von einem zum anderen, dem Loch entgegen, das er in den Zaun geschnitten hatte.

Curly pflügte sich einen direkteren Weg und schaufelte die Schrotthaufen einfach mühelos beiseite. Ein Blick über die Schulter zeigte Kimberlain, daß der Zweitonner langsamer geworden war und einen uralten Ofen ergriffen und hochgehoben hatte. Im nächsten Augenblick wirbelte er durch die Luft.

Der Fährmann warf sich auf einen Wäschetrockner, und der Ofen segelte über seinen Kopf hinweg. Er rappelte sich wieder auf und stürmte weiter, bis ein Kühlschrank unter seinem Gewicht nachgab. Er stürzte schwer und klemmte sich den Fuß zwischen zwei Waschmaschinen ein. *Curly* rollte mit Höchstgeschwindigkeit auf ihn zu und fegte den Schrott einfach auseinander. Dann rollte er den benachbarten Schrotthügel hinauf und ergriff mit den Zangen etwas, das wie eine Kühltruhentür aussah. Er hatte sie schon über den Kopf gehoben und warf sie auf Kimberlain, als der Fährmann endlich seinen Fuß befreien konnte und verzweifelt zurückrutschte. Die Tür prallte dort auf, wo er gerade noch gelegen hatte, und *Curly* griff wieder nach ihr, um es ein zweites Mal zu versuchen.

Der Fährmann war wieder auf den Füßen und wich noch immer zurück, als die Tür nur Zentimeter von seinem Gesicht entfernt an ihm vorbeizischte. *Curly* kletterte den Schutthaufen hinauf und folgte ihm über dessen beträchtliche Ausdehnung, wobei der Zweitonner nach einem neuen Wurfgeschoß griff, als auch sein Zwillingsbruder den Schutt durchpflügte und versuchte, Kimberlain den Weg abzuschneiden. Der Fährmann stellte sich blitzschnell auf die neue Situation ein und wählte die einzige Möglichkeit, die ihm noch blieb.

Er kletterte auf einen höheren Gipfel des Schrottbergs und sprang auf *Curly* hinab. Der Zweitonner drehte sich heftig um die eigene Achse, wie ein Wildpferd, das versuchte, seinen Reiter abzuschütteln, doch Kimberlain fand an seiner Stahlhülle genug Halt. Er war zwar nicht in der Lage, seine Arme und Beine in die dafür vorgesehenen Schlitze zu schieben, konnte jedoch einige der Kontrollschalter erreichen, darunter auch den, der für den rechten Arm des Zweitonners verantwortlich zeichnete – für den Arm, der wieder eine Kühlschranktür hielt.

Der Fährmann drückte auf den Knopf, mit dem er die Zangen öffnen konnte, während er gleichzeitig den Arm zurückzog und dann schnell zur Seite abwinkelte. Die Kühlschranktür schoß wie ein Frisbee durch die Luft und direkt in *Moes* Weg. Kimberlain hörte den lauten Knall des Aufpralls, sah aber nur, wie *Moe* zusammenbrach, während *Curly* weiterhin versuchte, ihn abzuschütteln.

Während *Larry* schnell herankam, fand Kimberlain endlich das Hauptkontrollpult. Er streckte sich, um den Einschaltknopf zu erreichen, doch *Curlys* Zuckungen verhinderten, daß er ihn drücken konnte. Er schlang die hinabbaumelnden Füße um die Extremitäten des Zweitonners und versuchte, eine bessere Position einzunehmen. Endlich gelang es ihm, und er drückte den Knopf.

Nichts geschah. *Curly* wehrte sich weiterhin gegen ihn und rammte ihn rückwärts gegen aufgestapelte Waschmaschinen und Wäschetrockner. Kimberlain dämpfte die Wucht des Aufpralls mit dem Arm ab und zog sich an einer offenliegenden Verstrebung einer Waschmaschine eine blutende Wunde zu. Es gelang ihm, die Finger um den Stahl zu schließen und ihn loszureißen, während *Curly* sich herumdrehte und ihn gegen einen Kühlschrank schmetterte.

Erneut drückte der Aufprall Kimberlain die Luft aus den Lungen, doch es gelang ihm, das meterlange Stahlstück festzuhalten. Der Zweitonner versuchte, mit seinen Zangen nach ihm zu greifen, und der Fährmann nutzte die Gelegenheit und rammte das spitze Ende der Verstrebung durch die sich bietende Öffnung in das Kontrollpult. Funken flogen. Er roch Rauch und hörte einen Knall.

Curly zuckte heftig, griff aber noch immer mit den Zangen nach ihm.

Kimberlain rammte die Stange tiefer hinein und drehte sie nach unten und oben. Ein zischendes, knisterndes Geräusch, und *Curly* verharrte inmitten der Bewegung und kippte nach hinten. Der Fährmann wollte sich herumwerfen, um nicht von dem Gewicht des Zweitonners zerquetscht zu werden, doch es gelang ihm lediglich, der größten Wucht des Aufpralls zu entgehen. Der Zweitonner stürzte auf seine Beine und klemmte seinen Unterkörper ein. Jetzt war er eine leichte Beute für *Larry*.

Der letzte Zweitonner hatte ihn fast erreicht. Er schob einen gewaltigen, verrosteten Schutthaufen aus dem Weg und stapfte weiter vor. Kimberlain versuchte, sich unter *Curlys* Extremitäten hervorzuwinden, und als das nicht gelang, die Maschine hochzuheben. Hoffnungslos. Der Zweitonner war so schwer, daß Kimberlain ihn keinen Zentimeter bewegen konnte. *Larry* kam schnell näher. Wenn Kimberlain sich nicht seinem Schicksal ergeben wollte, mußte er versuchen, von hier unten aus zu kämpfen.

Aber womit?

Er sah keine potentielle Waffe in seiner Reichweite. Er hatte nur seine Hände zur Verfügung, um sich aus einer unhaltbaren Position gegen eine Maschine zu wehren, die sein Rückgrat mit einem einzigen Schnippen ihrer Kneifzangen brechen konnte. Er sah, wie sich *Larry* über ihm aufbäumte; die Zangen schnappten wie die Kiefer eines Alligators auf und zu. Kimberlain trat verzweifelt mit den Beinen, um sich von *Curly* zu befreien, rutschte jedoch nur noch tiefer unter die Maschine. *Larry* stand über ihm und zögerte, als könnte er sehen, daß sein Widersacher am Ende war, als wollte er seinen Sieg auskosten – als sähe er mit Leeds' Augen. Endlich hob sich einer seiner gewaltigen Arme und senkte sich pfeifend. In diesem Moment sah Kimberlain aus den Augenwinkeln, wie sich rechts von ihm etwas bewegte. Dann hörte er ein metallisches Scheppern, und der Hydraulikarm des Zweitonners wurde wieder hochgerissen. Der Fährmann riß den Kopf herum und sah das Unmögliche in Gestalt eines monströsen Riesen mit nackter Brust, der zwischen ihn und den Zweitonner sprang.

Winston Peet!

Peet hatte niemals so groß gewirkt wie jetzt, obwohl er sich mit *Larrys* gewaltiger Gestalt messen mußte. Der Riese wirbelte wieder einen mächtigen Stahlträger herum und traf den Zweitonner damit am Brustkorb. Dann drehte das Ding sich zu Peet um, und der Riese spreizte die Beine, um den nötigen Halt zu finden, und umfaßte den Stahlträger mit beiden Händen.

Der Zweitonner näherte sich Peet, und seine hydraulischen Beine bogen sich bei jedem Schritt über den unebenen Schrotthaufen in der Mitte. Aus Kimberlains Blickwinkel sah das Ding aus wie ein Zeichentrickungeheuer aus einem Science-fiction-Film. Peet war groß, doch der Zweitonner überragte ihn um über einen halben Meter. Die Kneifzangen schossen vor und griffen nach Peets Stahlträger. Der Riese wich zurück, als wollte er die Maschine necken, achtete dabei jedoch sorgfältig darauf, immer einen sicheren Stand auf dem Schrottuntergrund zu haben.

Der Zweitonner kämpfte sich kurz eine Neigung hinauf, und Peet rammte ihm den Träger in die eine und dann in die andere Seite. Das Ding schwankte, fiel jedoch nicht. »Das Knie!« brüllte Kimberlain. »Nimm sein Knie!«

Peet mußte im selben Augenblick darauf gekommen sein, denn sein nächster Hieb zielte in diese Richtung und traf mitten auf das Gelenk. Das Geräusch des Aufpralls war ohrenbetäubend. Peet zerrte den Träger zurück und schlug noch einmal zu.

Ein noch lauteres, härteres Geräusch. Das Bein des Zweitonners wurde nach innen gebogen und verklemmte sich. Peet holte zu einem weiteren Hieb aus, verlor jedoch den Halt unter den Füßen, und der Zweitonner konnte mit einer Zange den Balken umfassen. Er zerrte ihn hoch, doch unglaublicherweise gelang es dem Riesen, ihn festzuhalten. *Larry* stieß mit der anderen Zange zu, doch Peet blockierte den Schlag mit dem Ende des Balkens, das er noch beherrschte. Der Zweitonner schob mit aller Kraft, und Peet wurde zurückgeworfen. Sein gewaltiger, kahler Schädel prallte gegen einen Ofen, und er blieb regungslos liegen, während der Balken neben ihm auf den Schrott fiel.

»Peet!« rief der Fährmann und versuchte erneut ohne Erfolg, sich von *Curly* zu befreien. »Peet!«

Larry fuhr wieder herum, um sein Werk zu beenden. Er zog sein beschädigtes, verbogenes Bein hinter sich her, während er mit dem anderen die Trümmer auf seinem Weg beiseite trat. Langsam kletterte er den steilen Schrottberg hinauf. Die Zangen richteten sich nach vorn und hinab.

Als der Zweitonner sich hoch neben ihm aufbäumte, sah Kimberlain aus seiner liegenden Position, wie sich Peets Finger um den Stahlträger schlossen. Der kahlköpfige Riese nahm den Balken in beide Hände, während *Larry* mit tief gesenkten Zangen herumfuhr.

Peet trieb den Träger in *Larrys* Leib, und die tödlichen Zangen verharrten nur ein paar Zentimeter vor seinem Gesicht. Kimberlain wurde die Absicht von Peets Bewegung erst klar, als er sah, wie eine dunkle Flüssigkeit aus dem Zweitonner spritzte und Peet benetzte.

Öl, Hydraulikflüssigkeit! Peet hatte den Zweitonner an der Stelle getroffen, an der er wirklich verwundbar war. Während die Flüssigkeit hinausgepumpt wurde, erschlafften *Larrys* flexible Teile. Der Zweitonner schien in einer surrealen Zeitlupe zu verharren, bevor er zurückkippte und in derselben Angriffsposition erstarrte, die er gerade eingenommen hatte.

Peet kam wieder auf die Füße und ging zum Fährmann hinüber. Trotz seiner Größe waren seine Schritte so leicht und grazil wie die eines Tänzers. Die gewaltige Brust- und Schultermuskulatur kräuselte sich unter dem Ölfilm. Wortlos bückte er sich und zog *Curly* hoch, bis Kimberlain unter der Maschine hervorkriechen konnte.

»Kannst du laufen, Fährmann?« fragte er, während er ihn mit einem Arm stützte.

»Ich schaffe es schon.«

Kimberlain stand fast aufrecht, als ihm die Beine den Dienst versagten. Er hatte das Bewußtsein verloren, noch bevor Peet ihn aufgefangen hatte. Der Riese beugte sich vor und warf den Fährmann mühelos über seine Schulter. Doch irgend etwas ließ ihn plötzlich innehalten. Er drehte sich um und sah nach oben. Auf einem Scheinwerferpfosten hoch über dem Schrottplatz war eine Kamera montiert, die ihn in der Dunkelheit wie ein Auge beobachtete.

Andrew Harrison Leeds sprang auf, und der mit Rollen versehene Schreibtischstuhl schoß über den Boden zurück. Das Gesicht blickte ihn durch die Kamera an und war dann verschwunden.

Das war unmöglich! Er war tot! Winston Peet war tot!

Aber Leeds konnte sich nicht geirrt haben. Das Gesicht auf dem Bildschirm war das Winston Peets gewesen.

Er hatte voller Ehrfurcht zugesehen, wie Kimberlain gegen die Maschinen gekämpft hatte. Der Mann gehörte eigentlich hierher zu ihm und nicht in die Welt, die so bald untergehen würde. Als schließlich der Kampf mit den Zweitonnern begann, hätte Leeds ihm fast Glück und sogar den Sieg gewünscht. Doch dann, als der Tod des Fährmanns unvermeidlich erschien, war außerhalb der Kamerareichweite irgend etwas schiefgegangen. Nun sah er, worum es sich gehandelt hatte. Peet hatte eingegriffen und den Zweitonner vernichtet, der den Fährmann gerade töten wollte.

Winston Peet! Man stelle sich die Möglichkeiten vor...

Es mußte sich um einen Wink des Himmels handeln, daß der Kampf auf seinem Schrottplatz ein solches Ende genommen hatte. Denn wenn es außer Kimberlain noch jemanden gab, den Leeds aufrichtig bewunderte, dann Peet. Sein großer Rivale, dessen Taten den seinen fast gleichkamen. Aber Peet war aus »The Locks« entkommen und im Lake Ontario ertrunken. Zumindest hatte es damals so geheißen. Doch offensichtlich hatte er überlebt und sich mit Kimberlain zusammengetan – ein Team, das besser in die Hölle als in den Himmel gepaßt hätte. Doch Leeds wußte, daß er einen möglichen Verbündeten gefunden hatte.

»Winston«, sagte Leeds ins Mikrofon, »kannst du mich hören, Winston?«

Er stellte sich vor, daß der kahlköpfige Riese stehenblieb, als er den Rand des Kamerabereichs erreicht hatte.

»Du gehörst zu mir, Winston. Du gehörst hierher. Wir gehören zusammen.«

Diese Möglichkeit ließ Andrew Harrison Leeds erzittern, doch Winston Peet war in der Nacht verschwunden.

DIE FÜNFTE GEWALT

LUCRETIA McEVIL

Mittwoch, 19. August, 9 Uhr

20

Andrew Harrison Leeds saß vor der Wand mit den Videomonitoren, und seine Reflektion war ein stumpfer Umriß auf jedem einzelnen Bildschirm. Schließlich beugte er sich vor und aktivierte einen der Monitore.

Eine Aufnahme Chalmers', der starr auf einem Stuhl saß, füllte den Bildschirm aus. Chalmers blickte zu der vor und über ihm angebrachten Kamera hinauf, als wisse er, daß sie eingeschaltet worden war.

»Was machen wir nur mit Ihnen, Mr. Chalmers?« fragte Leeds.

Chalmers vergewisserte sich, daß der mit seiner Kehle verbundene Lautsprecher auf die Kamera gerichtet war.

»Außer ... Kontrolle«, sagte er.

»Wenn Sie Ihre Agenten meinen, haben Sie völlig recht. Es scheint ihnen allen so zu ergehen wie Hedda, nicht wahr? Ich habe hier etwas, daß Sie sich anhören sollten.«

Leeds drückte auf einen Knopf. Augenblicklich erfüllten zwei Stimmen den Raum, in dem Chalmers allein in der Dunkelheit saß.

»Wer bist du?«

»Wir könnten es dabei belassen, daß ich dein Großvater bin. Das wäre einfacher, angenehmer und unproblematischer.«

»Aber eine Lüge.«

»Verstehst du denn nicht? Es gibt keine Wahrheit, hat sie niemals gegeben, nicht für dich oder die anderen.«

Leeds hielt das Band an. »Erkennen Sie die Stimmen, Chalmers?«

Chalmers' Gesicht war so bleich geworden, daß dessen Farbe der des Sockels entsprach, der aus seiner Kehle ragte. »Hedda«, erklang sein mechanisches Krächzen, und es schien ihm größere Schwierigkeiten als gewöhnlich zu bereiten, die Silben hervorzubringen.

»Und Pomeroy natürlich. Wir haben den alten Mann bereits beseitigt, eine bedauerliche Maßnahme, die aber leider unumgänglich war, da Sie nicht in der Lage waren, Hedda wie befohlen zu eliminieren. Hedda ist mittlerweile noch gefährlicher für uns geworden. Ihr Versagen hat mich gezwungen, mich selbst mit ihr zu befassen.«

»Ich kann sie ... finden ...«

»Sie ist jetzt mein Problem. Aber ein weit dringlicheres Problem dürfte Ihre Auffassung sein, daß auch alle anderen, die ich Ihrer Obhut anvertraut habe, mittlerweile zu Verrätern geworden sind.«

»Alles ist ... zusammengebrochen ... sie wollen einfach ... nicht gehorchen ...«

»Und haben Sie sich wirklich bemüht, sie auch zu erreichen?«

Chalmers antwortete nicht.

»Ich hatte Großes mit Ihnen vor, Mr. Chalmers. Sie waren jemand, der bei der großartigen Umstrukturierung der Gesellschaft, die bald stattfinden wird, an meiner Seite wirken sollte.« Leeds' Finger kroch zu dem roten Knopf, der ein Stück neben den anderen auf der Konsole lag. »Aber nun haben Sie versagt. Und für Ihr Versagen gibt es nur einen Preis.«

Leeds drückte auf den roten Knopf. Chalmers' Körper verkrümmte sich schrecklich auf dem Stuhl. Sein Lautsprecher fiel zu Boden, und seine Glieder zuckten spasmisch.

»Eine Schande«, sagte Leeds laut. »Wirklich eine Schande.«

Und er schaltete den Bildschirm aus.

Chalmers wartete mehrere Minuten, bevor er die Augen öffnete. Er wollte ganz sicher gehen, daß T. Howard Briarwood ihn nicht mehr beobachtete. Es war eine Leichtigkeit gewesen, den Draht zu durchtrennen, der den Strom in seinen Stuhl leitete, und ihn an eine Glühbirne außerhalb des Kamerabereichs anzuschließen. Als die Glühbirne aufleuchtete, wußte Chalmers, daß es an der Zeit war, sich tot zu stellen.

Die Möglichkeit, daß Briarwood ihn beseitigen wollte, war für Chalmers schon immer sehr wahrscheinlich gewesen und in der letzten Zeit zunehmend wahrscheinlicher geworden. Schließlich hatte Chalmers sich entschlossen, die Sache auf die Spitze zu treiben; sein vermeintlicher Tod ermöglichte es ihm, den Rest seines Plans auszuführen.

Er sah auf die Uhr: nur noch ein paar Stunden, bevor er die nächste Phase einleiten mußte. Chalmers erhob sich aus dem Stuhl, trat zur Tür und blickte ein letztes Mal zu T. Howard Briarwoods Kamera hinüber.

»Es tut mir leid, Miß«, sagte der Polizist mit aller Höflichkeit, die er aufbringen konnte. »Die ganze Gegend bleibt abgeriegelt, bis wir sicher sind, daß keine Gefahr mehr droht.«

Hedda versuchte, außer Ärger keine Reaktion zu zeigen. »Was ist passiert?«

»Eine Plastikfabrik ist bis auf die Grundmauern abgebrannt. Die Luft ist noch immer mit Chemikalien verseucht.«

Hedda zuckte die Achseln und zog ihren Wagen herum. In ihr nagte die Furcht. Sie wußte, um welche Fabrik es sich handelte, ohne daß man ihr es erst sagen mußte; sie hatte es gewußt, seit sie mehrere Häuserblocks entfernt den ersten beißenden Brandgeruch wahrgenommen hatte. Sie hatte Leominster, Massachusetts, nach einer zweistündigen Fahrt vom Logan Airport in Boston erreicht, wohin sie von Paris aus geflogen war. Nach dem Flug und der anschließenden Fahrt war sie erschöpft gewesen, bis der scharfe, stechende Gestank eines Feuerinfernos sie wieder belebte.

Hedda stellte ihren Leihwagen auf einer Seitenstraße ab und näherte sich dem Werk PLAS-TECH zu Fuß. An ihren Pulli hatte sie den Presseausweis geheftet, der ihr Zutritt ermöglichte, wo er Normalsterblichen verwehrt war. Um die Scharade zu vervollständigen, hielt sie einen Notizblock mitsamt Kugelschreiber griffbereit.

Ein Feuerwehrmann mit rußgeschwärztem Gesicht saß auf dem Trittbrett eines Wagens, an dem Hedda vorbeiging. Sie blieb stehen und trat zu ihm.

»Wann hat das angefangen?«

»Ich bin seit zwölf Stunden hier.«

»Brandstiftung?«

»Könnte sein, aber das werden wir wohl nie herausfinden.«

Hedda machte ein paar Notizen. »Wie viele Tote?« fuhr sie dann fort.

Der Feuerwehrmann betrachtete sie voller Abscheu. »Woher kommen Sie, Lady?«

»Man hat mich von New York hierher geschickt.«

Er erhob sich. »Dann will ich Sie mal schlau machen. Als das Gebäude hochging, wurde dort eine volle Schicht gefahren. Jeder verdammte Arbeiter und Angestellter ist draufgegangen.«

Es hatte vier Überlebende gegeben. Am Morgen war einer von ihnen bereits gestorben, und der Zustand der drei anderen war kritisch. Wie Hedda erfuhr, war diejenige der drei Verletzten, der es noch am besten ging, in die Abteilung für Verbrennungen des Massachusetts General Hospital eingeliefert worden.

Die Morgenausgabe des *Boston Globe* verriet ihr ziemlich viel von dem, was sie sonst noch wissen mußte, nicht nur das Feuer, sondern auch den Hintergrund der Firma PLAS-TECH betreffend. Es handelte sich um einen Plastikhersteller, der sich mit dem Weltraumprogramm eine goldene Nase verdiente, bis die NASA nach dem Challenger-Unglück alle Aufträge zurückgezogen hatte. Man hatte die Firma umstrukturiert und neue Aufträge an Land gezogen, dabei jedoch gewaltige Verluste erlitten. Dann hatte eine Tochtergesellschaft des mächtigen multinationalen Konzerns Briarwood Industries PLAS-TECH aufgekauft, und es waren Gerüchte im Umlauf, die Firma habe einen Regierungsauftrag bekommen, über den allerdings nichts Genaues bekannt war. Wie dem auch sei, die Aktien schossen nach oben, und die Firma war auf dem besten Weg gewesen, sich wieder zu erholen, als es letzte Nacht zu dem Brand gekommen war. Alles, so stand in dem Artikel zu lesen, deutete darauf hin, daß die Sprenkleranlage sich nicht eingeschaltet hatte.

Tragisch, aber keineswegs überraschend, überlegte Hedda. Jemand von PLAS-TECH mußte mit dem Plan zu tun haben, Lyle Hanleys transdermales Gift zu verbreiten. Hanley hatte es produziert, doch bis jetzt hatte Hedda nicht herausbekommen, wie es verteilt werden sollte. Vielleicht lag die Antwort bei PLAS-TECH. Vielleicht hatte das Werk irgend etwas hergestellt, das mit TD-13 behandelt worden war.

Im Krankenhaus schaltete Hedda eine weibliche Sicherheitskraft aus, sperrte die Bewußtlose in einen Vorratsraum und zog deren Uniform an. Die Überlebende des verheerenden Großbrands hieß Ruth Kroll. Hedda machte ihr Zimmer ausfindig und zuckte bei ihrem Anblick zusammen. Die Gestalt, die in dem Eisbett lag, erinnerte kaum noch an einen Menschen. Lediglich ihr linkes Auge und die linke Gesichtsseite waren nicht bandagiert. Der Rest ihres Körpers war von weißem Gaze umschlossen.

»Mrs. Kroll?«

Das Auge richtete sich langsam auf Hedda.

»Wir müssen uns unterhalten, Mrs. Kroll. Ich weiß, daß Sie Schmerzen haben, und es tut mir leid, aber das Feuer gestern nacht war kein Unfall. Es sollte alle Spuren davon verwischen, woran Sie bei PLAS-TECH gearbeitet haben. Das Feuer wurde von Leuten gelegt, die noch viel mehr Menschen töten wollen.«

Ruth Krolls Auge schimmerte von Tränen.

»Werden Sie mir helfen?«

Keine Reaktion. Doch das Auge hielt sie weiterhin im Blick und stellte ureigene Fragen.

»Ich kann an diese Leute herankommen, Mrs. Kroll. Ich kann sie aufhalten. Deshalb bin ich hier. Aber ich brauche Ihre Hilfe.«

Die bandagierte rechte Hand der Frau hob sich von dem Bett aus Eis. Hedda trat näher zu ihr und drückte einen Kugelschreiber hinein. Die Hand umfaßte ihn, so gut es ihr möglich war. Hedda hielt ihr den Notizblock hin.

Wer? fragte Ruth Kroll.

»Ich weiß es noch nicht.«

Das Auge blinzelte verbittert.

Wer? kritzelte Ruth Kroll erneut.

»Wer ich bin, meinen Sie. Dieselben Leute, die Ihnen das angetan haben, wollten auch mich töten. Sie werden es immer wieder versuchen, bis ich sie finde.«

Fragen Sie, schrieb die bandagierte Hand mit großen, ungelenken Buchstaben.

»Woran hat PLAS-TECH gearbeitet, seitdem die Firma von Briarwood Industries übernommen wurde?«

Vertrag.

Hedda blätterte die Seite um. »Ja, ein Regierungsvertrag. Das weiß ich. Aber was haben Sie hergestellt?«

Diesmal brauchte die Frau länger, um ihre Antwort niederzuschreiben. Die Buchstaben überlappten sich und waren kaum lesbar. *Mikrodünne Plastikstreifen. Einzelne Fäden. Wie ein Netzwerk. Millionen davon.*

»Wofür?«

Weiß nicht.

»Wurden sie bei dem Brand vernichtet?«

Nein. Schon ausgeliefert.

»Wohin?«

Ruth Kroll wartete, bis Hedda wieder umgeblättert hatte. *Drei Produktionswerke.*

»Was für Werke?«

Papier.

Hedda war von dieser Antwort genauso frustriert, wie die arme Frau anscheinend von der Richtung, die sie mit ihren Fragen eingeschlagen hatte. Es ergab keinen Sinn. Angenommen, die ausgelieferten Plastikstreifen waren mit TD-13 behandelt worden . . . weshalb hatte man sie an Papiermühlen verschickt?

»Hatte das etwas mit dem Regierungsvertrag zu tun, den PLAS-TECH erfüllte?«

Die Streifen, kritzelte die Frau.

»Inwiefern?«

Weiß nicht, schrieb sie. *Wurde sogar vor uns geheimgehalten.* Das Eis knirschte, als sie unter Schmerzen ihr Gewicht verlagerte.

»Wer könnte es wissen? Gibt es jemanden, mit dem ich sprechen könnte, um das Geheimnis zu erfahren?«

O'Rourke, buchstabierte die Frau.

Woher kenne ich diesen Namen? fragte Hedda sich. Dann fiel es ihr wieder ein. Sie hatte ihn in dem Zeitungsartikel gelesen, den Deerslayer ihr in Paris zugespielt hatte. Der Artikel beschäftigte sich mit dem Erwerb der PLAS-TECH durch die Briarwood Industries. O'Rourke war der einzige Angestellte der Firma gewesen, der einen Kommentar abgegeben hatte.

»Wo finde ich ihn?« fragte Hedda.

Nachdem mehrere Anrufe bei O'Rourkes Büro in Boston nichts ergeben hatten, erfuhr Hedda von der Hauptniederlassung der Briarwood Industries, daß er derzeit in seinem Ferienhaus in Stowe, Vermont, Urlaub machte. Sie fuhr nach Norden und rief in dem Ferienhaus an, als sie noch eine halbe Stunde davon entfernt war. Sie kündigte sich selbst als Angestellte der Briarwood Industries an, die O'Rourke dringend einige Verträge zur Unterschrift vorlegen müsse. Die Frau, die das Gespräch entgegengenommen hatte, erklärte ihr, er sei mit seinen Kindern in einem Wintersportzentrum und würde am frühen Abend zurückerwartet.

Der Freizeitpark Alpine Slide befand sich weitere zehn Minuten von O'Rourkes Haus entfernt. Sie mußte sich auf das Foto aus Deerslayers Zeitungsausschnitt verlassen, um O'Rourke zu erkennen. Obwohl es sich um eine Schwarzweißaufnahme handelte, war es einigermaßen scharf; es zeigte einen großgewachsenen Mann mit dichten, an den Schläfen ergrauendem Haar. Sie würde ihn sofort erkennen. Doch die Gegenwart seiner Kinder konnte die Dinge komplizieren. Schließlich bestand die sehr reelle Möglichkeit, daß auch O'Rourke in Gefahr schwebte.

Ein Grund mehr, ihn schnellstmöglich zu finden, sagte Hedda sich. Alles deutete darauf hin, daß die bei PLAS-TECH hergestellten Plastikstreifen mit Lyle Hanleys TD-13 behandelt worden waren. O'Rourke stellte zu diesem Zeitpunkt ihre einzige Möglichkeit dar, herauszufinden, was die drei Papiermühlen mit den Streifen anfangen würden.

Warum aber drei Papiermühlen? Warum nicht nur eine einzige, um die Sicherheitsvorkehrungen zu vereinfachen?

Die Antwort lag in dem Regierungsvertrag, über den O'Rourke sie aufklären sollte.

Das Skigebiet war an einem so schönen Sommertag überfüllt, und Hedda suchte die Gesichter der Gäste nach denen

O'Rourkes ab und hielt dabei in den Läden, Restaurants, dem Freibad und auf der Skipiste selbst nach ihm Ausschau. Sie sah Menschen auf bunten Schlitten, die den letzten Teil der Bahn hinabfuhren, die sich wie eine weiße Marmorspur den Hang entlangwand. In Wirklichkeit bestand die Bahn aus Asbestasphalt, einer Substanz mit besonders glatter Oberfläche. Rechts von der Bahn lagen mehrere große Schwimmbecken und Wasserrutschen, auf denen sich hauptsächlich Kinder vergnügten.

Die Reihen der Gäste, die an den Attraktionen anstanden, waren sehr lang, und Hedda schritt sie ab. Als sie dann zu einem kleinen Komplex von Hütten hinüberging, in denen Süßigkeiten und andere Waren feilgeboten wurden, machte sie ihr Ziel plötzlich ausfindig. O'Rourke stand mit zwei kleinen Jungs vor einer Hütte, in der hauptsächlich Blechspielzeug verkauft wurde. Sie erkannte ihn augenblicklich anhand des Fotos.

Bevor sie sich zu ihm durchschlagen konnte, wurde O'Rourke von den Jungs wieder zu der Warteschlange vor der Rodelbahn gezerrt. Hedda folgte dem Trio, um oben auf dem Berg, wo sich weniger Leute aufhielten, mit dem Mann zu sprechen.

O'Rourke und seine Söhne bestiegen eine kleine Eisenbahn, die sie zum Startpunkt der Rodelpiste auf dem Berg bringen würde. Hedda stieg ebenfalls ein; ihr Wagen war vielleicht der zehnte hinter dem der O'Rourkes. Sie fragte sich, ob der Mann vielleicht sogar in diesem Augenblick in Gefahr war und nur die Gegenwart seiner Söhne ihn bislang vor einem Anschlag bewahrt hatte. Nach ihrem Gespräch mußte sie ihn unbedingt warnen, genau wie sie Hanley gewarnt hatte.

Auf halber Höhe des Hügels verlor sie O'Rourkes Wagen wegen einer Kurve aus den Augen. Seinem Vorsprung nach zu urteilen, würde er die Bergstation etwa eine oder zwei Minuten vor ihr erreichen und sich dann mit seinen Söhnen in die Schlange der Wartenden einreihen, die mit den Schlitten hinabfahren wollten.

Während der Fahrt hatte sie den größten Teil der Asbestasphaltspur gesehen, die sich den Hügel hinabschlängelte. Eine genauere Inspektion des Plastikschlittens, der an ihrem Wagen hing, enthüllte Räder an dessen Unterseite, die mit einem Zentralschalthebel ein- oder ausgefahren werden konnten. Je tiefer sie ausgefahren wurden, desto schneller war der Schlitten. Wenn man den Hebel ganz zurückzog, würde das Ding knirschend zum Stehen kommen; wenn man ihn ganz vorschob, drückte man die Räder tief in ihre künstliche Spur, und man mußte den Eindruck haben, den Berg hinabzufliegen.

Hedda konnte die Bergstation nun deutlich ausmachen und überprüfte die Sig Sauer, die in einem Halfter unter der leichten Windjacke an ihrer Seite hing. Sie hoffte, auf die Pistole verzichten zu können. Ihr Waggon glitt unter einem Schild hindurch, das sie anwies, den Sicherheitsbügel hochzuschieben, und Hedda tat wie geheißen, während ihr Gefährt auf den hölzernen Steg glitt. Eine weiße Linie verriet ihr, wann sie sich aus dem Sitz erheben mußte, und sie folgte einer Anordnung von weißen Pfeilen auf die rechte Seite der Plattform. Vor ihr nahmen zwei Jungs im Teenageralter, die im Wagen direkt vor ihr gefahren waren, schon Plastikschlitten von einer Rampe. Um nicht aufzufallen, tat Hedda es ihnen gleich.

Vor ihr konnte sie zwei lange Warteschlangen von mit Schlitten bewehrten Gästen ausmachen, die die beiden Rodelbahnen benutzen wollten. Hedda reihte sich in die Schlange zur linken Hand ein und hielt nach O'Rourkes dichtem Haarschopf Ausschau.

Es ging nur langsam voran. Hedda befand sich jetzt nahe genug an den Bahnen, um das Knirschen zu hören, mit der die Schlittenräder auf die schlüpfrige Asphaltoberfläche hinabgelassen wurden. In regelmäßigen Abständen verschwanden vor ihr Fahrgäste um eine Kurve. Fünfzehn Positionen vor ihr in der Schlange erhob sich ein großer Mann, der sich einen Schuh zugebunden hatte, und Heddas Blick fiel auf das bis dahin verborgene, an den Schläfen ergrauende Haar. Sie mußte sich jetzt an O'Rourke wenden, solange sie hier oben noch in Sicherheit waren. Seine Söhne standen vor ihm, was bedeutete, daß sie sogar warten konnte, bis sie auf den Schlitten hinabrodelten, bevor sie in Aktion trat . . .

»Verzeihung. Entschuldigen Sie bitte.«

Hedda wurde nach rechts gedrängt, und ein Mann schob sich

an ihr vorbei. Vielleicht ein Vater, der nach seinem Kind suchte, da er keinen Schlitten bei sich hatte.

Irgend etwas veranlaßte Hedda, sich umzudrehen. In der Schlange standen noch einige andere Männer ohne Schlitten. Einer begegnete ihrem Blick, wandte den Kopf dann unsicher ab und griff mit der Hand in seine Jacke.

Es war zu warm, um eine Jacke zu tragen, außer, man wollte darunter – wic auch sie – etwas verbergen.

Die Männer waren wegen O'Rourke hier!

Hedda ließ ihren Schlitten fallen und setzte sich in Bewegung. Der Mann, der sich an ihr vorbeigedrängt hatte, zerrte eine Maschinenpistole hervor. Neben ihm schrie eine Frau auf, und O'Rourke fuhr herum. Der Mann gab eine Salve ab, und Blut spritzte aus O'Rourkes Leib. Hedda warf sich von hinten gegen den Schützen. Er stürzte um und ließ die Maschinenpistole los.

»Sie ist es!«

»Hedda!«

Die Rufe drangen von hinten in ihre Ohren, während Hedda ihre eigene Pistole zog und zu O'Rourkes laut schreienden Kindern sprang. Sie riß sie zu Boden und deckte sie mit ihrem Körper ab, und dann eröffneten die Männer, die sich in der Schlange verborgen hatten, auch schon das Feuer aus ihren Maschinenpistolen. Die Schreie wurden lauter. Überall gingen Leute zu Boden; Hedda konnte nicht sagen, ob sie getroffen waren oder nur Deckung suchten. Sie schoß sechsmal in schneller Folge, konnte wegen der unbeteiligten Besucher des Freizeitparks aber nicht genau zielen. Doch die beiden Kinder waren zumindest kurzfristig in Sicherheit, nun, da sich die Killer auf sie konzentrierten.

Zu der Bergbahn, mit der Hedda hinaufgefahren war, konnte sie unmöglich zurück, und damit blieb ihr nur ein Fluchtweg: die Rodelbahn

Um die Bahn zu erreichen, mußte sie das plötzlich entstandene Chaos für sich ausnutzen. Sie erhob sich in die Hocke, gab eine weitere Salve von sechs Schüssen ab und lief zu einem leeren Schlitten am Kopf der Rodelbahn.

21

Sie sprang auf den Schlitten und schob ihn die kurze Gerade entlang, die sich dann in die erste Neigung der Bahn verwandelte. Mit einer Hand rammte sie die Gangschaltung ganz nach vorn, um die größtmögliche Geschwindigkeit zu erlangen, während sie mit der anderen die Sig Sauer hielt. Als der Schlitten den Hang hinabschoß, drehte sie sich um. Sie leerte ihr Magazin in die allgemeine Richtung der Schützen, die sich über ihr versammelt hatten, was ihr die Zeit verschaffte, den Schlitten in die erste Kurve und außer Sicht zu steuern.

Sie hatte gerade die normale Fahrposition eingenommen, als sich eine Gestalt mit einem lauten Schrei vom Rand der Bahn über ihr auf sie hinabstürzte. Hedda sah das Messer des Mannes gerade noch rechtzeitig, um den ersten Stoß abzuwehren und ihrem Widersacher einen heftigen Ellbogenhieb in das nun auf einer Höhe mit ihr befindliche Gesicht zu versetzen. Der Mann schrie erneut auf und griff nach Hedda, während der Schlitten eine steile Neigung hinabschoß. Hedda war es gelungen, einen Fuß gegen die Gangschaltung zu schieben, um die Räder weiterhin ausgefahren zu halten, hatte dabei jedoch ihrem Angreifer ausweichen müssen. Der Mann erhob sich über sie, und während Hedda sich auf sein Messer konzentrierte, versetzte er ihr mit der anderen Hand einen Faustschlag gegen das Kinn. Heddas Kopf wurde über den Rand des Schlittens zurückgeworfen und näherte sich bedenklich der unter ihr hinwegrasende Bahn.

Die Verzweiflung verlieh ihr neue Kräfte. Ihre eigenen Leute hatten vor, den Job zu Ende zu bringen, den sie im Libanon verpatzt hatten.

Hedda rammte dem Angreifer die eine Hand ins Gesicht und schloß die andere um das Gelenk seines anderen Arms, um das Messer von ihrem Körper fernzuhalten. Bäume und Büsche rasten an ihnen vorbei, und der Schlitten näherte sich gefährlich der einen Seite der Bahn und wäre fast auf den benachbarten Rasen hinausgeflogen. Der Mann versuchte weiterhin, Heddas Kopf hinabzudrücken, doch es gelang ihr, das Patt zu halten. Ihr Vorteil war, daß sie die Kontrolle über den Schlitten hatte. Sie tastete mit dem Fuß nach der Gangschaltung, legte dann die Schuhspitze um den Hebel und zog ihn zu sich heran, anstatt ihn zurückzudrücken.

Augenblicklich wurden die Räder eingezogen und die Bremsen ausgefahren. Ein lautes Knirschen drang in Heddas Ohren, und ihr Angreifer wurde leicht nach vorn gehoben. Hedda war auf das plötzliche Bremsmanöver vorbereitet, ihr Widersacher nicht. Sie entwand sich seinem Griff und rollte sich auf ihn.

Die Hand mit dem Messer festhaltend, stieß Hedda den Kopf des Mannes zur Seite, bis er den Rand der kurvenreichen Bahn berührte. Gleichzeitig stieß sie den Hebel der Gangschaltung mit aller Kraft wieder vor, und die Räder senkten sich, während der Schlitten in das bislang steilste Stück einfuhr. In ihren Ohren hallte der Schrei des Mannes, als sein Schädel am Asphalt entlangschleifte und eine Blutspur zurückließ. All ihre Kraft war erforderlich, um ihn vom Schlitten ins Gebüsch neben der Bahn zu werfen.

Als ihr Gefährt wieder seine Höchstgeschwindigkeit erreicht hatte, hörte Hedda Schüsse hinter sich. Zwei weitere Attentäter verfolgten sie ebenfalls auf Schlitten und hatten gleichzeitig das Feuer eröffnet. Die Schüsse waren wegen der Geschwindigkeit und der ungünstigen Lage der Männer glücklicherweise jedoch alles andere als genau gezielt.

Hedda hatte die Lektion begriffen und tastete nach der Sig Sauer unter ihrem Leib. Nachdem sie ein neues Magazin eingeschoben hatte, schob sie die Waffe unter den Hosenbund, um sie jederzeit erreichen zu können. Dann erhob sie sich und hielt unsicher das Gleichgewicht, während der Schlitten eine Neigung hinab- und an einem Schild mit der Aufschrift LANGSAM vorbeiraste.

Hedda sah, daß an dieser Stelle die Seitenränder der Bahn längst nicht mehr so hoch waren. Ihr Schlitten schwankte bedrohlich, während sie um ihre Balance kämpfte und mit dem rechten Fuß den Schalthebel so weit wie möglich nach vorn drückte. Sie kam sich wie ein Surfer auf dem Kamm einer riesigen Welle vor.

Die Bahn beschrieb eine scharfe Kurve, und Hedda stand

nun fast parallel zum Boden. Der Schlitten legte sich auf die andere Seite, und Hedda verlagerte ihr Gewicht und glich die Bewegung aus. Die Pistole hielt sie noch immer in der Hand. Ihre Verfolger jagten um die Kurve in die Gerade und bekamen sie zum erstenmal gut in Sicht. Der Mann auf ihrer Bahn schoß hockend mit seiner Maschinenpistole, doch schon hatte Hedda eine weitere Kurve erreicht, die ihr Deckung gab. Als der Schütze um dieselbe Kurve bog, hatte Hedda ihn genau im Visier. Eine Kugel riß den Mann herum und hoch in die Luft, und er stürzte vom Schlitten.

Hedda drehte sich gerade noch rechtzeitig um, so daß sie ihr Gewicht im Einklang mit einer S-Kurve verlagern konnte, die um eine lächelnde Holzfigur zwischen den beiden Spuren herumführte, die ein Schild mit der Aufschrift VORSICHT! hochhielt. Sie vernahm das Geräusch von Rädern, die die andere Spur hinabschossen, und wirbelte herum. Der andere Schütze hatte sich jetzt ebenfalls erhoben, konnte aber nicht das Gleichgewicht halten. Als er auf den Abzug drückte, warf eine scharfe Kurve ihn vom Schlitten, und Hedda beobachtete, wie sowohl der Mann als auch sein Gefährt aus der Bahn flogen, während die Kugeln noch die Luft zerfetzten.

Hedda hatte mittlerweile nicht mehr die leiseste Ahnung, wo genau auf der Bahn sie sich befand. Sie wußte nur, der Blick auf die blaue Wasserrutsche links neben ihr würde bedeuten, daß das letzte Stück vor ihr lag. Sie nahm hart eine Kurve, und erneut flirtete ihr Schlitten mit der Begrenzung der Bahn. Hinter der nächsten Kurve signalisierte ein Knirschen und Pfeifen, daß die beiden nächsten Angreifer, jeder auf einer Spur, schnell aufschlossen. Dann kamen sie in Sicht. Seitlich auf dem Schlitten stehend erkannte Hedda, daß beide in die Hocke gegangen waren, um ihre Maschinenpistolen ruhiger halten zu können. Die abgehackten Salven peitschten die warme Luft auf und hallten von den Büschen des Hügels zurück. Hedda versuchte, bei all den Biegungen und Kurven so genau wie möglich zu zielen, doch wenn es galt, bewegliche Ziele zu treffen, erging es den Kugeln ihrer Sig nicht besser als dem Schnellfeuer der Gegenseite. Beim nächsten Betätigen des Abzugs ertönte ein hohles Klicken; sie hatte das Magazin leergeschossen.

Die Schnellfeuerwaffen ihrer Verfolger unterlagen dieser Beschränkung nicht, und Hedda bot ihnen ein deutlicheres Ziel, als ihr recht war. Sie nutzte dichtes Buschwerk am Rand der Bahn aus, um ihre Sig neu zu laden, und war bereit, als sie wieder eine offene Fläche erreichte.

Während ihr das Schnellfeuer ihrer Widersacher um die Ohren pfiff, drehte Hedda sich nach hinten und gab einige rasche Schüsse ab. Eine ihrer Kugeln prallte von der Asphaltbahn ab und streifte den Verfolger auf ihrer Bahn. Sein Schlitten geriet ins Taumeln, und er stürzte kopfüber hinab und prallte auf den Boden. Der Schütze auf der anderen Spur nahm Tempo zurück, und der Abstand zwischen ihnen vergrößerte sich wieder etwas.

Hedda wußte, daß er keine andere Wahl hatte, als alles daranzusetzen, sie einzuholen, und entschloß sich, dies auszunutzen. Sie bewältigte eine besonders enge Linkskurve und wählte diese Stelle, da sie ihren Verfolger vor ebenso hohe Anforderungen stellen würde.

Dessen Schlitten rollte heran und wäre in der Kurve beinahe aus der Bahn geflogen. Hedda sah, wie der Mann im letzten Augenblick seinen Körper herumwarf, und feuerte die beiden letzten Kugeln des Magazins auf ihn ab. Der Aufprall riß den Mann hoch in die Luft, während sein Schlitten unglaublicherweise die Spur hielt und weiterfuhr, dabei aber langsamer wurde.

Hedda warf das leere Magazin aus und holte das letzte, das sie bei sich führte, aus ihrer Jacke.

Das Kreischen eines sich nähernden Schlittens auf der benachbarten Bahn, dessen Räder vollständig ausgefahren waren, warnte sie vor einem weiteren Angriff. Sie drehte sich um und machte einen großen, schweren Mann mit einer Maschinenpistole in der Hand auf dem Fahrzeug aus. Wenn sie oben auf dem Berg richtig gezählt hatte, handelte es sich bei ihm um den letzten Angreifer, mit dem sie sich auseinandersetzen mußte. Er eröffnete das Feuer, und eine seiner Kugeln prallte vom Asphalt ab und streifte Heddas Handgelenk. Sie verlor jedes Gefühl darin und ließ das Magazin los, das sie gerade in die Waffe schieben wollte. Es flog hoch durch die

Luft, und sie schnappte vergeblich danach, bevor es hinter ihr zu Boden fiel. Jetzt konnte sie den letzten Verfolger nicht mehr erschießen. Genauso unmöglich erschien es ihr, ihm zu entfliehen.

Die Bahn! Denk an die Bahn!

Sie schwang nach links, der blauen Wasserrutsche entgegen. Unmittelbar vor ihr lag das letzte Stück Gefälle zum Fuß des Hügels. Sie erhaschte einen Blick auf mehrere Besucher, die, vom Schußwechsel aufgescheucht, voller Panik flohen. Wagen brausten vom Parkplatz. Jaulende Sirenen kamen schnell näher.

Hedda begriff, welche Chance sie noch hatte, und ging in die Hocke, um jeden Augenblick springen zu können, während sie mit der Hand, in der sie noch Gefühl hatte, den Hebel der Gangschaltung umschloß. Sie mußte sich nicht umdrehen; ihre Ohren verrieten ihr alles, was sie über die Position des Feindes wissen mußte.

Kugeln zischten um sie herum durch die Luft, und ein paar schlugen am unteren Rand der Begrenzung in den Asphalt. Über ihr fuhr der Angreifer gerade in die scharfe Kurve, an die sich das letzte Gefällestück anschloß. Das Feuer seiner Maschinenpistole kam immer näher.

Jetzt!

Sie riß den Hebel an sich heran, und die Bremsen senkten sich mit ohrenbetäubendem Kreischen auf die Asphaltoberfläche. Sie spreizte die Beine, um den heftigen Ruck abzufangen, mit dem der Schlitten anhielt, und erhob sich, während der Schütze noch auf sie zuraste. Ihr plötzlicher Halt hatte ihm das Ziel verdorben, und er bemühte sich hektisch, ebenfalls zu bremsen.

Hedda sprang, als der Schlitten des Mannes den ihren fast berührte. Der Aufprall schleuderte sie beide durch die Luft, und sie prallten gleichzeitig auf den Rand der Wasserrutsche. Die Maschinenpistole hing dem Mann noch immer an einem Riemen um die Schulter, und er griff verzweifelt nach der Waffe. Genau damit hatte Hedda gerechnet. Sie drückte die Pistole mit ihrer gefühllosen Hand gegen seinen Körper, ballte die andere zur Faust und hämmerte sie ihm ins Gesicht. Erst nach dem dritten Schlag gelang es ihm, sich von ihr abzuwenden. Dann riß er sich schlüpfrig und geschmeidig wie eine Schlange von Heddas Griff los.

Das Geräusch des hinabströmenden Wassers brachte Hedda auf eine Idee. Sie griff blindlings nach dem Mann, bekam sein Haar zu packen, riß heftig daran und zog sie beide über die Seite in die Wasserrutsche hinab. Sofort glitten sie mit der schnellen Strömung nach unten. Hedda kam auf dem Mann zu liegen, der immer noch versuchte, den Abzug der unter ihm eingeklemmten Maschinenpistole zu finden.

Hedda ignorierte die Waffe, zerrte erneut an dem dichten Haar des Mannes und rammte seinen Kopf gegen die Rutsche. Dann zwang sie ihn herum und drückte ihn ins Wasser, während sie durch eine S-Kurve schossen. Hedda hielt den Kopf des Mannes mit aller Kraft fest, und der Kontakt mit dem Boden der Rutsche schälte ihm fast die Haut vom Gesicht. Dann stürzten sie in das Becken am Fuß der Rutsche, und Hedda drückte das Gesicht des Mannes noch einmal hinab, um soviel Wasser wie möglich in seine Lungen zu zwingen.

Er sank langsam hinab, und Hedda stieg aus dem Becken. Überall um sie herum herrschte heller Aufruhr. In der Hoffnung, die allgemeine Panik nutzen zu können, stürmte Hedda zum Parkplatz.

»Sie da!« hörte sie einen Schrei hinter sich. *»Bleiben Sie stehen!«*

Also hatte man sie entdeckt und als eine Beteiligte des Kampfes identifiziert, der oben auf dem Berg getobt hatte. Vor ihr preschten weitere Wagen vom Parkplatz. Vielleicht konnte sie einen erreichen, während der Fahrer noch den Schlüssel ins Zündschloß stecken wollte, und ihn hinauszerren.

Mit dieser Absicht rannte sie weiter, als drei Polizeiwagen mit jaulenden Sirenen auf den Parkplatz einbogen und direkt auf sie zuhielten. Sie wirbelte herum, um in die andere Richtung zu fliehen, und sah, wie eine alte Limousine auf sie zuschoß. Hedda sprang ihr aus dem Weg, und der Wagen hielt mit kreischenden Reifen neben ihr an. Sie erhaschte einen Blick auf den Fahrer und glaubte, ihren Augen nicht trauen zu können.

»Steigen Sie ein!« befahl Chalmers.

22

Für einen Augenblick konnte sie sich nicht rühren.

Das war Librarian, ihr Kontrolloffizier! Er hatte sie im Libanon hereingelegt, in die Falle gelockt und zu töten versucht . . .

»Ich sagte . . . steigen Sie ein!« plärrte der an der Windschutzscheibe befestigte Lautsprecher des Mannes.

Kugeln zerfetzten neben Hedda den Asphalt, und sie sprang auf den Rücksitz.

Librarian legte den Rückwärtsgang ein und drückte aufs Gaspedal, noch bevor Hedda die Tür ganz zugezogen hatte. Das Heck der schweren Limousine prallte gegen zwei Polizeiwagen, die auf sie zugehalten hatten. Librarian riß das Lenkrad herum und gab verzweifelt Gas. Zuschauer warfen sich zur Seite, als der Wagen einen Satz nach vorn machte, über den Bordstein rollte und hart auf dem Bürgersteig aufprallte. Die Heckscheibe explodierte und überschüttete Hedda mit Glas. Sie konnte Librarians keuchenden Atem hören, der, wie sie kurz glaubte, aus dem Lautsprecher und nicht aus seinem Mund kam.

Der kurze Vorsprung, den Librarian gewonnen hatte, würde nicht lange anhalten. In der Hoffnung, die Verfolger abzuschütteln, lenkte er die schwere Limousine unmittelbar hinter einer Kurve, die die Polizisten nicht einsehen konnten, auf eine ungepflasterte Seitenstraße.

»Hören Sie . . . mir zu«, keuchte er und drehte sich zu ihr um.

»Passen Sie auf!« rief sie, als der Wagen von der Straße abkam und direkt auf zwei Bäume zuhielt.

Chalmers wandte sich zu spät wieder um. Es gelang ihm, das Lenkrad soweit herumzuzerren, um einen Frontalzusammenstoß zu vermeiden, doch die Wucht des Aufpralls war dennoch gewaltig. Hedda stieß ihre Tür auf und lief um den Wagen herum zu Chalmers. Der Kühler zischte, und weißer Dampf schoß aus der aufgerissenen Motorhaube. »Kommen Sie!« schrie sie ihn an. »Schnell!«

»Kann . . . nicht«, brachte Chalmers hervor.

Hedda bückte sich und hob einen Stein auf. »Drehen Sie sich weg!« warnte sie ihn und schlug dann die Überreste der Scheibe auf der Fahrerseite ein. Hedda begriff noch immer nicht, warum Librarian sie überhaupt gerettet hatte. Sie musterte ihn argwöhnisch und griff dann in den Wagen hinein. Sein Bein war zwischen der zerschmetterten Tür und dem Sitz eingeklemmt. Hedda bog die Tür zurück und half ihm hinaus.

Sie blickte zur Hauptstraße, die über zweihundert Meter hinter ihnen lag. »Ich höre die Kerle noch nicht, aber sie können nicht weit hinter uns sein. Wir müssen von hier verschwinden.«

»Mein Lautsprecher«, murmelte der auf dem Boden liegende Librarian.

Ihn noch immer argwöhnisch musternd, griff Hedda erneut in den Wagen und fand das Gerät auf dem Beifahrersitz. Dann zerrte sie den Mann auf die Füße und schleppte ihn davon. Als offensichtlich wurde, daß er nicht schnell und weit würde laufen können, warf Hedda ihn sich mühelos über die Schulter. Ihre Verletzungen waren nicht schwer, doch es gab unter der langsam trocknenden Bekleidung kein Körperteil, das nicht schmerzte.

Sie trug Librarian tief genug in den Wald, um etwaige Verfolger abzuschütteln, die den demolierten Wagen gefunden hatten. Aus irgendeinem Grund hatte Librarian ihr zur Flucht verholfen, wenngleich es sich bei den Schützen auf dem Hang vielleicht um dieselben wie damals auf der Brücke über den Litani gehandelt hatte. Sie setzte ihn ab und reichte ihm seinen Lautsprecher.

»Jetzt werden wir uns unterhalten, Librarian«, sagte sie energisch.

»Chalmers«, keuchte er.

»Was?«

»Mein Name ist . . . Chalmers«, wiederholte er und griff nach seinem Lautsprecher.

»Sie haben mir gerade das Leben gerettet.«

Ein Nicken.

»Warum? Zuerst versuchen Sie mich umzubringen, und dann retten Sie mich. Warum?«

Er zog den Lautsprecher hoch und fummelte daran, fand das Ende mit dem Dreifachstecker und drückte ihn an die Kehle, was einen unglaublich obszönen Eindruck auf Hedda machte.

Drei Löcher befanden sich in der verfärbten Stelle; sie sahen aus wie Vampirbisse. Chalmers betastete seinen Hals mit den Fingerspitzen und drückte die Stecker dann in die entsprechenden Öffnungen.

Augenblicklich drang ein Zischen aus dem Lautsprecher, ein nasses Gurgeln wie das eines Mannes, der innerlich verblutet.

»Nein«, vernahm sie durch das Glucksen.

»Hören Sie doch auf mit dem Quatsch!«

»Ich ließ Sie ... im Libanon ... entkommen.«

»Ihre Leute haben auf mich geschossen! Den Jungen haben sie getroffen!«

»Aber Sie haben überlebt ... sind entkommen ... ich habe gewußt ... daß Sie es schaffen würden.«

»Was sagen Sie da?«

»Sie wollten Sie ... tot sehen. Ich konnte Sie ... aber nicht umbringen. Nicht ... nach Deerslayer.«

»Nein! Sie haben ihn doch töten lassen!«

Chalmers' Gesicht wirkte gequält. »Es war ... als ließe ich ... ein Stück von mir selbst ... töten.« Er schüttelte den Kopf. »Ich kann es ... nicht noch einmal tun ... Ich kann es Ihnen ... nicht mehr antun ... und auch nicht ... den anderen.«

»Den Caretakers?«

Chalmers nickte. »Sie waren ... wie meine Kinder ... genau wie Sie, Hedda ... ich konnte Sie ... ihm nicht ausliefern.«

Hedda verspürte ein Frösteln. »Wem?«

Chalmers schüttelte den Kopf. »Noch nicht«, sagte er.

Hedda packte ihn an den Schultern. »Sagen Sie es mir! Sofort!«

»Sie sind ... noch nicht ... bereit dafür. Vertrauen Sie mir.«

»Warum sollte ich?«

»Weil ... ich Ihnen jetzt schon ... zweimal das Leben ... gerettet habe.«

»Aber Sie haben mich belogen. Sie haben Deerslayer belogen. Über den Jungen. Alles Lügen! Sein Vater hat nicht für Aramco gearbeitet, er war Chemiker.« Hedda hielt inne. »Warten Sie mal ... warum sollte ich den Jungen zurückholen, wenn Sie doch seine Entführung arrangiert haben?«

»Tarnung ... Vortäuschung falscher Tatsachen ... überall ...

die Araber hielten ... den Jungen für uns fest ... Aber dann ... wollten sie ihn uns ... nicht mehr zurückgeben. Wir spürten ... sie auf und ... schickten Sie los.«

»Damit Sie ihn töten konnten?«

»Nein. Nur Sie.«

Hedda glitt zurück. Plötzlich konnte sie die Nähe dieses Mannes nicht mehr ertragen.

»Ich hätte ... den Jungen ... seinem Vater zurückgegeben.«

»Und Sie erwarten, daß ich das glaube?«

»Ich habe erwartet ... daß Sie tun ... was Sie getan haben ... Ich wußte, Sie ... würden den Jungen retten ... ich ließ es zu ... weil es ... die einzige Möglichkeit war ... wie ich Sie ... am Leben halten konnte.«

»Warum diese Mühe?«

»Weil Sie ... die beste sind ... deshalb ... brauche ich Sie jetzt auch ...«

»Sie *brauchen* mich?«

»Es könnte schon ... zu spät sein, um ... ihn aufzuhalten.«

»Wen?«

Chalmers schien um Atem zu ringen. Hedda fuhr fort, bevor er ihr antworten konnte.

»Lyle Hanleys Sohn wurde entführt, um den Mann zu zwingen, ein Gift zu entwickeln, das bei jedem Hautkontakt tödlich wirkt. Mein Gott, darum geht es! Wen auch immer Sie aufhalten wollen ... er hat das Gift! Das ist es, Librarian, nicht wahr?«

Chalmers nickte langsam.

»Was sonst noch?«

»Ich weiß ... es nicht.«

»Ich aber. Die Verteilung des Gifts hat irgend etwas mit der Plastikfabrik zu tun, die gestern bis auf die Grundmauern niedergebrannt ist. Ich glaube, mit dem Gift wurden Plastikstreifen behandelt, die dann zu drei Papiermühlen ausgeliefert wurden ... im Zusammenhang mit einem geheimen Regierungsvertrag. Aber was stellen diese Papiermühlen her?«

Chalmers verzog verwirrt das Gesicht. »Ich weiß es nicht ... habe es nie gewußt.«

»Aber Sie wissen, daß Millionen Menschen sterben werden,

nicht wahr? Sie wissen, daß die Caretakers die ganze Zeit über in diese Sache verstrickt waren. Ich habe mit Pomeroy gesprochen, Librarian. Ich weiß, *was* ich bin, was wir alle waren. Aber ich weiß noch immer nicht, *wer* ich bin, Chalmers. Wer bin ich?«

»Es wird Ihnen ... nicht gefallen.«

»Aber ich *muß* es wissen. Sie haben gesagt, Sie brauchen mich, aber ich werde Ihnen erst helfen, wenn Sie mir verraten haben, *wer ich bin!*«

Chalmers musterte sie nachdenklich. Sie begriff erst, daß er wieder sprach, als sie das Krächzen aus dem Lautsprecher auf seinem Schoß hörte.

»Nur ein Name ... ist wichtig«, erklärte er mit einer seltsamen Ruhe. »Der Name ... unter dem Sie ... gesucht wurden.«

»Gesucht?« Hedda hielt den Atem an, bis Chalmers fortfuhr.

»Wegen Mordes. Man nannte Sie ... Lucretia McEvil.«

Die Erinnerungen fluteten zurück, während Bruchteile ihrer Geschichte krächzend und gurgelnd aus dem Lautsprecher drangen. Doch Hedda mußte sie nicht hören; genug kehrte von allein zurück, ausgelöst durch den Namen.

Lucretia McEvil ...

Der Name, mit dem die Presse sie vor rund einem Dutzend Jahren belegt hatte. Lucretia nach dem historischen Vorbild, und McEvil eine Verballhornung, ja eine Steigerung des Worts ›Böse‹. Aber dieser Name stammte nicht direkt von der Presse. Es kehrte alles zurück, und sie begriff mit nacktem Entsetzen, daß August Pomeroy recht gehabt hatte: Sie wollte es in der Tat nicht wissen. Am leichtesten kann man jene Erinnerungen unterdrücken, die das Bewußtsein selbst auslöschen will. Pomeroy hatte gesagt, deshalb sei sie ein lohnendes Objekt gewesen. Sie wollte so viel unterdrücken ... und sie hatte eindeutig vorgezogen, lieber zu einer anderen Person zu werden als die zu bleiben, die sie einmal war.

Fragmente eines gebrochenen Lebens kehrten in großen Bruchstücken zu ihr zurück, die sich langsam zusammenfügten, während Chalmers mit seiner Geschichte fortfuhr. Ihr Blick wich von seinem Gesicht und konzentrierte sich auf den Lautsprecher in seinem Schoß, doch kurz darauf sah sie nur, was ihr Verstand ihr jahrelang verweigert und vorenthalten hatte. Chalmers' Worte betrafen die Ereignisse des Jahres 1979, doch auch die Fragmente ihres Lebens vor dieser Zeit kehrten zurück. Insgesamt waren sie fünf gewesen, Freunde aus den sechziger Jahren, die das Feuer dieser Zeit vermißten und sich entschlossen, es zurückzuholen. Die rohe, ungezügelte Gewalt, die man eine Zeitlang erwartet und vielleicht sogar verziehen hatte. Wo war sie geblieben? Vietnam war vorbei, und damit auch der Grund und der Sinn dahinter. Doch wer brauchte schon einen Sinn, wenn es hart auf hart ging? Eine Revolution war eine Revolution. Man brauchte keinen Grund, nur ein brennendes Verlangen.

Hedda und die anderen nannten sich die ›Storm Riders‹, nach dem Song ›Riders on the Storm‹ der Doors. Sie wollten gemeinsam auf dem Sturm reiten, die Nation mit dessen Gewalt einfach hinwegfegen und beweisen, daß Gott vielleicht tot war, sein Zorn aber mit Sicherheit nicht. Die Gruppe erhob sich aus den Überresten der Weathermen und der militärischen Linken – Randexistenzen, die die Gesellschaft fast umgewandelt hatten, letztendlich dafür jedoch fertiggemacht worden waren.

Sie hatten ihre Namen berühmten Liedern der Zeit entnommen, die sie gezeugt hatte. Hedda war Lucretia McEvil, nach dem Song von Blood, Sweat and Tears. Bob Calhoun war der Reaper nach dem Blue Oyster Cult. Frank Webb war Major Tom – mit bestem Dank an David Bowie. Ian Swenson war der Sandman aus dem gleichnamigen Song von America. Und Paula Rebb wurde Eleanor Rigby, die gemeinsam mit ihrem Namen begraben wurde.

Die Storm Riders nahmen sich ernst. Vielleicht hatte es als Spiel angefangen, aber es endete nicht so. Sie raubten Banken aus, Supermärkte, einmal sogar ein Spielkasino. Ihre Spezialität jedoch war Kidnapping. Zuerst wählten sie ihre Opfer nach politischen Gesichtspunkten aus, doch kurz über lang wich die Politik der Ökonomie. Nur die Fassade politischer Aktivitäten blieb.

Der Junge war dreizehn Jahre alt gewesen, wie Hedda sich nun erinnerte. Er hieß Ricky Baylor. Sie hatten ihn entführt, während er nach der Schule auf den Bus wartete. Der Sohn eines reichen Anwalts aus Washington, der tatsächlich sogar ein paar harmlosere Aktivisten verteidigt hatte, als die Revolution noch ›in‹ gewesen war. Hedda war einfach zu dem Jungen gegangen, hatte sich ihn geschnappt und ein paar Warnschüsse auf den Bus abgegeben, um zu verhindern, daß jemand unbedingt den Helden spielen wollte.

Obwohl sie eine Frau war, war sie die größte aller Storm Riders und genauso kräftig wie die Männer. Von Natur aus attraktiv, kämpfte sie verzweifelt gegen ihr gutes Aussehen an, denn den Storm Riders war ihr Äußeres völlig gleichgültig. Mit gutem Aussehen kaufte man sich nur in das System ein. Die Annahme, Produkte von Revlon oder Max Factor könnten das Leben eines Menschen verändern, war doch völliger Blödsinn. Wenn man eine Veränderung bewirken wollte, machte man sich an die Arbeit und *tat* es, bewirkte die Veränderung selbst.

Die Storm Riders veränderten eigentlich nicht sehr viel, von sich selbst vielleicht einmal abgesehen. Wenn Webb und Calhoun nicht von allein die sechziger Jahre zurückholen konnten, konnten sie es vielleicht mit der Hilfe des guten, alten LSD. Sie fraßen das Zeug geradezu in sich hinein und sahen überall Tiere, die aus dem Zoo ausgebrochen waren. Paula wurde verrückt auf Sex und vögelte jeden, der ihr unter die Augen kam, einschließlich ihrer .44er Magnum. Sie lud die Waffe einmal mit einer einzigen Kugel und spielte ihre Version von russischem Roulette. Sie drehte die Trommel, steckte das Ding in sich rein, zog den Hammer zurück und drückte ab.

Klick.

Später meinte sie, es sei der beste Orgasmus gewesen, den sie je gehabt habe. Ian und Hedda ließen die Finger von den Drogen und dem irren Zeug und verliebten sich – vielleicht gerade deshalb. Sie lagen im Bett und umarmten sich, während Bob im Nebenzimmer wegen eines verrückten Drogentraums ausflippte, bei dem die Welt sich von innen nach außen gedreht und eine ganz neue Farbe angenommen hatte. Und nur er konnte es sehen, während ein Zimmer weiter Paula ihre Extase hinausbrüllte, während sie gerade wieder Gott weiß was in sich reinsteckte.

Alles brach auseinander, doch keiner von ihnen bemerkte es. Sie hatten sich eigene Regeln ausgedacht, und wenn diese Regeln sich änderten, war das auch okay. Mit dem kleinen Baylor würde alles wieder anders werden. Sie mußten verschwinden, untertauchen, die revolutionären Batterien wieder aufladen, die wegen völlig überzogener Aktivitäten ausgetrocknet waren. Mit dieser Sache konnten sie ganz cool eine Million machen, und dann würden sie auf einem namenlosen Pferd in den Sonnenaufgang reiten.

Doch Bob, der Reaper, verpatzte die Sache. Er wurde identifiziert, als er in einem Supermarkt Lebensmittel kaufte, und sah nicht einmal den FBI-Mann – einer von insgesamt fünfhundert –, der im Großraum Washington, wo man ihren Lieferwagen gefunden hatte, Fotos von ihnen herumzeigte. Der blöde Frank hatte den Wagen in die Luft jagen sollen, doch er hatte den Zünder vergessen und fuhr ihn statt dessen einfach nur in einen Graben.

»Hier spricht das FBI. Kommen Sie mit erhobenen Händen heraus. Wir wissen, daß Sie in dem Haus sind, und haben Sie umzingelt.«

Hedda war die einzige, die die mit dem Megaphon vorgebrachte Aufforderung beim ersten Mal hörte. Ian schlief, Bob und Frank waren auf einem Trip, und Paula massierte gerade Kokain in ihre Scheide ein. Hedda lief zum Fenster, und dann leuchteten auch schon die Scheinwerfer auf, und plötzlich war es taghell im Haus. Sie waren überall, und Hedda sah mehr Waffen als Menschen; die Läufe waren mit Gestalten verbunden, die sich in der Nacht verloren.

»Was, zum Teufel, ist los?« fragte Bob, als er mit je einer Pistole in der Hand die Treppe heruntergestolpert kam.

»Mann«, sagte Paula, die ihr Experiment in der Küche vor einem wirklich befriedigenden Abschluß beenden mußte.

»Wir sind erledigt«, sagte Ian.

»Ich wiederhole. Wir haben das Haus umstellt. Kommen Sie mit erhobenen Händen heraus. Geben Sie den Jungen frei und . . .«

»Ach, zum Teufel mit euch!«

Franks dröhnende Stimme zerriß die Nacht und übertönte sogar das Megaphon. Aus einem Zimmer im ersten Stock erklang eine Schnellfeuersalve, und die Windschutzscheibe eines Polizeiwagens explodierte. Augenblicklich wurde das Feuer erwidert; überall schlugen Kugeln ein und rissen Splitter aus den Wänden.

»Aaah!«

Hedda war sich ihres Schreis bewußt – und für einen kurzen Moment nichts anderem. Doch dann passierte etwas. Die Storm Riders kamen plötzlich wieder zu Sinnen, bildeten wieder ein Kollektiv. Die fünf Terroristen, die zu diesem Zeitpunkt auf der Fahndungsliste des FBI ganz oben standen, verschmolzen wieder zu einer kämpfenden Einheit. Bob übernahm das Kommando.

»Sandman, du hilfst oben dem Major. Rigby, deck die Rückseite des Hauses ab. Lucretia, hol den Jungen aus dem Keller! Er ist noch immer unser Fahrschein in die Freiheit!«

Sie griffen zuerst nach den Gewehren in den Schränken und Zimmerecken und dann nach Granaten und Maschinenpistolen. Das Haus bebte weiterhin unter dem Beschuß, dem es ausgesetzt war, doch nun wurde das Feuer angemessen erwidert. Der Tod hatte bereits an die Tür geklopft; nun kam es darauf an, ihm ein Bein zu stellen.

Hedda drückte die Hände auf die Ohren, als sie in den Keller lief. Sie fand den Jungen gefesselt und mit einem Tuch um die Augen, wo sie ihn liegengelassen hatten. Sie trennte mit ihrem Messer die Stricke auf und legte ihm einen starken Arm um die Brust.

Er rang nach Atem, konnte nicht sprechen. Hedda zerrte ihn mit der einen Hand mit, während sie die andere um eine auf Automatikfeuer eingestellte M-16 krampfte. Oben hatten es die Bundesbeamten mit Tränengas versucht, doch Reaper hatte bereits Gasmasken ausgegeben, sogar eine für den Jungen. Im ersten Stock schoß Major Tom mit seiner MK-19 eine Vierzig-Millimeter-Granate nach der anderen ab und jagte unter brüllendem Gelächter die Polizeiwagen in die Luft. Ein paar FBI-Agenten brachen durch ein Dachfenster und verwandelten den Major in ein Nadelkissen. Hedda hörte es, stürmte die Treppe hinauf, zog den Abzug durch, als sie oben angelangt war, und mähte die beiden Agenten nieder.

»Wir haben den Jungen!« rief Reaper den Beamten draußen zu. »Stellt das Feuer ein und gebt uns einen Wagen! Wenn ihr uns reinlegen wollt, stirbt er!«

Und Lucretia McEvil hatte nicht den geringsten Zweifel, daß er seine Drohung wahrmachen würde.

Das Feuer wurde eingestellt.

»Na schön, wie ihr wollt«, erklang eine Stimme durch das Megaphon. *»Aber tut dem Jungen nichts!«*

Nach zehn Minuten waren alle Vorkehrungen zur Zufriedenheit Reapers getroffen. Er wandte sich an Hedda.

»Du nimmst den Jungen, Lucretia.« Er gab ihr eine Pistole. »Halte sie ihm an den Kopf. Es ist mein Colt Special, nur für dich. Wir anderen bilden die Nachhut.«

»Mann«, murmelte Eleanor Rigby.

»Mann.«

Ihre Hände schienen zum erstenmal den großen Blutfleck auf ihrem Leib zu finden. Er hatte ihr Hemd rot getränkt und sich bis zum Schritt ihrer Khakihosen ausgedehnt.

»Mann«, sagte sie noch einmal und brach tot zusammen.

»Wir kommen raus!« brüllte Bob der Reaper. »Macht ja keinen Scheiß!«

Hedda trat als erste in den hellen Scheinwerferglanz. Sie hielt den Jungen vor sich fest, während sie ihm so, daß es alle sehen konnten, den Lauf des Colt Special gegen den Kopf drückte. Sandman und Reaper folgten ihr dicht auf dem Fuße; beide schwangen Maschinenpistolen.

»Bleiben Sie ganz ruhig!« sagte die Megaphonstimme.

»Der Junge kommt mit uns!« rief Reaper. »Versucht irgend 'nen Trick, bevor wir weg sind, und er ist tot!«

Natürlich hatten sie nicht die geringste Ahnung, wohin sie überhaupt wollten, noch nicht. Vielleicht zu einem Pizzalokal. Reaper hatte den Grips. Er war der Planer.

Hedda schritt behutsam aus, ertastete sich den Weg und hielt den Jungen wie einen Schild vor sich.

»Zurück, verdammt noch mal!« brüllte Reaper ein paar Bullen zu, die vor ihren von Kugeln durchlöcherten Streifenwagen standen. »Zurück, oder ...«

Pffft ... pffft ...

Sie hörte die schallgedämpften Schüsse einen Augenblick, bevor Bob aufstöhnte. Die nächste Salve nagelte Ian gegen einen Lampenpfosten; er hatte kein Gesicht mehr, und seine Gliedmaßen zuckten schrecklich. Sandman!

Zitternd drehte sie sich zu dem Licht um.

Und ihre Waffe ging los.

Der empfindliche Abzug von Bobs Colt Special trug die Schuld daran; es war ein grausamer Unfall. Das Gehirn des Jungen klatschte in ihr Gesicht und riß sie um. Sie war über und über mit seinem Blut beschmiert, und ihr Leben rettete einzig die Annahme der Bullen, sie wäre erschossen worden und nicht der Junge. Erst, als die Beamten vorwärtsstürmten, erkannten sie die Wahrheit. Das Gesicht des Jungen war wundersamerweise intakt geblieben, doch der Rest seines Kopfes fehlte; er hatte sich über die benommene Lucretia McEvil verteilt.

Die absolute Schlagzeile der Woche. Ein Prozeß, der im Brennpunkt des Interesses aller Medien stand. Ja, jetzt kam alles zurück ... Sie wäre zum Tode verurteilt worden, wäre die Todesstrafe nicht erst vor kurzem höchstinstanzlich verboten worden. So jedoch wurde sie zu viermal einhundert Jahren Haft verurteilt; die einzelnen Strafen mußten nacheinander verbüßt werden, und die Möglichkeit der Berufung oder Begnadigung wurde ausdrücklich untersagt. Sie würde den Rest ihres Lebens im Gefängnis verbringen.

Und doch war sie nun hier, hatte überhaupt keine klaren Erinnerungen ans Zuchthaus und keine Ahnung, wie die Caretakers sie dort herausgeholt hatten, damit sie an etwas teilnehmen konnte, was Pomeroy als Renaissance bezeichnet hatte. Doch die Erinnerungen, die sie hatte, waren schmerzhaft, durchaus in einem körperlichen Sinne. Aber mit dem Schmerz kam auch eine gewisse Erleichterung. Endlich waren einige Fragen beantwortet und einige klaffende Lücken zumindest teilweise gefüllt worden.

Die Ereignisse waren einander so ähnlich gewesen, daß Christopher Hanleys Befreiung bruchstückhafte Erinnerungen an den kleinen Baylor in ihr geweckt hatte. Sie hatte Szenen dieses letzten Schußwechsels auf der Straße gesehen, bei dem ihre Waffe losgegangen war und den Jungen getötet hatte. Doch die Blockierungen in ihrem Verstand hatten verhindert, daß sie in diesen Bildern mehr als nur einen unangenehm hartnäckigen Traum sah. Hedda vermutete, daß andere Assoziationen nun weitere Erinnerungen freisetzen würden. Die Blocks, die August Pomeroy in ihren Verstand gepflanzt hatte, lösten sich auf, wurden hinweggespült von dem wirklichen Leben, das sie vor den Caretakers geführt hatte.

Chalmers' Worte waren in ein leises Pfeifen übergegangen. Der Mann war völlig erschöpft und brachte nicht mehr die Kraft auf, sich verständlich mitzuteilen. Hedda saß ihm dort in dem Wald gegenüber, während ihre Vergangenheit langsam verblich. Erdkrümel klebten an ihrer nassen Kleidung. Die Wärme des Mittsommertages reichte nicht aus, um das Frösteln zu verdrängen, das sie durchfuhr.

Etwas anderes nahm in ihrem Kopf Gestalt an. Weitere Erinnerungen an diesen letzten Tag der Storm Riders, an sich selbst. Sie durchforschte ihr Gedächtnis danach, doch es wich ihr aus. Nicht August Pomeroy, sondern sie selbst blockierte diese Erinnerung. Sie wußte nur, daß diese Erinnerungen sie wie ein Messerstich in den Magen treffen würden, sollte es ihr gelingen, sie festzuhalten.

Was war es? Woraus bestand dieses letzte Bruchstück, das sie einfach nicht fassen konnte? Konnte es bei all diesem Schmerz etwas geben, was noch schlimmer war als das, womit sie sich nun auseinandersetzen mußte?

»Ich wurde verurteilt«, sagte sie schließlich in der Hoffnung, nicht mehr über diese Frage nachdenken zu müssen. »Zu lebenslanger Haft. Was ist passiert?«

»Wir haben Sie ... herausgeholt«, brachte Chalmers aus seinem Lautsprecher hervor. »Sie ... paßten.«

»Was meinen Sie damit?«

»Ins Schema. Sie ... konnten töten. Sie ... hatten getötet.«

Hedda betrachtete Chalmers' Lippen, und er nickte und fuhr fort. Sie stellte sich vor, die Worte kämen aus seinem Mund, während das Gurgeln und Krächzen aus dem Lautsprecher drang.

»Ihr alle wart ... Mörder. Kein ... Gewissen. Kein ... Zögern. Wir ... wollten es so haben ... brauchten es.«

»Die Insel«, murmelte Hedda. »Pomeroy hat eine Insel erwähnt.« Chalmers nickte. »Devil's Claw ... Dorthin wurden Sie ... und die anderen ... gebracht. Dort wurden Sie ... geboren. Dorthin müssen wir ... zurückkehren.«

»Sie und ich?«

»Und andere.«

»Wer?«

»Der Rest der ... Caretakers.«

»Sie *leben* noch?« Chalmers fielen die Augen zu. Er seufzte. »Ich wollte ihm die anderen ... nicht ausliefern. Nach Deerslayer ... konnte ich es nicht mehr. Ich habe sie ... versteckt, weil ich erkannte, was ... getan werden muß.«

»Die Insel ...«

»Sie muß ... zerstört werden. Er ist dort. Die ... die anderen sind dort.«

»Welche anderen?«

»Eine Armee, genau ... wie ihr eine ... gebildet habt. Seine Armee.«

»*Wessen* Armee, verdammt?«

Chalmers musterte sie genauer. »Der Name würde ... Ihnen nichts bedeuten.«

»Aber er hat Hanleys Gift, nicht wahr? Und er wird es benutzen.«

»Nicht, wenn wir ihn ... auf der Insel ... aufhalten.«

»Wir? Wie viele?«

»Siebzehn ... und ich.«

»Gegen eine Armee, wie Sie selbst gesagt haben. Eine Armee, die Ihre Ankunft erwartet.«

»Nein«, sagte Chalmers.

»Wieso nicht?«

»Weil ich ... tot bin.«

DIE SECHSTE GEWALT

TINY TIM

Montag, 17. August, 14 Uhr

23

Kimberlain hatte nicht die geringste Erinnerung an die lange Fahrt vom Schrottplatz zu Captain Sevens Eisenbahndomizil; er wußte auch kaum noch, daß Winston Peet ihn auf den Rücksitz des Wagens gelegt hatte und losgefahren war. Im Verlauf der nächsten achtzehn Stunden kam er nur hin und wieder kurz zu sich. Jede Stelle seines Körpers tat ihm weh. Das dröhnende Pochen im Kopf trieb ihn jedesmal, wenn er sich der Wirklichkeit stellen wollte, zurück ins Vergessen. Als es ihm schließlich gelang, die Augen offen zu halten, saß Peet neben seinem Bett, den gewaltigen Körper in einen von Captain Sevens Rattansesseln gezwängt.

»Wie?« stöhnte Kimberlain mehr, als er sagte.

Der Riese begriff auch ohne weitere Worte, was er hatte fragen wollen. »Ich habe mich an deinen Freund gewandt, weil ich fühlte, daß du in Schwierigkeiten steckst. Er hat mich zum Schrottplatz geschickt.«

Kimberlains Mund war trocken wie Schmirgelpapier. »In der Hütte hast du mir gesagt, du könntest mir nicht helfen.«

»Ich konnte dir nicht bei deiner Jagd helfen, denn dabei hätte ich wieder die Grenze zur dunklen Welt überschritten, die ich aufgegeben und der ich abgeschworen habe. Aber das, womit wir es jetzt zu tun haben, womit du es auf dem Schrottplatz zu tun hattest, droht, hinüberzugreifen und mich zurückzuzerren. Das habe ich gespürt, und ich hatte keine andere Wahl, als mich einzumischen.«

»Die neunte Gewalt«, sagte Kimberlain und erklärte dem Riesen, daß Andrew Harrison Leeds beabsichtigte, Verbrecher und Verrückte sollten unter seiner Führung die Welt übernehmen.

»Die Hinweise waren schon da, als du mich aufgesucht hast«, sagte Peet, als der Fährmann geendet hatte.

»Aber du hast nichts gesagt.«

»Weil du noch nicht bereit warst, es zu hören.«

»Und nun glaubst du, daß Leeds sein neuntes Reich in die Wirklichkeit umsetzen will.«

Der Riese schüttelte den Kopf. »Ich glaube es nicht, ich bin mir dessen sicher.«

»Wieso?«

»Ich habe ihn gespürt.«

»Gespürt?«

»Bevor wir den Schrottplatz verließen, fühlte ich, daß er mich durch eine Kamera beobachtete. In diesem Augenblick berührte ich seine Seele, und mir war alles klar.«

»Mir aber nicht, Peet.«

»Der Mangel an Klarheit ist Leeds' größter Vorteil. Du siehst das neunte Reich, die neunte Gewalt, aus deiner Perspektive und nicht aus seiner. Sie ist Wirklichkeit, weil er sie als Wirklichkeit sieht. Und wenn ich dir nicht helfe, sie aufzuhalten, werde ich in diese Wirklichkeit hinübergezogen.«

»Eine Welt, die von den Verrückten, den Gewalttätigen und den Perversen beherrscht wird«, führte Kimberlain aus. »Was geschieht mit allen anderen?«

»Sie werden fortgespült. Hinweggewischt. Sie sollen alle sterben. Ich fühle, was geschehen soll, Fährmann. Leeds hat die Mittel, es tatsächlich geschehen zu lassen. Ich habe durch die Kamera sein Selbstvertrauen gespürt.«

»Bist du sicher, daß er dich gesehen hat?«

Peet nickte. »Ich fühlte, wie er die Hand ausstreckte. Ein Teil von mir wollte sie ergreifen, Fährmann.«

»Das liegt doch schon längst hinter dir, Winston.«

»Nur, wenn das Leben geradlinig verliefe. Doch es verläuft kreisförmig. Es kommt auf den Blickwinkel an. Das, was hinter uns liegt, liegt eigentlich noch vor uns. Überall sind Wirbel. Die Ordnung ist schwach. Wenn die neunte Gewalt nicht aufgehalten wird, bevor Leeds mich findet, werde ich alles verlieren, was ich in den letzten Jahren erreicht habe.«

Kimberlains Gedanken wirbelten jetzt völlig durcheinander, und sein Kopf schmerzte. Das Hämmern darin war zu laut.

»Wie, Winston?« murmelte er. »Wie kann Leeds die Welt vernichten und seine Auserwählten dabei verschonen?«

»Eine gute Frage«, sagte Captain Seven von der Türschwelle

aus. Er trug einen fadenscheinigen Bademantel und hielt eine Tüte Kartoffelchips in der Hand. »Ich weiß die Antwort darauf noch nicht, aber ich habe so einiges erfahren, das uns vielleicht hilft, sie zu finden.«

Leeds spulte die Bänder wieder in Zeitlupe vor. Seine Kameras hatten kaum etwas von Winston Peets Kampf mit dem Zweitonner aufgenommen. In der Tat war das einzige deutliche Bild von dem Riesen entstanden, als Peet in die Kamera sah, nachdem er Kimberlain hochgehoben hatte. Leeds hielt das Band an dieser Stelle an und betätigte den Zoom. Peets Kopf – leicht zur Seite gewandt, so daß nur ein Auge vollständig sichtbar war – füllte den gesamten Bildschirm aus.

Leeds stellte sich vor, Peet sei tatsächlich hier in diesem Raum und bereit, sich ihm anzuschließen. Wenn irgend jemand wie geschaffen für das neunte Reich war, dann Peet.

Doch zuerst mußte er ihn finden, und Andrew Harrison Leeds war überzeugt, schon genau zu wissen, wie er das bewerkstelligen konnte.

»Sind Sie sicher, daß Sie nicht probieren wollen, Sie Kleiderschrank?« sagte Captain Seven und bot Peet die Tüte mit den Kartoffelchips an.

Der Riese schüttelte den Kopf.

»Tut mir leid, Boß, dir kann ich keine anbieten, bis ich sicher bin, daß du feste Nahrung auch bei dir behältst.«

»Wie schlimm ist es?«

»Tut es weh, wenn du dich aufsetzt?«

»Ja.«

»Das ist schlecht. Aber im Ernst, du hast eine leichte Gehirnerschütterung, ein paar gequetschte Rippen und Schnitte und Kratzer, für deren Behandlung wir einen halben Liter Alkohol brauchten. Verdammich, mir war es immer lieber, jemanden in die Luft zu jagen, anstatt ihn wieder zusammenzuflicken.«

»Was hast du herausgefunden?« fragte Kimberlain.

»Mittlerweile steht zweifelsfrei fest, daß seit etwa fünf Jahren mindestens fünfundsiebzig Strafgefangene spurlos aus Hochsicherheitstrakten verschwunden und weitere sechzig anscheinend gestorben sind. Dazu kommen noch etwa fünfzig, die aus einem ganz bestimmten Etablissement verschwunden sind. Du weißt schon, welches ich meine.«

»The Locks?«

»Bingo.«

Auf dem Stuhl zwischen ihnen setzte sich Peet kerzengerade auf.

»Was ist los, Winston?« fragte Kimberlain.

»Ich hätte es von Anfang an wissen müssen . . .«

»Was?«

Seine feuchten, dunklen Augen erwiderten Kimberlains Blick. »Sie kamen in die Anstalt, kurz bevor du mich dort aufgesucht hast. Sie . . . haben mich beobachtet.«

Kimberlain gelang es, sich aufzurichten. »Wer?«

»Namen sind niemals gefallen. Sie haben Fragen gestellt, die ich nicht beantworten wollte. Sie haben viele Notizen gemacht. Außer dir waren sie, abgesehen vom Personal der Anstalt, die einzigen, die jemals den Sicherheitstrakt betreten durften, in dem ich saß.«

»Dann hat Vogelhut sie gekannt«, schloß Kimberlain. »Dieses Arschloch steckte von Anfang an in der Sache drin!«

»Verdammich«, murmelte Captain Seven. »Wir müssen unbedingt herausbekommen, was Leeds mit all den Eiern vorhat, die er aus dem Kuckucksnest geklaut hat.«

»Sie werden irgendeinen Nutzen für ihn haben«, sagte der Fährmann. »Zumindest glaubt er das. Sie spielen eine Rolle in seiner Vision.«

Peet nickte zustimmend.

»Aber jetzt«, fuhr Kimberlain fort, »haben wir vielleicht genug, um ihn aufzuspüren.« Er wollte aufstehen, überlegte es sich dann jedoch anders. »Gib mir dein Telefon, Captain. Ich glaube, ich muß meine junge Freundin Talley mal anrufen . . .«

Es dauerte zwei oder drei Minuten, bis die FBI Telefonzentrale Lauren Talley ausfindig gemacht hatte. Als sich die Agentin meldete, klang sie gehetzt und heiser, und zum erstenmal schien sie die Fassung verloren zu haben.

»Tut mir leid, daß ich Sie wecke, Lauren«, sagte Kimberlain.

»Ich bin hellwach. Seit fast einem Tag suche ich Sie schon. Mein Gott, wo haben Sie gesteckt?«

»Das ist eine lange Geschichte.«

»Meine ist ganz kurz: Tiny Tim hat wieder zugeschlagen.«

Ein Frösteln lief Kimberlains Rückgrat hinab. »Was für eine Stadt war es diesmal?«

»Keine Stadt, Jared. Ein Krankenhaus. Mitten in Massachusetts. Sie kommen lieber her.«

24

»Bislang ist es uns gelungen, die Sache aus den Nachrichten zu halten«, erklärte Lauren Talley, als Kimberlain den Tatort betrat. Sie hatte ihm einen Hubschrauber geschickt, der ihn den größten Teil der Strecke nach Auburn in Massachusetts beförderte. Dort wartete ein Wagen auf ihn, der ihn über den Purple Heart Highway, der westlich der Route 20 verlief, vorbei an dichten Industriegebieten nach Auburn brachte. Das Krankenhaus selbst lag auf einem Hügel und war von der Straße aus deutlich auszumachen; es lag keineswegs so einsam oder abgeschieden wie die beiden ersten Städte. Tiny Tim hatte sein Werk diesmal in unmittelbarer Nähe eines Highways ausgeführt, wenngleich auch in den frühen Morgenstunden, in denen kaum mehr Verkehr herrschte.

»Die Patienten . . .«

»Wie ich es Ihnen schon am Telefon gesagt habe. Diesmal sind es einhundertsiebenundzwanzig Tote. Ein neuer Rekord.«

Das Auburn Medical Center war ein vierstöckiges Gebäude, angestrichen in einem ländlichen Hell- und Dunkelbraun, damit es weniger nach einer Klinik aussah. Talley führte Kimberlain durch den weißen Glanz tragbarer Scheinwerfer, die auf dem gepflegten Gelände aufgebaut worden waren, damit die Ermittler auch des Nachts arbeiten konnten.

»Hier haben wir die Leichen gestern aufgereiht«, erklärte Talley. »In mehreren Reihen. Wir haben sie in Leichensäcke des Krankenhauses gehüllt, an die wir Namensschildchen anbrachten. Sie sahen aus wie Gepäckstücke.«

Lauren Talley wirkte ausgemergelt und erschöpft. Sie hatte eindeutig keinen Schlaf bekommen, und das Make-up, das sie sich gestern aufgelegt hatte, war schon längst verschwunden. Ohne die Kosmetik sah sie viel jünger und zum erstenmal verletzlich aus. Kimberlain begriff, daß die harte Oberfläche nur eine Fassade war. Darunter zeigte sich nun ihr wahres Ich. Er wollte ihr sagen, daß sie sich alles von der Seele reden sollte, doch bevor er die Gelegenheit dazu hatte, fuhr Talley schon fort.

»Ich habe das Gebäude räumen lassen. Ich will, daß Sie es ohne jede Ablenkung untersuchen können.«

»Ich weiß nicht, was Sie sich von mir erhoffen.«

»Jedenfalls mehr, als die Spurensicherung herausbekommen hat. Sie waren der einzige, der in Daisy wichtige Hinweise gefunden hat, und hier ist noch nicht soviel Zeit vergangen.«

»Wann ist es passiert?« fragte Kimberlain, als sie an mehreren Verwaltungsangestellten vorbeigingen, die sich in der Nähe des Haupteingangs zusammengedrängt hatten.

»Gestern, ungefähr zwischen Mitternacht und drei Uhr morgens. Der *modus operandi* ähnelt dem in den beiden Städten. Das Krankenhaus unterhält keine rund um die Uhr geöffnete Unfallstation, so daß er sich über unerwünschte Einlieferungen nicht den Kopf zerbrechen mußte. Ein Arzt, der noch einmal vorbeischaute, um einen Laborbericht abzuholen, hat die Entdeckung gemacht. Es geht ihm nicht sehr gut.«

»Was hat die Spurensicherung herausgefunden?«

»Nicht viel. Nur, wo er das Krankenhaus betreten hat, wie er vorging, und wo er es wieder verließ. Er hat eine verdammt große Runde gemacht.«

Ihre Ausdrucksweise überraschte ihn. »Es scheint Ihnen ja sehr nahe zu gehen, Lauren.«

»Sie waren ja auch noch nicht in dem Gebäude.«

»Wenn Sie zulassen, daß es Ihnen gefühlsmäßig derart nahegeht, werden Sie ihn niemals schnappen.«

»Bislang bin ich ihm noch keinen Schritt näher gekommen.«

»Das ist nicht Ihre Schuld.«

Talley legte den Kopf zurück und suchte Kimberlains Blick. »Erzählen Sie das mal den Lamettahengsten der Abteilung Verhaltenswissenschaften. Sobald das Fernsehen Wind von der Sache bekommt, wird sich im ganzen Land kein Mensch mehr sicher fühlen. Vorher waren neunundneunzig Komma neun Prozent der Bevölkerung der Ansicht, ihnen könne nichts passieren, weil sie nicht in das Muster paßten. Der Bursche hatte es auf kleine Kaffs hinter dem hintersten Wald abgesehen. Das ist den Leuten doch scheißegal. Aber jetzt hat er in einem Krankenhaus zugeschlagen. *In einem Krankenhaus, gottverdammt!* Was kommt als nächstes? Ein Wohnhaus? Vielleicht ein Hotel? Wie wäre es mit einer Schule oder vielleicht einer gottverdammten 747 oder den Gästen in einem Restaurant, denen beim Gedanken an ein Filetto dello Guiseppe gerade das Wasser im Mund zusammenläuft?«

»Jetzt übertreiben Sie etwas.«

»Da haben Sie verdammt recht, ich übertreibe. Und was glauben Sie, was die Bürger dieses Landes tun werden? Sie stellen wahrscheinlich Lynchkommandos zusammen, bewaffnen sich bis an die Zähne, kaufen Uzis, Schrotflinten oder basteln im Keller Granaten.«

»Waffen werden gegen diesen Burschen nicht helfen.«

»Das hält unsere Bürger aber nicht ab, es trotzdem zu versuchen.« Sie blieb unmittelbar vor der Tür stehen. »Wissen Sie, ich bin gestern eine Stunde vor Anbruch der Dämmerung hier eingetroffen, und ich konnte es nicht erwarten, daß die Sonne aufgeht. Ich wußte, daß sich damit nichts änderte . . . abgesehen davon, daß ich dann weniger Angst haben würde.«

»Das ist ganz natürlich. Die Menschen glauben allgemein, die Nacht würde dem Bösen gehören.«

»Und stimmt das auch?«

»Bei Tiny Tim schon.«

Lauren Talleys große, dunkle Augen waren leer. »Warum ein Krankenhaus?«

»Aus einer Vielzahl von Gründen, von denen allerdings noch keiner dem Schema seiner bisherigen Überfälle entspricht. Tiny Tim hat das Muster durchbrochen, Lauren, und zwar gewaltig.

Man hätte ihn sehen, zumindest aber bemerken können. Wenn jemandem die Flucht aus dem Krankenhaus gelungen wäre, hätte die Welt ein paar Minuten später gewußt, was hier vor sich geht.«

»Sie behaupten also, diesmal sei er ein Risiko eingegangen.«

»Ein viel größeres zumindest als in Daisy und Dixon Springs. Und das bedeutet, daß er dieses Risiko aus einem bestimmten Grund auf sich genommen hat, ja, auf sich nehmen wollte, ein Grund, der hinter dem Muster selbst liegt.« Kimberlain dachte kurz nach. »Ich möchte eine Liste aller Opfer aus dem Krankenhaus und den beiden Städten haben. Ich gebe Ihnen eine Nummer, an die Sie die Liste faxen können.«

»Glauben Sie, daß er all diese Menschen tötet, nur um an einige wenige Personen heranzukommen?«

»Seine Opfer haben etwas gemeinsam, Lauren. Wenn wir herausfinden, was, werden wir auch Tiny Tim finden. Vielleicht führt uns das zum Ziel.«

»Gehen wir hinein.«

Garth Seckle lag auf dem Feld und blickte zum Himmel hinauf. Schon vor geraumer Zeit hatten Wolken die Sterne verdeckt und ihr Licht geschluckt, wie er erst gestern die Leben seiner Opfer geschluckt hatte. Seckle wußte, daß er heute nacht nicht würde schlafen können; er schlief selten in den Nächten unmittelbar nach einem seiner Besuche. Er stellte sich vor, wie die Experten sich um einen Tisch drängten und Theorien über seine Methode und Psyche zum Besten gaben. Keiner von ihnen würde jemals auf den Gedanken kommen, daß die Wurzeln seiner Arbeit in reiner Vernunft lagen. Seinem Verstand zufolge war das alles zu rechtfertigen, weil sie ihm etwas angetan hatten.

Die anderen. Vor langer, langer Zeit.

Er blickte zum Himmel hinauf, ohne zu blinzeln, und stellte sich die Wolken als ein scharlachrotes Tuch vor. Wenn er nur an diese Farbe dachte, zitterte er schon. Und bald würde es mehr Blut geben, viel schneller, als alle erwarteten. Die einzelnen Stücke fügten sich nun zusammen, und ihre Symmetrie war in seinen innersten Gedanken überaus angenehm.

Es war an der Zeit, die Augen zu schließen, damit er wieder an das Krankenhaus denken, das Vergnügen auffrischen konnte, indem er seine Tat nachvollzog, solange die Erinnerung daran noch stark war. So würde sie bei ihm bleiben, bis die Erinnerung an eine andere Tat sie ersetzte.

Er hatte seinen Lieferwagen hinter dem Gebäude abgestellt, nicht weit vom Personaleingang entfernt. Aber auf diese Weise würde er nicht hereinkommen. Nein. Um seinen geringen zeitlichen Spielraum so gut wie möglich zu nutzen, mußte er den Eingang nehmen, bei dem die Wahrscheinlichkeit, daß seine Anwesenheit bemerkt werden würde, am höchsten war. Eng an das Gebäude gedrückt, um dem Licht der Lampen vor dem Krankenhaus zu entgehen, glitt er zur Vorderfront und näherte sich dann dem einzigen Eingang, der zu so später Stunde noch geöffnet war ...

»Das ist die einzige Tür, die nach Mitternacht noch geöffnet ist«, erklärte Lauren Talley und hielt sie Kimberlain auf.

»Ungewöhnlich bei einem Krankenhaus.«

»Aber so wollten sie es haben. Sie hatten keine Notaufnahme, und daher konnten sie auch keine nächtlichen Einlieferungen gebrauchen.«

Der Fährmann betrat das Gebäude und hatte den Eindruck, in die Hölle zu schreiten. In dem kleinen Empfangsraum war überall der Staub zu sehen, mit dem glatte Oberflächen eingepinselt worden waren, um von ihnen Fingerabdrücke abnehmen zu können. Kimberlain sah diesen feinen Staub am Empfangspult, den Schaltern, den Wänden und an einigen Stellen auch auf dem Boden, wo er große Fußabdrücke markierte.

Lauren Talley zog ihren Notizblock hervor und schlug ihn auf. Kimberlain warf einen Blick darauf und stellte fest, daß zahlreiche Seiten mit einer kleinen, kaum leserlichen Schrift vollgekritzelt waren.

»Er ist hier hereingekommen«, begann Talley und schlug die vierte Seite ihrer Aufzeichnungen auf, »und hat der Schwester einmal in den Kopf geschossen. Dann hat er zwei Wachtposten mit jeweils einem Schuß in die Brust und einem in den Leib getötet. Eine Automatikwaffe mit Schalldämpfer. Wir haben keine Patronenhülsen gefunden. Dann begab er sich zum« – Talley blätterte eine Seite um – »zum vierten Stock.«

»Er hat von oben nach unten gearbeitet«, sagte Kimberlain. »Das ergibt Sinn. Es ist wahrscheinlicher, von jemandem überrascht zu werden, der hinunterkommt, als von einem, der hinaufgeht.«

Lauren Talley hatte die Treppe erreicht. »Er hat das Treppenhaus benutzt. Das Schwesternzimmer in der vierten Etage war zu diesem Zeitpunkt nicht besetzt«, fuhr sie fort, während sie die Treppe hinaufstiegen. »Die wachhabende Schwester überprüfte gerade einen Herztonmesser, der sich gelöst hatte. Die Oberschwester verteilte Medikamente.«

»Eine gute Schlußfolgerung«, sagte Kimberlain.

Talley musterte ihn ernst. »Keine Schlußfolgerung. Wir haben ihre Leichen in den jeweiligen Räumen gefunden.«

Kimberlain zog die Tür auf, die in den vierten Stock führte.

»Auf dieser Etage lagen zweiundzwanzig Patienten, jeweils zwei in elf Doppelzimmern«, sagte Lauren Talley, als sie ihm folgte. »Acht Zimmer waren nicht belegt. Wir haben keine Beweise dafür, daß er die leeren Räume betreten hat.«

»Die Namensschilder an den Türen«, sagte Kimberlain und deutete auf das an der Tür neben dem Fahrstuhl. »Sie befinden sich nur an den belegten Zimmern. Die reinsten Einladungen für unseren Jungen.«

»Auf dieser Etage waren nur ältere Patienten untergebracht, viele davon bettlägerig oder gebrechlich. Sie hätten kaum Widerstand leisten können, selbst wenn sie die Gelegenheit dazu bekommen hätten.«

Kimberlain nickte leicht. »Tiny Tim ist kein Sportsmann. Das Töten ist für ihn gleichzeitig Mittel und Zweck. Er muß nicht erst motiviert werden; jeder Mord ist für ihn schon Motivation genug für den nächsten. Er stellt sich die nächste Tat vor, während er die derzeitige noch begeht. Mit anderen Worten, die Person, die er gerade tötet, bedeutet ihm nichts im Vergleich zu der, die er als nächste töten wird. Und so weiter und so fort.« Der Fährmann zögerte. »Das ist eine perfekte Beschreibung seiner Persönlichkeit.«

»Inwiefern?«

»Er ist niemals zufrieden. Ganz gleich, wie viele Menschen er tötet, er denkt immer an das nächste Opfer, bis es keine Opfer mehr gibt. Er macht das genauso automatisch wie Sie oder ich atmen.«

»Lassen Sie mich doch mit diesem Psycho-Scheiß in Ruhe«, brauste Lauren Talley auf.

»Wenn Sie nicht lernen, ihn zu verstehen, werden Sie ihn niemals schnappen, Lauren. Wenn Sie ihn jemals fassen wollen, müssen Sie begreifen, wie er denkt.«

Talley nickte und dachte darüber nach, doch Kimberlain fuhr schon fort. »Und jetzt zeigen Sie mir, wo er auf diesem Stockwerk angefangen hat.«

Das Krankenhaus war ein Mikrokosmos der beschissenen Welt, die ihn verschmäht hatte. Garth Seckle kam es viel ordentlicher vor als die Städte, die er bislang besucht hatte. Die alten Menschen waren im obersten Stockwerk, als hätten sie ihr ganzes Leben lang gebraucht, um dort hinaufzusteigen, und kämen nun nie wieder hinab. Er haßte sie, haßte den durchdringenden Geruch des langsamen Todes, der auf ihn eindrang, als er das Treppenhaus verließ. Er hörte das Summen einiger weniger Fernsehgeräte und das Stöhnen und Schluchzen derjenigen, die für leichte Unterhaltung nicht mehr empfänglich waren. Der wahre Grund seines hiesigen Besuchs lag eine Etage tiefer, doch Seckle mußte sein Zeichen hinterlassen und deshalb hier oben beginnen.

Tiny Tim ging von Zimmer zu Zimmer und benutzte niemals dieselbe Methode zweimal. Schließlich wurde sein Einfallsreichtum auf die Probe gestellt, besonders, als er einen alten Knacker umbrachte, ohne dessen Zimmergenossen aufzuwecken. Er brach ein Genick, zertrümmerte eine von altersfleckiger Haut bedeckte Luftröhre und erstickte einen Patienten unter einem Kissen.

Im Gegensatz zu den früheren Morden erfrischten diese hier ihn nicht. Er fühlte sich leer, nicht ausgefüllt. Tiny Tim wollte die Sache schnell beenden, wollte weiter und sich um den wahren Grund dieses Besuches kümmern, damit er den Rest der Nacht noch genießen konnte. Er beendete sein Werk auf der vierten Etage so schnell wie möglich und ging zum Treppenhaus, um es ein Stockwerk tiefer fortzusetzen.

»Auf dieser Etage gibt es nur Standardzimmer«, sagte Lauren Talley, während sie das Treppenhaus hinuntergingen. Sie blätterte den Notizblock um. »Erwachsene Patienten, die wegen Untersuchungen, Tests, kleiner Eingriffe oder orthopädischer Operationen eingeliefert worden waren. Hier ist auch die Abteilung Physikalische Therapie untergebracht. Insgesamt fünfunddreißig Räume, sechsundzwanzig Doppel- und neun Einzelzimmer. In zwei Einzelzimmer war vorübergehend ein zweites Bett gestellt worden.«

Er öffnete die Tür direkt vor ihr und blickte ins blutbespritzte Schwesternzimmer.

»Drei Schwestern hatten Nachtschicht«, führte Lauren Talley aus. »Eine machte gerade die Runde, die beiden anderen waren hier. Wir sind fast sicher, daß eine von ihnen noch den Alarmknopf drücken konnte, als sie ihn sah. Nur eine winzige Berührung, bevor er sie erwischte, aber genug, um den Wachmann unten aus seinem Nickerchen zu reißen.«

Ihr Blick glitt den Korridor entlang, und Kimberlain drehte sich ebenfalls zum Fahrstuhl um. Der Boden davor war von einer großen, dunkelroten Pfütze bedeckt. Auch auf der Doppeltür des Lifts entdeckte er Blutflecken.

»Eine Automatik«, sagte Talley. »Bis zu zehn Schuß, schallgedämpft. Nachdem er die Schwestern umgebracht hatte, muß er gehört haben, daß der Fahrstuhl kam, und hat in aller Ruhe abgewartet, wer aussteigen würde.«

»Er muß auf mehr als nur das gewartet haben.«

»Wie bitte?«

»Das Blut auf den äußeren Türen. Er muß dem Wachmann genug Zeit gegeben haben, um die Kabine zu verlassen und wahrscheinlich sogar seine Waffe zu ziehen.«

Die Augen Lauren Talleys wurden größer. »Er hielt sie noch in der Hand, als wir ihn fanden. Wir haben angenommen . . .«

»Was?«

»Daß es ihm fast noch gelungen wäre, einen Schuß abzugeben.«

»Keine Chance. Tiny Tim wollte sich etwas Spaß gönnen.«

»Aber der Knall eines Schusses hätte alles aufs Spiel gesetzt. Patienten wären aufgewacht und hätten nach ihren Telefonen gegriffen.«

»Er geht niemals ein Risiko ein. Was ist mit den Schwestern?«

»Die beiden im Stationszimmer wurden erschossen, und eine wurde nach Eintritt des Todes verstümmelt, aber erst, wie wir vermuten, nachdem er mit dem Rest des Stockwerks fertig war.«

Das kam Kimberlain bekannt vor. »Auch in Daisy wurde jemand verstümmelt. Sie sollten eine Autopsie der verbrannten Leichen von Dixon Springs anordnen.«

»Das habe ich bereits. Wir sind noch dabei. Bislang noch keine eindeutigen Ergebnisse.«

»Angenommen, er hat auch dort jemanden verstümmelt ... Wessen Häuser hat er in Dixon Springs angezündet?«

»Sie wollen Namen?«

»Wenn Sie sie nicht greifbar haben, genügen mir für den Augenblick allgemeine Beschreibungen.«

»Ein Ehepaar, die Gäste einer Pension, ein ...«

»Bleiben wir bei dem Ehepaar. In Daisy war es auch eine Familie, oder?«

Lauren Talley nickte. »Einschließlich der Kinder.«

Kimberlain trat näher an die ehemals weiße Theke. Ein Großteil des Blutes war auf Klemmbretter mit den Krankheitsblättern der Patienten gespritzt, als habe Tiny Tim nicht nur die Menschen selbst ausmerzen wollen, sondern auch das, was sie hierher gebracht hatte.

»Nur die eine Schwester?« fragte er.

»Ja.«

»Noch jemand in den unteren Stockwerken?«

»Nein.«

»Seltsam.«

»Wieso?«

»Angenommen, in Dixon Springs hat er die Feuer gelegt, um

die Verstümmelung dieses Ehepaars zu vertuschen. Dann hat er es in Daisy auf eine ganze Familie abgesehen und hier schließlich auf eine einzige Krankenschwester. Das stimmt nicht mit seiner Denkweise überein.« Kimberlains Gedanken kehrten zum hiesigen Tatort und den vordringlichen Problemen zurück. »Was ist auf dieser Etage noch passiert?«

»Es hat sich zu einer ziemlichen Schweinerei entwickelt. Er hatte nicht mit der dritten Schwester gerechnet, und sie tauchte anscheinend zur falschen Zeit auf. Den Verdrehungen ihres Mundes zufolge konnte sie wahrscheinlich noch einen Schrei ausstoßen, der wohl einige Patienten geweckt hat. Tiny Tim ermordete erst die Schwester und dann mit demselben Gewehr, das er bei den anderen Krankenschwestern und dem Wachmann benutzte, die aufgewachten Kranken. Dann machte er den anderen Patienten schnell ein Ende.«

»Mit Giftgas?«

»Woher wissen Sie das?«

»Der Geruch. Jetzt ist er fast erträglich. Jemand muß die Fenster geöffnet haben.«

»Es ging nicht anders. Die Giftkonzentration war noch zu hoch, als wir hier eintrafen.«

»Haben Sie eine Ahnung, wie er das Gas eingesetzt hat?«

»Kanister. Er war so freundlich, sie für uns zurückzulassen.«

»Ich möchte sie gern sehen.«

»Es sind Kanister der Marke Eigenbau. Sie stammen nicht aus Armeeverkäufen, und mit ihrer Hilfe werden wir ihn wohl kaum aufspüren.«

»Dann sind Sie sich nicht mehr so sicher, daß Sie nach einem Soldaten suchen, Lauren?«

»Wie Sie es schon gesagt haben, er ist etwas anderes, etwas . . .«

»Mehr?«

»Ja, wenn wir bei Ihrem Ausdruck bleiben wollen.«

»Und wie würden Sie es ausdrücken? Sie haben seine Arbeit jetzt aus erster Hand gesehen. Glauben Sie immer noch, es mit einem Menschen zu tun zu haben?«

»Ich glaube nicht an Ungeheuer, Mr. Kimberlain.«

»Wahrscheinlich glauben Sie auch nicht an den Weihnachtsmann. Aber wenn Sie ihn mit seinem Schlitten und allem Brimborium auf Ihrem Dach sähen, würden Sie es sich vielleicht noch mal überlegen.«

»Niemand hat Tiny Tim gesehen, Sie auch nicht.«

»Aber ich habe Peet, Leeds und vielleicht ein halbes Dutzend weitere gesehen.«

»Keiner von denen hat so abscheuliche Taten begangen.«

»Oh, sie wären dazu durchaus fähig gewesen. Sie haben einfach darauf verzichtet. Das Töten war für sie eine viel persönlichere Angelegenheit; daher auch das Vergnügen an ihren Taten. Tiny Tim geht die Sache distanzierter an, wie eine Schießübung. Ich bezweifle, daß er seine Opfer überhaupt für Lebewesen hält. Zumindest nicht für würdige.«

»Würdig wessen?«

»Dieselbe Existenzebene einzunehmen wie er. Er geht das Töten genauso an, wie Sie und ich Fliegen totschlagen. Die Tat hat keine Bedeutung für ihn, genausowenig wie seine Opfer.«

»Nein«, sagte Lauren Talley. »Gerade haben Sie noch behauptet, er fände Vergnügen daran.«

»Das heißt aber noch nicht, daß sie eine Bedeutung für ihn hat. Die Tat rechtfertigt sich aus sich selbst. Je mehr er tötet, desto mehr muß er töten, um die Vorstellung aufrechtzuhalten, er täte das Richtige. Nur . . .«

»Nur was?«

Kimberlain schaute plötzlich unsicher drein. »Deshalb passen die Verstümmelungen nicht ins Schema, besonders nicht, wenn er wie in Dixon Springs versucht hat, sie zu vertuschen.«

»Haben Sie irgendeine Vermutung?«

»Im Augenblick nicht, Lauren. Im Augenblick will ich nur den zweiten Stock sehen.«

»Nein«, erwiderte Talley. »Das wollen Sie nicht.«

25

Als Tiny Tim die Tür erreichte, die vom Treppenhaus in die zweite Etage führte, lief er auf Hochtouren. Nicht nur, daß ihm die Arbeit mit dem eigentlichen Ziel brillant von der Hand gegangen war, auch das Erscheinen einiger Patienten auf den Gängen hatte ihn vor eine gewisse Herausforderung gestellt. Angenommen, einer von ihnen hätte laut geschrien und die tieferliegenden Stockwerke davor gewarnt, was sie erwartete ... Zweckmäßigkeit war gefordert, Präzision, damit es nicht zu einer Entdeckung und einer möglichen Katastrophe kam. Sein Herz hämmerte noch immer in der Brust, als er die Treppe hinablief.

Er fühlte sich geläutert, erfrischt. Er hatte seine Mission vollendet. Nun konnte er sich Zeit lassen und den Rest seines Besuchs auskosten, es so langsam angehen lassen wie in den Städten. Die Städte waren besonders erfüllend, ja sogar bereichernd gewesen. Jedes Haus hatte eine neue Herausforderung dargestellt, war mit seinem eigenen Geruch, seinem eigenen Leben erfüllt gewesen. Der Akt des Tötens erneuerte sich immer wieder, während er von einem zum nächsten ging. Die Vielfalt war beeindruckend, dic Herausforderung ständig vorhanden. Die dritte Etage des Krankenhauses war anfangs zumindest vergleichbar damit gewesen, hatte dann jedoch ihre Versprechungen nicht erfüllen können. Seine Opfer hier schienen nicht mehr als blasse Abziehbilder voneinander zu sein. Die Zimmer waren identisch, wie auch die Kleidung derjenigen, deren Lebenslicht er auslöschte. Daraus resultierte das Gefühl, ein und dieselbe Tat immer wieder neu zu begehen, anstatt seine Erfahrungen zu erweitern und die nächste Tat auf der vorherigen aufzubauen. Doch als er durch die Tür zum zweiten Stock trat, stellte sich augenblicklich das Gefühl ein, daß die Dinge sich hier beträchtlich zum Besseren wenden würden.

Garth Seckle erschauderte in der Nacht, und es raschelte in den Büschen in seiner Nähe. In seiner Vorstellung war der Himmel in diesem Augenblick blutrot, und seine Erinnerung an die nächsten Taten war so lebendig wie die Taten selbst.

Im zweiten Stock hielten sich Kinder auf! *Kinder!*

Etwas in ihm rührte sich so gewaltig, daß er spürte, wie sein Herzschlag und Atem schneller gingen. Er blieb an der Tür stehen und lehnte sich dann gegen den Rahmen, um den Augenblick auszukosten. In seinem derzeitigen Zustand hätte ein einziger Ruck mit der Schulter genügt, um sie aufzubrechen, doch Tiny Tim konnte sich gerade noch beherrschen. Auf diesem Stock konnte nichts schiefgehen; hier gab es keine Ablenkungen, die ihm das Vergnügen nehmen würden. Er griff nach der Klinke und drückte sie mehrmals hinunter, ohne die Tür zu öffnen. Dann schlug er laut gegen den Stahl.

»Hallo?« rief er. »Hallo? Ist da jemand?«

Da er meistens allein war, sprach er fast nie, und der Klang seiner eigenen Stimme war ihm nun fremd.

»Komme schon«, erwiderte die Stimme einer Schwester.

Tiny Tim rüttelte wieder an der Klinke. »Die Tür klemmt«, sagte er zu der Krankenschwester.

»Einen Augenblick«, erwiderte sie vertrauensvoll. Und dann wurde die Tür nach innen aufgezogen, und Tiny Tim griff an die Stelle, von der er wußte, daß sich dort ihr Gesicht befinden würde.

Seine gewaltige rechte Pranke bedeckte es vom Kinn bis zur Stirn. Die Frau versuchte zu schreien, um sich zu schlagen oder zu treten, doch er riß sie hoch und hielt sie fest, während ihre Beine durch die Luft stampften. Dann zog er sie ins Treppenhaus und rammte ihren Kopf gegen die Wand. Sie gab nach, und Putz rieselte hinab. Er schlug noch einmal zu, und die Glieder der Frau verkrampften sich fürchterlich, als ihr Schädel brach. Sie zuckte noch immer, als er sie fallen ließ und den zweiten Stock betrat. An dieser Stelle gerieten seine Erinnerungen durcheinander. Er sah ohne jede besondere Ordnung Zimmer und Gesichter vor sich. Die meisten Kinder schliefen, als er sich ihnen näherte. Das erste tötete er schnell und leise, doch bei den nächsten vergewisserte er sich, daß sie wach waren, bevor er ihnen das Leben stahl. Auf diese Art konnte er den Ausdruck ihrer Augen sehen, während die kühne Hoffnung der Jugend, die bislang allem widerstanden hatte, was sie an diesen Ort der Krankheiten geführt hatte, für immer ausgelöscht wurde. Kinder zeigten Furcht auf ganz andere Art und Weise als Erwachsene, klammerten sich vielleicht an dieselbe jugendliche, unverwüstliche Hoffnung, daß es für sie so nicht enden konnte. Erst in den letzten Sekunden begriffen sie endlich mit befriedigender Traurigkeit, wie ihnen geschah.

Es war viel zu schnell vorbei. Doch als Tiny Tim aus dem letzten belegten Zimmer auf den Gang trat, hörte er ein Geräusch. Ein gedämpftes Pfeifen, das irgendwo vor ihm erklang.

Ein Weinen.

Mit einem verkniffenen Lächeln ging Tiny Tim weiter zur Säuglingsstation.

»Lassen Sie mich das beurteilen«, hatte Kimberlain zu Lauren Talley gesagt, bevor er vor ihr ins Treppenhaus getreten war.

»Die Pädiatrie und Entbindungsstation«, sagte sie hinter ihm.

Der Fährmann blieb stehen und verharrte für einen Augenblick zwischen den Stockwerken und Welten.

»Gehen Sie weiter«, drängte sie ihn. »Sie müssen sich selbst ein Bild machen, nicht wahr?«

Kimberlain drehte sich zu ihr um, sagte aber nichts.

»Ich habe Sie studiert, Jared. Ich habe jeden einzelnen Ihrer Fälle studiert, und jedes einzelne Ungeheuer, das Sie erwischt haben. Aber bis heute abend, bis jetzt, habe ich weder Sie noch diese Monstren wirklich verstanden. Und vor Ihnen habe ich fast genauso viel Angst wie vor dem Ungetüm, das dies hier getan hat.«

»Bedauern Sie es jetzt, daß Sie zu mir nach Vermont gekommen sind, Lauren?«

»Ich fühle mich jetzt einfach viel älter als damals.«

»Und dafür wollen Sie mir auch die Schuld geben, genau wie für das, was sich hier zugetragen hat. Sie brauchen etwas, worauf Sie all Ihren Haß und all Ihre Furcht konzentrieren können.« Er trat zwei Schritte an sie heran. »Wachen Sie auf, Lauren. Wachen Sie auf und riechen Sie das Blut. Das ist die Wirklichkeit, und sie deckt sich nicht immer mit den Lehrbüchern, der Ausbildung, den Berichten und der Karriereleiter. Das ist die Wirklichkeit, und ich lebe darin. Sie sind voller Ehrgeiz nach Vermont gekommen. Ich helfe Ihnen, Tiny Tim zu fassen, und Sie machen Punkte bei Ihren Vorgesetzten. Werden vielleicht sogar Abteilungsleiterin. Die erste Frau in dieser Position. Berichtigen Sie mich, falls ich mich irre.«

Sie machte sich gar nicht erst die Mühe.

»Tja, Lauren, Sie glauben vielleicht, Sie könnten sich auf Ihren tollen Job etwas einbilden. Sie erstellen Persönlichkeitsprofile, Charakterstudien und so weiter. Aber wenn ich durch diese Tür zur zweiten Etage trete, dann suche ich nach Spuren der Person selbst. Und ich finde diese Spuren, weil ich mich in die Köpfe dieser Leute versetzen und genauso pervers wie sie denken kann. Sie haben gesagt, Sie hätten das vorher nicht verstehen können. Herzlichen Glückwunsch. Sie sind gerade erwachsen geworden. Vielleicht sind Sie eines Tages sogar imstande, es selbst einmal zu versuchen.«

»Bitte«, erwiderte sie voller Abscheu.

»Bitte«, wiederholte Kimberlain. »In Vermont haben Sie dieses Wort nicht benutzt, aber ich habe es trotzdem getan. ›Bitte helfen Sie mir, Tiny Tim zu schnappen. Bitte helfen Sie mir, für das FBI die Kastanien aus dem Feuer zu holen, denn das ganze Land lebt in Angst. Bitte helfen Sie mir, Abteilungsleiterin zu werden.‹ Jetzt helfe ich Ihnen, und Sie mögen nicht, was Sie dabei erleben.«

»Es . . . tut mir leid.«

»Nein, tut es nicht. Und wenn Ihnen überhaupt etwas leid tut, dann nur, sich überhaupt mit Quantico eingelassen zu haben. Aber das war zu erwarten. Bitten Sie um Ihre Versetzung, wenn die Sache vorbei ist. Ich gebe Ihnen ein Empfehlungsschreiben für Ihre Vorgesetzten.«

»Sie sind wütend.«

»Da haben Sie verdammt recht.«

»Aber nicht nur auf mich.«

»Es ist wegen ihm, Lauren. Wegen Tiny Tim. Er steckt jetzt in meinem Kopf, und damit wurde er zu einem Teil von mir. Ich verabscheue das. Aber ich kann ihn lediglich wieder loswerden, indem ich ihn finde.«

Lauren Talley schritt langsam die Stufen hinab, bis sie Kimberlains Gesicht, das im Halbdunkel gelegen hatte, wieder deutlich ausmachen konnte. »Die Jahre vor Ihren Rückzahlungen sind in Ihrer Akte völlig leer ...«

»In irgendeiner Datenbank des FBI müßten Sie etwas darüber finden können.«

»Ich nicht.« Sie zuckte die Achseln. »Ich habe nicht die Zugriffsbefugnisse.«

»Ich habe getan, was diese Ungeheuer tun«, sagte er. »Auf Befehle hin.«

»Oh«, machte sie.

»Und jedesmal, wenn ich mir solch einen Tatort ansehe, kommt alles zurück. Ich werde es erst los, wenn all diese Ungeheuer fort sind. Aber dazu wird es niemals kommen. Das ist die Wirklichkeit, und deshalb haben Sie plötzlich Angst vor mir. Es tut mir leid, Lauren. Wirklich. Ich habe in Vermont versucht, es Ihnen begreiflich zu machen, aber Sie wollten nicht locker lassen. Und nun kennen Sie die Wahrheit.«

»Wir machen lieber weiter«, sagte sie und ging voraus. Ihr Atem hatte sich wieder beruhigt.

Kimberlain folgte ihr die letzten Stufen hinab. Zwei Meter über dem Boden markierte ein Blutfleck einen tiefen, ovalen Riß in der Wand.

»Die Krankenschwester, nicht wahr?«

»Er hat sie irgendwie hinausgelockt«, bestätigte Lauren Talley. »Sie hatte als einzige Dienst. Die Nachtschwester der Säuglingsstation machte gerade Pause und war unten in der Cafeteria. Damit konnte er ganz nach Belieben schalten und walten.«

Die Tür öffnete sich knirschend, und sie betraten die Entbindungsstation mit angeschlossener Kinderklinik. Kimberlain ging langsam den Korridor entlang und an den Zimmern vorbei, ohne eins zu betreten oder auch nur hineinzuschauen. Talley blieb etwas zurück; sie fürchtete sich davor, ihm zu nahe zu kommen. Erklärungen waren überflüssig; die Spuren verrieten genug.

»Er hat ein Weinen gehört«, sagte der Fährmann plötzlich. »Als er fertig war, trat er aus dem letzten Zimmer und hörte plötzlich, wie ein Kind weinte.«

»Bis hierher achtunddreißig Leichen in diesem Stockwerk«,

führte die FBI-Agentin aus. »Mit der Schwester im Treppenhaus neununddreißig.«

»Wie alt?«

»Spielt das wirklich eine Rol . . .«

»Wie alt?«

Lauren Talley blätterte wieder ihren Notizblock um. »Zwischen vier und fünfzehn Jahren. Zweiundzwanzig Mädchen, sechzehn Jungen. Wir haben ihre Krankenberichte, wenn Sie sie sehen wollen . . .«

»Ich will die Säuglingsstation sehen, Lauren.«

Es war fast zuviel für Garth Seckle. Als er dort am Fenster stand, hatte er den Eindruck, die Babys gehörten ihm. Schließlich konnte er ja mit ihnen verfahren, wie es ihm beliebte. Mehr als alle andere in dieser Nacht waren sie seiner Gnade ausgeliefert, weil sie ganz einfach nicht begreifen konnten, was er war. Als er durch die Tür trat, weinten die, die schon geweint hatten, weiter. Die, die schliefen, schliefen weiter. Sie mochten seine Gegenwart vielleicht wahrnehmen, doch sie hatte keine Auswirkungen auf sie.

Er sah in ihrer Hilflosigkeit eine Metapher für die anderen Opfer, die er genommen hatte. Keiner hatte eine Chance gegen ihn gehabt, doch für sie war es viel schlimmer gewesen, weil sie begreifen konnten, wie ihnen geschah. Tiny Tim schritt die Reihen der Krippen auf und ab, überzeugt, daß der Tod für diese Babys keine Bedeutung hatte, da sie das Leben noch nicht zusammenhängend und in sich geschlossen wahrnehmen konnten.

Jetzt schienen ein paar mehr zu weinen. Er fragte sich, ob der Geruch des Blutes sie irgendwie geweckt hatte. Hatten ihnen ein paar grundlegende Urinstinkte verraten, daß das Blut ihrer Mütter an seiner Kleidung klebte? Aufgrund der Umstände hatte es sich nicht vermeiden lassen, sich mit ihrem Blut zu beflecken.

Bis zu diesem Augenblick hatte Tiny Tim in Erwägung gezogen, die Neugeborenen einfach zu ignorieren, da ihre völlige Gleichgültigkeit ihm keine Befriedigung bot. Doch nun sah er sie lediglich als Fortsetzung der Arbeit, die er in den benachbarten Zimmern getan hatte. Wenn sie am Leben blieben, konnte er sein Werk nicht als abgeschlossen betrachten.

»Wir wissen nicht genau, ob er zuerst hierher oder zu den Müttern ging«, sagte Lauren Talley, als die Säuglingsstation in Sicht kam.

»Zuerst die Mütter. Er wollte die Ordnung der Dinge bewahren. Sie haben Sie nicht betreten, oder? Die Zimmer der Mütter, meine ich.«

»Nein. Ich ... konnte es nicht.«

»Er wird bei ihnen ein Messer benutzt haben. Er hat sie genau dort geöffnet, wo die Babys herausgekommen waren, um den Kanal des Lebens selbst zu attackieren.«

»Ja«, murmelte Lauren Talley und schluckte hart.

»Wie mächtig er sich dabei fühlte«, fuhr Kimberlain fort. »Als habe er die Macht, das Leben zu spenden.«

»Den Tod, meinen Sie.«

»Das macht für Tiny Tim keinen Unterschied. Verstehen Sie, der Tod *ist* das Leben; zumindest kann er das nur auf diese Art und Weise akzeptieren. Ordnung und Präzision. Alles im Gleichgewicht.«

»Ist er sich dieser Gedanken bewußt?«

»Genauso wenig wie wir anderen. Wir sind, was wir sind. Tiny Tim tötet, weil er sich dann stärker fühlt, unbesiegbar. Er hat keinen Grund zur Annahme, jemand könne ihn aufhalten, und so ist seine Ordnung der Dinge die einzige, die er akzeptieren muß.«

Die Säuglingsstation lag auf der linken Seite des Gangs; in die Wand waren zahlreiche Fenster eingelassen. Das Licht brannte noch. Als Kimberlain weiterging, glaubte er, das Blut stocke ihm in den Adern, und sein Atem bilde einen großen Klumpen mitten in der Kehle.

Die Säuglingsstation war ... leer. Das war alles, was er sagen konnte. Die kleinen Betten waren leer, die Laken kaum zerwühlt. Alles wirkte ungestört, fast jungfräulich rein. Selbst die Namensschilder an den Bettchen waren unberührt.

»Die Neugeborenen«, murmelte Kimberlain.

»Wir haben sie alle unverletzt gefunden. Wir wissen, daß er hier war, aber er hat sie nicht getötet. Vielleicht eine Spur von Menschlichkeit. Vielleicht sind sogar diesem Ungeheuer Grenzen gesetzt.«

Der Fährmann schritt langsam zwischen den leeren Betten durch den Raum. »Nein«, sagte er geistesabwesend. »Tiny Tim war drauf und dran, sie zu töten, doch dann hat er etwas gehört.« Er drehte sich zu Lauren Talley um. »Etwas hat ihn aufgeschreckt.«

Sie blätterte fieberhaft ihr Notizbuch durch. »Ja, hier steht es. In der Intensivstation gab es einen Notfall. Ein Verbandswagen kippte um und riß ein paar Tabletts mit Flaschen um. Ziemlich viel Lärm.«

»Der Tiny Tim abgelenkt hat. Er wandte sich in diese Richtung.«

»Abwärts« bestätigte sie. »In den ersten Stock.«

Der Lärm von unten hatte Tiny Tim aufgeschreckt, als er gerade seine Arbeit in der Säuglingsstation beginnen wollte. Hatte jemand die Spuren seines Werks in den oberen Stockwerken entdeckt und die Nachricht voller Panik verbreitet? Dieses Risiko konnte er nicht eingehen. Ein Strategiewechsel war unumgänglich.

Doch als er aus dem Treppenhaus in den ersten Stock spähte, begriff er, daß der Lärm ganz andere Ursachen haben mußte. Niemand lief aufgescheucht umher. Die Leute gingen einfach ihrer Arbeit nach.

Diese Etage würde die größte Herausforderung für ihn darstellen. Hier befand sich nicht nur die Intensivstation, sondern auch die Cafeteria und der Aufenthaltsraum der Ärzte, in dem die Bereitschaftskräfte schliefen und bei einem Notfall alarmiert wurden. Eine Menge einzelner Räume, in denen Opfer auf ihn warten konnten. Vier Ärzte – er erkannte sie an ihren weißen Kitteln – hatten heute abend Bereitschaft, und alle hielten sich in diesem Stockwerk auf. Hinzu kamen die diensthabenden Schwestern. Die Sache versprach, nicht ganz einfach zu werden.

Tiny Tim überprüfte seine beiden schallgedämpften Uzi-Maschinenpistolen und trat aus dem Treppenhaus. Es bestand kein Grund mehr, verstohlen vorzugehen. Die erste Person, die er sah, war ein bebrillter Arzt, der seinen Blick auf ein Krankenblatt konzentriert hatte. Er bemerkte Tiny Tim gar nicht. Eine Salve schleuderte ihn zurück und bespritzte eine gerade telefonierende Sekretärin mit Blut. Tiny Tim erschoß sie ebenfalls und beobachtete, wie ihre Leiche unter dem Schreibtisch verschwand. Dann, fast mechanisch, begab er sich zu einer Tür mit der Aufschrift INTENSIVSTATION/ZUTRITT VERBOTEN.

Die Doppeltür wurde aufgestoßen, bevor er sie erreicht hatte, und zwei Krankenschwestern kamen herausgestürzt; offenbar lag ein Notfall vor. Tiny Tim bedachte eine jede mit einer Salve aus seiner Uzi, und die weißen Trachten der Frauen färbten sich rot. Er lief durch die Tür und fand die restlichen diensthabenden Ärzte und Schwestern um ein Bett rechts von ihm zusammengedrängt. Die anderen Behandlungskabinen der Intensivstation schienen leer zu sein; nur bei dieser waren die Vorhänge zurückgezogen.

»Jetzt!« befahl einer der Ärzte und drückte die Elektroden eines Defibrillators gegen die Brust des Patienten.

Ein dumpfes Geräusch, und die Brust des Mannes hob sich.

»Kein Puls«, meldete eine der Schwestern.

»Wir verlieren ihn«, sagte eine andere.

»Jetzt!« wiederholte der Arzt, der den Defibrillator bediente. Tiny Tim gefiel das Geräusch, das das Gerät verursachte. Er wartete, bis sich die Brust unter dem Stromstoß erneut gehoben hatte, bevor er zuschlug.

»Jetzt«, sagte er so laut, daß alle es hören konnten und zu ihm herumfuhren. »Sie haben ihn verloren«, fügte er hinzu und eröffnete das Feuer.

Die Leichen stürzten gegen die Überwachungsmonitore und rissen sie um. Auch einige Fusionsgestelle kippten um, und das Geräusch zerbrechenden Glases und das Scheppern von Metall, das auf die Fliesen schlug, hallten durch die Intensivstation. Nun rührten sich die restlichen Intensivpatienten; die, die schreien konnten, schrien, und Tiny Tim feuerte seine Maschinenpistolen auf sie ab. Bewegungsunfähig, wie sie waren, dauerte es nur wenige Sekunden. Die meisten starben mit Röhren in den Nasen oder Nadeln in den Armen. Die Ärzte, die im Aufenthaltsraum geschlafen hatten, kamen durch die Doppeltür gestürmt, als Tiny Tim gerade fertig war, und er widmete ihnen den Rest seiner Magazine. Ein schöner Glücksfall, der ihm den Weg in ihr Quartier ersparte.

Bei seiner Vorbereitung dieses Besuchs hatte er herausbekommen, daß sich im Erdgeschoß und in der Kelleretage des Krankenhauses Verwaltungsräume, Laboratorien, die Pathologie und die Leichenhalle befanden. Auch zu dieser nachtschlafenden Stunde mochten sich dort noch einige Angestellte aufhalten, und Tiny Tim ging hinunter, um sein Werk zu vollenden.

Lauren Talley hatte die Intensivstation bis zum Schluß für Kimberlain aufgespart, was ja auch dem Weg entsprach, den Tiny Tim ihren Ermittlungen zufolge eingeschlagen hatte. Auf den oberen Stockwerken hatten Mauern die Sterbenden voneinander getrennt, den Schock gedämpft und das Ausmaß der Tat etwas gemildert. Auf der Intensivstation wurden die Betten jedoch nur von Vorhängen und spanischen Wänden voneinander getrennt, die bei dem Anschlag größtenteils zerfetzt worden waren.

Und überall war Blut, dunkel und getrocknet: auf dem Boden, auf den Wänden, auf den zusammengeknüllten, gerade abgezogenen Bettlaken. Kimberlain wollte gar nicht wissen, wie viele Opfer hier unten gestorben waren. Die genaue Zahl war eine nutzlose Information. Die einzige Wirklichkeit war der Strom von Blut.

»Hier hat er sein Werk vollendet«, sagte Talley. »In den tieferen Stockwerken . . . Stockwerken . . .«

Ihre Stimme war immer leiser geworden, und Kimberlain hatte sich zu ihr umgedreht und sprang zu ihr. Er konnte sie gerade noch auffangen und spürte, wie sie sich gegen ihn drückte.

»Es tut mir leid«, murmelte sie.

»Das muß es nicht.«

»Ich habe einfach nicht mehr schlafen können.« Sie löste sich wieder von ihm. »Selbst nach Dienstschluß kann ich nicht mehr schlafen.«

»Er steckt in Ihnen, Lauren.«

Sie blickte in Kimberlains eisblaue Augen. »Und wie bekomme ich ihn wieder heraus?«

»Indem wir ihn schnappen, Lauren. Und das werden wir.«

26

»Dr. Vogelhut, hier ist Rembart. Ich bin unten bei den Verlorenen. Sie kommen besser mal her, Sir.«

»Stimmt etwas nicht?«

»Das . . . müssen Sie selbst sehen.«

Der Ruf über die Gegensprechanlage erreichte den Verwaltungschef von ›The Locks‹ auf dessen routinemäßiger Morgenrunde, die ihn normalerweise nicht in den Flügel der Anstalt geführt hätte, in dem, wie Rembart sich ausgedrückt hatte, ›die Verlorenen‹ einsaßen. Die Abteilung der Verlorenen, so bezeichneten die Angestellten der Anstalt dieses Kellergeschoß, doch Vogelhut belegte es lieber mit dem Ausdruck »Hölle«. Dort waren jene Insassen eingesperrt, die den Kontakt zur Wirklichkeit völlig verloren hatten. Die meisten hatten sich schon bei ihrer Einlieferung in diesem Zustand befunden; ein paar hatten sich erst eine gewisse Zeit nach ihrer Einlieferung in andere Abteilungen dahingehend entwickelt. So oder so, die Insassen dieses Flügels waren tatsächlich verloren und vergessen. Eine Berufung gab es für sie nicht. Kein Anwalt hielt Kontakt mit ihnen, und kein Psychiatriestudent zog sie als Fallbeispiele für seine Doktorarbeit heran.

Kaum hatte Dr. Vogelhut den Fahrstuhl verlassen, hörte er auch schon die Geräusche der Insassen. Schreie und Rufe, in das sich verzweifeltes Heulen und Jammern mischte. Er vernahm Geräusche, die von Tieren zu stammen schienen, und lautes, wütendes Schluchzen. Ein regelmäßiges Pochen verkündete davon, daß sich einer der Zelleninsassen immer wieder gegen die Tür warf.

Vogelhut atmete tief durch und ging den Korridor entlang zu der Überwachungsstation; wie in jedem anderen Stockwerk befand sich auch hier eine. Sie sah jedoch völlig anders aus als die im Hochsicherheitstrakt. Sie verfügte lediglich über einen einzigen Videoüberwachungsmonitor und nur eine Gegensprechanlage. Daneben befand sich das Schaltbrett mit dem man die Türen dieser Abteilung bedienen konnte. Auf jegliches Schmuckwerk hatte man verzichtet; im Flügel der Verlorenen war es so überflüssig wie in der Hölle selbst. Vogelhut wandte sich am Ende des Gangs nach links und betrat den Überwachungsraum.

Er war leer. Der einzige Stuhl stand ein Stück vor dem Bildschirm.

Durch die Glasscheibe sah er, daß eine Tür auf dem langen, schnurgeraden Gang des Flügels geöffnet war. Verdammt! Hielt sich denn keiner mehr an die Vorschriften? Vogelhut beugte sich vor und schaltete das Mikrofon ein.

»Rembart, hier ist Dr. Vogelhut«, rief er in der Hoffnung, seine Stimme würde die Geräusche der Gefangenen übertönen. »Sind Sie da? Was ist hier los?«

Er konnte seine eigenen, im Gang laut hallenden Worte nicht verstehen und versuchte es noch einmal. Als Rembart noch immer nicht antwortete, entschloß er sich, selbst nachzusehen. Offensichtlich war mit dem Gefangenen in der Zelle, deren Tür aufstand, etwas nicht in Ordnung. Wenn er die Sicherheitskräfte hinabrief, würde er wieder einen Bericht schreiben müssen. Nach der Massenflucht vor nicht einmal zwei Wochen kam ihm ein neuer Zwischenfall so gelegen wie ein Kropf. Vogelhut begann allmählich um seine Stellung zu fürchten. Wenn man einen Sündenbock brauchte, war er die logische Wahl. Vogelhut würde alles verlieren.

Er gab über die Tastatur den richtigen Kode ein, und die Tür zur Abteilung der Verlorenen glitt auf. Er trat hindurch und verriegelte sie hinter sich wieder. Augenblicklich überkam ihn ein Frösteln. Die irren Geräusche der hoffnungslos Verrückten kratzten, nicht mehr von der Tür und den Mauern gedämpft, an seinen Trommelfellen. An diese Geräusche würde er sich niemals gewöhnen, ganz gleich, wie oft er sie vernahm. Gleichzeitig schlug ein beißender Gestank auf ihn ein: Fäkalien und Urin, Erbrochenes und der abgestandene Geruch ungewaschener Körper. Vogelhut konzentrierte sich auf das Echo seiner Schritte, als er direkt auf die Zellentür zuging, die die Wachen aus irgendeinem Grund offen gelassen hatten.

»Rembart? Rembart, ich bin es. Was ist da lo...«

Als Vogelhut die Tür erreichte und in die Zelle spähte, verschluckte er den Rest des Satzes. Rembart und die beiden anderen Wachposten lagen, gemeinsam mit dem Zelleninsassen, bewußtlos und mit gefesselten Händen und Füßen auf dem Boden. Vogelhut trat einen Schritt zurück, und eine Stimme hallte durch den Gang.

»Guten Morgen, Herr Doktor.«

Die Gänsehaut auf Vogelhuts Rücken verstärkte sich, und er drehte sich um. »Wer ist da?« fragte er. »Wer sind Sie?«

Er fragte sich, ob der Sprecher ihn überhaupt durch das Schreien, Jammern und Kreischen der Verlorenen verstehen konnte. Vogelhut bemühte sich, seine Angst zu verbergen, und ging langsam den Korridor bis zur Tür zurück. Dort tippte er den Kode ein.

Nichts geschah.

Er atmete tief durch und tippte die Ziffernsequenz noch einmal ein.

Die Tür öffnete sich noch immer nicht. Vogelhut hämmerte wütend dagegen.

»Ich habe den Kode umprogrammiert, Herr Doktor.«

Die bekannte Stimme erklang durch den Lautsprecher, weshalb es ihr auch mühelos gelang, die Geräusche der Irren in ihren Zellen zu übertönen.

»Wer ist da?«

»Ein alter Freund, Herr Doktor. Ich möchte eine zweite Diagnose einholen.«

»Öffnen Sie *sofort* die Tür!«

»Sobald wir uns unterhalten haben.«

»Wer sind...« Doch Vogelhut hatte die Stimme erkannt, noch bevor das vertraute Gesicht kurz hinter der einzigen Sichtscheibe der Tür erschien. »Kimberlain...«

»Schön, daß Sie sich an mich erinnern.«

»Lassen Sie mich hier raus!« überbrüllte Vogelhut den Lärm des Flügels der Verlorenen.

»Gern. Nachdem wir uns unterhalten haben.«

»Dafür werden Sie mir bezahlen! Bei Gott, das werden Sie noch bereuen!«

»Das glaube ich nicht, Herr Doktor. Denn wenn einer noch etwas gutzumachen hat, dann Sie. Ich weiß von dem Spiel, daß Sie seit etwa fünf Jahren treiben. Ich weiß von den vorgetäuschten Todesfällen und den Patienten, deren vorzeitige Entlassung Sie arrangiert haben.«

»Ich weiß nicht, wovon Sie . . .«

Ein schepperndes Geräusch hallte durch den Gang.

»Ich habe gerade die Riegel der letzten vier Zellentüren geöffnet, Herr Doktor. Ihre Zöglinge werden nicht lange brauchen, bis sie begriffen haben, daß sie frei sind und ihre Zellen verlassen können.«

»Das können Sie doch nicht tun! Bitte!«

»Ich habe es schon getan. Was meinen Sie, Herr Doktor - werden Ihre Gefangenen sich freuen, Ihnen hier unten zu begegnen? Ich würde nicht gern in diesem Zellentrakt eingesperrt sein. Warten Sie mal . . . ja, ich glaube, eine der Türen wurde schon geöffnet.«

Vogelhut wirbelte herum und rammte die Schultern gegen die schwere Tür, drückte sich so fest dagegen, als wolle er sich hindurchschmelzen. In der Tat hatte sich die letzte Zellentür ein Stück geöffnet, und Vogelhut sah, wie eine weitere aufgeschoben wurde.

»Was wollen Sie wissen?« fragte er kläglich.

»Sie hatten damit zu tun. Sie waren darin verwickelt. Oder nicht?«

»Ich hatte keine Wahl. Das ist eine Bundesanstalt. Ich habe nur eine Anordnung der Regierung befolgt.«

»Die *Regierung* steckt hinter diesen vorgetäuschten Todesfällen und Freilassungen?«

»Öffnen Sie die Tür. *Bitte.* Ich werde Ihnen alles sagen.«

»Sie werden mir alles sagen, was Sie wissen, und *dann* werde ich die Tür öffnen.«

»Einer von ihnen kommt raus! Mein Gott, sehen Sie es denn nicht? Ich flehe Sie an! Das können Sie mir nicht antun!«

»Hören Sie doch auf, Zeit zu schinden, Herr Doktor. Es wird Ihnen niemand helfen. Auf den Kontrollmonitoren oben brennen nur grüne Lämpchen. Captain Seven hat mir gezeigt, wie ich die Anlage umprogrammieren mußte.«

»Er kommt zu mir! Und da ist noch einer! O Gott, da kommt noch einer!«

Auf dem Bildschirm vor ihm sah Kimberlain, wie zwei Zelleninsassen, einer groß und schlank, der andere klein und sehr dick, zögernd den Korridor entlanggingen. Sie bewegten sich, als bereite ihnen jeder Schritt Mühe, und stützten sich an den Wänden ab.

»Reden Sie!« befahl der Fährmann.

»Ja, die Regierung! Sie hat ein gewisses Projekt durchgeführt. Ich wurde davon unterrichtet, doch man hat mir längst nicht alle Einzelheiten verraten. Mein Gott, wir sprechen hier über meine Karriere. Wenn ich auspacke, bin ich erledigt.«

»Aber noch an einem Stück. Das wird nicht unbedingt der Fall sein, nachdem Sie sich mit Ihren Gästen hier unten auseinandergesetzt haben.«

»Ich weiß nicht, wofür man die Gefangenen gebraucht hat! Das ist die Wahrheit!«

»Aber Sie wußten, daß die Regierung nur ganz bestimmte Kandidaten mit einem gewissen Persönlichkeitsprofil haben wollte. Peet zum Beispiel.«

»Die Gewalttätigsten. Die Verrücktesten.«

»Aber man hat sie doch aus einem ganz bestimmten Grund hier herausgeholt.«

»Den kenne ich nicht. Sie müssen mir glauben!«

»Fahren Sie fort, Herr Doktor.«

»Was wollen Sie wissen?«

»Hat man Ihre Zöglinge buchstäblich rekrutiert?«

»Man hat ihnen keine Wahl gelassen. Und mir auch nicht. Man hat es mir einfach befohlen. Und jetzt öffnen Sie die Tür! Hören Sie die Geräusche? Sie haben mich gesehen! Mein Gott, Sie kommen auf mich zu . . .!«

Auf dem Bildschirm sah Kimberlain, daß ein Mann, der sich

ganze Haarbüschel ausgerissen hatte, auf den Gang getreten war. Dann tat es ihm ein bärtiger Berg von Mann aus der gegenüberliegenden Zelle gleich. Die vier Gefangenen bewegten sich noch immer zögernd, als erwarteten sie, die Welt würde gleich nach ihnen schnappen wie ein wütender Hund, den sie doch nur streicheln wollten. Zwei weitere Gefangene, bei denen es sich um Zwillinge handeln mochte, warfen sich gegenseitig gegen die Wand. Ein unglaublich dürrer Mann, fast schon ein Knochengestell, trat aus seiner Zelle und griff in die Luft, als suche er nach unsichtbaren Mauern.

»Was ist mit ihnen passiert, nachdem sie hier abgeholt wurden?« fragte Kimberlain.

»Man hat mich nicht darüber informiert.«

Rumms!

Die restlichen Türen an der rechten Gangseite waren nun unversperrt, und die Gefangenen schoben zögernd Hände und Füße hinaus. Mittlerweile näherten sich die ersten vier befreiten Insassen dem Verwaltungschef der Anstalt; sie waren vielleicht noch zehn Meter von ihm entfernt.

»Na schön, na schön! Soweit ich weiß, sollten sie rekonditioniert werden. Hypnose, neue Medikamente, Gedächtnisblocks. Das Projekt hieß Renaissance.«

»Wiedergeburt . . .«

»Nur zum Teil. Wer auch immer dahintersteckte, sie wollten Menschen haben, die ohne Gewissensbisse oder Bedauern unglaublich brutale Taten begehen konnten. Sie wollten diesen Teil des Verstands ihrer Versuchskaninchen bewahren, während sie gleichzeitig aber imstande waren, denselben Teil völlig zu kontrollieren.«

»Wer waren ›sie‹, Herr Doktor?«

»Handlanger, Verbindungsleute . . . mit anderen habe ich nie zu tun gehabt. So, wie die Dinge geregelt wurden, vermutete ich, daß die Geheimdienstgemeinde dahintersteckte, doch ich kann es nicht mit Sicherheit sagen. Bitte, lassen Sie mich hier raus. Sie müssen mich rauslassen . . .«

»Wohin wurden Ihre Gefangenen gebracht?« Vogelhuts Lippen zitterten. Sein Blick richtete sich ängstlich auf die befreiten Insassen.

»Zwingen Sie mich nicht, mich zu wiederholen, Herr Doktor!«

»Schon gut! Auf eine Insel vor der Küste von North und South Carolina. Ihren Namen kenne ich nicht. Die Angaben waren nur vage.«

Der Gang hatte sich mittlerweile gefüllt, und die Verrückten waren Vogelhut immer näher gekommen. Kimberlain öffnete die Tür und riß den Verwaltungschef von den Gefangenen los, die schon an seiner Kleidung zerrten. Der sich schließende Kreis der Verrückten wollte Vogelhut nicht loslassen, doch die Insassen waren zu sehr damit beschäftigt, untereinander zu kämpfen, um den Fährmann daran hindern zu können, den Verwaltungschef in Sicherheit zu bringen. Er zwang die Hände zurück, die durch die Türöffnung griffen, und verriegelte schnell die Tür.

Vogelhut stützte sich auf den Knien ab. Er schien zusammenzubrechen, als Kimberlain ihn an den Schultern packte und gegen die Kommunikationskonsole schleuderte.

»Was können Sie mir noch über diese Insel sagen?«

»Nichts!«

»Mit wem von der Regierung haben Sie gesprochen? Antworten Sie!«

»Mit niemandem, nicht direkt. Nur Kontaktmänner, Verbindungsleute, wie ich es Ihnen schon gesagt habe. Einer von ihnen hat die Insel erwähnt. Ich weiß nicht mal, ob er die Wahrheit gesagt hat.«

»Dann werde ich es wohl herausfinden müssen, nicht wahr?«

»Ich sage Ihnen, Sie wissen nicht, was Sie tun!«

»Und Sie wissen nicht, was Sie getan haben, Sie blödes Arschloch!«

»Ich bin Regierungsangesteller. Ich hatte keine Wahl.«

»Die Regierung hat nichts damit zu tun, hatte niemals etwas damit zu tun.«

Vogelhut sah Kimberlain fragend an. »Nein, das kann nicht sein. Ich habe alles genau überprüft.«

»Na klar. Wahrscheinlich hat man ein paar Beamte an den richtigen Stellen bestochen, gerade so viele, um diese ganze Scharade zu ermöglichen und durchzuziehen.«

»Was für eine Scharade?«

»Sie hören mir nicht zu, Herr Doktor. Sie haben mir gerade nicht zugehört und tun es auch jetzt nicht. Sie haben einfach Befehle befolgt, genau wie die Wärter in all den Gefängnissen, in denen verurteilte Mörder den Rest ihres Lebens verbringen sollten.«

»Es wurden noch *andere* herausgeholt?«

»Hunderte. Wer auch immer dahintersteckt, er hat seine Helfershelfer keineswegs nur in ›The Locks‹ gefunden.«

Vogelhuts Augen schimmerten vor Erregung. »Warum sollte ich Ihnen glauben?«

»Weil ich der einzige bin, der Ihnen die Wahrheit sagt. Begreifen Sie denn nicht? Es paßt alles zusammen. Leeds hätte ohne beträchtliche Hilfe von innen niemals entkommen können, und nun begreife ich allmählich, wie seine Befreiung bewerkstelligt wurde.«

»Leeds? Was hat der denn damit zu tun?«

»Alles, werter Herr Doktor. Er will eine Welt schaffen, in der nur jene leben, die seinen besonderen Ansprüchen genügen. Er will alles von innen nach außen kehren. Er hat sich hier einsperren lassen, um jene Leute herauszuholen, denen er unsere Gesellschaft vermachen will.«

»Einsperren lassen?«

»Es gehörte alles zu seinem Plan. Er wollte, mußte die Insassen des Hochsicherheitstrakts befreien, denn die Ausführung seines Plans wird nicht mehr lange auf sich warten lassen, und diese dreiundachtzig Gefangenen müssen irgendeine Rolle darin spielen.«

Vogelhut richtete sich zögernd auf. »Das ist doch Wahnsinn!«

»Ihre Spezialität, Herr Doktor.«

»Ich sage Ihnen, die Leute, mit denen ich zu tun hatte, waren sauber. Sie hatten die richtigen Ausweise. Wir haben miteinander telefoniert. Ich habe in ihren Büros angerufen!«

»Sie haben die Nummern angerufen, die sie Ihnen gegeben haben. Bevor ich gehe, gebe ich Ihnen ein paar andere. Keiner der Leute dort wird jemals von den Regierungsbeamten oder ihrer Operation gehört haben.«

Vogelhuts Mund klaffte auf, und seine Gesichtszüge schienen

zu schmelzen. »Ich habe all diese Verrückten ihrer Obhut überstellt. Ich habe die Wahrheit vertuscht.«

»Sie haben sich der Dummheit schuldig gemacht, und ich vermute, Sie wurden von Experten ausgetrickst. Und zumindest einer Ihrer Leute in der Anstalt muß zu ihnen gehören, vielleicht sogar mehrere.«

Die Verlorenen hatten sich mittlerweile vor der Tür zu ihrem Zellentrakt zusammengedrängt und trommelten mit nackten Fäusten dagegen. Für einen Augenblick sah Kimberlain die Welt in ihrem Flügel als Mikrokosmos dessen, was Leeds schaffen wollte. Eine Welt, in der es keine Türen gab, um die Verlorenen zurückzuhalten, und keine Zellen, um sie einzusperren. Leeds würde zurückkehren, um sie und alle anderen zu befreien, die so waren wie sie. Sie waren seine Legion. Er würde sie freilassen.

»Sperren Sie sie gut ein, Herr Doktor«, sagte er zu Vogelhut. »Sperren Sie sie gut ein.«

Kimberlain versuchte, aus ›The Locks‹ Verbindung mit Lauren Talley aufzunehmen, doch sie war gerade von dem Krankenhaus, in dem Tiny Tim zugeschlagen hatte, unterwegs nach Quantico. Sie würde erst in etwa einer Stunde erreichbar sein, und nein, vielen Dank, Kimberlain wollte mit keinem sonst aus ihrer Abteilung sprechen. Statt dessen nutzte er die Zeit, um Captain Seven anzurufen.

»Und was machen wir jetzt?« fragte der Captain, nachdem der Fährmann zusammengefaßt hatte, was er von Vogelhut erfahren hatte.

»Meine junge Freundin Talley wird einen Suchtrupp zusammenstellen, um diese Insel zu finden. Hast du noch irgendwelche Ideen?«

»Tja, Boß, du erinnerst dich doch wahrscheinlich an diese spinnerte Bitte unserer alten Kumpel in Washington, ich solle mir was einfallen lassen, um die Ostküste vor U-Boot-Angriffen zu schützen. Sie haben mir damals die genauesten Seekarten geschickt, die sie zur Verfügung hatten, und zwar von der nördlichsten bis zur südlichsten Spitze. Gib mir zehn Minuten, um mir diese Karten mal anzusehen, und fünf, um dir zu sagen, was ich herausgefunden habe, während du unserem lieben Onkel Doktor einen Hausbesuch abgestattet hast ...«

»Willst du mich extra auf die Folter spannen?«

»Was ich hier habe, verdirbt mir sogar den Geschmack an meinem Hawaiianischen Lavabett. Du hattest recht mit der Vermutung, die Verstümmelungen müßten der Schlüssel sein, Boß. Eine pro Tatort – so sicher, wie die Sonne aufgeht.«

»Bei Dixon Springs sind wir uns noch nicht völlig sicher.«

»Ich mir schon. Ein altes Ehepaar namens Snead, ganz oben auf der Liste, die du mir gegeben hast.«

»Snead?«

»Sie waren die Eltern, Boß. Die in Daisy waren ein Bruder und dessen Familie. Die Krankenschwester in dem Hospital war eine Ex-Frau. Alles Verwandte, und soweit ich weiß, die engsten, die es noch gibt.«

»Wessen Verwandte?« fragte Kimberlain verwirrt.

»Verwandte der ursprünglichen Caretakers, Fährmann. Auf die hat unser Junge es abgesehen.«

27

Kimberlains Gedanken rasten noch immer, als er endlich Talley ans Telefon bekam.

»Diesmal sind Sie es, der mitgenommen klingt«, sagte sie, bevor er ihr mitteilen konnte, was er erfahren hatte.

»Aus gutem Grund. Einerseits glaube ich zu wissen, wo Leeds und die anderen sind.« Er schluckte hart. »Und andererseits kann ich Ihnen sagen, wie wir Tiny Tim erwischen können.«

»Soll ich schon zum Büro meines Vorgesetzten stürmen?«

»Sie sollten sich zuerst einmal alles anhören. Setzen Sie sich lieber. Es könnte eine Weile dauern ...«

Dann dauerte es doch nur zehn Minuten, bis der Fährmann alles zusammengefaßt hatte. Jede einzelne dieser Minuten brachte Andrew Harrison Leeds seinem Ziel, das neunte Reich zu verwirklichen, ein Stückchen näher. Aber nun konnte man ihn aufhalten. Man mußte nur die Insel finden, auf der Renaissance ihr Hauptquartier hatte – dann würde man auch Leeds finden.

»Und was machen wir jetzt?« fragte Talley schließlich.

»Sie gehen zu Ihren Vorgesetzten, Lauren, und bringen sie dazu, eine umfassende Suchaktion zu starten. Wahrscheinlich müssen wir die Armee hinzuziehen, doch das dürfte kein Problem sein. Captain Seven wird die Möglichkeiten eingrenzen, und dann schicken wir die Kavallerie los.«

»Sie müssen zu einer vollständigen Unterweisung herkommen.«

»Schicken Sie den Learjet nach Buffalo. Ich kann in zwei Stunden dort sein.«

»Was ist mit Tiny Tim, Jared?«

»Ich werde Captain Seven bitten, Ihnen die vollständigen Akten über alle Caretakers zu faxen. Spüren Sie die engsten noch lebenden Verwandten der acht anderen auf, und Sie werden wissen, wo Sie ihn zu suchen haben.«

»Mit Ihnen insgesamt neun.«

»Ich habe keine Verwandten mehr. Deshalb spart er mich wahrscheinlich bis ganz zum Schluß auf.«

Kimberlain dachte unentwegt darüber nach, auf dem Weg nach Buffalo und auch noch, während er neben der Landebahn auf den FBI-Learjet wartete. Wer konnte einen so gewaltigen Zorn gegen die Caretakers hegen, um Taten zu begehen, wie Tiny Tim sie beging? Einer der Caretakers – jawohl. Bei Gott, Kimberlain und die anderen hatten genug Feinde in ihrem Kielwasser zurückgelassen. Aber *sie alle?* Das ergab keinen Sinn. Nur einmal hatte das gesamte Dutzend zusammengearbeitet, und das ... na ja ...

Die Insel San Luis Garcia ...

Es war das einzige Mal gewesen, daß alle Caretakers als Einheit zusammengezogen wurden, daß Kimberlain die anderen, die angeblich genauso gut wie er selbst waren, mit eigenen Augen gesehen hatte. Im Interesse der Nation war damals die Beseitigung des despotischen Herrschers der Insel San Luis Garcia und die Einrichtung einer Marionettenregierung erforderlich gewesen. Zur Bestürzung aller hatte der Puppenspieler, ein amerikanischer General, den Entschluß gefaßt, seine eigenen Fäden zu ziehen. General Travis Seckle hatte anscheinend ureigene Vorstellungen davon, was für die Insel am besten war, und diese seine Vorstellungen standen in direktem Gegensatz zu denen der Vereinigten Staaten. Und noch schlimmer – er drohte, die peinliche Wahrheit über die Amtseinsetzung zu enthüllen, sollte man versuchen, ihn einfach wieder abzusetzen.

Die Caretakers waren kurz nach Mitternacht mit Fallschirmen auf die Insel abgesprungen und hatten sich den Weg zum Palast gebahnt, der auf einem Hügel lag. Seckle hatte versucht, seine Soldaten so zu postieren, daß er gegen ein solches Manöver gewappnet war, doch er hatte zu wenig Zeit gehabt. Und gegen eine kleine, in der Kunst des Tötens erfahrene Gruppe auf dem Niveau der Caretakers hätten wahrscheinlich die gesamten bewaffneten Streitkräfte San Luis Garcias keine Chance gehabt.

Sie waren schnell und problemlos bis zu den Außenmauern des Palastes vorgedrungen, konnten ihre Anwesenheit jedoch nicht mehr verbergen, nachdem sie erst den Innenhof betreten hatten. Es folgte ein blutiger Kampf, der sich schließlich in den Palast selbst verlagerte, und Seckle kam dabei um. Kimberlain hatte den Befehl bekommen, den Rückzug zu sichern, und den Palast selbst gar nicht betreten. Zwei Caretakers, die ihn betreten hatten, waren verwundet worden, und einer würde nie wieder einen Außeneinsatz bestreiten können. Doch es war diesen Preis wert gewesen. Wäre die Wahrheit über San Luis Garcia und Travis Seckle jemals durchgesickert, wäre der Schaden für die Regierung der Vereinigten Staaten wie auch für die Caretakers selbst unermeßlich gewesen.

Doch Seckle war tot, genau wie alles, was mit ihm im Zusammenhang stand. Also mußte es etwas anderes sein.

Der Learjet traf zwei Stunden, nachdem Kimberlain den Flughafen Buffalo erreicht hatte, ein, und der Fährmann ging über die Landebahn zu dem Flugzeug. Er war noch zehn Meter von der Maschine entfernt, als sich die Tür öffnete und die Treppe ausgefahren wurde. Sekunden später stieg ein gutgekleideter Mann hinab.

»Kimberlain?« übertönte er die noch laufenden Triebwerke.

Der Fährmann nickte.

»Dann los.«

Kimberlain ging an Bord und wurde dort von einem zweiten FBI-Agenten begrüßt. »Ich bin Special Agent Greeley, und das ist Special Agent Hawks.« Die beiden Männer ließen ihre Ausweise aufblitzen, und Hawks schickte sich an, die Tür zu schließen. »Wir stehen in ständiger Verbindung mit Washington und Quantico. Kein Grund, während des Fluges Zeit zu verschwenden. Wenn Sie nichts dagegen haben, starten wir sofort wieder.«

Kimberlain setzte sich und schnallte sich an. Dieser Learjet war ein technologisches Wunder, auf das sogar Captain Seven stolz gewesen wäre. Er verfügte über drei Fernsehschirme, zwei Faxgeräte, vier Telefone und zwei Computer, die offensichtlich mit Modems ausgestattet waren.

»Fangen wir damit an, wo wir Leeds finden können«, begann der Fährmann, als der Jet in Startposition rollte.

Captain Seven hatte die möglichen Verstecke auf bemerkenswert wenige Kandidaten reduziert, und eine Insel ragte deutlich über die anderen heraus: sie wurde Devil's Claw genannt und befand sich sechzig Kilometer östlich von North und South Carolina. Abgeschieden und unentwickelt, gehörte sie technisch gesehen zu keinem der beiden Staaten, doch beide hatten zu verschiedenen Zeitpunkten schon Anspruch auf Devil's Claw erhoben. Aufgrund der Topographie dieser Insel und des zerklüfteten, von Felsbrocken übersäten Ufers war sie praktisch unbewohnbar, und da in unmittelbarer Küstennähe hundert freundlichere Inseln lagen, schenkte keiner der beiden Staaten ihr noch größere Beachtung.

Der Name Devil's Claw – Teufelskralle – bezog sich auf die allgemeine Form der Insel. Sie stellte im Prinzip eine gewaltige Hügelkette mit einer fünfhundert Hektar großen Ebene genau in der Mitte dar. Laut Beschreibung des Captains lagen fünf hohe Hügel hinter dieser Ebene, und alle verfügten über schmale Gipfel, die wie Krallen aussahen. Von oben wirkte die Ebene wie ein Handteller mit gekrümmten Fingern. »Das kann warten«, sagte der Agent namens Greeley, nachdem er sich im Vordersitz zu Kimberlain umgedreht hatte, »bis wir den Direktor erreicht haben.«

Der Learjet hob sich durch bauschige weiße Wolken, die so dünn zu sein schienen wie die Abgase des Flugzeugs . . .

Plötzlich nagte etwas an Kimberlains Magen. Die Agenten hatten den Jet vor dem Start nicht wieder aufgetankt, obwohl er unmöglich genug Treibstoff mitführen konnte, um es wieder bis nach Washington zu schaffen . . .

Der Agent namens Hawks beugte sich in seinem Sitz vor und drehte an den Knöpfen eines der Bildschirme.

»Ich habe den Direktor jetzt«, sagte er, und ein flimmerndes Bild erschien auf dem Monitor. Im selben Augenblick, als es scharf wurde, zog sich Kimberlains Sicherheitsgurt zurück und grub sich in seinen Magen. Er griff schon nach seiner Pistole, als ihm klar wurde, daß der Sicherheitsgurt seine Hand an den Körper zwängte. Er versuchte, sie unter dem Gurt hervorzuziehen, als hinter ihm zwei weitere Männer auftauchten und Maschinenpistolen auf ihn richteten.

»Willkommen«, sagte das Bild Andrew Harrison Leeds, das nun den Monitor vor dem Fährmann ausfüllte. »Ich freue mich, Sie an Bord zu haben.«

DIE SIEBENTE GEWALT

DEVIL'S CLAW

Donnerstag, 20. August, 23 Uhr

28

Von Vermont fuhren Hedda und Chalmers in westliche Richtung zu einem abgeschiedenen Landsitz in Highland im Bundesstaat New York, von dem aus sie einen Blick auf den Hudson River hatten. Zwei Caretakers waren bereits dort, als sie eintrafen, und die anderen tröpfelten nacheinander im Verlauf der nächsten sechs Stunden ein, in denen eine kühle Sommernacht den Tag verdrängte. Sie waren aus Schutzverstecken in Städten auf der ganzen Welt, in denen Chalmers sie untergebracht hatte, hierher geflogen. Ein Mietwagen nach dem anderen fuhr hinter eine alte Scheune am Rand des Besitzes, und die Fahrer begaben sich zum Haupthaus.

Finn, Ishmael, Kurtz, Marner, Jago ...

Sie bildeten eine Gruppe, wie Hedda sie noch nie gesehen hatte. Auf den ersten Blick unterschieden sie sich, was ihr Aussehen betraf, zwar völlig voneinander, doch sie alle hatten denselben Ausdruck in den Augen – hohl und leer, und unmöglich zu deuten. Es waren ihre eigenen Augen, die eines Raubtiers, die sie zwar schon in einem Spiegel, aber bis heute nie bei einem anderen Menschen gesehen hatte.

Sie war genauso wie diese Männer ...

Aber sie war einmal etwas anderes gewesen. Chalmers hatte sich standhaft geweigert, ihr mehr über ihr wahres Ich zu verraten, und Hedda hatte begriffen, daß es sinnlos war, ihn zu drängen. Er hielt die Wahrheit als Geisel; sie würde sie nur erfahren, wenn sie auf Devil's Claw die ihr gedachte Rolle spielte.

Als alle Caretakers eingetroffen waren, begab sich die Gruppe ins Wohnzimmer des großen Hauses, aus dem – abgesehen von einem großen Tisch – alle Möbelstücke entfernt worden waren. Darauf befand sich ein maßstabs- und detailgetreues Modell der Insel. Die fünf Hügelgipfel, die sich über die einzige Ebene erhoben, bestanden aus Ton. Winzige Holzhäuschen stellten eine Kleinstadt komplett mit Straßen und Ampeln dar. Hinter den Häusern, am Rand der Ebene, lag eine gefährlich kurze Start- und Landebahn.

Die Caretakers versammelten sich um den Tisch. Hedda fragte sich, ob irgendeiner von ihnen mehr über die Wahrheit wußte als sie, glaubte aber nicht daran. Schließlich hatten nur sie und Deerslayer unmittelbar mit Chalmers' Operation zu tun gehabt. Die anderen hatten vielleicht geglaubt, wieder auf irgendeine kaum herausragende Mission geschickt worden zu sein.

»Wir waren alle ... schon einmal ... auf dieser Insel«, erklärte Chalmers. »Ihr alle wurdet dort ... was ihr jetzt seid. Ich weiß ... daß sich keiner von euch ... daran erinnert. Es ist ... zwei Jahre her ... seit ich dort war. Doch wenn einer von uns ... überleben will ... muß sie vernichtet werden.« Er drehte sich zu ihr um. »Hedda?«

»Die Hügel«, schlug sie vor, ohne nachdenken zu müssen. »Wir bringen Sprengsätze an und verursachen einen Erdrutsch, der die gesamte Stadt und alle Bewohner unter sich begräbt.«

Der Caretaker namens Finn fuhr mit den Fingern – Hedda stellte fest, daß sie lang und schlank wie die eines Klavierspielers waren – über die Modellstadt und verharrte dann bei der Landebahn.

»Dann wäre diese Startbahn unsere einzige Fluchtmöglichkeit. Das heißt, wir müssen die Stadt sichern und ein Flugzeug herunterlotsen, das uns abholen wird, nachdem wir den Sprengstoff scharfgemacht haben.«

»Wie viele?« fragte der Caretaker namens Bloom, an Chalmers gewandt.

»Kommt darauf an. Mindestens ... mehrere Hundert. Vielleicht sogar ... noch mehr.«

»Wie wir?«

»Schlimmer. Viel ... viel schlimmer.«

Die Caretakers blickten einander an.

»Aber wir ... schaffen es vielleicht nicht mehr ... sie alle zu erwischen.«

»Wieso?« fragte Hedda.

»Weil sie vielleicht schon ... losgeschickt wurden. Aber er wird ... dort sein. Ich weiß es. Er wird ... dort sein.«

»Sicherheitsvorkehrungen?« fragte ein Caretaker namens Marlowe.

»Nichts, was wir ... nicht umgehen könnten.«

»Aber eine direkte Annäherung über das Meer kommt nicht in Frage.«

»Natürlich nicht.«

»Dann«, sagte Jago, »müssen wir uns zuerst eine Zugangsmöglichkeit verschaffen.«

»Und danach umgehend die Landebahn und die Umgebung sichern«, fügte Kurtz hinzu, »während wir die Hügel schon mit Sprengstoff spicken.«

»Dynamit, das beim Straßenbau in unwegsamem Gelände eingesetzt wird«, sagte Fagin. »Damit habe ich schon gearbeitet.«

»Das Problem ist«, warf Chalmers ein, »daß ich nicht weiß ... welche Sicherheitsvorkehrungen ... sie in den Hügeln haben. Sobald sie wissen ... daß wir dort sind ...«

»Dann zwei Teams«, folgerte Hedda. »Eins übernimmt die Landebahn und sichert die Stadt, während das andere den Sprengstoff anbringt. Wenn das Team in den Hügeln dann in eine Falle geraten sollte, können wir jedem Gegenangriff standhalten.«

»Das Flugzeug muß über uns kreisen«, sagte Finn. »Eine Beech 1900 kann uns alle aufnehmen und kommt auch mit einer kurzen Landebahn klar. Aber der Treibstoff könnte ein Problem werden, je nachdem, wie lange wir uns dort aufhalten müssen.«

»Warum sprengen wir die Hügel nicht aus der Luft?«

»Nein«, erwiderte Fagin. »Wir müssen ja wieder an Bord und brauchen die Landebahn noch ...«

Die ganze Nacht über diskutierten sie ihr Vorhaben und wägten jedes Für und Wider ab. Nach der Besprechung des allgemeinen Plans widmeten sie sich den Einsätzen der jeweiligen Teams. Ihnen blieb Zeit lediglich noch bis zum folgenden Morgen, um die Logistik abzuschließen; den Rest des Tages benötigten sie für den Erwerb ihrer Ausrüstung und für die letzten Vorkehrungen. Der Angriff mußte am darauffolgenden Abend stattfinden.

Am Morgen waren Hedda und Chalmers kurz allein, und sie nutzte die Gelegenheit, um ihm weitere Fragen zu stellen.

»Warum?« fragte sie.

Er blickte sie fragend an.

»Warum tun Sie das? Wegen Ihnen? Wegen uns? Ich möchte es gern selbst verstehen, Chalmers, weil mir das helfen könnte, mich selbst zu verstehen.«

»Ihr habt mir gehört ... ihr alle ... ein Experiment ...«

»Was meinen Sie damit?«

»Um zu sehen ... wie die Rekonditionierung ... funktioniert hat.«

»Die Insel ...«

»Ja, nachdem ihr ... aufgebrochen wart. Es war ... meine Idee. Ich hatte ... Sie rekrutiert ... Sie und die anderen ... schon vor langer Zeit ...«

»Ich verstehe nicht.«

»Es gab ... andere Caretakers ... vor euch. Anders ... aber genauso ... wie ihr.«

»Das hat mir Pomeroy schon verraten.«

»Ich habe ... auch sie rekrutiert.« Chalmers berührte die Buchse in seinem Hals. »Bis mir ... das passierte. Bis ich ... abgelöst wurde. Aber dann ... brauchten sie mich wieder.«

»Um uns zu rekrutieren«, nahm Hedda den Faden auf. »Aber Sie haben sich gegen die gewendet, die die Fäden in der Hand halten. Sie haben uns gerettet.«

»Weil ich herausbekam ... wofür ihr wirklich ... gebraucht wurdet ... und weil ich ... das nicht zulassen konnte. Ihr gehörtet mir.«

Hedda verspürte plötzlich ein Frösteln. »Das TD-13! Wir sollten im Zusammenhang mit diesem Gift irgendeine Mission erfüllen, nicht wahr?«

»Nein. Nach ... dem Gift.«

»Was soll das heißen?«

Chalmers schüttelte den Kopf. »Es ist ... noch nicht an der Zeit ... daß ihr es erfahrt.«

»Wann denn?«

»Nachdem wir ... auf der Insel ... fertig sind.«

Bruchstücke . . .

Das war alles, was Kimberlains Verstand erfassen konnte. Ein Zimmer, klein und fensterlos. Unzusammenhängende Stimmen. Ketten, die seine Arme und Beine auf eine schmale Pritsche fesselten, schwere Ketten, die in die Betonmauern verankert waren. Und Dunkelheit, die nur von aufblitzenden Erinnerungen erhellt wurde.

Den letzten klaren Gedanken hatte er an Bord des Learjets gefaßt. Andrew Harrison Leeds, von einem Ohr zum anderen grinsend, war auf dem Bildschirm erschienen.

»Wie schön, Sie wiederzusehen, Fährmann.«

Kimberlain hatte den Versuch, nach seiner Waffe zu greifen, aufgegeben, und die Arme gehoben. Er hatte auf eine Chance gewartet und gleichzeitig schon gewußt, daß sie nicht kommen würde.

»Ich weiß, es ist unhöflich, Sie nicht persönlich zu begrüßen«, fuhr Leeds fort, »doch die Umstände verlangen, daß ich mich woanders aufhalte.«

»In Ihrem neunten Reich, Ledds?«

Die Augen des Wahnsinnigen füllten sich mit ehrlicher Bewunderung. »Sehr beeindruckend, Fährmann. Nun bedauere ich den Versuch, sie zu beseitigen, bevor wir uns vernünftig unterhalten konnten. Ich muß versuchen, Sie für meine Legion zu verpflichten, nicht wahr?«

»Versuchen können Sie es, aber bereiten Sie sich auf eine Enttäuschung vor.«

»Sie können mich niemals enttäuschen, Fährmann. Sie sind der einzige, der mein Niveau erreicht – Sie und Peet natürlich.«

Kimberlain runzelte die Stirn.

»Ja, ich weiß, daß Sie beide sich zusammengetan haben. Das hat er Ihnen natürlich auch schon gesagt.«

Kimberlain schwieg.

»Ihr Blick verrät Sie, Fährmann. Ich muß eingestehen, ich bin überaus eifersüchtig, aber ich habe schon Schritte eingeleitet, das zu ändern. Ich weiß, wo Sie ihn versteckt haben. Ein paar kurze Augenblicke mit mir zusammen, und er wird sein altes Leben wieder aufnehmen. Und da ist natürlich noch diese FBI-Agentin . . .«

»Lauren Talley . . .«

»Ja. Sehr attraktiv, nicht wahr? Eine Schande, daß ich sie für meine Zwecke einsetzen mußte.«

Kimberlain drückte ganz ruhig seine Arme hoch, um die Fesseln zu sprengen, doch der Sicherheitsgurt gab keinen Zentimeter nach. Sein Blick wich nicht vom Bildschirm. Er wußte, daß er von einer Kamera aufgenommen und daß die Bilder zu dem Wahnsinnigen übertragen wurden, ganz gleich, wo er sich im Augenblick befinden mochte. »Sie können die Schuld natürlich nur sich selbst geben«, fuhr Leeds fort.

»Wieso?«

»Ich habe einfach die Kommunikationskanäle der Talley angezapft. Ich habe gewußt, daß Sie sie anrufen würden und ich dann nur noch zupacken mußte, doch ich hatte niemals damit gerechnet, daß Sie meine Insel wirklich finden würden.« Leeds' Blick schien einen Tadel zu enthalten. »Sie hätten es besser wissen müssen. Wie können Sie jemanden mitschleppen, der nicht in unsere Welt paßt? Solchen Menschen kann nur Schlimmes widerfahren. Muß ich Ihnen denn immer wieder neue Lektionen beibringen, Fährmann?«

»Ich lerne nur langsam.«

»Anscheinend. Sie haben nichts gelernt, als ich damals, als man mich noch Candy Man nannte, Ihre Dienste in Anspruch nahm. Ich habe gewußt, daß Sie kooperieren würden. Sie würden niemals auf den Gedanken kommen, jemand könne Sie manipulieren. Und die letzte Lektion besteht in der Erkenntnis, daß Ihr wirklicher Platz bei mir ist.«

»Und wenn ich nicht mitmache, bringen Sie mich um wie alle anderen, die nicht in Ihren großen Plan passen, oder?«

Andrew Harrison Leeds lächelte. »Wie würdig Sie doch sind, Fährmann . . .«

»Und wohin bringen Sie mich?«

»Natürlich genau dorthin, wohin Sie wollten. Nach Devil's Claw.«

Der Fährmann beobachtete den Bildschirm, auf dem sich Leeds' Gesicht zu einem breiten Grinsen verzog. Gleichzeitig spürte er, daß einer der Handlanger des Verrückten ihm eine Nadel in den Arm stieß. Fast augenblicklich fühlte er sich benommen, doch ohnmächtig wurde er nicht. Sein Geist glitt durch verschiedene, traumähnliche Bewußtseinsebenen, und er verlor jedes Gefühl für Zeit und Perspektive. Er konnte nicht sagen, wie er aus dem Flugzeug in diesen fensterlosen Raum gekommen war.

Nun spürte er, daß das Beruhigungsmittel allmählich nachließ, was bedeutete, daß Leeds andere Pläne mit ihm hatte. Er versuchte, seine Gedanken auf den Raum zu konzentrieren, in dem er sich befand, und einen Plan für den Augenblick auszuarbeiten, da man ihm seine Fesseln abnehmen würde.

Kimberlains Blick kämpfte gegen die verschwommenen Schemen an, und endlich konnte er wieder ziemlich klar sehen. Der Raum, in dem er eingesperrt worden war, stellte eine perfekte Nachbildung der Zellen im Hochsicherheitstrakt in ›The Locks‹ dar, bis hin zu den Schlitzen in der Zellentür, durch welche die Essentabletts geschoben wurden. Das Licht war gedämpft; eine freiliegende Glühbirne konnte er nirgendwo ausmachen. Natürlich nicht; sie stellte eine potentielle Waffe dar. Kimberlain zerrte an dem Eisen, das seine Hände fesselte, aber es gab keinen Millimeter nach. Doch selbst, wenn es ihm gelungen wäre, sich von den Ketten zu befreien, hätte er damit noch nichts gewonnen, denn irgendwo in diesem Raum befand sich eine Kamera, über die Leeds jede seiner Bewegungen verfolgen konnte.

Genau, wie man Leeds' Bewegungen während seiner kurzen Zeit in ›The Locks‹ ständig beobachtet hatte.

»Ah, Fährmann.« Die Stimme des Verrückten füllte den kleinen Raum aus. »Wie ich sehe, sind Sie endlich wach. Hoffentlich gefällt Ihnen Ihr Quartier.«

»Ich habe es irgendwo schon einmal gesehen.«

»Wie auch ich. Während der zwei Monate, die ich dank Ihrer Mitwirkung in ›The Locks‹ verbrachte.«

»Sie meinen, dank Ihnen.«

»Dank uns beiden, denn wir haben ja zusammengearbeitet. Doch nun sehen Sie die Dinge aus meiner Warte. Was halten Sie davon, Fährmann? Wie fühlen Sie sich?«

»Als ob Sie hierher gehörten, Leeds. Nur wir beide in dieser Zelle.«

»Natürlich, nachdem ich Ihnen die Fesseln abgenommen habe.«

»Davon gehe ich aus.«

»Wie viele Menschen haben Sie in solche Zellen gebracht, Fährmann? Wie viele Seelen konnten sich wegen Ihnen nicht entfalten und ausleben?«

»Wie viele Mörder ich davon abgehalten habe, weiterhin zu morden, meinen Sie?«

»Aber nun habe ich sie befreit und statt dessen Sie in eine solche Zelle gesperrt. Die Welt muß in Ordnung gebracht werden, und auf dieser Insel werden wir damit anfangen. Ich wollte, daß Sie die Dinge aus dieser Perspektive sehen, damit Sie sich überlegen, ob Sie nicht auf die andere Seite wechseln wollen, auf die Sie schon immer gehört haben.«

»Fahren Sie zur Hölle, Leeds.«

»Das ist nur ein kurzer Gang, Fährmann.«

Und Kimberlain hörte, wie das Schloß der Zellentür aufschnappte.

29

Leeds trat zuerst durch die Tür, gefolgt von sechs der furchteinflößendsten Männer, die Kimberlain je gesehen hatte. Er erkannte auf Anhieb keinen von ihnen und wußte, daß sie nicht mehr dieselben Männer waren wie zu dem Zeitpunkt, als sie auf die Insel gekommen waren.

Renaissance . . .

Leeds hatte sich mit ihnen befaßt. Sie gehörten jetzt ihm.

Im Vergleich mit seinen Helfern war der Verrückte ein Zwerg. Er trug eine weiße Montur, die fast so aussah wie die Anstaltskleidung in ›The Locks‹. Als er vortrat, hielt er die Hände hinter dem Rücken verschränkt, als wären sie ebenfalls gefesselt. Sein schwarzes Haar schimmerte im schwachen Licht der Zelle wie frisch eingecremtes Schuhleder. Seine Augen funkelten.

»Wie lange habe ich auf diesen Augenblick gewartet«, sagte er.

»Tut mir leid, daß ich Ihre Begeisterung nicht teilen kann.«

»Wenn Sie wollen, können Sie es, Fährmann. Sie müssen es nur sagen.«

»Ich fürchte, das geht leider nicht.«

Leeds nickte wissend. »Ja, Sie fürchten sich, aber nicht so sehr vor mir wie vor Ihnen selbst. Ich habe Ihr wahres Wesen erkannt, die rohe, ungezügelte Gewalt, die Sie antreibt. Geben Sie sich ihr hin, und Sie werden endlich zu dem Menschen, der Sie schon immer sein wollten.«

»Und ich nehme an, Sie können mir den Weg zeigen«, sagte Kimberlain mit dem Wissen, daß dies vielleicht seine einzige Möglichkeit zur Flucht war.

»Genau deshalb bin ich hier, Fährmann. Machen wir einen kleinen Spaziergang.«

Leeds' halbes Dutzend Helfershelfer lösten Kimberlains Ketten von der Wand. Er spürte einen harten Ruck und wußte, daß er praktisch an der Leine lag. Es war ihm vielleicht möglich, sich loszureißen, doch da Leeds' Wachen ihn auf allen Seiten umgaben, würde er auch damit kaum etwas erreichen. Sie rissen ihn herum, so daß er Leeds ins Gesicht sah.

»Kommen Sie, Fährmann, und betrachten Sie mein Werk.«

Ein Ruck an seiner Leine, und Kimberlain trat hinter Leeds auf den Gang, in dessen Wände etwa alle drei Meter Türen eingelassen waren. Leeds berührte einen Knopf an der Wand, und die Deckenbeleuchtung flammte auf. Nun wurden kleinere Korridore sichtbar, die in diesen Hauptgang mündeten. Leeds ging los und bedeutete Kimberlain, ihm zu folgen. Erneut spielte der Fährmann kurz mit dem Gedanken, seine Bewacher anzugreifen.

Der Verrückte blieb vor einer der Türen stehen. Kimberlain spürte einen Zug an der Kette und tat es ihm gleich. Leeds legte einen Schalter neben dem Türrahmen um, und das Licht in dem dahinterliegenden Raum flammte auf. Kimberlain sah einen Mann, der in einem Topf auf dem Herd rührte. Er bemerkte, daß der Herd nicht angeschlossen war, und fragte sich, ob auch der Topf leer sein mochte.

»Ich glaube, Sie kennen diesen Mann als Chef Fred«, sagte Leeds. »Chef für Küchenchef. Er hat sämtliche Studenten eines Wohnheims vergiftet. Über hundert Tote, und die Ermittler konnten ihn mit fünfzig weiteren Todesfällen in Restaurants und Cafeterias in Verbindung bringen. Sein bevorzugtes Gift war Arsen, doch während der Ermittlung wurde festgestellt, daß er bei den Köstlichkeiten, die er im Lauf der Jahre zubereitet hat, auch zahlreiche andere gewisse Ingredienzen verwendete.«

»Lebenslängliche Unterbringung in ›The Locks‹. Er ist einer der dreiundachtzig, die Sie befreit haben.«

»Ja. Sie sind alle noch hier.«

»Wie haben Sie das organisiert? Mal ganz abgesehen von der Logistik ... Ich frage mich, wie Sie die Anstaltsinsassen dazu bringen konnten, mit Ihnen zusammenzuarbeiten.«

Leeds lächelte. »Ganz einfach, Fährmann. Ich spreche ihre Sprache – sofern Worte überhaupt einmal nötig sein sollten.«

Leeds kippte den Schalter wieder zurück und ging weiter. Er blieb an der übernächsten Tür stehen, und die Prozedur wiederholte sich. Als das Licht in der Zelle aufflammte, sah der Fährmann zuerst schwere, handelsübliche Möbelstücke. Jemand hatte sie brutal auseinandergenommen, und die Trümmer lagen überall herum. Erst dann bemerkte er einen riesigen Schwarzen mit nacktem Oberkörper, der noch immer damit beschäftigt war, die Holzbruchstücke mit bloßen Händen zu zerbrechen.

»Ranford Dobbs«, erklärte Leeds. »Ein Familienvater mit einer verhängnisvollen Neigung zum Glücksspiel. Das Footballteam, auf das er gesetzt hatte, verspielte in den letzten zwei Minuten noch einen Vorsprung von zehn Punkten. Dobbs brachte seine Frau, seine drei Kinder und sechs Nachbarn um, bevor die Polizei ihn außer Gefecht setzen konnte. Er glaubt, das Spiel liefe noch immer.«

Kimberlain folgte Leeds zu einem Raum am anderen Ende des Gangs.

»Hier ist einer meiner Lieblinge«, erklärte der Wahnsinnige und spähte durch die Einwegscheibe.

In der Zelle befand sich ein Junge um die zwanzig Jahre, der mit seinem langen, blonden Haar wie ein Rockstar aussah. Er saß auf einem Sofa und trug Kopfhörer, die mit einer modernen Stereoanlage verbunden waren, die fast die gesamte gegenüberliegende Wand beanspruchte. »Jon Goldberg«, erklärte Leeds, »ein reicher Junge, der Geschmack am Nervenkitzel des Tötens fand. Er und zwei Kumpane schlugen fünf jüngere Burschen mit Baseballschlägern tot. Eines Tages wollten seine Freunde aussteigen, und Jon brachte sie um. Das war vor drei Jahren. Er wurde an seinem achtzehnten Geburtstag in ›The Locks‹ eingeliefert, genau einen Monat bevor ich dort eintraf.«

»Ich habe genug gesehen«, sagte Kimberlain.

Leeds runzelte enttäuscht die Stirn. »Wir haben doch gerade erst angefangen.«

»Sind das die Bewohner der Welt, die die neunte Gewalt schaffen will, Leeds? Nicht sehr anspruchsvoll für einen Mann Ihres Niveaus.«

»Weil ich mit ihnen noch nicht fertig bin. Kommen Sie, da ist etwas, das Sie wirklich noch sehen sollten ...«

Eine Tür am anderen Ende des Gangs öffnete sich auf einen weiteren, kürzeren Korridor mit Türen an beiden Seiten. Erneut ermöglichte ihnen Einwegglas die Sicht in die Zellen, die jedoch alle unbelegt waren. In jeder standen ein oder zwei Stühle. Auf einigen Stühlen waren Riemen angebracht.

Kimberlain ging ein Licht auf. »Hier haben Sie es durchgeführt«, sagte er. »Renaissance.«

»Ja«, sagte Leeds und trat näher an ihn heran, fast so nahe, daß Kimberlain einen Angriff riskieren konnte. Der Tod war eine akzeptable Alternative – solange er Leeds mitnehmen würde. Doch er mußte warten, bis sich ihm eine aussichtsreichere Möglichkeit bot.

»Im Anfangsstadium, also vor mehreren Jahren«, fuhr Leeds fort, »benutzten wir ausgeklügelte Konditionierungsmethoden. Tiefenhypnose, und was man allgemein als Gehirnwäsche bezeichnet. Doch leider erwiesen sich die Ergebnisse als nicht dauerhaft genug. Mehrere Versuchsobjekte erinnerten sich teilweise an ihre Vergangenheit, und bei einigen wenigen Fällen kehrten sogar alle Erinnerungen zurück. So etwas kann nur zum Chaos führen. Der Verstand rebelliert. Solch eine Verschwendung . . .« Sie schritten langsam den Korridor entlang. »In letzter Zeit ist es uns gelungen, Erinnerungen zu löschen, indem wir das Ammonshorn und die Abschnitte der Großhirnrinde freigelegt haben, in denen die Erinnerungsbestandteile sozusagen abgespeichert sind, und mit eine Sonde zielsicher Mikrowellen ausgestrahlt haben. Eine faszinierende Weiterentwicklung. Sie beschleunigt den Prozeß beträchtlich.«

»Und nachdem die Behandelten sich nicht mehr bewußt an ihre Vergangenheit erinnern können?«

»Pflanzen wir falsche Erinnerungen ein, genug, um dem Bewußtsein ein ausreichendes Polster zu liefern. Doch nur die Erinnerungen selbst werden gelöscht. Der Kern der Patienten bleibt erhalten und kann blühen und gedeihen.«

»Sie schaffen sie nach Ihrem eigenen Bild, Leeds.«

»Nach dem der Patienten, aber ja, das Konzept haben Sie begriffen.«

»Werkzeuge, Leeds, Roboter.«

Leeds fuhr mit einer heftigen Bewegung zu ihm herum. »Nein. Männer und Frauen, die nun ihre wahre Natur ausdrücken und ausleben können, deren Energie und Kraft in Kanäle umgeleitet wurde, durch die sie sich am besten nutzen lassen.«

»Aber da ist noch mehr, Leeds. Ihre neunte Gewalt wird sich erst ein Reich schaffen können, nachdem alle anderen Menschen aus dem Weg geräumt worden sind. Wie genau wollen Sie das bewerkstelligen?«

Leeds nickte. »Auf eine wirklich faszinierende Art und Weise. Ich glaube, sie würde sogar Ihnen gefallen.«

»Verraten Sie sie mir.«

»Das werde ich, sobald die Zeit dafür gekommen ist, vorausgesetzt . . .«

Sie hatten den letzten Raum am Gang erreicht. Leeds blieb stehen und bedeutete Kimberlain, durch die Einwegscheibe zu sehen. Dahinter befand sich etwas, das Kimberlain an einen hochmodernen Operationssaal erinnerte, steril und mit Geräten, die ihm größtenteils unbekannt waren. Er fragte sich, ob auch ein Captain Seven sie alle kannte.

»In diesem Raum würde es geschehen, Fährmann. Wenn Sie ihn wieder verlassen, werden Sie nicht mehr der Mensch sein, als den Sie ihn betreten haben. Sie werden frei von allen moralischen Dilemmas sein, die Ihr Leben so unzufrieden gestalten. Sie werden sich von allem befreit haben, nur nicht von Ihrem elementaren Wesen. Das können Sie nicht abstreiten. Sie können es nicht einmal versuchen.«

»Ich werde mir noch nicht einmal die Mühe machen.«

»Ich biete Ihnen Freiheit an, Fährmann, Freiheit von dem, was Sie schon immer versklavt hat. Ich kann Ihnen Ihre Vergangenheit nehmen und Ihnen die Möglichkeit geben, sich endlich auszuleben, das zu tun, wofür sie geboren wurden.«

»Ich wurde geboren, um Sie aufzuhalten, Leeds.«

Leeds' Augen tadelten ihn. »Wirklich? Was glauben Sie, wie gut Sie sich in Wirklichkeit selbst kennen, Fährmann? Sind Sie tatsächlich so naiv?«

Kimberlain warf noch einen Blick durch das Glas in den OP. »Warum bitten Sie mich um Erlaubnis? Warum schnallen Sie mich nicht einfach dort an und schicken Ihre Leute an die Arbeit?«

»Aus Respekt, Fährmann. *Sie* könnte ich nicht zwingen, auf diesem Stuhl Platz zu nehmen. Nicht Sie, nicht Peet. Die anderen sind meine Soldaten. Sie, Fährmann, könnten neben mir herrschen. Gesellen Sie sich zu uns.«

»Uns?«

»Eine kleine Überraschung, die ich mir für später aufbewahre.«

Kimberlain schüttelte den Kopf. »Tut mir leid, Leeds. Es wird kein Später geben.«

»Reinheit, Fährmann, rohe Essenz – das biete ich Ihnen an, und das schlagen Sie aus. Und damit verleugnen Sie das, was Sie sind. Akzeptieren Sie es, nicht nur um meinet-, sondern auch um Ihretwillen.«

»Nein.«

»Dann müssen wir Sieger und Besiegter bleiben.«

»Wir tun, was wir tun müssen, Leeds.«

»Immer.«

Als Devil's Claw noch drei Kilometer entfernt war, schalteten die Besatzungen der vier pfeilschnellen Boote die Motoren aus und ließen sich treiben. Jedes Boot beförderte vier Caretakers; Chalmers und ein anderer flogen die Beech 1900, die sie nach Abschluß ihrer Mission abholen sollte. Hedda war in dem Boot ganz rechts. Nachdem sie bis hierher gekommen waren, mußte keinem der Caretakers mehr gesagt werden, was er zu tun hatte. Jeder kannte seine Aufgabe und erfüllte sie mit höchster Genauigkeit.

Heddas Aufgabe bestand darin, sich über die Seite zu beugen und die schwarzen Paraglider zu befestigen. Die Schnellboote würden, vom Autopiloten gesteuert, die Caretakers an den Fallschirmen hochziehen. Sobald sie eine ausreichende Geschwindigkeit und Höhe gewonnen hatten, würden sie sich von den Schnellbooten lösen und an den Drachen bis in die Gewässer unmittelbar vor der Insel gleiten. Die Logistik war keineswegs genau ausgearbeitet. Sie konnten nur hoffen, daß der Wind günstig stand und sie so nahe an die Küste bringen würde, daß sie daraufhin schwimmend erreicht werden konnte.

Nachdem alle Vorkehrungen getroffen waren, legte Hedda ihren Overall an. Sie verstaute ihre Ausrüstung und Waffen in eine wasserdichte Tasche und ließ sich vom Heck ins eiskalte Wasser hinab, in dem die drei anderen Caretakers aus ihrem Boot bereits warteten. Sie schnallte sich an ihren Paraglider an und befestigte die Gurte um ihre Taille und unter den Armen. Dann steckte sie die Füße in die Bindungen der einen Meter und zwanzig langen Skis und schloß sie. Als sie eine sitzende Haltung eingenommen und die schwarzen Schwingen hinter ihr ausgerichtet hatte, nickte sie Jago zu. Der Caretaker ließ seine Taschenlampe aufblitzen, um den Besatzungen der anderen Boote das verabredete Zeichen zu geben, und nachdem die anderen es erwidert hatten, aktivierte Jago die Fernsteuerung in seiner Hand.

Der Autopilot schaltete sich augenblicklich ein. Im nächsten Moment riß der Ruck sie hoch, mit dem das Schnellboot anfuhr, und hätte sie fast umgerissen. Hedda gelang es, sich aufrecht zu halten, und befand sich kurz darauf schon in der Luft. Der Wind blies nach Osten, in genau die Richtung, die sie einschlagen wollten.

Die Boote befanden sich so weit auseinander, daß die vier Gruppen der Caretakers einen sicheren Abstand wahren konnten. Doch hinter jedem Boot brachten gelegentliche Windstöße die vier Mitglieder einer jeden Gruppe mitunter gefährlich nahe zusammen. Hedda mußte mehrmals auf ihren Paraglider einwirken, damit die Schnur sich nicht mit dem eines anderen Caretakers verhedderte.

Die Agenten warteten, bis die Boote die Höchstgeschwindigkeit erreicht hatten und die Taue, die sie mit ihnen verbanden, straff gespannt waren, bevor sie die Paraglider ausklinkten. Hedda sank abrupt ein Stück hinab, bis der Wind ihren Drachen fest packte und sie wieder nach oben trug. Sie fühlte sich unglaublich leicht, gewann eine höhere Geschwindigkeit, als sie vermutet hatte, und befürchtete schon, daß sie über Devil's Claw hinwegschießen würde. Doch sie sank tiefer und sah dann die Insel so schnell herankommen, daß sie den Zeitpunkt zum Abtauchen verpaßte. In der Folge überkompensierte sie und sank zu schnell. Der Paraglider schlug hart auf das Wasser, und Hedda sank, von ihrer Ausrüstung hinabgezogen, unter die Oberfläche. Sie kämpfte gegen die Panik an und kraulte nach oben. Als sie wieder atmen konnte, schnallte sie sich vom Drachen los und kämpfte sich durch das Tosen der Brandung zum felsübersäten Ufer. Sie konnte nur wenige andere Caretakers in der Nähe ausmachen, doch das beunruhigte sie nicht; sie würden sich an der verabredeten Stelle treffen, bevor sie sich zu zwei Teams trennten und ihren verschiedenen Aufgaben nachgingen. Bislang hatte Hedda keine Anzeichen dafür bemerkt, daß die Sicherheitsvorkehrungen an der Küste der Insel stärker waren, als Chalmers behauptet hatte. Dennoch schwamm sie vorsichtig und wandte den Blick keinen Moment vom Ufer.

Schließlich kletterte sie über die letzten Felsen und hatte den Strand erreicht. Sie fand die flache Stelle zwischen den zerklüfteten, wenn auch niedrigen Hügeln und gesellte sich zum Rest ihres Teams. Gemeinsam überprüften sie ihre Ausrüstung. Alles war trocken geblieben, auch – und darauf kam es hauptsächlich an – ihr Teil des Dynamits, das Fagin persönlich in Highland besorgt hatte.

Hedda gehörte zur Sprengmannschaft, die mit dem Dynamit

drei der hohen Teufelsklauen spicken würde – genug Sprengstoff, um einen Erdrutsch auszulösen, der die Stadt auf der flachen, handtellerähnlichen Ebene darunter begraben würde. Sie würden in vier verschiedenen Gruppen zu jeweils zwei Personen arbeiten; der eine sollte das Dynamit anbringen, der andere den Zünder. Alle Zünder waren mit elektronischen Sendern gekoppelt; jeder Caretaker führte ein Exemplar mit, für den Fall, daß nur einer überleben würde und den Sprengstoff zünden konnte. Hedda schätzte, daß es zwischen zweiundzwanzig und fünfundzwanzig Minuten dauern würde, bis sie die Hügel präpariert hatten. Während dieser Zeit würden die acht anderen Caretakers die Stadt und die Landebahn sichern. Chalmers und Bloom hielten derweil mit der Beech 1900 auf die Insel zu. Vorausgesetzt, alles verlief wie geplant, würden sie die anderen etwa acht Minuten nachdem sie die Sprengladungen angebracht hatten, abholen.

Hedda zog ihren Overall aus und schnallte sich den Mehrzweckgürtel um und den Rucksack auf. An Munition führte sie vier Granaten für die M-16 und Reservemagazine für die Uzi mit. Die anderen Caretakers waren ähnlich ausgerüstet, und die mit dem Auftrag, die Landebahn zu verteidigen, verfügten über eine noch höhere Feuerkraft. Mittlerweile würden sich diese beiden Teams ihren Positionen nähern, während die Sprengteams noch einige Minuten brauchten, um die Hügel zu erreichen und die Sprengsätze zu verlegen. Die Kommunikation fand über stimmaktivierte und in Kopfhörer eingebaute Walkie-talkies statt, bei denen ein Mikroprozessor verhinderte, daß sie belauscht oder der Empfang gestört werden konnte.

Vier Mitglieder des Sprengteams waren schon unterwegs. Hedda überprüfte ein letztes Mal ihre Waffe und gab den drei Männern, mit denen sie eine Gruppe bildete, ein Zeichen. Acht Minuten nach ihrem Aufbruch bedeutete Fagin ihr und Ishmael, daß sie sich nun von den beiden anderen trennen und zu ihrem Sektor begeben mußten. Ihre Position auf dem Hügel gestattete ihr einen ungehinderten Blick auf die Ebene darunter. Die wirkliche Ansiedlung war praktisch mit Chalmers' Modell identisch. Die meisten Gebäude waren eindeutig erst später hinzugefügt worden, nachdem der Platz, den die ursprünglichen

Bauten boten, nicht mehr ausgereicht hatte. Diese Erkenntnis ließ sie frösteln. Wie viele Menschen, die ihr stark ähnelten, lebten hier und warteten darauf, eine Mission anzutreten, über deren Zweck sich Chalmers bislang ausgeschwiegen hatte? Doch das spielte keine Rolle, denn keiner von ihnen würde die Insel mehr verlassen.

»Bitte melden, Hedda.«

»Ich höre, Jago«, flüsterte sie in die Sprechmuschel.

»Mein Team durchstreift die Stadt. Alles ist ruhig. Keine Spur von Leben auf den Straßen.«

»Finn«, sagte Hedda zu dem Caretaker, der die Aufgabe hatte, die Landebahn zu sichern. »Wo sind Sie?«

»Wir nähern uns dem westlichen Rand der Startbahn«, erwiderte er.

Hedda glaubte herauszuhören, daß seine Stimme verwundert klang. »Was gibt es?« fragte sie.

»Erst kürzlich entstandene Risse auf der Teerdecke deuten darauf hin, daß hier in jüngster Vergangenheit zahlreiche Flugzeuge gestartet und gelandet sind. Und der Hangar ist leer.«

»Chalmers, haben Sie das gehört?«

Ein statisches Rauschen ging seiner Antwort voraus, ein deutliches Indiz dafür, daß sich das Flugzeug fast noch außerhalb der Reichweite ihrer Funkgeräte befand. Als er schließlich sprach, klangen seine Worte hohl, und Hedda konnte sich vorstellen, wie er seinen Lautsprecher vor das Mikrofon hielt.

»Ja. Gehen Sie vor ... wie geplant.«

»Hier ist Jago«, kam eine plötzliche Meldung aus der Stadt.

»Ich höre. Haben Sie etwas ...«

»Hier ist niemand.«

»Wiederholen Sie.«

»Ich sagte, hier ist niemand. Das Ziel wurde aufgegeben.«

Hedda hob ihr Fernglas vor die Augen. Was sie sah, schien Jagos Bericht zu bestätigen. Die Ansiedlung war verlassen; nirgendwo gab es ein Anzeichen von Leben oder Aktivität.

»Chalmers ...« Hedda senkte das Fernglas wieder. »Was sollen wir tun?«

»Fahren Sie fort ... wie geplant.«

»Aber ...«

»Tun Sie . . . was ich sage.«

»Jago, haben Sie verstanden?«

»Roger, Hedda.«

Hedda blickte wieder durch das Fernglas. Sie suchte die Stadt erneut ab und hielt bei einem der beiden Wachttürme inne, die sich an den Enden der einzigen Straße erhoben. Selbst in der Dunkelheit konnte sie ausmachen, daß mit dem Bild etwas nicht stimmte.

»Jago!« rief sie in ihr Walkie-talkie. »Runter! Gehen Sie in . . .«

Hedda hörte durch Jagos Walkie-talkie die lauten Stakkatosalven, die im Wind echoten. Sie schwenkte schon wieder das Fernglas, als Jagos Schreie an ihr Ohr drangen. In der Stadt unten feuerten großkalibrige Maschinengewehre in alle Richtungen.

Die beiden auf den Türmen montierten Waffen pflügten die Straßen auf, während vielleicht ein Dutzend weiterer Schützen ihr Schnellfeuer auf vorbestimmte Quadranten richteten und somit das gesamte Gelände abdeckten.

Doch Hedda konnte keinen einzigen Schützen ausmachen.

»Hedda!« erklang Chalmers' hohle Stimme. Was . . . ist passiert?«

»Die ersten Teams werden angegriffen. Kein Schütze sichtbar, nur die Waffen. Sie müssen irgendeinen Fernzünder ausgelöst haben.«

»Ich hätte es . . . wissen müssen . . .« Der Rest seiner Worte war unverständlich.

»Wie bitte? Wiederholen Sie!«

»Unterirdisch . . . ich sagte . . . sie müssen . . . unterirdische Stellungen . . . haben. Fahren Sie . . . fort wie geplant.«

»Finn, haben Sie verstanden?« sagte Hedda in ihr Walkie-talkie.

»Unter schwerem Beschuß. Aber es richtet sich auf . . . die Türme an der Landebahn! Großer Gott, *die Türme!*«

»Finn?«

Nichts.

»Wiederholen«, sagte Chalmers.

»Er ist tot!« schrie Hedda.

»Bitte wiederho . . .«

»Hier spricht Hedda. Ich begebe mich zur Landebahn. Ich wiederhole, ich begebe mich zur Landebahn.«

30

»Willkommen in meinem Theater, Fährmann.«

Leeds ging voraus in einen schräg verlaufenden Raum, der, von den fehlenden Stühlen und Tischen einmal abgesehen, wie ein Hörsaal aussah. Sie waren zwei Treppenfluchten hinabgestiegen, um in diesen Raum zu gelangen, und daher vermutete Kimberlain, daß er in einer unterirdischen Etage lag.

»Passen Sie auf.«

Der Wahnsinnige legte ein paar Schalter um, und das vormals helle Licht wurde zusehends gedämpft. Am niedrigsten Punkt des Raumes stand ein etwa zwei Meter hoher Käfig, der durch ein Stahlkabel mit der hohen Decke verbunden war.

»Wenn Sie es sich nicht anders überlegen, Fährmann, wird es hier für Sie enden.«

»In einem Käfig, Leeds? Ich hätte Ihre Einstellung für sportlicher gehalten.«

Leeds lächelte wieder. »Oh, das ist sie auch. Ich klammere mich noch immer an die Hoffnung, daß Sie mich nicht zwingen werden, es ihnen zu beweisen.«

Er hatte kaum ausgesprochen, als irgendwo über dem Raum ein dumpfes Dröhnen ertönte. Kimberlain erkannte es als schweres Maschinengewehrfeuer, in das sich kurz darauf Explosionen mischten.

»Sieht so aus, als würde man Ihre kleine Privatwelt angreifen, Leeds«, höhnte der Fährmann. »Und dem Ausdruck auf Ihrem Gesicht nach zu urteilen, würde ich behaupten, daß Sie darauf nicht vorbereitet waren.«

»Ein kleines Mißverständnis«, sagte der Wahnsinnige, obwohl seine Züge offensichtlich von Bestürzung kündeten. »Eins, das Ihnen zu diesem Zeitpunkt ungelegener kommt als mir.«

Leeds nickte, und der Mann, der Kimberlains Ketten hielt, zerrte ihn zu dem Käfig. Nun erkannte Kimberlain, daß es sich um ein Modell handelte, wie Taucher es benutzten, die in haiverseuchten Gewässern arbeiten mußten. Er war durch eine Luke in der Decke zugänglich. Zwei von Leeds' Helfern legten den Käfig langsam auf die Seite und öffneten die Luke. Leeds selbst hielt sich in sicherer Entfernung.

»Es tut mir leid, daß ich nicht bleiben und das Spektakel beobachten kann, doch in glaube, Sie werden es höchst interessant finden«, sagte er zum Fährmann. »Ich lasse Ihnen sogar eine Überlebenschance, wenn auch nur eine kleine, wie ich eingestehen muß.«

Kimberlains Augen zuckten nervös hin und her.

»Bitte, Fährmann, ziehen Sie eine solche Verzweiflungstat nicht einmal in Betracht. Ich habe Ihnen jede Menge Gelegenheit dazu gegeben, und Sie haben jede verstreichen lassen. Steigen Sie in den Käfig.«

Bevor Kimberlain antworten konnte, rissen ihn die Wachen, die ihn hielten, mit der Kette brutal hinab. Er knallte mit dem Gesicht auf den Boden. Sie zerrten ihn zurück und hielten die Ketten straff, während sie ihn mit den Füßen zuerst in den Käfig schoben. An der Luke war ein Schloß angebracht; eine der Wachen drehte den Schlüssel herum und steckte ihn ein. Dann richteten die anderen den Käfig wieder auf.

Der Fährmann beobachtete, wie Leeds einen Schalter an der Wand umlegte. Augenblicklich hob sich der Käfig unter den Blicken des Wahnsinnigen und seiner Helfer zur Decke.

»Ich würde Ihnen ja noch eine letzte Chance geben, es sich anders zu überlegen und sich mir anzuschließen«, sagte Leeds, »aber ich weiß, daß Sie Ihre Meinung nicht ändern werden.«

»Statt dessen wollen Sie mich hier langsam sterben lassen. Vielleicht soll ich mich sogar an die Hoffnung klammern, doch noch einen Ausweg zu finden.«

»Ganz im Gegenteil, Fährmann. Ich werde gleich auf einen Knopf drücken, und dann sinken Sie langsam hinab. Und ...« Leeds hielt inne, und einer der Männer neben ihm warf einen Schlüssel durch die Gitterstäbe. Der Fährmann fing ihn auf und sah wieder hinab.

»Das ist der Schlüssel für die Ketten um Ihre Hände und Füße. Ich möchte es wirklich interessant für Sie machen.«

»Da gäbe es aber bessere Möglichkeiten, Leeds.«

»Nein«, sagte Leeds über das Trampeln sich nähernder Schritte. »Nein, das glaube ich nicht.«

Drei Türen öffneten sich, und Kimberlain mußte beobachten, wie die dreiundachtzig Ausbrecher aus dem Hochsicherheitstrakt des »Locks‹ in Leeds' Theater strömten.

Als der Käfig drei Meter unter der Decke stehenblieb und langsam hin und her baumelte, hatte Kimberlain sich von den Ketten befreit. Zehn Meter unter ihm schüttelten die entflohenen Insassen des MAX-SEC Kimberlain die gehobenen Hände und Fäuste entgegen. Aus dieser Entferung konnte er sie kaum voneinander unterscheiden; sie waren wenig mehr als ein weißes Tuch des Wahnsinns, das sich über den Boden ausbreitete.

Andrew Harrison Leeds stand, von seinen sechs Wachen abgeschirmt, direkt unter Kimberlain.

»Ich glaube, die Männer wissen, wer Sie sind, Fährmann. Wenn sie Sie in die Hände bekommen, wird es nicht gerade angenehm werden.« Der Käfig hatte mit seinem quälend langsamen Abstieg begonnen. Leeds verweilte noch kurz auf der Türschwelle und lächelte. »Leben Sie wohl, Fährmann.«

Dann verschwand er in die Dunkelheit, und Kimberlain richtete seine Aufmerksamkeit auf etwaige Fluchtmöglichkeiten. Er zerrte an der Decke des Käfigs, um die Festigkeit des Schlosses zu überprüfen, das die Luke sicherte. Es gab nicht im geringsten nach; also lag seine einzige Chance darin, das Schloß zu knacken. Der Mechanismus war recht einfach, doch Kimberlain würde trotzdem Werkzeuge benötigen: eins, um Druck auf die Bolzen auszuüben, und ein zweites, um die Bolzen in die richtige Stellung zu schieben. Kimberlain schätzte seine Sinkgeschwindigkeit und kam zu dem Schluß, daß ihm höchstens noch anderthalb Minuten blieben, bis er in die Reichweite der Verrückten unter ihm kam. Fünfzehn Sekunden, um das Schloß zu knacken . . . also blieb ihm noch gut eine Minute, um behelfsmäßige Dietriche zu basteln. Aber woher sollte er sie nehmen?

Der Schlüssel, der seine Ketten geöffnet hatte, war nutzlos, aber nicht der Ring, an dem er befestigt war. Der Fährmann mußte all seine Kraft aufbringen, um ihn an der kleinen Öffnung aufzubiegen, durch die man den Schlüssel geschoben hatte. Er machte weiter, bis er den Ring zu einem runden ›L‹ verbogen hatte; nun war er dünn genug, um ihn in das Lukenschloß zu schieben und Druck auf die Bolzen auszuüben. Doch er brauchte noch immer etwas, womit er die Zuhaltung verschieben konnte.

Nichts, was er im Käfig sah, barg die Antwort. Also etwas, das er nicht sehen konnte ...

Die aus dem MAX-SEC Entflohenen kreischten nun, während der Käfig sich langsam senkte; er befand sich nun auf halber Höhe. Die fernen Maschinengewehrsalven überzeugten Kimberlain davon, daß der gesamte Inselkomplex unterirdisch angelegt sein mußte. Er vermutete, daß irgendwelche Invasionstruppen versuchten, an Leeds' oberirdischen Sicherheitsvorkehrungen vorbeizukommen.

Er blickte auf und konzentrierte sich auf den Haken, der das Stahlkabel hielt, an dem sich der Käfig von der Decke senkte. Es war mit einem langen Vorsteckkeil, der genau durch einen maßgeschneiderten Schlitz paßte, mit dem Käfig verbunden. Dieser Vorsteckkeil würde das perfekte zweite Werkzeug ergeben. Wenn er ihn natürlich ganz hinausschob, würde der Käfig hinabstürzen. Doch wenn er ihn ein kurzes Stück hinausschieben und dann abbrechen konnte ...

Wenn er sich auf die Zehenspitzen stellte, konnte er den Vorsteckkeil gerade berühren. Er bog ihn hinab und wieder hinauf, hinab und wieder hinauf. Er schien nicht im geringsten nachzugeben, doch plötzlich ...

Knack ...

Einfach so brachen die fünf Zentimeter des Keils ab, die er in der Hand hielt. Kimberlain nahm den verbogenen Ring aus dem Mund und steckte die Hand hinaus. Das Schloß selbst war außen angebracht, und das bedeutete, daß er blind arbeiten mußte. Kein Problem. Er hatte schon jede Menge Schlösser im Dunkeln geknackt, wenngleich niemals unter einem so verzweifelten Zeitdruck wie jetzt.

Der Fährmann schob die andere Hand durch die Gitterstäbe und scharrte mit dem abgebrochenen Keil am Schloß. Ein Stück vor dem Schlüsselring glitt er hinein. Während ihm der Schweiß in die Augen tropfte, ertastete Kimberlain die Zuhaltung und übte den seitlich gerichteten Druck aus, der nötig war, um mit dem Keilfragment ans Werk gehen zu können. Seine Hände waren verschwitzt, und der Winkel machte die Aufgabe besonders schwierig.

Unter ihm waren einige Wahnsinnige anderen auf die Schultern gestiegen und konnten den Käfig nun fast erreichen. Über ihm erklangen Explosionen, und der Raum bebte. Die Erschütterungen warfen die meisten Emporgekletterten wieder zurück, doch auch der Käfig schwankte bedenklich. Kimberlains Hände zitterten leicht, und seine Finger verkrampften sich.

Klick . . .

Die erste der vier Zuhaltungen des Schlosses fiel an Ort und Stelle. Kimberlain ging zur zweiten über und kämpfte gegen den Drang an, zu überstürzt vorzugehen und die behelfsmäßige Nadel im Schloß vielleicht zu verbiegen. Er fühlte, wie die zweite Zuhaltung nachgab.

Klick . . .

Unter ihm kratzten einige Verrückte am Boden des Käfigs. Kimberlain trat mit den Füßen auf ihre Finger. Einem gelang es, einen Gitterstab an der Seite des Käfigs zu packen, und er versuchte sich hochzuziehen. Kimberlain trat ihm durch die Gitterstäbe ins Gesicht, und der Mann stürzte zu Boden zurück.

Die Bewegung riß den Fährman aus seiner Konzentration, und er verlor die dritte Zuhaltung. Blindlings tastete er danach, fand sie wieder und verschwendete keine Zeit mehr, die behelfsmäßige Nadel an die richtige Stelle zu schieben.

Klick . . .

Als Kimberlain die Nadel zur letzten Zuhaltung bewegte, warf er einen verstohlenen Blick nach unten. Die ausgestreckten Finger der größten Flüchtlinge aus dem Hochsicherheitstrakt streiften den Käfigboden. Er erkannte nun mehrere von ihnen, darunter den monströsen Ranford Dobbs und den riesigen Jeffrey Culang. Leeds benutzte Kimberlain, um ihrem Irrsinn noch zusätzliche Nahrung zu geben. Doch er konnte es schaffen. Er konnte, verdammt, er *würde* hier herauskommen!

Klick . . .

Als die vierte Zuhaltung nachgab, griffen schon Hände durch die Gitterstäbe nach ihm. Kimberlain stieß die Luke auf. Er packte die Gitterstäbe der Käfigdecke, und es gelang ihm gerade eben noch, sich von den Fingern zu befreien, die nach seinen Fußknöcheln griffen. Dann zog er sich durch die Luke hinauf.

Die Schreie der Wahnsinnigen wurden immer wütender. Das Objekt ihrer irren Begierde entschlüpfte ihrem Zugriff. Diejenigen, die so lange getötet hatten und seit ihrer Einweisung auf dieses Vergnügen verzichten mußten, sahen sich nun mit der Tatsache konfrontiert, noch eine Weile warten zu müssen, bis sie wieder töten konnten.

Ihr Gekreische hatte nichts Menschliches mehr an sich, als Kimberlain das Kabel zur Decke hinaufkletterte. Rechts neben dem Träger, an dem der Käfig befestigt war, befand sich irgendein durch einen Rost gesicherter Luftschacht.

Ein potentieller Fluchtweg.

Unter ihm hatten wütende Hände den Käfig ganz hinabgezerrt, und einige Wahnsinnige kletterten auf ihn hinauf. Ein paar sprangen hoch in die Luft, um nach Kimberlain zu greifen, und verfehlten ihn nur knapp. Er hatte die Hälfte des Weges zurückgelegt, als das Kabel wild von einer Seite zur anderen zu schwingen begann. Ein Blick hinab zeigte, daß ein halbes Dutzend Verrückte daran schüttelten, entschlossen, ihn hinabzuholen.

Kimberlain kletterte schneller. Sein Vorsprung reichte aus, um die Decke ungefährdet zu erreichen. Doch dann ergab sich natürlich noch das Problem, den Luftschacht zu öffnen und hineinzusteigen.

Der nächste Verrückte war vielleicht drei Meter unter ihm, als der Fährmann nach rechts griff und den Stahlrost zu fassen bekam, der den Luftschacht bedeckte. Er zog heftig daran. Als der Rost nicht nachgab, schlug Kimberlain mit der Faust nacheinander gegen beide Seiten, um ihn zu lösen. Als er erneut daran zerrte, gab er nach, und mit dem nächsten Ruck hatte er ihn gelöst.

Die Masse des Gitterrosts warf Kimberlain fast aus dem Gleichgewicht, und er drohte, den Halt zu verlieren. Im letzten Augenblick konnte er sich sowohl am Kabel als auch am Rost festhalten. Doch der nächste Verrückte befand sich nur noch einen halben Meter unter ihm. Kimberlain zielte und ließ den Gitterrost direkt auf ihn fallen. Die Wucht des Aufschlags riß dem Mann das Kabel aus den Händen, und er stürzte hinab und nahm vier weitere mit, die sich unmittelbar unter ihm befanden. Kimberlain schwang sich in den Belüftungsschacht und stützte sich auf dessen schmalem Sims ab. Als er sah, daß die Verfolger erneut das Kabel hinaufkletterten, beugte er sich hinaus und griff danach. Die Wahnsinnigen vermuteten wohl, er wolle sie lediglich hinabschütteln, doch in Wirklichkeit hatte er vor, das Kabel aus der Verankerung zu lösen. Kimberlain zerrte es aus dem Haken und ließ es dann auf ein weißes, schäumendes Meer zuckender, kreischender Verrückter hinabfallen.

Der Fährmann glitt in den Belüftungsschacht zurück und sah hinein. Ein kurzes Stück vor ihm verwandelte sich das Halbdunkel in undurchdringliche Schwärze, doch diese paar Meter verrieten ihm, daß der Schacht zwar steil, aber durchaus zu bewältigen war. Er drückte die Hände fest gegen die Wände und begann zu klettern.

Der Schacht endete sechzig Meter weiter an einem anderen Gitterrost, den Kimberlain mühelos mit einem einzigen Hieb seiner Schulter aus der Verankerung brach. Nachtluft schlug ihm entgegen und trug das Geräusch eines ununterbrochenen, dumpfen Donnerns heran. Die gesamte Insel schien zu erzittern, und der Fährmann mußte sich festhalten. Dann kletterte er aus dem Schacht und fand sich unmittelbar unter der Erdoberfläche in einem großen, quadratischen Raum, der nur zum Teil über eine Decke verfügte. Nein, die Decke war ausfahrbar, als ob ... als ob ...

Kimberlain schwang rechts herum und sah rote Markierungen auf dem Boden. Dann drehte er sich nach links und lächelte, als er sah, was dort auf ihn wartete ...

Als Hedda den letzten Teil der Neigung der Teufelsklaue hinablief, sah sie die Leichen Finns und anderer gefallener Caretakers neben der Landebahn. Die Position ihrer verkrampften Körper verriet ihr den Schußwinkel, und ihre Blicke huschten zwischen zwei Betontürmen an den beiden Enden der Landebahn hin und her, die jeweils etwa einhundert Meter von ihr entfernt waren. Wenn die überlebenden Caretakers entkommen wollten, nachdem sie die Explosion ausgelöst hatten, mußte sie die Türme vernichten.

Hedda erstarrte. Vor ihr sah sie die qualmenden Ruinen der Ansiedlung. Flammen schlugen aus mehreren Gebäuden, und andere waren eingestürzt, ein Indiz für den vergeblichen Widerstand der Caretakers. Gemeinsam hätten sie eine kleine Armee besiegen können. Doch gegen schwere Maschinengewehre mit Thermalsensoren . . .

Hedda berührte ihre Weste. Darin befand sich ein Dutzend Leuchtsignale, mit denen sie eigentlich zu gegebener Zeit die Landebahn erhellen sollte. Sie zog eins heraus und trat zum Rand der Rollbahn. Sie konnte sich vorstellen, wie sich die großkalibrigen Geschütze, durch die Sensoren aktiviert, auf sie richteten. Dann zündete sie das Leuchtfeuer an, wartete ein paar Sekunden und warf sich nach rechts.

Augenblicklich zerfetzten Kugelsalven die Asphaltdecke. Hedda stürmte vor. Sie hatte die halbe Strecke zum ersten Turm zurückgelegt, als sie in die Zieloptik des Maschinengewehrs zur rechten Hand geriet und Kugeln ihrem Weg folgten. Hinter ihr spritzte Asphalt auf. Sie erreichte den Turm zur linken Hand, bevor das darauf montierte Gewehr sie auch nur erfaßt hatte, drückte die Schultern gegen seine harte Oberfläche, zog eine Handgranate aus ihrer Munitionstasche und zerrte den Stift heraus. Sie schleuderte die Granate, spurtete los, warf einen Blick zurück und stellte fest, daß sie genau getroffen hatte. Ein Asphaltregen folgte der Explosion.

Dieses war der erste Streich . . .

Hedda zog ein zweites Leuchtfeuer aus der Weste und warf es in Richtung Stadt. Das zweite Maschinengewehr rotierte auf seinem Turm und zerfetzte die Überreste der Gebäude. Als der Geschützturm sich wieder in ihre Richtung drehte, warf Hedda die Granate. Sie erreichte ihr Ziel, bevor die Kugeln kamen, und der gesamte Turm flog in die Luft.

»Die Landebahn ist gesichert«, sagte Hedda in ihr winziges Mikrofon. »Fagin, haben Sie verstanden?«

»Roger. Wir sind unterwegs. Alle Sprengladungen angebracht. Wir brauchen schätzungsweise acht Minuten bis zur Rollbahn.«

»Chalmers?«

»Wir beginnen . . . den Landeanflug.«

Die sieben anderen überlebenden Caretakers erreichten die Rollbahn, als Hedda gerade die restlichen Leuchtfeuer an deren Rand ausgelegt hatte. Die Beech 1900 begann augenblicklich mit dem Landeanflug. Sie setzte auf und schoß über den Asphalt; als sie endlich anhielt, war sie nur noch zehn Meter vom Ende der Bahn entfernt. Bloom zog die Maschine herum, so daß sie sofort wieder starten konnte. Die Tür glitt auf, und Chalmers stieg behutsam die Leiter hinab und näherte sich den Caretakers. Er hielt seinen Lautsprecher in der Hand.

»Geht an Bord!« befahl er den sieben anderen Caretakers, während sein Blick Hedda auftrug, zu bleiben, wo sie war.

Chalmers kam zu ihr zum Rand der Rollbahn und warf einen Blick auf den Zünder in ihrer Hand.

»Geben Sie her«, sagte er, und sie tat wie geheißen.

Chalmers hielt die Hand über den Knopf, neben dem ein rotes Lämpchen blinkte, und blickte wieder Hedda an.

»Bringen Sie die Sache zu Ende«, sagte sie.

Chalmers drückte auf den Knopf.

Direkt hinter ihm explodierte die Rollbahn, und Beton und Steine wirbelten in die Luft. Er und Hedda warfen sich zu Boden, und die Beech 1900 verwandelte sich in einen gelben Flammenball. Stücke der Landebahn regneten auf sie hinab, doch Chalmers gelang es, sich auf die Knie aufzurichten.

»Nein!« stöhnte er gequält. »Sie sind tot . . . alle tot!«

Echte Trauer drohte seine Stimme zu ersticken, und Hedda begriff, was passiert war. Die Rollbahn war mit an einen Universalzünder gekoppelten Sprengstoff vermint worden, so daß jedes beliebige Funksignal ihn auslösen würde. Die ultimative Verteidigung, aber mit einer Ausnahme:

Die Sprengladungen, die die jetzt toten Caretakers angebracht hatten, waren ebenfalls gezündet worden. Ein Donnern ließ den Boden erbeben. Über ihnen brachen die Hügel in sich zusammen und bildeten hinabrollende Wälle aus Erdreich, Gestein und verheißenem Tod.

Der Hubschrauber war ein Bell Jet Ranger, schwarz und schlank wie ein Raubvogel. An den Markierungen auf dem Landefeld rechts neben ihm erkannte Kimberlain, daß Leeds die Insel in einem Zwillingsmodell verlassen haben mußte. Nach einer Minute Aufwärmzeit war der Chopper startklar. Ohne weiteren Verzug startete Kimberlain; schon flogen die ersten Erd- und Felsbrocken über den Rand des Landefeldes. Die Maschine wurde von einigen wenigen getroffen und hob sich dann.

Kimberlain glaubte, seinen Augen nicht zu trauen. Ein gewaltiger Erdrutsch schob sich über die Insel. Was einmal Hügel gewesen waren, schien vor ihm zu schmelzen und walzte sich zu einer Ansiedlung aus eingestürzten oder in Flammen stehenden Gebäuden zu. Alle Personen, die Andrew Harrison Leeds hier zurückgelassen hatte, würden bald von den Gesteinsmassen begraben werden. Aber nicht Leeds, nicht dieses Mal.

Kimberlain hielt nach rechts auf das Meer zu, als er die beiden Gestalten sah, die, von einem Schuttberg verfolgt, auf ihn zuliefen. Er hatte keine Ahnung, wer der Mann und die Frau waren, konnte nur vermuten, daß sie zu der Invasionstruppe gehörten, die ihm das Leben gerettet hatte. Er drückte den Hubschrauber schnell hinab und hielt auf eine der letzten freien Flächen zu, die er ausmachen konnte. Die Maschine schwankte unsicher, und er winkte die beiden Gestalten heran. Er warf die rechte Tür des Bell auf und beobachtete, wie die Frau dem Mann hinaufhalf, bevor sie selbst einstieg.

»Los!« sagte sie, bevor sie die Tür wieder geschlossen hatte.

Und der Helikopter machte einen Satz nach oben, der ihn über den heranrollenden Erdwall trug, der bald die gesamte Insel unter sich begraben würde.

31

Der Fährmann schaltete die Scheinwerfer des Hubschraubers an und raste auf das Meer hinaus.

Hedda drehte sich zu ihm um. »Wer sind ...«

Doch Chalmers unterbrach sie. »Kimberlain.«

Der Fährmann betrachtete ihn kurz und bemerkte die Schnur, die von seinem Hals hinabbaumelte. Auf dem Gesicht der Frau spiegelte sich schockierte Überraschung.

»Kimberlain!« rief Hedda. August Pomeroy hatte diesen Namen erwähnt. »Aber was ...«

»Jetzt nicht!« befahl der Fährmann, den Blick auf die Armaturen gerichtet. »Wir gehen runter.«

»Was?«

»Ich hatte leider keine Zeit mehr zum Auftanken.«

Der Treibstoff reichte gerade noch, um den Hubschrauber in einem langsamen Gleitflug hinabzubringen. Er prallte hart auf dem Wasser auf und hielt sich an der Oberfläche. Hedda half Chalmers hinab und folgte ihm dann ins Wasser. Kimberlain wartete, bis sie beide draußen waren, bevor er ebenfalls hinaussprang.

»Wie weit müssen wir schwimmen?« fragte er.

»Nicht sehr weit«, entgegnete Hedda und zog einen Sender aus ihrer durchnäßten Weste.

Die Autopiloten der Schnellboote würden auf die Signale des Senders reagieren, sofern sie sich noch in dessen Bereich befanden. Und in der Tat hielt keine vier Minuten später eins der Boote neben ihnen an. Kimberlain kletterte zuerst hinein und half den beiden anderen über das Schanzkleid. Hedda trat augenblicklich zu den Kontrollen und übernahm das Ruder.

Kimberlains Blicke wechselten vorsichtig zwischen den beiden. »Wer sind *Sie*?« fragte der Fährmann Chalmers. »Und woher kennen Sie mich?«

»Wir haben uns ... einmal getroffen. Erinnern Sie sich ...

nicht mehr an mich?« erwiderte Chalmers. Da der Lautsprecher unsanft mit Wasser in Berührung gekommen war, klang seine Stimme noch gebrochener und verstümmelter als üblich. »In Modesto ... Kalifornien ... vor langer Zeit. Am Anfang ... ganz zu Anfang ... des Fährmanns.« Chalmers berührte die Schnur an seiner Kehle. »An dem Abend ... an dem Sie mir ... das angetan haben.«

Ein Frösteln fuhr über Kimberlains Rückgrat. »In der Bar ...«

Chalmers versuchte zu nicken. »Sie waren das ... mit der Kette. Sie ... erinnern sich ...«

Kimberlain erinnerte sich nur allzu gut daran. An den Abend, an dem er die Mitglieder der Motorradbande umgebracht hatte, die seine Eltern ermordet hatten, war er in die Bar zurückgekehrt, um mit dem Anführer abzurechnen, und hatte ihn zusammen mit einem anderen Mann in einem Hinterzimmer gefunden. Dieser Mann hatte eine Pistole gezogen und das Feuer eröffnet. Kimberlain hatte den Anführer der Bande als Schutzschild benutzt, und die Kugeln hatten ihn getötet. Dann hatte der Fährmann dem Rocker eine Kette vom Leib gestreift und damit zugeschlagen. Die scharf zugefeilte Spitze hatte sich in den Hals des Mannes gegraben, und er war keuchend und gurgelnd zusammengebrochen. Kimberlain war von seinem Tod überzeugt gewesen.

Anscheinend hatte er sich geirrt.

»Aber was hatten Sie dort zu suchen?« fragte Kimberlain, während er in der kalten, steifen Meeresbrise erschauerte.

»Ich ... hatte den Tod ... Ihrer Eltern ... arrangiert.«

»Was?«

»Sie wurden ... hereingelegt. Alles war ... so geplant.«

»Warum?«

»Ein Test.«

»Sie *Arschloch!«*

»Sie haben ihn ... bestanden.«

Kimberlain versuchte, sich alles zusammenzureimen. Die Existenz des Fährmanns selbst war eine Lüge. Er hatte damals nicht aus freier Entscheidung gehandelt, genauso wenig wie in den darauffolgenden Jahren als Caretaker. Er hatte einfach getan, was sie für ihn vorgesehen hatten. Sie hatten ihn programmiert, und Kimberlain hatte alle Anordnungen ausgeführt. Was hatten sie schließlich zu verlieren? Nichts. Wäre er bei dem Versuch umgekommen, seine Eltern zu rächen, hätten sie nichts verloren. Doch wenn ihm der Versuch gelingen sollte, waren sie die einzigen, die ihm eine lebenslange Haft ersparen konnten. Welche Wahl hatte er gehabt? Sie hatten seine Eltern töten lassen, um ihn zu dem zu machen, was sie haben wollten.

Kimberlain trat einen Schritt näher an Chalmers heran, hin und her gerissen zwischen seinen Gedanken und Absichten. »Vielleicht sollte ich den Job beenden, den ich damals begonnen habe.«

»Vielleicht. Aber heute abend ... stehen wir ... auf derselben Seite.«

»Davon bin ich noch nicht überzeugt.«

»Aber es ist die Wahrheit«, warf Hedda ein. »Auch ich weiß, wer Sie sind. Ich weiß, daß Sie das letzte überlebende Mitglied der ursprünglichen Caretakers sind.«

»Der ursprünglichen?«

»Ich gehöre zu den neuen Caretakers, bin deren letzte Überlebende ...«

Kimberlain sah Chalmers an. »Dann hat er wohl auch Sie rekrutiert, oder?«

Hedda nickte. »Aber unter extrem anderen Bedingungen. Ich war im Gefängnis, als er mich ausfindig machte.«

»Renaissance«, begriff der Fährmann.

Hedda riß vor Überraschung am Ruder. Wasser spritzte über das Schanzkleid und benetzte sie alle.

Der Begriff ließ Hedda erschauern. Sie wechselte einen kurzen Blick mit Chalmers. »Was wissen Sie?« fragte sie dann.

»Hunderte verurteilter Krimineller, die als besonders gewalttätig bekannt waren, wurden aus Gefängnissen und Irrenanstalten geholt, um rekonditioniert zu werden und in einer perversen Armee zu dienen, die vom schlimmsten dieser Wahnsinnigen geführt wird. Und Sie sind eine von ihnen.«

»Was für eine perverse Armee?« fragte Hedda. »Und wer ist der schlimmste von allen?«

»Es scheint noch einiges zu geben, was Sie nicht wissen, oder?«

Heddas Blicke wechselten zwischen Chalmers und dem nächtlichen Meer vor ihnen. »Sie wissen es, oder? ist es das, was Sie mir nicht sagen wollten?«

»Das . . . und noch mehr«, bestätigte Chalmers.

»Einschließlich Andrew Harrison Leeds?« fragte Kimberlain.

Chalmers' Gesicht kündigte von Verwirrung. »Wer?«

»Der Mann, der hinter alldem steckt.«

Chalmers schüttelte den Kopf. »Der Mann . . . der hinter Renaissance steckt . . . heißt Briarwood.«

»Etwa T. Howard Briarwood? Der Milliardär?«

»Ja.«

In diesem Augenblick wurde Kimberlain alles klar.

»Briarwood Industries«, murmelte Hedda. »Ihnen gehört die abgebrannte Plastikfabrik.«

»Wovon sprechen Sie?« fragte der Fährmann sie.

»Eine Spur, die ich verfolgt habe, seit meine eigenen Leute versucht haben, mich zu töten . . .«

Hedda berichtete die Geschichte ihrer Odyssee, erzählte von Lyle Hanleys transdermalem Gift, von PLAS-TECH, den geheimnisvollen, vergifteten Streifen, die die Fabrik hergestellt und dann an drei Papiermühlen ausgeliefert hatte. Am Ende ihrer Geschichte hatte Kimberlain das Ausmaß des Plans erkannt, den er zu durchkreuzen versuchte. Alles paßte zusammen, und die Konsequenzen waren fürchterlich.

»TD-13«, murmelte er.

»Transdermal bedeutet . . .«

»Aufnahme durch die Haut. Ein Gift, das durch bloße Berührung den Tod verursacht.« Er hielt inne. »Hunderte Millionen von Toten.«

»Nein. Hanley hat behauptet, die von ihm hergestellte Menge würde dazu nicht ausreichen. Er sah nur begrenzte Auswirkungen.«

»Er hat sich geirrt. Dieses ganze Land soll sterben, auf lange Sicht vielleicht sogar die ganze Welt.«

»Wovon sprechen Sie?«

»Von der neunten Gewalt«, erwiderte Kimberlain.

»Dann wird Leeds alias Briarwood das TD-13 benutzen, um seine Vision zur Wirklichkeit zu machen«, sagte Hedda, als er seinen Bericht beendet hatte. »Doch Hanley zufolge hat er nicht genug Gift, um den Plan zu verwirklichen.«

»Diese dünnen Plastikstreifen sind der Schlüssel. Weshalb wurden sie an Papiermühlen geliefert?«

»Weil das Papier zu einem anderen Produkt verarbeitet wird, in dem sich dann die Streifen befinden.« Sie dachte kurz nach. »Vielleicht Zeitschriften oder Zeitungen.«

»Nein. Ihrer Zusammenfassung zufolge gibt es nicht annähernd genug TD-13, um damit auch nur die Zeitungen zu vergiften, die in einer einzigen Großstadt verkauft werden. Und nicht jeder liest Zeitung. Nein. Leeds muß sich einen Weg ausgedacht haben, mit seinem Gift etwas zu verseuchen, das wirklich *jeder* berührt.«

»Nicht jeder«, erwiderte Hedda. »Darum geht es bei seinem Plan ja. Und da komme ich ins Spiel und die anderen, die aus den Anstalten herausgeholt wurden, nicht wahr? Weil Leeds mich und uns alle geschaffen hat.«

»Die Hüter seiner neuen Ordnung. Er glaubt, er braucht sie, um die Verbrecher und Verrückten beherrschen zu können, die er auf das Land loslassen will.«

»Dann werden diese Verbrecher und Verrückten das TD-13 überleben, während der Rest der Bevölkerung daran stirbt. Aber wie?«

Ein gequältes Seufzen entrang sich Chalmers' Lautsprecher. »Es wird ... bald passieren ... Er hat sie ... von der Insel geholt ... Sie müssen schon ... ihre Positionen eingenommen haben ... und warten. Alle bis auf ... einen.« Chalmers blickte Kimberlain in die Augen. »Tiny Tim.«

»Mein Gott«, murmelte der Fährmann. »Dann ist auch er Teil von Renaissance?«

»Ein Teil, mit ... dem etwas schrecklich ... schiefgelaufen ist. Leeds muß ihn ... von der Insel gelassen haben ... Ich begriff es erst ... nach der zweiten Stadt. Dann ... erkannte ich ... die Wahrheit ... über Briarwood.«

»Leeds«, berichtigte Kimberlain. »Und Sie behaupten, er habe Tiny Tim aufgetragen, die engsten noch lebenden Verwandten der ursprünglichen Caretakers ausfindig zu machen. Warum?«

»Um der ... Gerechtigkeit Genüge zu tun ... glaubte er.«

»Inwiefern?«

»Die Vergangenheit ... San Luis Garcia.«

»Travis Seckle ...«

Chalmers nickte. »Sie haben ... seine Familie ausgemerzt ... einschließlich ... eines Sohnes.«

»Kimberlain nickte. »Garth Seckle. Ein riesiger Schläger, der in Vietnam ein kleines Dorf ausgemerzt hat ...« Er hielt inne, als ihm der Zusammenhang klar wurde, eine so deutliche Verbindung, daß er sie bislang nicht erkannt hatte. »Er hat überlebt ...«

»Ja.«

»Dann hat Leeds ihn aus dem Militärgefängnis geholt, damit er seine Rache vollziehen kann.«

Chalmers' Blick wechselte schnell zwischen Hedda und Kimberlain. »Und ich weiß ... wo Tiny Tim ... als nächstes zuschlagen wird ...«

»Welcher der anderen Caretakers ist das Ziel? Wo wird er zuschlagen?«

Chalmers wandte sich von Kimberlain ab und konzentrierte seinen Blick auf Hedda. »Der letzte Abend ... der Storm Riders ... der Abend, an dem Sie ... den Jungen getötet haben ... Das Bruchstück ... von dem Sie wußten ... daß es vorhanden ist ... aber das Sie ... nicht identifizieren konnten.«

»Ja«, murmelte Hedda, und sie fühlte die Wahrheit so nahe, daß sie sie fast berühren konnte.

»Sie waren schwanger«, verriet Chalmers ihr. »Sandmans Baby ... Geboren ... sechs Monate später ... kurz vor dem ... Prozeß. Ein Junge ... er ist jetzt zwölf ...«

»Ich habe einen Sohn?«

»Nein«, berichtigte Chalmers die Frau. »Sie *hatten* einen Sohn. Sie ... haben ihn ... geboren. Mehr nicht.«

»Wo ist er?«

»Er wurde ... adoptiert.«

»Die Eltern ... wissen Sie ...« Hedda schloß ihre Frage nicht ab; das war auch überflüssig.

»Sie haben nichts ... von Ihnen gewußt ...«, sagte Chalmers. »Niemand wußte ... etwas von Ihnen. Aber Sie ... müssen es jetzt erfahren. Die ganze Familie ist ... in einem Ferienort ... in den Poconos ... Das ist Tiny Tims ... nächstes Ziel.«

»Augenblick mal«, warf Kimberlain ein. »Er hat Angehörige der *ursprünglichen* Caretakers getötet.«

»Und das tut er ... noch immer«, sagte Chalmers zum Fährmann. »Ich bin Ihnen das schuldig ... für das, was ich Ihnen ... angetan habe ... Das ist meine Chance ... meine Rückzahlung.« Schwere Atemgeräusche machten die aus dem Lautsprecher dringende Stimme für ein paar Sekunden völlig unverständlich, und Chalmers' Blick fiel wieder auf Hedda. »Vor Helena Cain ... vor Lucretia McEvil ... vor Hedda ...«

»Raus damit! *Wer bin ich?*«

»Ellen ... Kimberlain«, sagte Chalmers, und sein leerer Blick richtete sich wieder auf den Fährmann. »Seine Schwester.«

DIE ACHTE GEWALT

DER FERIENPARK TOWANDA

Freitag, 21. August, 3 Uhr

32

»Schwester?« fragte Kimberlain ungläubig.

Er und Hedda blickten sich ungläubig an, wollten die Enthüllung abstreiten, konnten es aber nicht.

»Wir erfuhren die Wahrheit«, fuhr Chalmers fort, »nachdem wir Sie . . . aus dem Gefängnis geholt hatten, Hedda . . . Es war ein . . . großer Schock für uns alle . . . Briarwood hat Sie . . . genau beobachtet. Doch dann hat er darauf bestanden . . . daß ich im Libanon . . . unbedingt Sie einsetze . . .«

»Weil du eine Bedrohung für ihn warst«, sagte Kimberlain.

»Nicht mehr als die anderen auch.«

»Abgesehen davon, daß du mit mir verwandt warst.«

Kimberlain erinnerte Ich, daß seine ältere Schwester von zu Hause fortlief, als er sechs Jahre alt gewesen war. Ihr Name durfte nicht mehr erwähnt werden, und nur ihre Mutter erinnerte sich an sie, wenn sie in Augenblicken, in denen sie überzeugt war, daß ihr Mann sie nicht beobachten konnte, stumme Tränen vergoß. Seine Schwester war zu Helena Cain geworden, dann zu Lucretia McEvil von den Storm Riders, und nun zu Hedda.

»Wurden wir so geboren?« fragte Hedda ihn plötzlich. »Ich meine, das wäre doch möglich. Sieh uns beide doch an . . . was wir sind, was wir waren.«

»Wir sind nur das, zu dem man uns gemacht hat.« Kimberlain warf einen Blick zu Chalmers hinüber. »Er und all die anderen.«

»Nein, da irrst du dich«, sagte sie. »*Dir* haben sie das angetan, mir nicht. Ich habe mich aus freiem Willen den Storm Riders angeschlossen. Niemand hat mir eine Waffe in die Hand gedrückt. Ich nahm sie, weil ich sie nehmen wollte, und habe aus dem gleichen Grund auch geschossen. Als Chalmers und die anderen mich rekrutierten, war ich schon ein beschriebenes Blatt. Dich hingegen haben sie von Anfang an manipuliert.«

»Das alles spielt jetzt keine Rolle mehr«, erwiderte Kimberlain. »Sie haben uns zu dem gemacht, was wir sind, und ob es uns nun gefällt oder nicht, wir werden deinen Sohn retten müssen. Meinen Neffen.«

Hedda blickte Chalmers an. »Wenn es nicht schon zu spät ist.«

»Das . . . wäre möglich.«

»Aber wenn wir rechtzeitig handeln, können wir ihn noch retten. Rufen wir dort an. Warnen wir die Leute und fordern sie auf, den Ferienpark zu evakuieren.«

»Sie würden nicht auf uns hören. Vielleicht alarmieren sie dann die Behörden oder treffen zusätzliche private Sicherheitsvorkehrungen, doch das würde die Sache nur schlimmer machen.«

»Wieso?«

»Tiny Tim läßt sich Zeit, genießt das Töten geradezu. Doch wenn er gegen eine Armee vorgehen muß, wird er dies mit aller Brutalität tun. Diese Familie hätte keine Chance. Dein Sohn hätte keine Chance.«

Hedda zuckte zusammen. »Und andernfalls hat er eine?«

»Wenn wir seine Familie rechtzeitig hinausbringen können, ja.« Der Fährmann wandte sich an Chalmers. »Wie lange wollen sie noch in dem Ferienpark bleiben?«

»Drei Tage.«

»Dann haben wir noch Zeit.«

»Sobald wir wieder an Land sind, müssen wir zu dem Park . . . und zwar so schnell wie möglich«, beharrte Hedda. »Bevor wir uns um Briarwood kümmern oder um Leeds, oder wie immer er sich nennt.«

»Natürlich«, sagte Kimberlain.

In dem Moment, als auch Chalmers seine Zustimmung bekundete, begann der Motor des Schnellboots zu stottern und setzte dann aus.

Sie trieben drei Stunden, bevor es Hedda gelang, den Motor zu reparieren, konnten danach aber nicht schneller als zehn Knoten fahren. Erst um zehn Uhr morgens legten sie an einem Dock an der nordöstlichen Küste South Carolinas an. Alle drei waren heißhungrig, und Hedda ging zu einem kleinen Laden in der Nähe der Docks, um ihnen etwas zu essen zu besorgen.

Sekunden später kam sie mit einer Zeitung statt einer Einkaufstüte in der Hand wieder heraus. Sie schritt an Chalmers und Kimberlain vorbei und warf ihnen einen warnenden Blick zu.

»Geht weiter«, flüsterte sie ihnen zu, und sie folgten ihr zu einer abgeschiedenen Bank hinter den Docks.

»Was ist los?« fragte Kimberlain.

»Das«, erwiderte Hedda und reichte ihm die Zeitung.

Der Fährmann schlug sie auf, und sofort sprang ihm eine Schlagzeile auf der unteren Hälfte der Titelseite entgegen:

EHEMALIGER SOLDAT WEGEN ANSCHLAG
AUF FBI-AGENTIN GESUCHT

»Die Talley«, murmelte er und las weiter.

Sein Name wurde im ersten Absatz erwähnt. Neben einem Foto Lauren Talleys fand sich ein schlechtes Phantombild von ihm, mit dem er kaum Ähnlichkeit hatte. Lauren Talley war mit unvorstellbarer Brutalität zusammengeschlagen worden und rang in einem Krankenhaus in Maine mit dem Tod. Man hatte sie in der Nähe einer abgelegenen Hütte gefunden, die . . .

Kimberlain stockte der Atem. Man hatte Lauren Talley bei der Hütte gefunden, in der Peet gewohnt hatte. Nun konnte er sich alles zusammenreimen: Leeds mußte herausgefunden haben, wo Peet sich versteckt hielt. Dann hatte er Lauren dorthin gelockt, nachdem er Kimberlains Telefongespräch mit ihr abgefangen hatte. Anschließend hatte er alle Spuren so manipuliert, daß sie auf den Fährmann als Täter hinwiesen. Kimberlain las weiter. Peet wurde in dem Artikel nicht erwähnt. Natürlich würde man die Hütte auf Fingerabdrücke untersuchen, und sobald man die von Peet identifiziert hatte, würde man weitere Anschuldigungen gegen Kimberlain erheben.

Aber wo war Peet jetzt?

Die einzige mögliche Antwort ließ ihn bis auf die Knochen frösteln. Peet hatte sich mit Leeds zusammengetan. Vielleicht hatte Peet auch Lauren angegriffen; die Beschreibung ihrer Verletzungen ließ dies durchaus möglich erscheinen.

Was habe ich getan?

Kimberlain machte sich die größten Vorwürfe. Vorwürfe, daß er Peet überhaupt in die Sache hineingezogen hatte. Vorwürfe, daß er Lauren Talley einen Blick in die dunkle Welt hatte werfen lassen, in der er lebte, wo ihm doch hätte klar sein müssen, welche Risiken damit verbunden waren.

Der Fährmann las weiter. Man beschrieb ihn als bewaffnet und sehr gefährlich, und man hatte bundesweit die Fahndung nach ihm ausgeschrieben. Er senkte die Zeitung und gab sie dann Chalmers.

»Aber über den Ferienpark Towanda steht da nichts«, bemerkte Hedda, »und auch nicht über Tiny Tim. Das heißt, wir haben noch eine Chance.«

Kimberlain wandte ihr den Rücken zu und machte ein paar Schritte. »Seckle wird den Artikel auch lesen. Er wird heute abend zuschlagen, während man noch nach mir fahndet.«

»Warum?«

»Wenn ich tot bin oder im Gefängnis sitze, hat die Sache für ihn keinen Reiz mehr.«

»Und da ist ... noch etwas«, sagte Chalmers. »Das ist Leeds' ... Rückversicherung.«

»Falls uns die Flucht von der Insel gelingen sollte, würde Tiny Tim uns töten«, vollzog Hedda seine Gedanken nach. »Oder wir werden auf dem Weg zum Ferienhaus geschnappt.«

»So oder so, Leeds gewinnt.«

»Nein, denn eins hat er vielleicht nicht berücksichtigt.«

Kimberlain rief Captain Seven von einer Telefonzelle in der Nähe des Parkplatzes an. Es klingelte, doch niemand hob ab. Was bedeutete, daß der Captain aus dem Spiel war, zumindest für den Augenblick. Leeds hatte also doch an ihn gedacht.

»Wir stehen ganz allein«, sagte Kimberlain zu Chalmers und Hedda.

»Ohne eine einzige Waffe, abgesehen von meiner Pistole.« Sie zog sie unter ihrer Jacke hervor. »Noch ein Magazin. Vierzehn Schuß. Nicht viel gegen ein Monster wie Tiny Tim.«

»Dann müssen wir uns etwas einfallen lassen.«

Garth Seckles Lieferwagen glitt durch den Regen. Die Nacht kam schnell, und der Sturm hatte den Himmel bereits grau gefärbt. Die Scheinwerfer der entgegenkommenden Wagen konnten ihn kaum erhellen. Seckle rutschte unruhig hin und her.

Er hatte den Fahrersitz den Anforderungen seines gewaltigen Körpers entsprechend umgebaut. Zu oft hatte er früher mit seinen über zwei Metern den Kopf einziehen müssen, damit er sich nicht am Himmel des Wagens rieb. Seckle haßte es, sich eingeengt zu fühlen; er verschaffte sich gern soviel Atemfreiheit wie möglich. Wahrscheinlich war das eine Reaktion auf all die verschwendeten Jahre.

Seine Zelle im Militärgefängnis hatte aus einem fensterlosen Loch von zweieinhalb mal zweieinhalb Metern bestanden. Nicht, daß das Fehlen eines Fensters ihn gestört hätte, nein. In seiner Seele gab es genug zu sehen, und dort fand Seckle während seiner Haftzeit auch die Vision.

Manchmal verlor der Lauf der Zeit während dieser Monate jede Bedeutung für ihn, zumindest im herkömmlichen Sinn. Er maß sie nicht in Stunden und Minuten, sondern in Gedanken und Vorstellungen. Jemand würde für San Luis Garcia, für seinen Vater bezahlen müssen.

Sein Vater war ein großer Mann gewesen, mißverstanden, aber wundersam begabt. Er hatte eine Vision gehabt, die ihm ermöglichte zu sehen, was andere nicht sehen konnten. Die Insel San Luis Garcia war ein Beweis dafür, was ein einziger Mensch erreichen konnte.

Dann waren die Caretakers gekommen, und Garth Seckle erschauerte jedesmal, wenn er sich an die blutige Schlacht erinnerte. Er hatte einen von ihnen schwer verwundet – da war er sich ganz sicher –, als der Raum, in dem er sich befand, explodierte. Er wurde durch eine Wand geschleudert und unter Schutt begraben. Nicht imstande, sich zu bewegen, und unter Schmerzen atmend, hatte er trotzdem nicht das Bewußtsein verloren. Er hörte Schreie, Schüsse und Detonationen, fühlte die Kugeln, als hätten sie ihn getroffen. Die Welt seines Vaters brach ihm ihn herum zusammen, und er konnte nichts dagegen tun.

Garth Seckle vermutete, daß er den Plan ursprünglich in diesem schier endlosen Augenblick gefaßt hatte, als er etwas brauchte, um seine Gedanken von den Schmerzen und dem Verlust abzuwenden. Als es vorüber war, gab es niemanden mehr, der ihm helfen konnte. Er mußte seine letzten Kraftreserven aufbringen, um sich aus dem Schutt zu befreien, der ihn bedeckte. Seine Verletzungen waren viel schwerwiegender, als er ursprünglich angenommen hatte. Er war in diesem Augenblick überzeugt, sterben zu müssen. Den linken Fuß hatte es natürlich am schlimmsten erwischt: er war diagonal vom zweiten Zeh bis zum Spann abgetrennt worden. Fleischbrocken, Sehnen und Knochen drangen dort, wo einst sein Fuß gewesen war, aus dem erhalten gebliebenen Teil hervor.

Doch er verschwendete zu diesem Zeitpunkt keinen Gedanken daran. Als er neben der Leiche seines Vaters auch die seiner Mutter und seiner beiden Schwestern fand, glaubte er, innerlich zu zerbrechen. Sie alle waren Soldaten gewesen; sein Vater hatte sie dazu gemacht, als er seinen Traum verwirklichte. Nun stand Garth vor ihren geschundenen, blutigen Leichen. Ein Alptraum.

Er wäre wohl auch gestorben, hätte die Aufräum-Truppe ihn nicht gefunden. Die Ärzte flickten ihn nachlässig wieder zusammen, und er wurde ins Militärgefängnis gesteckt. Keine Besucher. Niemand kam zu ihm, außer den Wärtern, die ihm das Essen brachten.

Garth Seckle kümmerte es nicht. Er sorgte selbst für seine Genesung, lebte und atmete den Schmerz aus seinem Körper. Es hieß, seine Fußverletzung würde ein normales Gehen, ganz zu schweigen von schnellem Laufen, unmöglich machen. Doch nach einem Monat ging und nach zwei weiteren lief Seckle auf der Stelle. In der erdrückenden Hitze der Zelle strömte der Schweiß seinen Körper hinab, und sein Verstand kämpfte mit dem Plan gegen die Schmerzen an. Er bezweifelte keine Sekunde lang, daß er die Zelle eines Tages verlassen würde. Eine lebenslange Haftstrafe zu akzeptieren hieße, den Tod hinzunehmen.

Doch die Art und Weise, wie er die Zelle schließlich verließ, überraschte selbst ihn. Eines späten Abends kamen Fremde in die Zelle. Er wurde betäubt, und sie nahmen ihn mit. Als er wieder zu sich kam, blickte ein kleiner Mann mit tief im Kopf liegenden Augen zu ihm hinab.

»Hallo, Garth.«

»Wer . . .?« keuchte er. Sein Mund war zu trocken zum Sprechen.

»Wer ich bin? Ich bin der Mann, der Ihnen das Leben zurückgibt. Und noch viel mehr.«

Der Mann ließ ihn ohne Bedingungen frei. Er nannte es einen Test und versprach, daß sie sich eines Tages wiedersehen würden. Seckle wurden die Akten der ursprünglichen Caretakers zugespielt, und er fand heraus, wo ihre nächsten Verwandten lebten und arbeiteten. Als er feststellte, daß mehrere von ihnen in sehr abgelegenen Ortschaften wohnten, zog er mehr in Betracht als nur eine unmittelbare Rache. Schließlich hatten sie ja nicht nur seinen Vater getötet, oder? Die ganze Welt, die er gekannt hate, war zerstört worden. Genauso würde es mit den engsten Verwandten derer geschehen, die dieses Unrecht über ihn gebracht hatten. In Vietnam hatte er genauso gehandelt und sich befriedigt gefühlt.

Aber heute abend würde er alldem die Krone aufsetzen, denn heute abend würde Kimberlain bezahlen. Seckle fragte sich, ob der Fährmann jemals herausfinden würde, daß der heutige Besuch ihm galt. Aber es spielte keine Rolle. Wichtig war nur, daß Seckle es wußte. Die Scheibenwischer des Lieferwagens fegten den niederprasselnden Regen hinweg; doch schon schlugen neue Sturzfluten gegen die Windschutzscheibe. Seckle gefiel diese Symbolik, denn ganz gleich, wie viele Leben er auch nahm, es würden immer welche übrigbleiben, die es wert waren, ebenfalls genommen zu werden. Ein Blitz warf Schatten auf ihn, die augenblicklich in der Dunkelheit verschwanden. Ein Donner krachte in seinen Ohren.

Tiny Tim fuhr durch die Nacht.

Da nach Kimberlain gefahndet wurde, stellte ein Auto das einzige sichere Transportmittel dar. Nachdem sie den ersten der insgesamt vier gestohlenen Wagen, mit denen sie über die Route

81 zum Pocono-Gebirge Pennsylvanias fuhren, kurzgeschlossen hatten, besprachen sie die Umrisse ihres Plans.

»Wir müssen mit dem auskommen, was wir aus einem Waffengeschäft herausholen können«, sagte Kimberlain schließlich. »Vielleicht ein paar ...«

»Nein!« warf Hedda ein. »Eine High-School, vielleicht sogar ein College!«

Kimberlain begriff. »Das Chemielabor ...«, sagte er.

»Und da gerade Sommerferien sind, finden wir alles, was wir brauchen, ordentlich verstaut in den Schränken. Wir müssen nur ein Schloß knacken und vielleicht eine Alarmanlage ausschalten. Aber es kostet Zeit, das zusammenzubasteln, was wir brauchen«, fügte Hedda hinzu. »Ganz gleich, woher wir es bekommen.«

»Es gibt Möglichkeiten, die Sache zu beschleunigen, auch wenn wir dann nicht ganz auf Nummer Sicher gehen. Aber wir können nicht wählerisch sein.« Der Fährmann zögerte. »Außerdem erwarten uns noch andere Probleme.«

»Mangelnde Kenntnisse über den Ferienpark zum Beispiel.«

»Ja. Wir kommen blind hinein. Und Seckle hat sich vielleicht schon den ganzen Tag über mit der Anlage vertraut gemacht und wartet auf Mitternacht ... wie immer ...«

»Und wir müssen davon ausgehen, daß Tiny Tim eine kugelsichere Weste trägt. Mit normaler Munition können wir ihn also nicht aufhalten. Das müssen wir berücksichtigen, wenn wir unsere Ausrüstung zusammenstellen.«

»Noch wichtiger ist, daß wir sozusagen einen chirurgischen Eingriff vornehmen müssen«, erinnerte Kimberlain sie. »Wir dürfen keine Waffen einsetzen, die ihm helfen würden, seinen Job zu erledigen.«

»Keine Opfer unter den Urlaubern.«

»Wir werden Tiny Tim die Arbeit nicht abnehmen, Hedda.«

Sie schien sich zu entspannen. »Danke.«

»Wofür?«

»Daß du mich Hedda nennst.«

»Du bist nicht mehr Ellen Kimberlain, genausowenig, wie du heute Helena Cain oder Lucretia McEvil bist. Das einzige Leben, das du kennst, ist dein Leben als Hedda, und das ist die einzige Person, mit der ich im Augenblick spreche.« Er zögerte und umfaßte das Lenkrad fester. Chalmers döste auf dem Rücksitz. »Und Hedda hat keinen Sohn. Lucretia McEvil hatte einen, aber sie ist tot, nicht wahr?«

»Ihr Sohn lebt aber.«

Der Regen holte sie ein, als sie sich Honesdale im Bundesstaat Pennsylvania näherten. Die Scheibenwischer wurden von einem Wolkenbruch beinahe überfordert.

Während Kimberlain fuhr, machte Hedda Notizen auf Papierbögen, die sie im Handschuhfach des Wagens gefunden hatte.

»Die Einkaufsliste ist fertig«, erklärte sie, als sie sich der Grenze Pennsylvanias näherten. Das Tageslicht war nur noch eine Erinnerung. »Da uns nur noch wenig Zeit bleibt, habe ich mich auf das Nötigste beschränkt.«

»Lies vor.«

Sie tat wie geheißen.

»Mann«, sagte Kimberlain. »Ich weiß nicht, ob dafür die Zeit reicht.«

»Es wird nicht solange dauern, wie du glaubst. Es steht nichts auf der Liste, womit ich nicht schon gearbeitet habe.«

»Aber unter besseren Umständen, befürchte ich.«

»Nicht immer. Und wenn, dann nicht unter viel besseren.«

Kimberlain schaltete das Fernlicht ein, um festzustellen, ob es ihm eine bessere Sicht verschaffte. Da dies nicht der Fall war und es ihn im tosenden Sturm nur blendete, schaltete er es wieder aus.

»Wichtig ist nur, daß wir Tiny Tim von den Urlaubern fernhalten. Wir müssen die Sache zu einem Kampf zwischen uns dreien machen.«

»Das wird nicht in seinem Sinne sein.«

»Deshalb müssen unbedingt wir die Bedingungen stellen.«

Hedda blickte auf die Karte. »Noch fünfzehn Kilometer bis Carbondale. Dort müßten wir alles finden, was wir brauchen.«

Sie beschlossen, Hedda an der Carbondale High School abzusetzen, die direkt am Highway zwischen Scranton und Carbondale lag, dreißig Minuten vom Ferienpark entfernt. Dann würden die beiden Männer im Schutz der Dunkelheit in die Stadt weiterfahren, um dort die restlichen Gegenstände auf der Liste zu beschaffen.

Kein einziges Auto war auf dem Parkplatz vor dem einstöckigen Backsteingebäude zu sehen, und abgesehen von der Außenbeleuchtung brannte auch nirgendwo Licht. Sie setzten Hedda bei einer Tür am hinteren Teil des Gebäudes ab, die von der Straße aus nicht einzusehen war. Sie rannte durch die Regenfluten und war bis auf die Haut durchnäßt, als sie die Tür erreichte.

Chalmers und Kimberlain warteten, bis sie die Tür aufgebrochen hatte und im Gebäude verschwunden war, bevor sie weiterfuhren.

»Halb neun«, sagte Chalmers. »Die meisten Läden ... werden noch geöffnet haben.«

»Eine verriegelte Tür und ein Geschlossen-Schild werden mich heute abend nicht aufhalten.«

»Wegen Ihres ... Neffen?«

»Weil Seckle – Tiny Tim – ausgeschaltet werden muß. Punktum.«

Chalmers musterte ihn lange mit zusammengekniffenen Augen. »Die anderen Caretakers ... sind alle tot ... nur Sie nicht.«

»Glück.«

»Kein Glück ... Verständnis. Sie haben überlebt ... weil Sie eine Möglichkeit ... zum Weiterleben fanden ...«

»Dieses Verständnis beherrschte mich.«

»Es hat Sie ... gerettet.«

»Vor der Welt, Chalmers, aber nicht vor mir selbst. Letztendlich ist der einzige Mensch, mit dem man sich auseinandersetzen muß, man selbst, und dazu bin ich bislang noch nicht fähig.«

»Wollen Sie ... es denn?«

»Nicht unbedingt. Ein Freund von mir hat es versucht, doch bei ihm hat es ein schlimmes Ende genommen.«

»Ein Freund?«

»Winston Peet, Chalmers.« Kimberlain fuhr fort, während sich Chalmers' Lautsprecher ein überraschtes Keuchen entrang. »Ich dachte mir, daß Sie sich an ihn erinnern. Er stand auf Leeds' ursprünglicher Liste, schlug sich aber dann auf meine Seite. Er hat mir das Leben gerettet, und ich habe es ihm vergolten, indem ich ihm ein Stück Land, ein Versteck anbot.«

»Die Hütte ... wo man die Frau ... gefunden hat«, begriff Chalmers.

Kimberlain nickte. »Leeds ist zu ihm vorgedrungen. Leeds hat Peet auf die andere Seite zurückgeholt, und das bedeutet, daß ich ihn diesmal töten muß.«

»Hätten Sie ihn nicht ... besser schon damals getötet?«

»Nein, damals tat ich das Richtige. Den Fehler habe ich erst viel später begangen. Peet ist jetzt bei Leeds, weil ich ihn in die Sache verwickelt habe. Verstehen Sie, Chalmers, ich habe mit Peet dasselbe gemacht wie Sie mit mir. Ich habe ihn benutzt, und das stinkt zum Himmel. Ich habe mir einzureden versucht, daß ich es für ihn tat. Aber ich tat es für mich. Wegen mir ist er jetzt bei Leeds.« Kimberlain schluckte den Kloß in seinem Hals hinunter. »Wegen mir wäre Lauren Talley beinahe gestorben.«

»Was würden Sie ... anders machen?«

»Ich muß für mich bleiben. Sie waren derjenige, der mich von allen anderen abgeschnitten hat, und ich sehe jetzt ein, daß es zu meinem Besten war. Damals hat alles angefangen, damals wurde ich geschaffen.«

Chalmers schüttelte den Kopf. »Sie waren schon ... so gut wie fertig. Deshalb haben wir Sie ... ausgewählt. Wir hätten jeden ... nehmen können ... doch wir haben uns ... für Sie entschieden.«

»Soll ich mich etwa geehrt fühlen?«

»Denken Sie ... was Sie wollen, aber ... akzeptieren Sie es.« Chalmers berührte die Buchse an seinem Hals. »Ist das, was Sie ... an jenem Abend getan haben ... weniger wert, weil Sie ... nun die Wahrheit kennen?«

»Nicht weniger wert, aber weniger bedeutungsvoll. Ich dachte, ich hätte aus eigenem Antrieb gehandelt. Jetzt begreife ich, daß ich nur gehandelt habe, weil ein anderer auf die richtigen Knöpfe drückte und mich so handeln ließ, wie er es wollte.«

»Sie haben die Rache ... an den Mördern ... Ihrer Eltern bekommen. Daran ... ändert sich nichts.«

»Aber dann habe ich drei Jahre lang für dieselben Leute gearbeitet, die diese Mörder angeheuert haben.«

»Menschen, die Sie schließlich ... zur Strecke gebracht haben.«

»Worauf wollen Sie hinaus?«

»Sie haben sie geschlagen ... Sie sind quitt mit ihnen ... eine weitere Rückzahlung ... vielleicht die angemessenste von allen ...«

»Ohne Vergnügen. Ohne Befriedigung.«

»Aber mit Erfolg ... Sie haben nicht versagt ... Sie *werden* nicht versagen.«

»Gegen Leeds?«

»Und Peet.«

»Wenn ich ihn nicht aufhalte, wird er erneut töten.«

»Das werden beide ... Fährmann.«

Sowohl die Urlauber als auch das Personal des Ferienparks Towanda hatten unter dem Sturm zu leiden. Regen peitschte, vom schweren Dröhnen des Donners begleitet, gegen die Fenster. Der Schlaf wollte sich bei den Gästen in den vierzig Hütten, die sich um zwei Lichtungen scharten, nicht so leicht einstellen. Das Personal im Haupthaus hatte sich bereits mit einer Nacht der Beschwerden und unmöglichen Wünsche der Gäste abgefunden.

Blitze zuckten über die Tennis- und Basketballplätze der Sportanlage. Unten am Sandstrand des Sunset Lake, einem kleinen See, der sich im Privatbesitz des Ferienparks befand, waren Kanus und Kajaks von ihren Gestellen gestürzt und lagen nun übereinander auf dem Boden. Auf dem Tennisplatz brannte noch eine einzige Lampe, und ihr schwaches Licht fiel auf das Wasser, das zentimeterhoch auf dem Asphalt stand und den Platz wie von schmelzendem Eis überzogen aussehen ließ. Bäume und Sträucher bogen sich im Wind.

Um zehn Uhr abends konnte man praktisch die Hand vor Augen nicht mehr sehen. Die sich in der Ferne erhebenden Berge waren nur noch dunkle, formlose, phantomhafte Umrisse. Die Fenster, auf die der Wind stand, konnten den Wassermassen nicht mehr standhalten und waren mit Bett- oder Handtüchern abgedichtet worden. In einigen Fällen hatte man Eimer auf den Boden gestellt, um das eindringende Wasser aufzufangen.

Kurz vor dreiundzwanzig Uhr traf ein Blitz in der Innenstadt von Honesdale, Pennsylvania, einen Stromwandler. Die Lampe über dem Tennisplatz flackerte einmal und verlosch. Die Gäste, die noch nicht schlafengegangen waren, drückten auf die Einschaltknöpfe ihrer Fernsehgeräte oder Stereoanlagen, als könnten sie damit etwas bewirken.

Der Ferienpark Towanda lag in tiefer Dunkelheit.

33

»Murmeln?« fragte Hedda, als sich ein kleiner Beutel davon über die Theke ergoß. Ein paar rollten hinab, und der Fährmann hob sie auf und legte sie neben die drei halbautomatischen Schrotflinten vom Kaliber Zwölf, die er und Chalmers besorgt hatten.

»Die letzte Tüte auf dem Regal«, sagte Kimberlain zu ihr. »Wie ich schon sagte, wir brauchen eine Waffe, die Kevlar durchdringen kann, ohne unschuldige Umstehende zu verletzen.«

»Ich verlasse mich lieber auf die Schrotflinten«, sagte Hedda.

»Ich glaube, du wirst es dir anders überlegen«, erwiderte er und griff in eine Kiste zu seinen Füßen.

Chalmers hatte den Supermarkt besucht, während der Fährmann sich in einem Eisenwarenladen und einem Spielzeuggeschäft umgesehen hatte. Währenddessen hatte Hedda sich in der Carbondale High School bedient. Das Chemielabor hatte sich als Disneyland der Pülverchen und Flüssigkeiten erwiesen.

Um die Lücken auf ihrer Einkaufsliste auszufüllen, hatte sie danach noch einen Physiksaal und die Werkräume aufgesucht.

Sie kehrte mit einem Dutzend dreißig Zentimeter langer Plastikrohre von einem Zoll Durchmesser und einer Rolle schwerer Schnur in den Chemiesaal zurück. Ihre neuen Besitztümer stellte sie auf einem Arbeitstisch ab und nahm aus einem Regal dann eine Schachtel Kerzen, die sie über Bunsenbrenner schmolz, um flüssiges Wachs zu erhalten. Danach durchstöberte sie die Schränke und fand Behälter mit Schwefel, Holzkohle und Salpeter. Hedda gab die jeweils erforderlichen Mengen in eine Schüssel und rührte, bis sich die verschiedenfarbigen Flüssigkeiten miteinander verbunden hatten. Dann holte sie einen vierten Behälter mit in Wasser gelagertem Phosphor und stellte ihn neben die Schüssel, während sie ihre Aufmerksamkeit auf die Plastikrohre richtete. Sie rührte schnell trocknenden Zement an und versiegelte damit jeweils ein Ende der Rohre.

Danach gab sie mit Hilfe eines Trichters etwas von dem feingemahlenen, gelben Phosphor in jedes Rohr. Die Menge reichte für sechs Rohre aus. Nachdem sie das Pulver festgestoßen hatte, kippte sie etwas Wasser in die Rohre. Sie zog einen Handschuh über und goß gerade soviel geschmolzenes Wachs in die Rohre, um das Wasser mit einer dünnen Schicht zu bedecken. Nachdem das Wachs erhärtet war, überprüfte sie ihre Arbeit, indem sie alle Rohre umdrehte und sich überzeugte, daß nichts hinausfloß. Sie nickte zufrieden und griff nach der Schüssel.

Ihre nächste Aufgabe bestand darin, das selbstgemachte Schießpulver in die sechs Rohre zu kippen. Dann bohrte sie kleine Löcher in sechs Plastikkappen und befestigte sie an den offenen Enden der Rohre. Schließlich schnitt sie ein halbes Dutzend zwei Meter lange Streifen von der Schnurrolle ab und weichte sie in einer Schüssel mit konzentriertem Kaliumnitrat ein. Nach zwanzig Sekunden nahm sie die Streifen wieder heraus und legte sie auf dem Arbeitstisch zum Trocknen aus.

»Was ist das?« fragte Kimberlain, während er ein schwarzes Eisenrohr aus der Kiste nahm und es neben die zwei Meter langen Schnüre auf die Theke legte.

»Die Zündschnüre für meine Rohrbomben. Sie müßten jetzt eigentlich trocken sein.«

»Ich bin beeindruckt«, sagte der Fährmann. »Aber ich hätte dir natürlich auch ein paar der Zündschnüre überlassen können, die ich aus der Stadt mitgebracht habe.«

»Ich konnte nicht wissen, ob du welche auftreiben würdest. Außerdem habe ich schon mal mit solchen selbstgemachten Schnüren gearbeitet.«

Sie drückte die Schnüre durch die Löcher, die sie in die Plastikkappen gebohrt hatte, und schob sie tief in das Schießpulver.

»Fertig«, erklärte sie, als die letzte Schnur fest saß. »Und jetzt erkläre mir, was du mit diesen Murmeln vorhast.«

Kimberlain nahm das dreißig Zentimeter lange Eisenrohr auf. »Eigentlich dasselbe Prinzip wie bei deinen Bomben. Nur war der Verkäufer im Eisenwarenladen so freundlich, mir Löcher in die Kappen zu bohren.«

Mit diesen Worten schraubte Kimberlain eine Stahlkappe auf ein Ende des Rohrs.

»Er hatte zwar kein Dynamit, aber immerhin diese Zündschnüre. Chalmers?«

Chalmers war gerade damit fertig, die Zündschnüre auf die erforderliche Länge zu verknüpfen. Kimberlain steckte eine durch den Boden seines Eisenrohrs, genau, wie Hedda es bei den kleineren Plastikversionen gemacht hatte.

»Wir hätten die Sache vielleicht nicht durchziehen können, wenn der kleine Waffenladen, den wir aufgesucht haben, nicht Schwarzpulver für altmodische Vorderlader gehabt hätte«, fuhr der Fährmann fort. »Triple X.«

»Du hast nur eine Packung?«

»Die reicht vollkommen aus.«

Hedda sah zu, während er ein Fünftel der Dose in das erste Rohr schüttete und Chalmers weiße Sämischlederstreifen in runde Stücke von jeweils sieben Zentimetern Durchmesser schnitt und jeweils eine Murmel darin einrollte. Kimberlain schob vier Stück davon in das Rohr und drückte sie fest.

»Voilà«, sagte der Fährmann. »Wir stecken die Zündschnur an, und zwei Sekunden später werden die Murmeln hinausgeschossen.«

»Mit größerer Durchschlagskraft als eine Kugel . . .«

»Mit einer beträchtlich größeren. Ich würde es nicht auf eine Entfernung von über dreißig Metern ausprobieren wollen, doch auf eine geringere Distanz wird nicht einmal Kevlar die Geschosse aufhalten können.«

Heddas Blick fiel auf vier noch ungeöffnete Kerosinbehälter. »Und wofür sind die bestimmt?«

Kimberlain holte zwei große Spraykanister mit unter Druck stehendem Ungeziefervertilgungsmittel aus dem Karton und stellte sie auf den Tisch. »Flammenwerfer.«

Wie sich herausstellte, reichte der Inhalt der vier Kerosinfäßchen gerade aus, um damit die zwei Zehn-Liter-Behälter mit dem Insektenspray zu füllen.

Er deutete auf die verstellbare Düse an dem Behälter. »Ein Streichholz oder eine brennende Zigarette genügt«, sagte er, und das ausströmende Kerosin fängt Feuer. Die Flammen haben dieselbe Reichweite wie die Pestizide, die ursprünglich in dem Behälter waren.«

»Und die wäre?«

»Ich würde sagen, vielleicht fünfundzwanzig oder dreißig Meter.«

»Und die Zielsicherheit?«

»Das werden wir erst erfahren, wenn wir es ausprobieren.«

Der Sturm hieß Tiny Tim willkommen, als er aus seinem Lieferwagen in die Nacht trat, die sich über den Ferienpark Towanda gesenkt hatte. Im Gegensatz zu seinen vorherigen Besuchen hatte er dieses Gelände nicht gründlich erkunden können, und vieles, was er sah, störte ihn vom logistischen Standpunkt her. Das größte Problem stellte die relative Nähe der Hütten zueinander dar. Sie waren hauptsächlich zu zweit oder dritt angeordnet und verfügten über separate Eingänge, die sich jedoch eine umzäunte Veranda teilten. Er sah die größte Herausforderung darin, die Bewohner einer Hütte auszumerzen, ohne die Nachbarn zu alarmieren. Er mußte unbedingt vermeiden, daß die Feriengäste ihn bemerkten, Alarm schlugen und dann, Eltern und Kinder zugleich, voller Panik durcheinanderliefen. Aber er würde schon eine Möglichkeit finden. Ein wahres Genie konnte in jeder Situation improvisieren, und wenn es galt, die Probleme dieses Besuchs zu bewältigen, hielt er sich für eins. Die auf dem Parkplatz abgestellten Wagen hatte er schon fahruntüchtig gemacht, so daß es mit den Fahrzeugen kein Entkommen geben würde.

Die nächste Aufgabe bestand nun darin, den Neffen des Fährmanns ausfindig zu machen. Die Hütten waren numeriert, und durch seine Nachtsichtbrille konnte Tiny Tim die Ziffern deutlich ausmachen. Er mußte nur die richtige Hütte finden, um auch den Jungen zu finden, und die stand im Gästeverzeichnis. Also mußte er erst einmal in das Büro der Anlage einbrechen.

Dann würde der Tanz beginnen.

»Mein Gott«, murmelte Hedda, als sie durch das Tor mit der Aufschrift FERIENPARK TOWANDA fuhren, »ist der groß.«

Die Straße war vor fünf Kilometern in einen unbefestigten Weg übergegangen, den die Regenmassen in eine Schlammpiste verwandelt hatten. Die Fahrspur war so schmal und gefährlich, daß sie schon befürchteten, sich verirrt zu haben. Sie mußten äußerste Vorsicht walten lassen, um nicht von der Straße abzukommen oder eins der zahlreichen Rehe totzufahren, die, vom Gewitter aufgeschreckt, vor ihnen über den Weg liefen. Doch schließlich erfaßten die Scheinwerfer das braune und weiße Schild, das sie im Ferienpark willkommen hieß.

Auch der Sturm und die Dunkelheit konnten die Weitläufigkeit des Geländes nicht verbergen. Unmittelbar zu ihrer Rechten machten sie einen Golfplatz mit neun Löchern aus. Daneben war eine große Rasenfläche als Parkplatz zweckentfremdet worden. Die Autos standen dicht an dicht, und es war keine einzige Parklücke mehr frei. Der Ferienpark mußte voll belegt sein.

Auf dem Hügel, der zu den Gebäuden hinaufführte, erhellten ihre Scheinwerfer kurz mehrere Sportplätze, die über ihnen auf dem eigentlichen Parkgelände lagen. Ein heller Blitz riß

Gebäude aus der Dunkelheit, einige größere und zahlreiche eng nebeneinanderliegende kleinere, offensichtlich die Hütten der Gäste.

»Fällt dir etwas auf?« fragte Kimberlain.

»Was meinst du?« erwiderte Hedda.

»Kein Licht. In keiner einzigen Hütte brennt Licht.«

»Ein ... Stromausfall«, krächzte Chalmers' Lautsprecher.

»Glaubst du, daß er das war?« fragte Hedda. Eine Bestätigung konnte nur bedeuten, daß Tiny Tim vor ihnen hier eingetroffen war.

»Ich weiß es nicht.«

»Ich bin immer noch der Ansicht, wir sollten das Risiko eingehen und die Polizei benachrichtigen.«

»Und er würde alle Polizisten töten, und das weißt du auch. Damit würden wir es nur noch schlimmer machen, weil er dann schneller vorgehen müßte. Unser größter Vorteil liegt darin, daß er seine Arbeit genießt.«

Hedda nickte. Sie wußte, daß der Fährmann sich in Garth Seckles Kopf versetzt hatte und erklärte, wie er unter umgekehrten Rollen vorgehen würde. Als sie erkannte, daß sie ebenfalls so dachte, erschauerte sie. »Wir müssen irgendwo unsere Ausrüstung vorbereiten«, erklärte Kimberlain, während er langsam weiterfuhr. Schließlich schaltete er die Scheinwerfer aus, um keine Aufmerksamkeit auf ihren Wagen zu ziehen. Sie fuhren den Hügel hinauf und kamen an einem großen, holzgeschnitzten Schild mit dem Namen des Ferienparks vorbei, das im Wind hin und her schlug.

»Da drüben.« Hedda deutete nach rechts. »Ein Gebäude.«

»Eine Ranger-Station«, sagte Kimberlain. »Ein Teil des Ferienparks muß auf Bundesbesitz liegen ...« Er hielt abrupt inne und trat auf die Bremse.

»Was ist los?«

»Die Tür steht auf.«

Sie stellten den Wagen neben dem Gebäude ab, so daß er vom Ferienpark aus nicht gesehen werden konnte. Ein grün und gelb lackierter Jeep mit dem Abzeichen der Bundesranger stand unter dem überhängenden Verandadach. An einem geschwungenen Holzschild, das über die Tür genagelt war, las Kimberlain den Namen STATION 61. Er sah die erste Leiche, als er den ersten Schritt auf die Veranda getan hatte. Regen war durch die offene Tür gedrungen und hatte die Uniform des Toten bis zu den Knöcheln durchnäßt. Es war ein junger Mann von neunzehn oder zwanzig Jahren. Man hatte ihm den Hals umgedreht.

Der Fährmann ging vorsichtig voraus, während Hedda, die Pistole in der Hand, ihm den Rücken deckte. Chalmers blieb draußen auf der Veranda, beide Hände um die Schrotflinte geschlossen.

Sie fanden einen zweiten Ranger auf der Schwelle des Nebenraums, bei dem es sich um ein Wohnzimmer zu handeln schien. Er war älter, und seine schwieligen Hände, die von einem Leben in freier Natur zeugten, lagen in einer Pfütze aus Blut, das aus seiner sauber durchtrennten Kehle geströmt war.

Tiny Tim war vor ihnen hier eingetroffen!

Entsetzen und Furcht, beides unbekannte und unangenehme Gefühle, durchrasten den Fährmann. Wie tief war Tiny Tim jetzt schon auf das Gelände des Ferienparks vorgedrungen?

Der Fährman drehte sich um und stellte fest, daß Hedda verschwunden war. Doch bevor er nach ihr rufen konnte, kehrte sie schon zur Ranger-Station zurück. Unter den Armen trug sie einen Großteil der Ausrüstung.

»Wir müssen uns beeilen«, sagte sie.

Das Büro befand sich ganz oben auf dem Hügel, schräg gegenüber von sechs der zwölf Tennisplätze des Ferienparks. Tiny Tim fand es problemlos. Zu dieser späten Stunde war das Büro natürlich geschlossen, doch er mußte nur ein Vorhängeschloß aufbrechen, um sich Zutritt zu verschaffen. Er überprüfte die Telefone, um sich zu vergewissern, daß sie nicht mehr funktionierten, und trat dann durch die Tür, die zum eigentlichen Büro führte.

Mit Hilfe der Taschenlampe fand er schnell den Belegungsplan der Hütten; er war an eine Wand geheftet. Es war zu schön, um wahr zu sein. Alle Namen auf einem genauen Plan des Geländes! Der Akte zufolge, die er auf der Insel bekommen hatte, hieß die Adoptivfamilie von Kimberlains Neffe Berman. Und die Bermans waren in Hütte 12 1/2 untergebracht.

Zwölfeinhalb, dachte Seckle. Aus purem Aberglauben hatte der Ferienpark keine Hütte mit der Dreizehn gekennzeichnet.

Die Ironie ließ ihn lächeln. Welch ein Pech für die Familie in der Hütte 12 1/2, daß er seine heutige Arbeit mit ihnen beginnen würde. Das größte Problem blieb natürlich die Panik, die nach den ersten Morden unausweichlich entstehen würde.

Aber dieses Chaos konnte er für sich nutzen. Ja. Direkt hinter dem Büro lag eine Cafeteria mit angeschlossenem Automatenspielsaal, eindeutig das größte Gebäude des Komplexes. Also ein Versammlungsort, zu dem sich die in Panik geratenen Gäste begeben würden, nachdem sie festgestellt hatten, daß ihre Autos am Fuß des Hügels keinen Meter weit mehr fahren würden.

Tiny Tim entschloß sich, in der Cafeteria vorbeizuschauen. Er hatte noch etwas Zeit, aber das Feuer in ihm brannte immer heißer.

»Da ist noch etwas«, sagte Kimberlain, als sie ihre Ausrüstung anlegten. »Die beiden toten Ranger müssen dienstfrei gehabt haben. Das bedeutet, daß einer oder zwei gerade auf Streife sind.«

»Funkgeräte?« fragte Hedda.

»Sie könnten uns gelegen kommen.«

»Später.«

»Falls es ein Später gibt.«

Tiny Tim glitt von dem Gebäude fort und achtete darauf, ständig in Deckung zu bleiben. Die Hütten ballten sich im Norden und im Süden zusammen; zwischen ihnen lagen Basketball- und Tennisplätze. Sobald die ersten Gäste in Panik ausgebrochen waren, würden sie zu den Parkplätzen laufen, doch er mußte sie irgendwie wieder zum Haupthaus zurücktreiben.

Aber wie?

Garth Seckle hatte sich die Frage kaum gestellt, als ihm auch schon die Antwort einfiel. Er glitt in die Schatten hinter einem Baum und überprüfte seine Waffen. Er zählte die Splittergranaten, die er genau wie die Vierzig-Millimeter-Granaten mit seiner M-203 abschießen konnte, einer Kombination aus M-16 und Granatwerfer. Schließlich zog er den Rucksack auf die Brust und tastete nach den Claymore-Minen – Steckminen, mit denen man eine schöne Schweinerei anrichten konnte.

Er hatte genug davon. Mehr als genug.

34

In der Ranger-Station hatten Kimberlain, Hedda und Chalmers mittlerweile ihre Ausrüstung angelegt. Dank ebenfalls erstandener Geschirre konnten sie sich die provisorischen Flammenwerfer wie Sauerstofftanks auf die Rücken schnallen. Die zu Mini-Bazookas umgebauten schwarzen Wasserrohre hingen an Riemen an ihren Schultern. Kimberlain trug zwei davon, Hedda und Chalmers jeweils eins. Die sechs Plastikröhren-Bomben hatten sie gleichmäßig untereinander aufgeteilt, und jeder trug eine Schrotflinte locker auf dem Rücken, um sie mit einer Bewegung greifen zu können. Die Zündschnüre, Feuerzeuge und Zigaretten bewahrten sie trocken am Körper auf, um nicht das Risiko einzugehen, ihre behelfsmäßigen Waffen aufgrund des Regensturms nicht einsetzen zu können.

»Wir müssen herausfinden, wo der Junge ist«, sagte Hedda plötzlich, als sie sich gerade wieder in den Sturm hinauswagen wollten.

»Du würdest dort zuerst zuschlagen«, schloß Kimberlain.

»Verdammt richtig.«

»Aber wir wissen nicht, ob Tiny Tim genauso vorgeht. Vergiß nicht, bei seinen bisherigen Anschlägen wandte er sich nie sofort gegen seine eigentlichen Opfer. *Ihn* müssen wir aufhalten, Hedda, *ihn* müssen wir finden!«

»Es geht um meinen Sohn, um deinen Neffen!«

»Willst du ihn wirklich kennenlernen?«

Sie war unschlüssig. »Ich will . . . ihn retten.«

»Dann müssen wir Seckle aufhalten.«

»Sollen wir uns . . . trennen?« fragte Chalmers. Die Worte aus seinem Lautsprecher waren in dem tosenden Sturm kaum zu verstehen.

»Wir bleiben zusammen, bis wir wissen, seit wann Tiny Tim schon hier ist.«

»Ob er schon angefangen hat?« fragte Hedda ängstlich.

»Finden wir es heraus«, entgegnete Kimberlain und trat in den Regen hinaus.

Tiny Tim hatte sechs Claymore-Minen dabei und benutzte sie alle. Das Eingraben dauerte länger, als ihm eigentlich recht war, doch der Zeitaufwand würde sich lohnen.

Claymore-Minen bestanden im Prinzip aus Plastiksprengstoff, der mit bis zu siebenhundert Metalldornen gespickt war. Seckle hatte sie in den Boden gesteckt und an Stolperdrähten angeschlossen. Sobald die Feriengäste zu ihren Fahrzeugen flohen, würden sie die Drähte berühren, und die Explosionen würden sie zum Umkehren zwingen und ihre Panik noch vergrößern.

Tiny Tim steckte die letzte Claymore in die Kuhle im durchnäßten, weichen Boden und tarnte sie sorgfältig mit Gras. Er hatte die Minen an Stellen angebracht, an denen die Bewohner beider Hüttenballungen auf dem Weg zum Parkplatz vorbeikommen mußten.

Der Gedanke an die donnernden Explosionen und die nachfolgenden Schmerzensschreie ließ in ihm die Erkenntnis reifen, daß dieser Besuch sich grundlegend von seinen ersten drei unterscheiden würde.

Bei den ersten Besuchen hatte er jedes Chaos vermieden, um absolut präzise vorgehen zu können. Das hatte er anfangs auch hier vorgehabt, doch nun hatte er sich entschlossen, genau umgekehrt vorzugehen. Heute abend würde er die nackte Furcht als Verbündeten benutzen, und sie würde wirksamer sein als jede Bombe, die er anbringen könnte.

Vielleicht würde ihm diese Alternative so gut gefallen, daß er sich in Zukunft nur noch dafür entscheiden würde.

Tiny Tim erhob sich und ging zur Hütte 12 1/2.

»Halt!« hob sich Kimberlains Stimme plötzlich über den Sturm.

»Was ist los?« sagte Hedda erschrocken.

»Sieh nach unten.«

Sie tat wie geheißen, konnte in der regennassen Dunkelheit jedoch kaum etwas ausmachen und wollte schon wieder zum Fährmann hochsehen, als ihr die Ausbauchung auffiel. Sie sah aus wie eine kleine Blase im nassen Grund, wie ein durch einen Fehlschlag ausgehacktes Rasenstück auf einem Golfplatz, das man dann notdürftig wieder befestigt hatte.

»Eine Claymore-Mine!« stieß Hedda hervor. »Aber Minen hat er noch nie benutzt! Was hat das zu bedeuten?«

»Es bedeutet, daß dieses Gelände ihn vor gewisse Probleme stellt. Er rechnet damit, daß einige Familien fliehen werden. Deshalb die Minen.«

»Kannst du sie entschärfen?«

Kimberlains Blick war ausdruckslos. »Das war noch nie meine Spezialität.«

»Ich könnte es, aber ...«

»Ich«, klang Chalmers' Stimme kaum verständlich aus dem Lautsprecher. »Meine ... Spezialität. In Vietnam. Feuerwerker ...«

Hedda wechselte einen Blick mit dem Fährmann. »Ich brauche ... ein Messer«, sagte Chalmers.

Hedda und Kimberlain zogen gleichzeitig Klingen hervor und hielten sie ihm hin.

»Er muß die ganze Gegend mit Minen gespickt haben«, sagte Kimberlain. »Aber wir wissen nicht, wie viele es sind.«

»Ich werde sie finden«, versicherte Chalmers ihnen mit einer Stimme, die fast normal klang.

Er gab ihnen die Plastikrohrbomben, die sie gebastelt hatten, und bückte sich, um sich an der ersten Mine, die sie gefunden hatten, zu schaffen zu machen, während Hedda und Kimberlain zu den beiden Anordnungen dunkelbrauner Hütten unter den nassen Bäumen weitergingen.

»Wir sollten uns jetzt trennen«, schlug Kimberlain vor. »Ich nehme die nördliche Hüttenreihe, du die südliche, die am See.«

»Er wird mit dem Jungen anfangen, nicht wahr?«

Der Fährmann zögerte. »Zuvor hat er nie mit seinen eigentlichen Opfern begonnen.«

»Ich spreche von dieser Nacht.«

»Ja. Ich glaube schon.«

»Und wenn einer von uns ihn findet . . .«

»Wird der andere es kurz darauf wissen.«

Als Tiny Tim die Hütte 12 1/2 erreicht hatte, glaubte er für einen Moment, etwas gehört zu haben. Aber es war unmöglich, das bei einem solchen Sturm, bei dem sich die Bäume von einer Seite zur anderen bogen und jeder Windstoß zischend den Regen vor sich hertrieb, genau zu sagen. Vielleicht war es nur die Erregung gewesen, die ihn nun gepackt hatte, da die Vollendung seiner Rache an Kimberlain kurz bevorstand.

Er sah ein letztes Mal in die Richtung, in der er das Geräusch vernommen zu haben geglaubt hatte. Der klare Blick, den ihm sein Nachtsichtgerät bescherte, enthüllte nichts. In der Überzeugung, daß die Nacht ihm gehörte, trat Garth Seckle auf die Veranda der Hütte 12 1/2.

Chalmers war mit der dritten Claymore-Mine beschäftigt. Unter normalen Umständen wäre die Aufgabe nicht schwierig gewesen. Doch heute abend herrschten keine normalen Umstände. Überraschenderweise erwies es sich kaum als schwierig, die Minen aufzuspüren. Garth Seckle hatte nicht damit gerechnet, daß jemand nach ihnen suchte, und mußte unter Zeitdruck gestanden haben; er hatte die Claymores kaum getarnt.

Doch um ganz sicher zu gehen, konnte Chalmers sich nur kriechend bewegen. Er schob sein Messer behutsam in die Blätter, die die Minen bedeckten, und kratzte das Erdreich beiseite, um den Zünder zu suchen. Dann trennte er den Draht durch, der den Zünder mit der Mine verband, und entschärfte sie damit.

Jetzt hatte er drei Claymores unschädlich gemacht. Er hob das Gesicht und ließ sich vom Regen den Schweiß abwischen. Dann kroch er weiter, tastete mit den Händen über das nasse Gras und hielt nach der nächsten Mine Ausschau.

Hedda befürchtete, die Pistole zu fest zu umklammern, und wechselte sie in die andere Hand. Angst wallte in ihr empor, während sie fast blind um die Hütten schlich. Was, wenn Tiny Tim den Jungen vor ihr oder Kimberlain fand? Würde der erste Schrei, den sie in dieser Nacht des Entsetzens vernahm, von ihrem Sohn stammen, von dem sie erst vor wenigen Stunden erfahren hatte? Unsichtbar und unbekannt, war er ebenfalls ein Teil ihres Lebens, das sie für immer aufgegeben hatte.

Ich kenne nicht einmal seinen Namen . . .

Sie ging weiter, während der Sturm alles daranzusetzen schien, ihr Vorankommen zu erschweren.

Wo war er? Wo war Kimberlains Neffe?

Hinter der umzäunten Veranda lagen drei Türen, drei verschiedene Eingänge zu drei separaten Abschnitten der Hütte. Eine davon war Nummer 12 1/2.

Tiny Tim trat zu der ersten Tür auf seinem Weg und stellte fest, daß sie unverschlossen war. Hinter einer kurzen Diele lag ein Wohnzimmer komplett mit Fernsehgerät und Klimaanlage. Über ihm drehten sich die Flügel eines Ventilators, angetrieben von der Gewalt des auf das Dach drückenden Sturms. Hinter dem Wohnzimmer befanden sich die Schlafzimmer, drei Stück, wie es den Anschein hatte. Aus einem drang das Licht einer Kerze oder einer Taschenlampe; durch seine Nachtsichtbrille wirkte es taghell. Wahrscheinlich las dort jemand, eine Mutter vielleicht, in der festen Überzeugung, ihre Kinder schliefen und wären in völliger Sicherheit. Tiny Tim ging auf die Tür zu und hätte beinahe die Koffer übersehen, die ordentlich aufgereiht an der Wand standen. Er bückte sich und las die Namensschilder.

Ramsey.

Also bewohnten die Bermans eine der beiden anderen Hütten. Tiny Tim zog sich so leise zurück, wie er gekommen war, und ging zur nächsten Tür weiter.

Hedda blieb plötzlich stehen und versuchte, durch den Sturm etwas ausmachen zu können. Ein Stück weiter war eine Gestalt auf der Veranda einer Hütte erschienen. Sie hatte sie nur ganz kurz gesehen, ein Schatten zwischen zwei Türen; die eine war gerade geschlossen, die andere dafür geöffnet worden.

Eine Person, die von einer Hütte zur anderen ging. Doch wenn zwei Familien in den Hütten wohnten . . .

Hedda lief los. Die Nacht und der Sturm schienen vor ihr zurückzuweichen, und der Wind schob sie voran, anstatt sich gegen sie zu stemmen.

Sie entsicherte ihre Pistole. Auf geringe Entfernungen war und blieb sie die beste Waffe, die ihr zur Verfügung stand.

Und sie hatte den Eindruck, daß ihr der Feind gleich Auge in Auge gegenüberstehen würde.

Der Name Berman stand auf einer Zeitschrift, die Tiny Tim auf einem Tisch im Wohnzimmer der zweiten Hütte fand. Diesmal hatte er nur das Licht zur Verfügung, das die Nacht ihm spendete; aufgrund seiner Brille reichte es jedoch völlig aus. Als er den Korridor entlangglitt, konnte er schweres Schnarchen vernehmen. Es kam aus dem einzigen Schlafzimmer zur rechten Hand. Das Schnarchen eines Mannes. Dann würden die Kinder der Bermans im einzigen anderen Schlafzimmer der Hütte liegen, links von ihm.

Tiny Tim erreichte die Tür und stieß sie auf. Sein großes Jagdmesser blitzte in der Dunkelheit.

Zuerst sah Hedda nur eine Gestalt, dann aber das nackte Funkeln von Stahl in der Hand des Schemens.

»Halt!«

Ihr Schrei ging den Schüssen um einen Sekundenbruchteil voraus. Tiny Tim erstarrte und drehte sich dann langsam um. Hedda feuerte die Neun-Millimeter-Browning so schnell ab, wie sie den Abzug betätigen konnte.

»Aaah!« brüllte er, nachdem die Kugeln ihn mit dumpf schmatzenden Geräuschen den Gang zurückgetrieben hatten.

Doch er stürzte nicht, und plötzlich hatte er eine seiner schallgedämpften Maschinenpistolen in der Hand. Ihre Mündung flackerte gelb auf.

Pffft... pffft... pffft...

Hedda warf sich zu Boden, doch ihr Blick wich keinen Augenblick von der kurzen Diele, durch die Tiny Tim spurtete. Plötzlich lief eine Gestalt aus dem Schlafzimmer, in das er gerade gesprungen war, ein Junge in Schafanzughosen und T-Shirt. Ein Kugelhagel schoß auf ihn zu.

Pffft... pffft... pffft...

»Runter!« schrie sie den Jungen an, bei dem es sich um ihren Sohn handeln mußte. *»Geh in Deckung!«*

Der Junge warf sich zu Boden und kroch den Rest des Weges bis zum Schlafzimmer seiner Adoptiveltern. Hedda erhaschte einen Blick auf zwei mit Schlafanzügen bekleidete Gestalten auf der Schwelle, die den Jungen griffen und in das Zimmer zerrten. Weitere Kugeln schlugen neben der Tür in die Wand ein. Hedda feuerte blindlings in die Richtung, aus der die Schüsse gekommen waren. Die nächste Salve galt ihr, und plötzlich brannte ein heißer Schmerz in ihrer Schulter. Sie schrie gequält auf und gab fünf weitere Schüsse in die Richtung ab, in der sie das gelbe Mündungsflackern gesehen hatte. Eine weitere Kugel streifte ihren Oberschenkel. Sie spürte, wie sie zusammenbrach, war aber so geistesgegenwärtig, das Feuer auch weiterhin zu erwidern.

Klick.

Ihr Magazin war leer. Sie prallte zu Boden, und eine riesige Gestalt, die fast bis an die Decke reichte, tauchte in der Diele auf. Der Mann sah sie, schoß aber nicht, sondern lief zur Schlafzimmertür, die Sekunden zuvor zugeworfen und verriegelt worden war. Ein Fenster! Wenn das Schlafzimmer über ein Fenster verfügte, waren sie vielleicht hinausgeklettert!

Tiny Tim hob einen in einem Stiefel steckenden Fuß und trat die Tür mit einem einzigen Stoß auf.

»Nein!« rief Hedda und griff nach einer der Plastikbomben an ihrem Gürtel.

»Seckle!« brüllte eine andere Stimme hinter ihr, und das Ungetüm wirbelte herum.

Kimberlain sprang aus dem Wohnzimmer, eins der Eisenrohre in der Hand.

WUMM!

Hedda schlug die Hände schützend über den Kopf, während der Rückstoß der Explosion den Fährmann in die Diele zurückwarf. Sie sah, wie Tiny Tims riesige Gestalt rückwärts durch die Luft flog, direkt durch ein Fenster am Ende der Diele. Kimberlain rannte an ihr vorbei und hob den Kupferstab seines Flammenwerfers. Als er das Fenster erreichte, durch das Tiny Tim geprallt war, hielt er schon sein Feuerzeug an die Düse, bereit, das unter Druck stehende Kerosin zu zünden. Hedda rappelte sich auf und humpelte zu ihm.

»Scheiße«, hörte sie ihn murmeln, während er durch das zerschmetterte Fenster hinaussah. Und dann begriff sie auch, warum.

Das Ungetüm war verschwunden.

35

Tiny Tim war benommen, verlor aber nicht das Bewußtsein. Er verfluchte sich, weil er mit der Anwesenheit des Fährmanns nicht gerechnet hatte. Denn wer sonst konnte es gewesen sein? Keiner, keiner! Und die Frau! Sie konnte nur ...

Wie hatten sie ihn hier gefunden? Wie hatten sie es wissen können?

Irgendwie hatten sie sich zusammengetan. Seckle hatte mit allem gerechnet, nur damit nicht. Das verdammte Weibsbild! Sie war im schlimmstmöglichen Augenblick dazwischengefahren. Er hatte gerade das Messer senken wollen, als sich ihre

Kugeln in das Kevlar gruben, das ihn vom Unterleib bis zum Hals schützte.

Aber sie hatte ihn mit ihren Schüssen nicht töten können, und er hätte sie erwischt, wäre der Fährmann nicht mit diesem Rohr aufgetaucht. Tiny Tim hatte geglaubt, von einem Auto überfahren zu werden, und was auch immer sich in dem Rohr befunden hatte, es war durch den Körperpanzer gedrungen und hatte ihm zumindest eine Rippe gebrochen. Als Seckle sich von der Stelle erhob, auf der er draußen gelandet war, hustete er schaumiges Blut aus. Sein Innerstes schien nach außen gekehrt worden zu sein. Glassplitter steckten in seiner Kopfhaut und im Nacken. Er konnte nur noch davonwanken, um die Zeit zu finden, seine Gedanken wieder in den Griff zu bekommen.

Dafür würden sie bezahlen. Und wie sie bezahlen würden . . .

Kimberlains Neffe war noch nicht tot, würde es aber bald sein. Er würde mit den anderen sterben, denn Tiny Tim würde sie alle töten, jeden einzelnen von ihnen. Folge nur den Schreien, sagte er sich.

Folge den Schreien.

»Ich verfolge ihn«, sagte Kimberlain und kniete neben Hedda nieder.

»Was ist mit . . . der Familie?«

Der Fährmann sah zum Schlafzimmer zurück. »Das Fenster steht auf. Sie müssen hinausgestiegen sein.«

»Dann sind sie draußen. Mit ihm.«

»Ich erwische Seckle schon«, versprach er.

»Das kannst du nicht. Nicht allein jedenfalls. Du hast schon einmal auf ihn geschossen, verdammt! Du hast ihn weggepustet, und er ist trotzdem entkommen.«

»Aber jetzt spielt er mein Spiel.« Sie griff nach seinem Arm. »Hilf mir auf.«

»Bleib lieber liegen.«

Sie ließ nicht los. »Ohne mich schaffst du es nicht. Allein wirst du nicht mit ihm fertig.«

Kimberlain zuckte die Achseln und gab nach. Er half ihr auf die Füße.

»Der Junge«, sagte sie zögernd. »Ich . . . ich habe ihn gesehen. Ich . . .«

Ihre Worte gingen in einer donnernden Explosion unter, die Sägemehl von den Hüttenwänden schüttelte. Kimberlain mußte die Frau festhalten, sonst wäre sie wieder gestürzt.

»Die Claymore-Minen«, murmelte sie. »Verdammt, Chalmers hat sie nicht alle entschärfen können!«

Er riß sich von ihr los. »Ich verfolge Seckle.«

Die Panik hatte sich wie eine Lawine von Hütte zu Hütte ausgebreitet. Als Chalmers die, wie er glaubte, letzte Mine gefunden hatte, strömte ein Schwarm fliehender Gäste den Hang zum Parkplatz hinab. Er verfluchte das Timing, verfluchte die übermäßige Sorgfalt, die er bei den ersten fünf Minen aufgebracht hatte. Wäre er bei jeder ein paar Sekunden schneller gewesen, hätte die Zeit gereicht. Jetzt war alles umsonst. Der erste stampfende Fuß, der den Stolperdraht der letzten Mine berührte, würde Dutzende von Menschen in die Hölle schicken. Schlimmer noch, die Wucht der Explosion konnte vielleicht die anderen Minen auslösen, auch wenn er sie schon von der Verdrahtung getrennt hatte.

Es war ummöglich, die letzte Mine noch rechtzeitig zu entschärfen. Völlig unmöglich.

Chalmers traf seinen Entschluß in einem Sekundenbruchteil, während die Schritte der in Panik geratenen Menge noch lauter wurden. Er sprang auf, und die Bewegung trug ihn direkt auf die letzte Mine. Er lebte noch lange genug, um das dumpfe Poltern zu hören, mit dem sein Körper auf das weiche Erdreich schlug. Er hätte starr vor Angst sein müssen, war jedoch seltsamerweise völlig ruhig und drückte die Hände auf den feuchten Boden.

Im nächsten Augenblick war er tot.

Die Explosion ließ die panikerfüllte Menge umkehren und scheuchte sie zu den Hütten zurück. Ein paar Menschen an der Spitze des Rudels stürzten, von Steinen oder Erdreich getroffen, das die Detonation aufgewirbelt hatte. Andere wurden von Glassplittern der zerschmetterten Fenster der Hütten getroffen, die in der Nähe des Explosionsorts standen. Eltern kümmerten sich um ihre Kinder, zerrten sie in Sicherheit und suchten nach Deckung.

Tiny Tim hatte endlich die Orientierung zurückgewonnen. Der flammende Schmerz in seiner Brust wurde zu einem dumpfen Ziehen, das er verschluckte, als er die Explosion hörte. Mit großer Freude begriff er, daß der chaotische Strom der Eltern und Kinder, die zum Parkplatz geflohen waren, nun genau in seine Richtung zurückschwappen würde. Schnell arbeitete er sich aus dem Wald auf eine Lichtung zwischen den beiden Hüttenansammlungen vor, von der er einen ungehinderten Blick auf das Haupthaus der Anlage hatte. Er richtete seine Kombination aus Granatwerfer und M-16 aus, erfaßte das Ziel und wartete darauf, daß seine Opfer in Sicht kamen. Auf diese Art konnte er viele töten, vielleicht sogar Kimberlains Neffen.

Der erste aus der schreienden Menge lief ihm entgegen, atemlos und vom Sturm durchnäßt. Tiny Tim hob die M-203 und betätigte den Abzug.

Kimberlain war gerade aus der Hütte 12 1/2 gestürmt, als die Menschenmenge über den Hügel in seine Richtung gelaufen kam.

»Da drüben!« Hedda tauchte plötzlich direkt hinter dem Fährmann auf. »Ich sehe ihn!«

Der Fährmann schaute in die Richtung, in die sie zeigte. Garth Seckle stand auf einer Lichtung, eine M-203 in den Händen.

»Wie ich schon sagte«, versprach Kimberlain, »er gehört mir.«

Er spurtete um die Hütte, um sich dem Verrückten ungesehen nähern zu können. Im Laufen hielt er eine angezündete Zigarette in die Mündung der Düse des provisorischen Flammenwerfers. Er bereitete sich darauf vor, an der Düse zu drehen und das Kerosin ausströmen zu lassen. Er wußte, daß das Ungetüm warten würde, bis sich genug Opfer vor ihm versammelt hatten, und wußte gleichzeitig, daß ihm dies die Zeit geben würde, die er brauchte.

Er war noch zwanzig Meter entfernt und noch immer in Bewegung, als er die Düse öffnete. Stotternd entzündete sich eine helle Flamme, explodierte geradezu und verengte sich dann zu einem schmalen Strom.

Tiny Tim hatte erst zwei Schüsse abgegeben, als der Flammenstrom ihn fand. Kimberlain hatte zwar auf Seckle gezielt, doch der Großteil der Flammen schlug gegen die M-203. Dann schienen sie überzuspringen und das Ungetüm zu erfassen. Seckle wurde zurückgeworfen. Kimberlain drehte an der Düse, doch Tiny Tim war bereits außerhalb der Reichweite des Geräts. Während die tanzenden Flammen auf seinem Körper erloschen, lief er auf den Wald zu.

Der Fährmann drehte die Düse entgegengesetzt zum Uhrzeigersinn. Der Flammenstrom wurde dünner und erstarb. Kimberlain folgte Tiny Tim und kam an der qualmenden M-203 des Ungetüms vorbei. Sie lag dort, wo er sie fallengelassen hatte, auf dem Boden, und verströmte eindeutig den Gestank von verbrannter Haut und verkohltem Haar.

»Ich hab' dich erwischt, du Arschloch«, rief Kimberlain der Gestalt nach, die einen Weg zu den Bäumen hinauflief. »Jetzt habe ich dich erwischt.«

Der Fährmann setzte ihm nach. Als er die Tennisplätze hinter sich gelassen hatte, zerrte er eine der Phosphorbomben von seinem Gürtel und hielt dieselbe Zigarette an die Zündschnur. Sofort sprühten Funken. Er machte noch ein paar Schritte und warf die Bombe dann in die Richtung, in die Tiny Tim fliehen wollte. Sie explodierte mit einem lauten Knall und einem grellen Blitz, der Seckle taumeln ließ. Kimberlain entfachte die Zündschnur einer zweiten Bombe und schleuderte sie, bevor Tiny Tim die Orientierung zurückgefunden hatte.

Diese Sprengladung detonierte unmittelbar neben ihm und riß ihn von den Beinen. Für einen Augenblick hatte es den Anschein, als hätten die aberhundert Plastikbruchstücke den Job erledigt. Seckle erhob sich, schien beinahe wieder zusammenzubrechen, und seine Gestalt verlor sich in der Dunkelheit des Sturms. Kimberlain kniete nieder, um sein zweites mit Murmeln gefülltes Eisenrohr einzusetzen. Seckle befand sich zwar am Rand der Reichweite, bot andererseits jedoch ein unbewegliches Ziel, und Kimberlain konnte der Versuchung nicht widerstehen. Die Zündschnur sprühte Funken, und Kimberlain richtete den Lauf auf das jetzt dreißig Meter weit entfernte Ziel. Diesmal war er auf den harten Rückschlag vorbereitet, und er stand breitbeinig da, als die Murmeln in einer Explosion gelben Rauchs hinausschossen.

Getroffen! Volltreffer!

Kimberlains Ohren klingelten, und ein Gefühl des Triumphes brandete in ihm auf. Doch die Reichweite hatte sich für seine provisorische Bazooka als zu groß erwiesen, und er sah, daß die Explosion einen kleinen Baum knapp einen Meter links von Seckle zerfetzt hatte.

Kimberlain trauerte der verpaßten Chance nicht nach, ließ das rauchende Rohr fallen und folgte Tiny Tim in den Wald.

Solchen Schmerz hatte Garth Seckle seit vielen Jahren nicht mehr gekannt, nicht mehr seit jener Nacht, als die Caretakers gekommen waren und ihm einen Teil seines Fußes genommen hatten. Es schien sich erneut zu vollziehen, hier, jetzt, in dieser Nacht, die eigentlich ihm hätte gehören sollen. Die schlimmsten Verletzungen hatte er sich an Schultern und Rücken zugezogen. Er spürte, wie seine versengte Haut riß und Blasen schlug. Der Schmerz war unglaublich und wurde nur wenig von dem strömenden Regen gelindert, der Seckles freiliegende Haut benetzte.

Als Seckle die Deckung der Bäume erreicht hatte, zog er die Handschuhe aus, die Kimberlains provisorischer Flammenwerfer ebenfalls verbrannt hatte. Seine Nachtsichtbrille war von umherfliegenden Plastiktrümmern der beiden blendenden Explosionen zerschmettert worden. Doch er konnte noch sehen, und seine Augen schienen keinen Schaden genommen zu haben. Ein Teil seiner Kopfhaut jedoch war von den Detonationen aufgerissen worden, und auf einer Seite war sein Gesicht von der Wange bis zur Schläfe verbrannt. Er stöhnte auf, als er die Brille abnahm und wegwarf. Dann leerte er den Inhalt seiner Feldflasche auf den Kopf und das Gesicht. Das Wasser brachte nur kurzzeitige Erleichterung; den Schmerz konnte es nicht lindern. Er mußte ihn benutzen, wie er auch alles andere benutzte. Er setzte sich wieder in Bewegung, sich der Tatsache bewußt, daß der Fährmann ihm in den Wald gefolgt war und schnell zu ihm aufschloß.

Was waren das für Waffen, die der Fährmann benutzte?

Tiny Tim fragte sich, welche Ausrüstung Kimberlain sonst noch mitgebracht hatte. Er zwang sich zur Ruhe, während er tiefer in den Wald eindrang, und rief sich immer wieder in Erinnerung zurück, daß sein eigenes Arsenal dem des Fährmanns unendlich überlegen sein mußte. Nun galt es, den Fährmann auf eine offene Fläche zu locken, auf der er seine Waffen einsetzen konnte, um ihn ein für alle Mal zu erledigen. Er hatte noch zwei Maschinenpistolen und jede Menge Granaten, Pistolen an beiden Hüften und gewisse andere Überraschungen.

Er fühlte, wie er wieder ruhig wurde. Der Ferienpark gehörte noch immer ihm. Die Gäste konnten in diesem Sturm nicht fliehen, und Hilfe war mindestens fünfzehn Minuten entfernt. Eine Ewigkeit, um sein Werk zu vollenden.

Mittlerweile würden sich die Gäste im Haupthaus eingefunden haben und glauben, durch ihre bloße Anzahl dort in Sicherheit zu sein. Das gab Tiny Tim Hoffnung. Er konnte noch immer den Sieg davontragen. Er konnte noch vollenden, wozu er hergekommen war.

Doch zuerst Kimberlain.

Der Fährmann drang nur zögernd in den Wald ein. Das Gewicht des Tanks auf seinem Rücken verriet ihm, daß er beim ersten Angriff die Hälfte von dessen Inhalt verbraucht hatte. Nicht, daß es eine Rolle spielte. Ohne das Überraschungsmoment und in der Enge des Waldes ließ der Flammenwerfer sich kaum einsetzen. Kimberlain hatte noch Chalmers' zwei Phosphorbomben, doch es schien ihm zweifelhaft, daß er unter diesen Umständen die Zeit zum Anzünden der Zündschnüre finden würde. Kimberlain griff sich auf den Rücken und zog die Schrotflinte hervor. Die selbstgebastelten Waffen hatten ihre

Schuldigkeit getan. Seckle war verwundet, auf der Flucht und hatte Schmerzen. Andererseits war er jetzt wie ein verwundetes Tier und vielleicht noch gefährlicher.

Donner grollte, und ein greller Blitz erhellte den Himmel. Sein Herz machte einen Satz. Der Wald schien lebendig zu sein; hinter jedem Schatten, jedem Baum konnte Tiny Tim mit schußbereiter Waffe lauern. Gut möglich, daß Kimberlain geradewegs in eine Falle lief, doch in gewisser Hinsicht war auch das ein Sieg, denn solange Seckle hier draußen gegen ihn kämpfte, waren die Gäste des Ferienparks in Sicherheit.

Kimberlain ging weiter. Er hörte, wie direkt vor ihm ein Zweig knackte, und warf sich zu Boden. Die Bewegung rettete ihm das Leben. Ein Kugelhagel versengte die Luft über ihm und fetzte dort, wo gerade noch sein Kopf und die Brust gewesen waren, Rinde von den Bäumen. Er kroch in die Deckung einer großen Kiefer und feuerte mit dem Schrotgewehr dreimal in die Richtung, aus der die Schüsse gekommen waren.

Rumms...

Das Geräusch der auf den weichen Boden prallenden Granate war gerade laut genug, daß Kimberlain wußte, was geschehen würde. Er machte einen gewaltigen Satz durch die Luft, um der ersten Explosion zu entkommen, und wich der zweiten aus, indem er sich in einen kleinen Bach warf. Der Knall raubte ihm fast das Gehör, doch diesmal blieb er instinktiv liegen. Und er hatte richtig gehandelt; die nächsten beiden Granaten landeten vor ihm, genau dort, wo er jetzt läge, hätte er seine Bewegung fortgesetzt. Wasser schoß in springbrunnenähnlichen Fontänen hoch und durchnäßte ihn bis auf die Haut. Kimberlain schätzte den Winkel ab, aus dem die Granaten gekommen waren, und zündete schnell hintereinander seine beiden letzten Phosphorbomben an. Er warf sie mit einer Sekunde Abstand, um das Ziel zu umschließen, anstatt einen direkten Treffer zu landen, und Seckle damit zu zwingen, sich zu zeigen, um ihn dann mit den restlichen Patronen seines Gewehrs zu erledigen. Die hellen Blitze flammten fast gleichzeitig auf. Doch es folgten keine Schreie, und auch keine weiteren Schüsse dröhnten auf.

Wo war Seckle?

Wildes Maschinengewehrfeuer brandete auf, und Kimberlain

sprang aus dem Bach in die Deckung eines Baums, um den Kugeln auszuweichen. Die Schüsse erklangen noch immer, als er das Feuerzeug unter die Zündschnur des letzten Eisenrohrs hielt. Die gelbe Flamme huschte den Stoff entlang. Kimberlain sprang aus der Deckung des Baums und richtete die selbstgebastelte, mit den Murmeln geladene Bazooka auf die Stelle, von der die Salven kamen.

Wumm!

Der Rückstoß schleuderte ihn zu Boden. Mit einem satten Schmatzen fanden die Murmeln ihr Ziel, und Kimberlain gab sich der Hoffnung hin, Tiny Tim endgültig erledigt zu haben. Langsam erhob er sich und suchte die Gegend ab, das Gewehr schußbereit in den Händen. Er ging das Risiko ein, von Seckles Kugeln erwischt zu werden, und war fast sicher, gesiegt zu haben, als die Schüsse ausblieben.

Das Ergebnis seines letzten Schusses belehrte Kimberlain eines Besseren.

Tiny Tim hatte einen Baum gefunden, dessen Stamm sich auf anderthalb Metern Höhe spaltete. Zwischen den beiden Hälften, an einem aufstrebenden Ast befestigt, sah er die Überreste der Maschinenpistole, die von der Explosion zerfetzt worden war. Seckle hatte sie dort festgerammt und den Abzug verklemmt, so daß die Waffe selbsttätig schoß und es den Anschein hatte, er stünde hinter ihr.

Garth Seckle war verschwunden. Er hatte einen Bogen zurück zum Ferienlager geschlagen, wo nur die verletzte Hedda zwischen ihm und den Gästen stand.

Das Getrampel ungezählter Füße zog an Hedda vorbei, und sie hörte wiederholt laut gerufene Anweisungen.

»Das Haupthaus! Alle ins Haupthaus!«

Sie erhaschte einen Blick auf einen Ranger in einer regennassen Khakiuniform, der mit gezogenem Revolver an ihr vorbeilief, den von Panik erfüllten Gästen Anweisungen zurief und diejenigen evakuierte, die noch in ihren Hütten waren. Aus allen Richtungen flüchteten Familien in durchnäßten, schlammgetränkten Schlafanzügen oder Nachthemden zur Cafeteria.

Hedda hockte auf der umzäunten Veranda und hielt sich absichtlich von den anderen fern. Ihr war kalt, und sie war bis auf die Haut naß. Sie kämpfte gegen den Schmerz an, hielt die Hände an die Brust gedrückt und versuchte, die Geräusche des Sturms von denen zu unterscheiden, die beim Kampf des Fährmanns gegen Tiny Tim entstehen mochten. Seltsam, daß sie in ihm nur den Fährmann und nicht Kimberlain sah; doch würde sie ihn als Kimberlain akzeptieren, würde sie damit auch die tragische Wahrheit ihrer eigenen Vergangenheit eingestehen müssen. Er war genauso wenig ihr Bruder, wie der Junge, den sie gerettet hatte, ihr Sohn war. Vielleicht dem Namen nach, aber in keiner anderen Hinsicht.

»Bewegt euch! Na los, bewegt euch!«

Und die verzweifelten und entsetzten Gäste strömten weiterhin an ihr vorbei. Hedda wollte sich in der Hoffnung über die Umzäunung erheben, vielleicht einen Blick auf den Jungen werfen zu können, um wenigstens einen flüchtigen Eindruck von ihm zu bekommen.

»Das Haupthaus, sage ich! Das Haupthaus!«

Es war die beste Möglichkeit, die Menschen in einer vertrauten Umgebung zusammenzuziehen, um ihre Panik zu lindern und sie zu schützen. Eine offensichtliche Strategie unter solch düsteren Umständen, eine, auf die jeder vernünftige Mensch zurückgegriffen hätte.

Hedda erstarrte. Wenn ihr diese Strategie einsichtig war, dann war sie es offensichtlich auch Tiny Tim. Bevor er seine nächtliche Arbeit begonnen hatte, mußte er dem Haupthaus einen Besuch abgestattet haben. Hedda zog sich hoch und trat in den Sturm hinaus. Sie bewegte sich, so schnell sie konnte, glitt im feuchten Schlamm aus, rappelte sich schmutzig und noch verzweifelter sofort wieder auf. Sie griff nach der Schrotflinte auf ihrem Rücken und benutzte sie als Krücke, um sich durch den Sturm vorzuarbeiten.

»Setzen Sie sich!« rief der Ranger durch ein Megaphon. »Bitte setzen Sie sich und beruhigen Sie sich ... Wir müssen herausfinden, ob Familien oder Familienmitglieder vermißt werden.

Wir müssen wissen, ob jemand vermißt wird. Hilfe ist unterwegs!«

Die Feriengäste suchten hektisch nach Sitzgelegenheiten. Das Personal der Anlage mischte sich unter sie und versuchte, die Ruhe wiederherzustellen. Die Unterkünfte der Angestellten befanden sich am Rand des weitläufigen Ferienparks, und der Ranger hatte über Funk Alarm geschlagen.

Taschenlampen und ein paar Fackeln spendeten die einzige Helligkeit; von der verängstigten Menge hoben sich jetzt nur noch ein leises Murmeln und gelegentliches Schluchzen. Einige Männer und Frauen kümmerten sich mit Verbandszeug und Medikamenten aus der kleinen Notfallklinik der Anlage um Verletzte. Die Menschen flüsterten sich Gerüchte zu, was geschehen sei, doch die, die es wirklich wußten, schwiegen.

Der Ranger und das Personal bemühten sich nach Kräften, eine weitere Panik zu vermeiden. Diese Aufgabe wurde fast unmöglich gemacht, als eine der Cafeteriatüren aufgestoßen wurde. Eine Frau, schrecklich mitgenommen, vom Sturm völlig durchnäßt und aus einer Schulterverletzung blutend, stürmte mit einem Gewehr in der Faust herein.

Hedda hätte zwar einen weniger dramatischen Auftritt vorgezogen, wußte jedoch, daß sie den Menschen einen heftigen Schock versetzen mußte, wollte sie ihr Ziel in der begrenzten, zur Verfügung stehenden Zeit erreichen. Eine schnelle Untersuchung des Fundaments der Cafeteria hatte ihr das letzte Bestandteil von Tiny Tims Plan enthüllt.

»Alle raus!« überschrie sie das Jammern und Flüstern. »Alle raus! *Sofort*!« Als die Feriengäste sich nicht rührten, senkte sie die Schrotflinte auf Hüfthöhe und ließ sie drohend kreisen. »Raus hier, sage ich! Verschwindet von hier und lauft so weit von dem Gebäude fort, wie ihr könnt!«

Der Ranger griff nach seiner Waffe, doch Hedda richtete das Gewehr auf ihn.

»Nicht! Hört mir zu!« rief sie allen zu, die sie verstehen konnten. »Dieses Gebäude wird explodieren! Und jetzt *raus hier!*«

Nach alledem, was sich in den letzten Minuten ereignet hatte, bezweifelte niemand ihre Worte. Im nächsten Augenblick stand neue Panik auf den Gesichtern der Feriengäste. Wie verrückt rannten sie zu den Türen. Fensterscheiben wurden ausgeschlagen und die entstandenen Öffnungen als Notausgänge zweckentfremdet. Der Ranger bahnte sich durch das Gedränge den Weg zu ihr.

»Wer, zum Teufel, sind . . .«

»Propan«, sagte Hedda. »Er hat die Propantanks in der Küche geöffnet.«

»Ich rieche kein Propan.«

»Weil es sich *unter* dem Gebäude sammelt. Er ist unter das Haus gekrochen. Verstehen Sie nicht? Er hat die Schläuche unter das Haus verlegt. Wenn er zurückkommt und das Gas entzündet, wird es keine Cafeteria mehr geben.«

Eine Mischung aus Furcht und Unsicherheit legte sich auf das Gesicht des Rangers. »Wieso wissen Sie das alles?«

»Ich bin gekommen, um ihn aufzuhalten. Wir haben es mit Tiny Tim zu tun.«

»Mein Gott, ich weiß noch nicht mal, ob wir alle Gäste in der Cafeteria hatten.«

»Helfen Sie mir nur, sie wieder hinauszuschaffen.«

Garth Seckle tauchte hinter der Hüttenansammlung im Süden aus dem Wald auf. Von dort aus hatte er einen ungehinderten Blick auf das Haupthaus, und er verspürte nacktes Entsetzen, als er sah, wie es evakuiert wurde und seine Opfer der Falle entkamen.

Das konnte nicht sein! Das war unmöglich!

Sie liefen in alle Richtungen in die Nacht hinaus und entfernten sich von dem zentralen Versammlungspunkt, an dem er sie alle auf einen Schlag hatte erledigen wollen. Seckle brüllte vor Wut und stürmte über das offene Feld zwischen den Hütten. Er zerrte eine Granate von seinem Gürtel und riß den Bolzen heraus; bei jeder Bewegung durchströmte ihn neue Qual. Die Erkenntnis seines Scheiterns bewirkte, daß er die Schmerzen seiner Verletzungen nicht mehr verleugnen konnte. Aber die Explosion würde helfen, sie zu lindern, würde sie vielleicht sogar kurzzeitig überwinden, wenn es nur genug Opfer bei der Detonation gab. Noch im Laufen warf er die Granate weit und zielgenau zum Haupthaus und zählte im Geist die Sekunden. Sie prallte auf und rollte unter die Cafeteria.

Garth Seckle warf sich zu Boden und schlug die Hände über seinen schon versengten Kopf.

Das ausströmende Propan fing gleichzeitig Feuer, und das Haupthaus explodierte in einem gewaltigen Glutball. Die Flammen leckten nach oben, und selbst die Gewalt des Sturms konnte sie nicht ersticken. Holztrümmer flogen in alle Richtungen, und für einen Augenblick überließ Tiny Tim sich der Hoffnung, die Nacht sei doch noch gerettet. Doch die Wucht der Explosion hatte den überwältigenden Teil der Trümmer steil in die Höhe gerissen. Er wartete auf Schmerzens- und Todesschreie, vernahm aber keinen einzigen. Er starrte die brennenden Überreste des Gebäudes an und fühlte sich leer und besiegt. Besiegt sowohl vom Fährmann als auch von der Frau.

Da Kimberlain noch im Wald war, konnte nur die Frau das Haupthaus evakuiert haben.

Aber dafür sollte sie bezahlen. Seckle hatte noch eine Maschinenpistole, eine Uzi, und er griff danach und entsicherte sie. Die meisten Feriengäste flohen zum See. Falls sich Heddas Sohn unter ihnen befand, würde er dort sterben.

Tiny Tim zählte seine restlichen Granaten und setzte sich in Bewegung.

»Mein Gott«, murmelte Kimberlain, als er Hedda vor dem in Flammen stehenden Hauptgebäude auf die Beine half. »Du hast sie rausgeholt. Großer Gott, du hast sie rausgeholt.«

Sie nickte halbherzig. »Aber Tiny Tim ist noch irgendwo da draußen.« Am Seeufer erhoben sich die Geräusche der panikerfüllten Menschen und drangen durch die Nacht zu ihnen hinüber. »Das wird ihm gefallen«, sagte Kimberlain zu ihr. »Dorthin wird er sich wenden.«

Der Fährmann hatte die Explosion gesehen, als er auf halbem Weg zwischen dem Wald und dem Haupthaus war. Instinktiv hatte er sich zu Boden geworfen und den Kopf mit den Armen bedeckt. Dann trieb ihn eine schreckliche Erwartung weiter auf die Lichtung, wo er Hedda fand.

»Da unten sitzen die Leute in der Falle«, warnte Hedda. »Sie können nirgendwohin mehr fliehen.«

»Aber Seckle auch nicht. Ich schlage mich durch den Wald und schneide ihm den Weg ab. Entweder begegne ich Seckle unterwegs, oder ich warte schon auf ihn, wenn er dort eintrifft.«

»Während ich mich dem Ufer von hinten nähere«, sagte Hedda.

»Ein Kreuzfeuer.« Kimberlain nickte und griff nach seiner Schrotflinte. »Also los. Wir nehmen ihn ins Kreuzfeuer.«

Es überraschte Tiny Tim, wie viele Menschen sich in ihrer Dummheit auf dem schmalen Sandstrand zusammengedrängt hatten. Einige waren in Ruderboote oder Kanus gestiegen, sogar in Kajaks und die kleineren Playaks, um damit zu fliehen. Doch die meisten scharten sich einfach in kleinen Gruppen zusammen, überzeugt, diese Nacht des Schreckens müsse vorüber sein, nachdem die Cafeteria in die Luft geflogen war.

Wie sehr sie sich doch irrten! Seckle hatte noch fünf Handgranaten und drei Magazine für die Uzi, um ihnen das zu beweisen. Er wußte, daß er noch etwas bewerkstelligen mußte, sollte die Nacht ihn wieder umarmen. Er wollte auf einem Feld liegen, mit weit geöffneten Augen zu den Sternen hinaufsehen und die Erinnerung an diesen Besuch auskosten, ihn noch einmal durchleben. Konnte er das nicht, hatte sein Leben keinen Sinn mehr. Er mußte etwas bewerkstelligen, um es später genießen zu können.

Tiny Tim zog mit den Zähnen den Bolzen aus einer Granate und bog den Arm zurück. In dem Augenblick, da er die Granate schleudern wollte, brannte ein lauter Knall in seinen Ohren, und ein Teil des Baumstamms direkt neben ihm explodierte. Dann traf ihn etwas gegen die Brust und warf ihn zurück. Dort, wo das Kevlar bereits zerfetzt war, drang ein Teil der Schrotladung in seine Brust. Die Granate, die er gerade hatte werfen wollen, entglitt seinen Fingern und rollte langsam den Hügel hinab.

»Runter! Alle runter!« vernahm er eine laute, dröhnende

Stimme. Seckle nahm Deckung hinter einem Baum am Rand des Wäldchens, und dann ließ die Explosion auch schon den Strand erzittern.

Die Opfer, die ihm entgangen waren, liefen wieder in alle Richtungen auseinander. Ein Junge stürmte ganz nah an ihm vorbei, sah ihn nicht, blieb stehen, um wieder zu Atem zu kommen. Er jammerte und schluchzte. Sonst war niemand in der Nähe.

Konnte es sein ...? War es möglich ...?

Es war einen Versuch wert. Tiny Tim sprang vor und packte den Jungen mit seiner Bärentatze. Er drückte ihm die Uzi an den Kopf, ließ ihn aber schreien, ließ ihn schreien ...

»Kimberlain!« brüllte er dann durch verbrannte, blutige Lippen. »Ich habe ihn, Kimberlain!«

Hedda beobachtete alles von ihrer Position links von Seckle, gut zehn Meter von ihm entfernt. Doch der Junge stand zwischen ihr und dem Ungetüm. War es ihr Sohn? Sie konnte ihn in der Dunkelheit nicht gut genug ausmachen; doch selbst, wenn sie ihn genau gesehen hätte, hätte sie es nicht mit Sicherheit sagen können. Mit einem guten Gewehr, sogar mit einer großkalibrigen Pistole, hätte sie Seckle ausschalten können, aber nicht mit einer Schrotflinte. Keine Chance.

»Wo bist du, Kimberlain? Komm raus, oder ich bringe ihn um! Kimberlain!« Eltern warfen sich auf dem Sandstrand über ihre Kinder. Andere duckten sich hinter die spärliche Deckung, die die Boote oder deren Gestelle gaben. Angstschreie vermischten sich mit dem Zirpen von Grillen.

Hedda richtete ihr Gewehr auf ihn. War es das, was Tiny Tim von ihr wollte? Ein zweiter Junge, der durch ihre Kugel starb? Diesmal ihr Sohn ... vielleicht ...

»Kimberlain!«

Der Fährmann tauchte auf der anderen Seite hinter Tiny Tim auf, das Schrotgewehr in der Hand.

»Laß die Waffe fallen, oder ich töte ihn!«

Kimberlain warf die Waffe zu Boden. Tiny Tim lächelte ihn mit seinem verkohlten, geschwärzten Gesicht an. Auf der linken Seite war rohes, blasengeschlagenes Fleisch zu sehen, was ihn noch grotesker wirken ließ.

Hedda glitt aus dem Wäldchen und schlich an den Bäumen entlang.

Seckle nahm die Maschinenpistole vom Kopf des Jungen und richtete sie auf Kimberlain.

»Gut«, sagte er heiser. »Gut.«

Als Tiny Tim die Uzi zum Gesicht des Fährmanns hob, stürmte Hedda vor. Sie packte den Jungen und entriß ihn Seckles Griff. Im gleichen Augenblick wirbelte der Verrückte zu ihr herum. Sie schützte den Jungen mit ihrem Körper und riß ihn zu Boden. Das Aufbellen einer Salve drang in ihre Ohren, und im nächsten Moment explodierte der Schmerz in ihrem Rückgrat. Tausend glühende Nadeln schienen durch ihren Rücken zu fahren, und sie stöhnte auf und rang nach Atem.

Kimberlain ließ sich fallen, griff nach der Flinte und rollte sich herum, alles mit ein und derselben Bewegung. Die Schrotladung streifte Tiny Tims Seite, und brüllend vor Schmerz zuckte er zurück. Eine weitere Salve verfehlte ihn knapp, während er in das Wäldchen gegenüber vom Ufer zurücklief.

Die Frau hatte er erschossen, doch Kimberlain war ihm auf den Fersen. Er stürmte nun so schnell wie möglich durch den Wald, und die Steigung bereitete ihm Schmerzen. Zweige kratzten an seinem Gesicht, doch Seckle spürte sie nicht. Er gelangte auf eine kleine Lichtung, auf der man Äste kreisrund um ein Lagerfeuer aufgeschichtet hatte. Eine weitere, kleinere Steigung vor ihm lag die südliche Hüttenansammlung und dahinter der undurchdringliche Wald und seine Rettung.

Kimberlain blieb kurz neben Hedda stehen. Er rollte sie auf den Rücken, und sofort quoll das Blut aus ihren Verletzungen auf den Boden. Dann half er dem Jungen auf, dessen Leben sie gerettet hatte. Er stand wie erstarrt da; der Schock hielt ihn fest im Griff. Ein älteres Ehepaar in Nachtzeug kam herangelaufen und nahm den Jungen in die Arme – offensichtlich seine Großeltern.

»Gott sei Dank«, murmelten sie. »Gott sei Dank. Gott sei Dank . . .«

Sie wollten etwas sagen, als Kimberlain neben Hedda niederkniete. Ihr Gesicht war bleich wie das eines Gespenstes. Ihre Lippen zitterten. Ihre Augen erstarben.

»Ich habe ihn gerettet«, stöhnte sie, »nicht wahr?«

»Ja.«

Kimberlain sah, wie sie zu lächeln versuchte. Dann suchte ihr Blick den seinen und fand ihn.

»Schnapp dir Seckle, Fährmann. Mach ihn fertig.«

»Das werde ich«, versprach Kimberlain, doch Heddas Augen blickten schon starr ins Leere. Er drückte sie ihr zu und sprang auf. Heiße Wut durchströmte ihn.

Wop-wop-wop-wop-wop . . .

Der Fährmann war schon ein gutes Stück auf einem der unbefestigten Wege, die den Hügel hinaufführten, als er das Geräusch hörte. Er erkannte es augenblicklich und blickte nach oben. Aus der Dunkelheit senkte sich der Lichtstrahl eines starken Scheinwerfers über den See und kämpfte gegen die Macht des Sturms über die Nacht an.

Als der Hubschrauber zum Landeanflug ansetzte, machte Kimberlain die riesige Gestalt Seckles aus. Er kämpfte sich hinter den Hütten im Süden hinauf. Bevor Kimberlain den Abzug betätigen konnte, riß ihn der Luftzug von den Füßen. Im nächsten Augenblick erklang aus dem Chopper eine Schnellfeuersalve und zerfetzte das Erdreich vor ihm. Kimberlain wartete, bis der Helikopter wieder aufstieg, und spurtete Tiny Tim hinterher. Doch eine weitere Salve folgte seinen Bewegungen, und nur ein Sprung hinter eine Hütte verhinderte, daß er getroffen wurde.

Als er um die Hütte gekrochen war, schwebte der Hubschrauber schon über Garth Seckle. Jemand hatte eine Strickleiter hinabgeworfen und bedeutete dem Ungetüm, sie hinaufzuklettern.

Kimberlain hatte noch vier Patronen übrig und feuerte sie alle in dem Zeitraum ab, den Tiny Tim brauchte, um die Strickleiter zu packen und davongetragen zu werden. Doch der Sturm verschluckte seine Schrotladungen, und der Hubschrauber schaltete den Scheinwerfer aus und verschwand in der Dunkelheit.

DIE NEUNTE GEWALT

TD-13

Samstag, 22. August, 9 Uhr

36

»Es ist mir ein Vergnügen, Sie kennenzulernen, Winston.«

Peet saß in der Mitte des kleinen verriegelten Raums. Bevor man ihn dort hineingebracht hatte, hatte man alle Möbel entfernt. Der Raum war völlig kahl und leer. Das einzige Anzeichen dafür, daß er über eine Einrichtung verfügt hatte, bestand in helleren Flecken auf dem Boden, dort, wo einmal Möbel gestanden hatten.

»Wir haben uns noch nicht kennengelernt, Leeds«, sagte Peet, ohne zu der Kamera über der Tür aufzublicken.

»Aber unsere Seelen. Vor Jahren, vielleicht sogar schon vor viel, viel längerer Zeit.«

»Sie hätten mich in Ruhe lassen sollen.«

»Ich und auch der Fährmann. Aber leider sind wir in eine Schlacht um Ihre Seele verstrickt. Und ich habe gewonnen.«

»Meine Seele gehört mir.«

»Aber Sie haben sie mit meinem Schicksal verbunden. Sie hätten sich für den Tod entschieden, wollten Sie nicht wirklich hier an meiner Seite stehen.«

»Und mich zu Ihnen gesellen, meinen Sie?«

»Lediglich, um das zu sein, was Sie sind. Und daher gehören Sie zu mir, mein Freund. Ich werde nicht versuchen, Sie zu ändern, Winston. Ich will Ihr wahres Ich neben mir haben, wenn wir eine ganz besondere Mission beginnen, die die Welt schaffen wird, in der zu leben Sie geboren wurden.«

»Das neunte Reich . . . die neunte Gewalt.«

»Ja«, sagte Leeds, und die Überraschung war seiner Stimme anzumerken.

»Wie ich sehe, hat Kimberlain Sie in das eingeweiht, was er herausgefunden hat.«

»Er wird kommen, Leeds.«

»Damit rechne ich. Ich dachte, Sie hätten gern das Vergnügen, sein Ableben zu arrangieren. Eine passende Vollendung der Kreisbewegung, meinen Sie nicht auch? Damit ein neuer Kreislauf beginnen kann.«

»Es gibt nur einen Kreislauf, Leeds, und der währt ewig. Leben heißt, nicht einmal, sondern jede Minute geboren zu werden. Der Tod tritt nur ein, wenn man nicht mehr geboren wird.«

»Und für Sie ist es an der Zeit, wiedergeboren zu werden.«

»In dieser Zelle?«

»Aber nein.«

Peet hörte ein Klicken, und dann öffnete sich langsam die Tür vor ihm.

»Ich habe gewußt, daß du untertauchen würdest«, sagte Kimberlain zu Captain Seven, als er die letzten paar Schritte in ein Bauwerk hinabmachte, das ein riesiger Fuchsbau mitten im ländlichen Connecticut hätte sein können. »Aber ich konnte nicht ahnen, daß du es wörtlich nehmen würdest.«

Captain Seven wartete auf dem Boden des Einstiegtunnels auf ihn.

»Klein, aber mein«, sagte er, während er in ein ordentliches, quadratisches Zimmer trat. »Gefällt mir aber nicht besonders hier. Kann noch nicht mal mein Pfeifchen rauchen, weil die Luftzufuhr nicht dazu ausreicht. Ich sage dir, es war nicht leicht.«

»Ich wollte mich gerade bezüglich der Architektur beschweren«, erwiderte der Fährmann.

»Nur zu. Das ist das einzige Vernünftige, was ich von den Schlitzaugen gelernt habe. Diese verdammten Tunnels, die sie unter das ganze Land gezogen hatten, waren Meisterwerke der Baukunst. Manchmal ließ nicht mal schweres Geschütz die Wände erzittern. Ich habe sie mir eines Tages mal genau angesehen und ein paar Pläne gemacht, die ich dann mit nach Hause genommen habe.« Captain Seven tippte sich mit der Fingerspitze gegen den Schädel. »Hier oben. Zum Glück, denn es ist möglich, daß wir eine beträchtliche Zeit hier verbringen müssen.« Er senkte die Stimme. »Tut mir leid, was in Pennsylvania passiert ist.«

»Ich bin froh, daß ich dich wieder erreichen konnte.«

Der Captain war untergetaucht, sobald er von dem Überfall auf Lauren Talley und dem vermeintlichen Täter gehört hatte. Dies konnte nur bedeuten, daß Leeds versuchte, Kimberlain von sämtlichen Verbindungen abzuschneiden, und wenn Leeds Peet gefunden hatte, würden ihm auch Sevens Eisenbahnwaggons nicht lange verborgen bleiben.

»Wie geht es Talley?« fragte Kimberlain.

»Sie wird's überleben, wie wir auch. Es geht ihr besser.«

»Immerhin etwas.«

»Willst du mir von Pennsylvania erzählen?«

»Später.«

Es schmerzte Kimberlain noch immer ungeheuerlich, sich an die Ereignisse im Ferienpark Towanda zu erinnern. Hedda – seine Schwester – war tot, doch irgendwie spürte er, daß sie genau das gewollt hatte. Als sie schließlich ihr wahres Ich gefunden hatte, hatte sie feststellen müssen, daß es nichts mehr gab, wohin sie zurückkehren konnte. Die Existenz eines Sohnes, den sie niemals kennenlernen durfte, verstärkte das Gefühl der Sinnlosigkeit und Vergeblichkeit nur noch. Indem sie ihr früheres Leben so schnell zurückbekommen hatte, mußte sie dessen schlimmste Phasen noch einmal durchleben. Für sie gab es keinen Anlaß zur Hoffnung. Ihr Leben konnte keine Wendung zum Besseren nehmen. Zuerst hatte Kimberlain gedacht, Hedda habe fest geglaubt, der Junge, dessen Leben sie am Seeufer gerettet hatte, sei wirklich ihr Sohn gewesen. Auf dem Weg zu Captain Seven begriff er jedoch allmählich, daß sie genau gewußt hatte, daß dies nicht der Fall gewesen war, und daß es ihr völlig gleichgültig gewesen war. Es hätte genausogut ihr Sohn sein können, denn auch er war ihr völlig fremd. Es spielte einfach keine Rolle. Nachdem sie das endlich begriffen hatte, mußte der Schmerz dieser Erkenntnis genauso stark gewesen sein wie der der Kugeln, die ihr Rückgrat zerschmettert hatten.

Doch auch Kimberlain bekam seine Gefühle einfach nicht in den Griff. Die vergangenen vierundzwanzig Stunden hatten ein ganz neues Licht auf sein Leben geworfen: ein trüberes, dunkleres Licht, das ihn völlig entwurzelt hatte. Seine Eltern hatte er aufgrund verschwörerischer Manipulationen verloren und nun seine Schwester aufgrund verrückter Manipulationen eines einzelnen Mannes.

Aber es war doch eigentlich gar nicht seine Schwester gewesen, oder? Seine Schwester war auf der Insel umgekommen, während Leeds sie neu konditioniert hatte – doch irgendwie machte das alles nur noch schlimmer. Es nagte an ihm wie eine Wunde, die einfach nicht heilen wollte, und Kimberlain wußte, daß er sie nur schließen konnte, indem er das zerstörte, was sie aufgrund ihrer Konditionierung hatte miterschaffen sollen.

»Ich möchte erst einmal alles über TD-13 erfahren«, sagte er zu Captain Seven.

»Schlechte Nachrichten, Boß. Das ist der große Coup. Dieser Bursche ist noch besser, als du angenommen hast.«

»Raus damit, Captain.«

»Okay. Briarwoods Industries – dein Kumpel Leeds – kauft also die Firma PLAS-TECH, unmittelbar bevor sie einen Regierungsauftrag zur Herstellung hauchdünner Plastikstreifen bekommen. Derselbe Regierungsvertrag sieht vor, daß diese Plastikfäden danach an drei Papiermühlen ausgeliefert werden sollen.«

»Worum geht es?«

»Um Geld, Fährmann. Um Bargeld.«

»Dollarscheine?«

»Und Fünfer, Zehner, Zwanziger und so weiter. Banknoten, Fährmann. In die zieht Leeds die mit TD-13 behandelten Plastikstreifen ein, und so will er auch das Land vergiften. Begreifst du, was da gespielt wird?«

»Ich glaube schon.«

»Dann komm mal mit, Fährmann«, sagte Captain Seven. »Die zweite Unterrichtsstunde ruft.«

Er führte ihn durch den gut eingerichteten unterirdischen Bunker, dessen Einrichtung der seiner Eisenbahnwaggons ähnelte. Auf einem schwarzen Tisch hatte er unter dem Schutz einer Glasglocke mehrere funkelnagelneue Zehn-Dollar-Scheine ausgebreitet.

»Die habe ich von der Bundesreservebank in Boston bekommen. Sie sind noch nicht zur Ausgabe vorgesehen, doch ein Freund von mir hat an ein paar Rädchen gedreht. Sie sind Teil einer Lieferung von einer ganz neuen Druckerei in Kansas. Die Regierung hat vor, das gesamte im Umlauf befindliche Bargeld durch neue Scheine zu ersetzen.«

»Was?« fragte der Fährmann.

»Du hast mich schon richtig verstanden. Aber jetzt aufgepaßt, denn nun wird es etwas kompliziert.« Captain Seven ging um die Glasglocke mit dem Geld herum. »Weiß du, was das größte Problem ist, mit dem das Schatzamt es heutzutage zu tun hat?« fragte er.

»Aus dem Blauen heraus würde ich sagen, Schwarzgeld, das von den Drogensyndikaten gehortet wird.«

»Der Kandidat hat leider keinen Punkt, hat noch nicht mal die Zielscheibe getroffen. Nein, das größte Problem – und das gilt besonders für die unmittelbare Zukunft – ist die Falschmünzerei. Innerhalb der nächsten zwei Jahre wird die nächste Generation der Laser- und Farbkopierer auf den Markt kommen, und mit denen kann man Geld herstellen, das sogar die Banken mit Handkuß nehmen werden. Also ist irgendein hohes Tier in Washington auf die wahrhaft geniale und brillante Idee gekommen, wir müßten uns was einfallen lassen, womit man die echten Scheine zweifelsfrei identifizieren kann.«

»Die Plastikstreifen . . .«

»Absolut verdammt richtig. Die Kanadier machen das mit ihrem Spielzeuggeld so. Und die Deutschen haben nicht nur diesen Plastikstreifen in jedem Scheinchen, sondern auch noch ein Hologramm. Ich glaube, es zeigt 'ne nackte Tussi, bin mir aber bei deren humorlosem Bundeskanzler nicht ganz sicher. Na ja, ein Hologramm tut's bei unseren Geldscheinen nicht, weil wir dickes Papier nehmen. Aber so ein hauchdünner Plastikstreifen ist einfach genial. Man hält den Schein vors Licht und sieht so eine Art Zickzacklinie. Und die kann man mit keinem Kopierer nachmachen, der zu unseren Lebzeiten entwickelt werden wird, und sollten wir hundert Jahre alt werden.« Captain Seven atmete tief ein. »Und PLAS-TECH stellt die Streifen her und liefert sie an die Papiermühlen.«

»Die ihrerseits die Streifen dann in die großen Papierrollen einziehen, die anschließend zur Druckerei in Kansas geschickt werden, in der unser gesamtes neues Papiergeld gedruckt wird.

Aber es wird Jahre dauern, alle im Umlauf befindlichen Scheine einzuziehen.«

Captain Seven schüttelte den Kopf. »Nee. Die Regierung hat vor, alle alten Scheine innerhalb von sechs Monaten einzuziehen. Der Startschuß fällt im September.«

»Was hast du über T. Howard Briarwood herausgefunden?« wechselte Kimberlain das Thema.

»Würdest du glauben, daß ihm der Garibaldi-Schrottplatz oben in New York gehört, auf dem du es mit diesen fiesen Maschinen zu tun bekommen hast?«

Kimberlain machte sich gar nicht erst die Mühe, ihm zu antworten.

»Aber das ist noch gar nichts«, fuhr Captain Seven fort. »Es kommt noch viel schlimmer. Sprechen wir über die Briarwood Industries, Fährmann, bei der es sich zufällig um den größten Konzern in Privatbesitz auf der ganzen Welt handelt. Eigentümer und Geschäftsführer ist der Howard Hughes der neunziger Jahre, T. Howard Briarwood. Der verdammte Einsiedler leitet das ganze Konglomerat aus ein paar im ganzen Land verstreuten Privatbüros, die über eine High-Tech verfügen, bei der sogar ich vor Neid erblasse. Nach allem, was man so hört, hat er nicht viel für Menschen übrig.«

»Jetzt weiß ich auch, warum.«

»Warte erst mal ab. In den gut zwei Monaten, in denen Andrew Harrison Leeds in den ›Locks‹ saß, wurde T. Howard Briarwood kein einziges Mal in der Öffentlichkeit gesehen. Er habe eine Denkpause eingelegt, wie seine Untergebenen es ausdrückten. Und rate mal, womit seine zahlreichen anderen Denkpausen zufällig übereinstimmen.«

»Mit den Mordserien, die Leeds in einer seiner anderen Identitäten begangen hat«, erwiderte Kimberlain.

»Heute hast du dir wirklich 'ne Eins plus verdient, Boß. Das Unheimliche daran ist nur, daß dieser Bursche wirklich ein verdammtes Genie ist.« Captain Seven ließ seinen bewundernden Blick auf die Zehn-Dollar-Scheine unter der Glasglocke fallen. »Du siehst ein Meisterwerk der modernen Wissenschaft vor dir, wie ich es nicht besser hinbekäme, und das will schon etwas heißen. Du hast gesagt, der Typ, der das TD-13 erfunden hat, habe behauptet, nur eine kleine Menge davon hergestellt zu haben. Na ja, da die Scheinchen während ihres Papierlebens von zahlreichen Menschen berührt werden, mußte er auch gar nicht mehr davon zusammenbrauen.«

»Das Gift verliert nichts von seiner Stärke?« fragte Kimberlain.

»Doch schon – aber erst, nachdem alle viel zu tot sind, um es noch anzufassen. Verstehst du, Leeds' Leute – *Briarwoods* Leute – haben das TD-13 mikroskopisch verkapselt, bevor sie die Plastikstreifen darin gebadet haben.«

»Und das bedeutet?«

»Das bedeutet, daß das Toxin erst wirksam wird, sobald einige ganze bestimmte Umstände eingetreten sind. Hast du mal 'nen Dollar?«

Kimberlain gab ihm einen Zwanziger.

»Um ihn in deine Tasche oder das Portemonnaie zu stecken, mußt du ihn erst mal falten, nicht wahr? Nun ja, sobald du genau das tust, bricht die Verkapselung auf, und das Gift wird freigesetzt. Ich würde sagen, so ein Geldschein hat eine Lebensspanne von etwa einhundert Besitzern oder zwei Monaten, je nachdem, was eher eintritt.«

»Und was tritt eher ein?«

»Im Großteil aller Fälle die einhundert Besitzer.«

»Und von wie vielen Geldscheinen sprechen wir überhaupt?«

»In einem normalen Jahr tauscht das Schatzamt fünfzig Millionen Geldscheine aus. Multipliziere das mit zehn oder zwanzig, und du bekommst ungefähr heraus, was in Kansas schon gedruckt worden ist.«

»Die Vergangenheitsform?«

»Nach allem, was ich weiß, warten sie nur noch darauf, am ersten September die neuen Zahlungsmittel en masse an die Bundesreservebanken auszugeben.« Captain Seven klopfte auf die Glasglocke. »Diese Scheinchen gehören zu einer Vorauslieferung an die Banken, die dafür sorgen soll, daß alles glatt und reibungslos seinen Anfang nimmt. Ich habe sie mit allem untersucht, was mir zur Verfügung stand, und ich muß sagen, das Zeug ist toll. Dieses TD-13 ist ein langsam wirkendes, progressives Nervengift. Es zieht die Innenorgane in Mitleidenschaft, bis sie einfach die Funktion aufgeben. Wenn jemand herausfindet, was passiert ist, ist es schon längst zu spät.«

»Aber die Scheine wurden noch nicht an die Öffentlichkeit ausgeliefert?«

»Nein. Bis zu diesem Auslieferungstag haben die Ausgabebanken eindeutige Instruktionen.«

»Also wird das Geld ausgeliefert«, überlegte Kimberlain, »und jeder, der es anfaßt, infiziert sich mit dem TD-13. Was ist mit den Menschen, die mit den Infizierten in Kontakt kommen? Kann man das Gift auch auf diese Weise weitergeben?«

»Nee. Das ist ein Toxin, keine Bakterie und kein Virus. Aber wie mein bescheidenes Oberstübchen sich die Sache zusammenreimt, ist es auch so schon schlimm genug. Es wird höchstens einen Monat dauern, bis das ganze Land vergiftet worden ist.«

Ein Frösteln kroch Kimberlains Rückgrat hinauf, und er trat von der Glasglocke zurück. »Nein, Captain, nicht das ganze Land. Nicht jedermann kommt mit Geld in Kontakt. Untersuchungshäftlinge und Strafgefangene nicht. Insassen in Heil- und Irrenanstalten für Kriminelle nicht.«

»Genau, Boß.«

»Die neue Gewalt«, sagte Kimberlain, »genau, wie Leeds es geplant hat. Eine Welt, die den Verrückten, den Perversen und den Verbrechern gehören wird, dank dieser neuen Geldscheine, die in Kansas gedruckt worden sind.«

»Ich schätze, daß bislang keine fünf Prozent davon ausgeliefert worden sind.«

»Dann ist ziemlich klar, was wir jetzt tun müssen«, folgerte Kimberlain.

»Ich habe schon das Zeug am Kochen, das du brauchst, um die Sache durchzuziehen. Eine schwierige Sache. Sie braucht Zeit. Wenn ich die richtige Temperatur um ein oder zwei Grad verpasse, werden sich die Ratten zum Frühstück an unseren Eingeweiden gütlich tun.«

»Wenn die Gefahr besteht, daß ich in die Luft fliege, rufst du lieber die Leute an, die dir noch ein paar Gefallen schuldig sind.«

»Ich habe schon jede Menge Nummern aus den alten Tagen

herausgesucht. Meine alten Bekannten werden sich bestimmt unheimlich freuen, wieder von mir zu hören.«

»Erinnerst du dich an mich?« fragte Andrew Harrison Leeds die ungeschlachte Gestalt, die auf der Krankenhauspritsche angekettet war.

Garth Seckle war noch immer nicht völlig wach. »Sollte ich?« Es bereitete ihm Schmerzen, mit seinen verbrannten, vernarbten Lippen zu sprechen.

»Das möchte ich aber meinen. Wir sind Brüder, du und ich. Ich habe die ganze Zeit hinter dir gestanden.«

Seckles spöttischer Blick musterte Leeds eindringlich. Dann wurden seine Augen wieder klar.

»Die Insel«, murmelte er.

»Ja. Ich habe dich aus der Hölle geholt, in die man dich gesteckt hat, damit du dich endlich wieder so ausleben kannst, wie du es verdienst. Ich habe dir die Akten gegeben, die du gebraucht hast, und dich auf jedem Schritt deines Weges ermutigt.«

»Wer bist du?«

»Wer ich bin, spielt keine Rolle, Garth Seckle. Wichtig ist nur, daß du deinen Test mit Bravour bestanden hast. Was du in diesen beiden Städten und dem Krankenhaus getan hast; was du in dem Ferienpark getan hättest, hätte Kimberlain dich nicht gestört.«

Garth Seckles Augen füllten sich mit Zorn.

»Entspanne dich. Du wirst deine Gelegenheit zur Rache an ihm bekommen. Aber er ist für dich und uns bedeutungslos.«

»Warum bin ich hier?«

»Weil ich dich brauche. Ich wußte seit Jahren von deiner Einkerkerung in dem Militärgefängnis, mußte aber den richtigen Zeitpunkt abwarten, um deine Freilassung zu arrangieren. Dein Potential war schon vorhanden. Ich habe nur versucht, es zur vollsten Blüte zu bringen, den Zorn in dir rotglühend werden zu lassen, damit du mir besser dienen kannst.«

»Dir dienen?«

»Aber aus freiem Willen.«

Seckle versuchte, sein Gesicht zu berühren, doch die Ketten ließen es nicht zu. »Gestern nacht ... das war dein Hubschrauber?«

Leeds nickte. »Ich ließ dich abholen, weil es an der Zeit ist, deine Fähigkeiten unendlich besser einzusetzen.«

»Wo bin ich?«

»In einer Einrichtung, die ich für den Augenblick benutze. Du hast dich noch nicht nach deinen Verletzungen erkundigt.«

»Ich kann mich bewegen. Ich kann atmen. Ich kann sehen.«

»Du kannst noch viel mehr als das, mein Freund. Abgesehen von einer angebrochenen Rippe, einem Streifschuß an deiner Seite und einigen sehr häßlichen Verbrennungen sind deine Wunden völlig oberflächlicher Natur.«

Seckle sah hinab und machte die weißen Mullbinden aus, die um seine Hände gewickelt waren. Er spürte auch die Verbände über der linken Schläfe und den Brauen.

»Ich werde dir jetzt die Ketten abnehmen«, fuhr Leeds fort. »Ich habe dich nur zu deinem eigenen Schutz angebunden, um dir in aller Ruhe die Situation erklären zu können. Nachdem dies nun geschehen ist, lasse ich dich frei. Wir beide sind hier allein. Wenn du mich töten willst, könnte dir das vielleicht gelingen.«

Ohne Zögern öffnete Leeds mit einem Schlüssel die Fesseln um Seckles Fuß- und Handgelenke. Tiny Tim streckte sich, um wieder Leben und Blut in seine Glieder zu bringen, und richtete sich dann langsam auf.

»Was willst du von mir?«

»Deine Mitwirkung an einer neuen Weltordnung.«

»Wer *bist* du?«

»Der Mensch, der dich geschaffen hat, Seckle. Die Person, die dich aus dem menschlichen Abfallhaufen hob, in den man dich geworfen hat, damit du die Möglichkeit bekommst, wieder mehr als nur du selbst zu sein.«

Tiny Tim schaute jetzt interessiert drein. »Und diese ... neue Ordnung?«

»Sie wird sehr bald eintreten. Du kannst ein Teil von ihr sein, wenn du nur willst. Es wird eine Welt sein, für die du geschaffen wurdest, mein Bruder, eine Welt, die wie geschaffen für *dich* ist.«

»Interessant.«

Andrew Harrison Leeds lächelte. »Da gibt es noch jemanden, den ich dir gern vorstellen würde.«

37

»Tragen Sie sich bitte ein.«

Der Fahrer des großen gepanzerten Wagens mit der Aufschrift BUNDERSRESERVEBANK kritzelte seinen Namen auf die entsprechende Linie und gab dem Torposten das Klemmbrett zurück.

»Sie kennen ja den Weg«, sagte der Wachmann.

»Allerdings. Mann, ich krieg' hier immer 'ne Gänsehaut. Das Ding sieht einfach zu verdammt neu aus.«

»Es sieht so neu aus, weil es neu ist.«

Die Einrichtung in Kansas war eins von lediglich zwei Werken außerhalb Washingtons, in dem neues Geld gedruckt und das alte vernichtet wurde. Obwohl mit dem Bau schon begonnen worden war, bevor die Regierung sich entschied, die neuen Scheine mit ausgeklügelterem Fälschungsschutz zu versehen, erwies sich die Einrichtung als perfekt geeignet für den Druck der neuen Zahlungsmittel. Da Kansas über den modernsten Maschinenpark verfügte, waren für die Herstellung der neuen Geldscheine nur minimale Veränderungen erforderlich.

Von den neun Etagen, die die Anlage beanspruchte, lagen nur vier überirdisch. Diese enthielten die Geldscheinpressen und allgemeinen Büros, durch die sogar täglich Führungen stattfanden. Doch die unterirdischen Stockwerke mit den riesigen Lagerhallen für das frisch gedruckte Geld und den hochmodernen Reißwölfen und Verbrennungsöfen für die alten Scheine bekam die Öffentlichkeit niemals zu sehen. Diese unterirdischen Ebenen waren teilweise über zwölf Meter hoch, und zwei davon waren buchstäblich mit in Plastik eingeschweißten Stapeln neuer Geldscheine vollgestopft, die bald ausgeliefert werden würden.

Der Komplex war von einem drei Meter hohen, elektrisch geladenen Zaun umspannt. Bis zu fünfzehn Mann patroullierten ständig an diesem Zaun, und weitere zwanzig Wachmänner waren innerhalb des Gebäudes postiert. Zu ihren Aufgaben zählte unter anderem, die Arbeiter im Auge zu behalten. Starke Flutlichtscheinwerfer, die vom rechteckigen Flachdach des Gebäudes hinabstrahlten, hielten das Äußere der Anlage rund um die Uhr taghell. An den Ecken befanden sich vier mit Maschinengewehren besetzte Türme, und das Eingangstor aus Titanstahl konnte sogar einen Panzer zurückhalten.

Der um Mitternacht fällige Lastwagen war genau pünktlich eingetroffen, und nachdem der Wachmann das Klemmbrett in seinem kugelsicheren Häuschen wieder auf den Schreibtisch gelegt hatte, drückte er auf den Knopf, mit dem er den Toröffnungsmechanismus aktivierte. Der Panzerwagen fuhr weiter durch ein ebenfalls gesichertes Garagentor; erst dann befand er sich im eigentlichen Gebäude. Nachdem auch diese Hürde genommen war, würde er unter den wachsamen Blicken von zehn bewaffneten Wachtposten, die wiederum von zwei Aufsehern überwacht wurden, ausgeladen werden. Auch die starken Sicherheitsmaßnahmen des Systems wurden ständig überwacht und abgesichert.

Die Säcke mit dem ›toten‹ Geld wurden von einer Mannschaft vom Wagen geworfen und aufgestapelt, und eine zweite warf sie in einen Schacht, der wie eine riesige Wäschereirutsche aussah. Dieser Schacht bildete die erste Etappe auf dem Weg zu den ›Öfen‹, wie die Arbeiter die Verbrennungsanlagen bezeichneten. Um in die Öfen zu gelangen, wurde das tote Geld zuerst auf Laufbänder gekippt, die die Scheine durch den riesigen Reißwolf beförderten; danach wurden die zerkleinerten Überreste verbrannt. Das Werk war vierundzwanzig Stunden am Tag geöffnet, doch der Reißwolf und die Öfen wurden nur sechzehn Stunden davon in Betrieb gehalten. Hingegen wurden ständig neue Scheine ausgeliefert und alte in Empfang genommen.

In einem der Säcke, die aus dem um Mitternacht eingetroffenen Panzerwagen auf das Laufband geworfen worden waren, verlagerte Jared Kimberlain sein Gewicht. Eine Sauerstoffmaske versorgte ihn mit Luft aus einem Tank auf seinem

Rücken, doch ansonsten verfügte er über beängstigend wenig Ausrüstung. Er wischte sich die alten Geldscheine von Gesicht und Brust und arbeitete sich hinauf wie ein Schwimmer, der der Wasseroberfläche entgegenstrebt. Als seine Finger das Segeltuch des Geldsacks berührten, zog er ein Messer aus dem Gürtel und trennte den Stoff durch. Der Riß wuchs zu einem klaffenden Loch, durch das er sich mühelos hinauszwängen konnte.

Der Rest würde viel einfacher sein. Ein an beiden Schultern befestigter Rucksack enthielt ein Dutzend Kanister mit der neuesten Erfindung, die Captain Seven zusammengebraut hatte.

»Ich nenne es GS-7«, hatte der Captain ihm erklärt. »Die Abkürzung für Große Scheiße Sieben. Das beste Zeug, was ich je zusammengekocht habe, wenn ich mich mal selbst loben darf. Ein hochexplosives Aerosol mit außergewöhnlich hoher Dichte und Tröpfchen von weniger als einem Mikron Größe, so daß sie buchstäblich an der Luft kleben bleiben. Wirf ein Streichholz hinein, und überall, wo das Zeug sitzt, macht es *puff*!«

Kimberlain hatte vor, sich Zugang zum Dach zu verschaffen, auf dem die Abdampfvorrichtung der Klimaanlage angebracht war. Dort würde er die Kanister in das Luftfiltersystem ausleeren. Innerhalb von ein paar Minuten würde sich das GS-7 dann durch das Labyrinth der Luftschächte im gesamten Gebäude ausbreiten. Nach der Evakuierung der Anlage befand sich Leeds' tödliches Geld dann nur noch ein Streichholz weit von der Vernichtung entfernt.

Der Fährmann zog sich vollends durch den Riß aus dem Sack. Er blieb auf dem toten Geld sitzen und legte die Maske und den Luftbehälter ab. Er befand sich in der dritten unterirdischen Etage. In den Stockwerken unter ihm lagen die Reißwölfe und Öfen, in denen das alte Geld vernichtet wurde, direkt über ihm die beiden Stockwerke, in denen Leeds' vergiftete Scheine aufbewahrt wurden.

Kimberlains Augen brauchten einen Moment, um sich an das spärliche Licht dieser Etage zu gewöhnen. Er blinzelte ein paarmal schnell, um sie klarzubekommen, und kletterte vom Geldstapel. Als er sich im Raum umsah, erstarrte er auf der Stelle.

An einer der Wände lagen Leichen, Dutzende, säuberlich aufgestapelt und alle mit den Uniformen des Personals bekleidet, das diese Einrichtung eigentlich bewachen sollte. Sie waren ermordet worden, und damit stand eine unzweifelhafte Wahrheit fest:

Alle Wachen waren von Leeds' Leuten ersetzt worden, die nun die Anlage kontrollierten. Männer, die – genau wie Hedda – das Produkt von Leeds' Projekt Renaissance waren, womit sie zumindest ernstzunehmende Widersacher waren. Aber das war natürlich noch nicht alles!

Leeds war hier! In dieser Anlage!

Und er mußte gewußt haben, daß Kimberlain kommen würde.

Kimberlain schätzte die Situation blitzschnell ab. Obwohl Leeds ihn erwartete, bestand die Möglichkeit, daß der Verrückte noch nichts von seiner Anwesenheit wußte. Kimberlain stieg vollends den Geldstapel hinab und lief zu den Fahrstühlen. Der Fährmann drückte den Knopf mit dem nach oben weisenden Pfeil, und keine dreißig Sekunden später glitt die Kabinentür auf.

Sie hatte sich kaum zur Hälfte geöffnet, als einer von Leeds' sechs persönlichen Leibwächtern schon auf den Abzug drückte. Zwanzig der dreißig Kugeln der Maschinenpistole wurden in einer Salve von nicht ganz drei Sekunden abgegeben, und dann sprang der Mann aus der Kabine, um den Job – falls nötig – zu einem Ende zu bringen.

Kimberlain hatte sich gegen die Wand neben der Fahrstuhltür gedrückt, als die Kabine anhielt. Er erkannte den Schützen als einen der sechs, die ihn auf der Insel Devil's Claw an der Eisenkette herumgeführt hatten. Der Fährmann rammte eine Faust gegen die Kehle des Mannes. Die Wucht des Schlags trieb den Adamsapfel tief in die Kehle. Gurgelnd versuchte der Mann, seine Waffe herumzuschwingen, doch Kimberlain hielt schon den Kopf des Gegners gepackt und zerrte ihn zur Seite.

Mit einem dumpfen Geräusch brach das Genick des Mannes. Kimberlain zerrte ihn halbwegs in die noch geöffnete Kabine, so daß die Türen sich nicht mehr schließen konnten und der Fahrstuhl nicht mehr zu benutzen war. Dann lief er zur Treppe.

Zwei weitere Leibwächter warteten im Erdgeschoß, als sie die Schüsse vernahmen. Sie blickten sich an; nun bestand kein Zweifel mehr, daß Kimberlain sich bereits in dem Komplex aufhielt. Beide zogen die Waffen. Einer drückte auf den Fahrstuhlknopf, doch nichts geschah. Der Lift steckte irgendwo auf den unteren Etagen fest. Der andere deutete auf die Treppe, und sie setzten sich in Bewegung.

In völligem Schweigen stiegen sie Stockwerk um Stockwerk hinab; der erste ging voran, während der zweite den Rücken deckte. Als sie die dritte unterirdische Etage erreichten, stellten sie fest, daß die Treppenhaustür nicht geschlossen war. Die beiden Männer traten rechts und links neben die Tür und warteten. Dann nickten sie einander zu, und der erste sprang durch die Tür, zwei Sekunden später gefolgt vom zweiten, so daß der zweite bei einem möglichen Hinterhalt den Widersacher auf jeden Fall im Visier haben würde.

Aber da war niemand. Sie wollten schon zur nächsten unterirdischen Etage weiter, als sie beide gleichzeitig den Wachmann bemerkten, dessen Schüsse sie gehört hatten. Er lag halb in der Fahrstuhlkabine. Vorsichtig bewegten sie sich auf ihn zu. Als sie die Kabine erreicht hatten, wandte einer von ihnen den Rücken der geöffneten Tür zu, während der andere den Toten hinauszerrte, damit sie den Fahrstuhl wieder benutzen konnten.

Sie hatten die Leiche gerade hinausgezogen, als der Fährmann die Dachluke der Fahrstuhlkabine aufriß und den Rest des Magazins der Maschinenpistole des Toten in die beiden Männer unter ihm leerte. Dann ließ er sich wieder hinab und drückte auf den Knopf mit der Ziffer ›3‹.

Der Wachtposten im dritten Stock hörte, wie der Fahrstuhl kam, und richtete seine Waffe auf die Tür. Es schien ewig zu dauern, bis er endlich oben war, und der Mann überlegte, ob er das Feuer eröffnen sollte, sobald sich die Türen öffneten, auch wenn er damit das Risiko einging, einen seiner eigenen Leute zu töten.

Als die Kabine anhielt, richtete er sich kerzengerade auf. Ein leises Geräusch, und die Türen öffneten sich.

Der Wachtposten hatte noch immer keinen Entschluß gefaßt, als Kimberlain die Tür des Treppenhauses aufriß und eine schallgedämpfte Neun-Millimeter-Beretta auf den Mann richtete. Vier Kugeln rissen ihn in die Kabine. Die Türen schlossen sich wieder, doch der Fahrstuhl verharrte an Ort und Stelle.

Jetzt noch zwei, dachte Kimberlain.

Und dann Leeds.

Leeds' letzten beiden Leibwächter hatten den ausdrücklichen Befehl bekommen, die vierte Etage unter keinen Umständen zu verlassen. Es galt, Kimberlain auf jeden Fall daran zu hindern, das Dach zu erreichen, falls er überhaupt so weit kommen sollte. Die beiden bildeten die letzte Barriere, und aus diesem Grund hatte Leeds seine beiden besten Männer dafür ausgewählt. Einer war mit einer M-16 mit Sprengstoffkugeln bewaffnet, der andere mit einer halbautomatischen Schrotflinte mit einem runden Magazin für zwölf Schuß. Ein Treffer an einer beliebigen Körperstelle bedeutete den sicheren Tod.

Als der Fahrstuhl zu ihrer Etage hinauffuhr, standen sie an den beiden Enden des Gangs. Der Posten mit der M-16 bedeutete dem anderen zurückzubleiben. Sie wußten schon lange, über welche Fähigkeiten der Fährmann verfügte, und die Tatsache, daß ihm die Flucht von der Insel gelungen war, bewies, daß er seinen Ruf zu Recht besaß.

Nehmt nichts als gegeben hin, hatte Leeds sie gewarnt, vertraut nie dem äußeren Anschein.

Die Fahrstuhltür öffnete sich, und der Wachtposten neben ihr wartete einen Herzschlag ab, bevor er herumwirbelte. Mit einem Blick erfaßten seine Augen die gesamte Kabine, bemerkten die offene Dachlukenklappe und . . .

»Scheiße . . .«

. . . die vier Leichen auf dem Boden, von denen eine noch eine Pistole in der Hand hielt. Der Wachmann hob den Arm und winkte seinen Kollegen am Ende des Ganges zu sich. Der Mann ging rückwärts, um die Tür zum Treppenhaus im Auge behalten zu können, den einzigen anderen Zugang auf diese Etage.

»Sie sind alle tot«, hörte er seinen Kollegen am Fahrstuhl sagen. »Sie sind . . .«

Dann erklang ein gedämpftes Schmatzen, und der zum Fahrstuhl gehende Wachmann wirbelte gerade noch rechtzeitig herum, um miterleben zu können, wie der Fährmann unter der Deckung der Leichen hervorstürzte, während sein Kollege zusammenbrach. Dem zweiten Wachmann gelang es noch, zwei Schüsse mit seiner Schrotflinte abzugeben, die beide ihr Ziel weit verfehlten, dann schlugen Kimberlains drei Kugeln in seine Brust.

Kimberlain hielt die Waffe auch weiterhin auf ihn gerichtet, bis er überzeugt war, daß der Mann tatsächlich tot war. Die Pistole, die der erste Posten gesehen hatte, als er die Kabine betrat, hatte sich in Wirklichkeit in *seiner* Hand befunden. Der Fährmann hatte sich nicht einmal bewegen müssen, um seinen ersten Schuß abzugeben. Der zweite Posten hatte ihm Kopfzerbrechen bereitet, doch der erste hatte hervorragend mitgespielt, indem er sich genauso verhielt, wie Kimberlain es erwartet hatte.

»Diesmal keine Ketten, Jungs«, murmelte er leise und lief den Korridor entlang.

Die Tür am Ende des Gangs führte zu einer Leiter, über die man das Dach erreichen konnte. Der Fährmann zog sie hinab und stieg zu einer stählernen Dachluke hinauf. Er öffnete sie und schwang sich hinauf.

Er hatte es geschafft! Doch wieviel Zeit blieb ihm noch, bis Leeds begriff, daß seine Wachen ausgeschaltet worden waren? Er mußte sich beeilen. Zumindest bestand nun, da sich lediglich noch Leeds' Leute im Gebäude aufhielten, kein Grund mehr, es vor der Zündung des Sprengstoffs zu evakuieren.

Das Dach wurde unregelmäßig von rotierenden Scheinwerfern erhellt, und Kimberlain begann sofort mit seiner Suche.

Nach ein paar Sekunden hatte er die beiden Abdampfvorrichtungen gefunden, über die kühle Luft durch die gesamte Fabrik geleitet wurde. Das Problem war nur, wie er schon aus ein paar Schritten Entfernung erkannte, daß die Vorrichtungen nicht eingeschaltet waren. Erneut prickelte eine Gänsehaut auf seinem Nacken. Er trat vor und legte die Hand auf eine der schweren Maschinen. Sie war warm, fast heiß. Das bedeutete, daß sie erst vor kurzem abgeschaltet worden sein konnte, vielleicht sogar erst vor ein paar Minuten.

Leeds! Das mußte Leeds gewesen sein!

Zum Glück war der Fährmann mit einem Ausweichplan gekommen, auch wenn dieser nicht ganz so sicher war. Eine ganze Reihe Prallbleche der Luftschächte waren über das Dach verteilt. Jeder war mit einem anderen Teil der Umwälzungsanlage des Gebäudes verbunden. Es mochte sich insgesamt um acht oder zehn Stück handeln. Wenn er in jeden Schacht den Inhalt eines Kanisters GS-7 entleerte, würde das explosive Aerosol hinabsinken und sich schließlich durch das ganze Gebäude verteilen. Nach der Zündung würde eine nicht so dramatische, aber genauso wirksame Explosion erfolgen.

Kimberlain lief zum ersten Prallblech und stemmte es mit einem Schraubenzieher auf. Er würde für das manuelle Entleeren eines Aerosolkanisters fünfzehn bis zwanzig Sekunden brauchen. Dazu mußte er nur das aufgeschraubte Ventil in den Schacht stecken und es nach Captain Sevens Anweisung öffnen.

Kimberlain schraubte das Ventil auf und schob den Behälter in den Schacht. Als das GS-7 ausströmte, drang ein leises Zischen an seine Ohren.

»Bleiben Sie, wo Sie sind, Fährmann«, erklang Andrew Harrison Leeds' Stimme.

Kimberlain wirbelte herum und sah ihn direkt vor der Tür zum Dach stehen, wo er auf ihn gewartet haben mußte. Neben ihm stand Tiny Tim, eine Maschinenpistole in der Hand und Mullstreifen über den zahlreichen Verletzungen, die er sich im Ferienpark Towanda zugezogen hatte. Die beiden schritten langsam über das Dach und blieben auf halbem Weg zwischen der Tür und ihm stehen. Er vermutete, daß seine beiden Widersacher aufgrund der Dunkelheit nicht bemerkt hatten, daß er den Kanister mit dem GS-7 auf das Sims des Prallblechs gestellt hatte.

»Ich freue mich sehr, daß Sie kommen konnten«, fuhr Leeds fort. »Ich habe hier jemanden, der Ihre Ankunft schon sehnlichst erwartet hat.«

Und durch die Tür trat Winston Peet.

»Sie enttäuschen mich«, sagte Leeds und trat in Garth Seckles Schatten vor. Das Ungetüm hielt die Maschinenpistole weiterhin auf den Fährmann gerichtet. Peet blieb ein Stück hinter den beiden, und sein leerer Blick wich keine Sekunde von Kimberlain. »So vorhersagbar. Ich habe mit jedem einzelnen Ihrer Schritte gerechnet.«

»Erzählen Sie das den sechs Wachtposten, an denen ich vorbeigekommen bin.«

»Denen?« sagte der Verrückte verächtlich. »Die habe ich nur zu Ihrem Vergnügen dort postiert. Ich glaube, Sie haben sie in nicht ganz elf Minuten ausgeschaltet, nachdem Sie erst einmal im Gebäude waren. Ausgezeichnet. Ich hätte eher mit dreizehn gerechnet.«

»Ich habe mir die restlichen beiden Minuten für Sie aufgespart.«

»Ach ja? Wissen Sie, Sie wären wirklich viel besser drangewesen, wenn Sie sich auf der Insel Ihrem doch sehr farbigen und exotischen Tod ergeben hätten. Jetzt bleiben Sie ganz ruhig stehen, und ziehen Sie mit zwei Fingern die Pistole aus dem Gürtel.«

Kimberlain begriff, daß seine Vermutung richtig gewesen war: Leeds konnte den Kanister nicht sehen. Dessen explosiver Inhalt breitete sich weiterhin über dem Dach in die Luft aus. Er holte die Pistole aus dem Gürtel.

»Jetzt lassen Sie sie fallen.«

Kimberlain gehorchte.

»Und nun den Rucksack«, befahl Leeds. »Aber bitte schön vorsichtig.«

Der Fährmann ließ ihn langsam von den Schultern gleiten,

und sein Blick wechselte zwischen Peet und Tiny Tim hin und her, während er seinen nächsten Zug vorbereitete.

»Es muß hier nicht für Sie enden«, sagte Leeds. »Sie müssen es nur sagen, und wir können noch immer einen Platz für Sie finden.«

»Bei Ihnen?«

»Wäre das so schlimm?«

»Mir gefällt Ihr Geschmack nicht«, sagte Kimberlain und musterte eindringlich Tiny Tim.

Leeds' Blick schoß zu Peet. »Ihr Freund wurde für geeignet befunden, der neuen Ordnung beizutreten. Sie sollten seinem Beispiel folgen.«

»Tut mir leid. Das ist nicht mein Stil.«

»Wirklich nicht? Lügen Sie sich doch nicht selbst etwas vor, Fährmann. Sie wissen, daß Sie zu uns gehören, wollen es sich aber nicht eingestehen. Warum fragen Sie nicht Ihren Freund Winston? Er hat den Kampf aufgegeben. Er ist nun dort, wohin er gehört.«

»Stimmt das, Peet?« fragte Kimberlain.

»Es tut mir leid, Fährmann.«

»Es war meine Schuld. Ich hätte dich nicht damit behelligen sollen.«

»Oder mich töten, als du die Gelegenheit dazu hattest. Es wäre die einzige Möglichkeit gewesen, denn niemand ändert sich wirklich. Du nicht. Ich nicht.«

Während Peet sprach, war er zu Tiny Tim aufgerückt. Der Anblick der beiden Riesen neben Andrew Harrison Leeds ließ Kimberlain erkennen, wie klein und unscheinbar der Schöpfer dieses ganzen Plans eigentlich war. Leeds' Gesicht wirkte hagerer und totenkopfähnlicher denn je zuvor. Sein dichtes, dunkles Haar war über den Schädel zurückgekämmt und sah aus wie Farbe, die man auf seine Kopfhaut gesprüht hatte.

»Es ist vorbei, Leeds«, sagte Kimberlain schließlich. »Geben Sie es auf. Sie haben verloren. Selbst Ihre Riesen können Ihnen nicht mehr helfen, die Sache so zu beenden, wie Sie es vorgehabt haben.«

»Dann muß ich sie eben auf andere Art und Weise beenden, nicht wahr?«

»Das ist eine Regierungseinrichtung, Leeds. Wenn die Frühschicht kommt, sind Sie erledigt.«

»Genau das hoffe ich ja.«

»Daß sie wie ich die Leichen finden?«

»Da sind noch mehr Leichen, die sie noch nicht gefunden haben.«

Kimberlain überlegte, worauf der Verrückte hinauswollte. Hinter ihm war das Zischen verklungen; der Kanister war leer. »Die Behörden treffen ein und finden das Gebäude verwüstet vor.«

»Alle Sicherheitsvorkehrungen wurden durchbrochen, eine unerklärliche Tragödie. Aber das Geld ... ah, das Geld, Sie werden keine andere Wahl haben, oder?« Da begriff Kimberlain. »Sie werden es augenblicklich an die Bundesreservebanken ausliefern.«

»Aber die Reservebanken verfügen nicht über die nötige Lagerkapazität, und so werden sie die neuen Geldscheine leider vorzeitig ausgeben müssen.« Leeds hielt inne und atmete tief ein. »Innerhalb höchstens einer Woche wird es zu den ersten Todesfällen kommen. Unerklärliche Todesfälle, die man anfangs vielleicht gar nicht bemerkt. Dann werden sie immer häufiger auftreten. Es wird zu einer Panik kommen. Ich werde sie genießen.«

Kimberlain verzog vor Abscheu das Gesicht.

»Sie können sie auch genießen. Sie verdienen mehr, als die Welt Ihnen bislang gegeben hat. Sie gehören in meine Welt. Sie sind ein Ausgestoßener, Fährmann. Die alte Welt meidet Sie. Sie tun, was Sie tun, um akzeptiert zu werden, doch dazu wird es niemals kommen, weil Sie nicht zu *ihnen* gehören.« Er drehte sich zu Peet und Tiny Tim um. »Sie sind einer von uns.«

»Tut mir leid, Leeds. Wir haben lediglich gemeinsam, daß wir beide tun, was wir tun können. Es reicht, wenn wir akzeptieren, was wir sind. Ich versuche es. Sie werden es nie können.«

»Ach ja?« sagte der Verrückte fasziniert. »Erklären Sie mir bitte, was Sie damit meinen.«

»Angst, Leeds. Sie leben von der Angst, atmen sie geradezu, weil sie einen Schild bildet, der verhindert, daß Sie sich selbst sehen können. In einem Spiegel können Sie sich nicht erkennen.

Sie sehen Ihr Spiegelbild nur in den Augen Ihrer Opfer, die Ihren Blick sterbend erwidern. Nur wenn Sie in diese Augen sehen, gefällt Ihnen Ihre Gestalt. Glauben Sie etwa, Ihre neue Welt, dieses neunte Reich, würde Ihnen gefallen? Vergessen Sie es. Denn man wird Sie nicht mehr fürchten, und ohne Furcht können Sie überhaupt nicht *existieren*.«

Leeds trat einen Schritt vor. »Warum fragen Sie nicht Ihren Freund, was er in der neuen Ordnung sieht? Warum fragen Sie ihn nicht, wieso er die Wahrheit erkannt hat?«

Kimberlain sah wieder zu Peet hinüber. Der kahlköpfige Riese war noch näher an Tiny Tim herangetreten. Warum? Seine Blicke schienen zu dem Kanister neben des Fährmanns Füßen zu schießen.

»Geselle dich zu uns, Fährmann«, sagte Peet.

»Unmöglich, Winston.«

»Na schön«, sagte Leeds. »Wie Sie wollen. Bring ihn um, Peet.«

Peet machte einen Schritt, wirbelte dann zu Tiny Tim herum und schlug ihm beide geballten Fäuste ins Gesicht. Tiny Tims Kopf schnappte peitschenhaft zurück. Er bewahrte die Geistesgegenwart, die Maschinenpistole wieder auf Kimberlain zu richten, doch da hatte sich Peet schon gegen ihn geworfen und griff selbst nach dem Abzug.

Kimberlain hatte den Rucksack mit dem GS-7 gegriffen und war losgerannt. Er hatte die halbe Strecke zur Dachluke zurückgelegt, als sich Peets Hand um den Abzug von Seckles Waffe schloß.

»Nein!« schrie Leeds, der endlich begriffen hatte, was gleich geschehen würde.

Peet zielte mit Seckles Maschinenpistole in die Richtung, wo Kimberlain gestanden hatte, und die Hitze der Kugeln zündete das ausgeströmte Gas. Kimberlain hatte sich schon Hals über Kopf hinter eine Stützmauer geworfen, als die Schüsse erklangen. Diese Bewegung schirmte ihn vor dem Feuerball ab, der einen Großteil des Dachs abriß. Das gesamte Gebäude erzitterte. Die Wucht der Explosion zog Risse durch Decken und Wände. Die Flammen vom Dach leckten durch diese Risse hinab und trieben Rauch vor sich her. Eine Alarmanlage jaulte auf. Die Sprinkleranlage des Gebäudes setzte ein.

Leeds rannte zu Tiny Tim, der augenblicklich seine Waffe auf den fliehenden Peet richtete. »Bring ihn um!« tobte Leeds und beobachtete, wie der Fährmann durch die Dachluke sprang, durch die er auch hinaufgestiegen war. »Bring ihn um!«

Tiny Tim leerte sein Magazin auf den Riesen, doch Peet gelang es, sich unverletzt vom Dach zu schwingen.

»Nein! Nicht ihn! *Kimberlain!*« kreischte Leeds. Er blickte dem Fährmann nach, der durch die Luke verschwunden war. »Das Geld!« rief er und fuhr wieder zu Tiny Tim herum. »Wir müssen das Geld schützen! Er wird versuchen, es zu vernichten. *Halte ihn auf! Hast du verstanden? Halte ihn auf!*«

38

Kimberlain ließ sich durch die Dachluke fallen und prallte hart auf dem Boden auf. Weiterer Schmerz zuckte durch seine Füße und Knöchel; sein ganzer Körper tat ihm nach der Explosion auf dem Dach weh. In seinen Ohren dröhnte es, und seine Haut schien versengt zu sein. Er drückte sich gegen die Wand und hastete die Treppe hinab.

Dank Peet bestand noch eine Chance, die neunte Gewalt aufzuhalten. Wenn Kimberlain nicht das ganze Gebäude in die Luft jagen konnte, konnte er zumindest die Etagen sprengen, auf denen sich das Geld befand. Doch Garth Seckle würde auch dorthin unterwegs sein, und wollte Kimberlain seine Mission zu einem befriedigenden Ende bringen, mußte er sich zuerst mit Seckle befassen.

Und was war aus Peet geworden? Er hatte gesehen, wie der Riese vom Dachrand gesprungen war, vielleicht endlich in den Tod. Er hatte Kimberlain gerettet, und vielleicht sogar viel mehr, indem er dem Fährmann damit die Gelegenheit gab, das vergiftete Geld zu vernichten.

Kimberlain gelangte an eine Biegung im Korridor und ertastete sich den Weg durch den Rauch, als er unmittelbar vor sich eine große Gestalt ausmachte. Instinktiv sprang er auf den

Mann zu, den er für Tiny Tim hielt. Statt dessen drang eine vertraute Stimme an sein Ohr.
»Ich bin es, Fährmann.«

»Du hast mich ganz schön reingelegt, Winston.«
»Und Leeds zum Glück auch. Nachdem seine Leute mich in der Hütte gefunden hatten, war es kein Problem, ihn glauben zu machen, ich hätte mich auf seine Seite geschlagen, denn genau das wollte er glauben. Ich wußte, du würdest ihn finden, wo auch immer er sich versteckte, und ich mußte dort sein, um ihn und alles, was noch in mir lauert, ein für allemal zu vernichten.«
»Du bist vom Dach gesprungen.«
»Und auf einem Sims gelandet.« Peet wischte sich den Schweiß und den Schmutz vom Gesicht.
»Es ist uns bestimmt, die Sache gemeinsam zu Ende zu bringen.«
»Das Geld«, sagte Kimberlain.
»Leeds hat es mir gezeigt. Wir müssen es vernichten, Fährmann.«
Kimberlain lehnte sich gegen die Wand und nahm den Rucksack von den Schultern. Er hatte bereits einen neuen Plan ausgearbeitet. »Wir müssen ins unterste Stockwerk.«
»Die Öfen?«
»Wir müssen sie einschalten, damit sie das Aerosol zünden, das ich im Gebäude freisetzen werde.«
Doch schon kamen dem Fährman die Probleme der Logistik in den Sinn. Selbst wenn es ihm gelingen sollte, noch ein zweites Mal auf das Dach zu kommen, würde es mindestens einige Minuten dauern, bis sich das GS-7 in den Luftschächten ausgebreitet hatte. Außer, außer . . .
Kimberlain griff in den Rucksack und reichte Peet einen Kanister. »Setze das Zeug frei, bevor du die Öfen einschaltest«, sagte er. »Wenn es explodiert, wird es die Flammen schneller zu dem Aerosol hinauftragen, das ich im Gebäude freisetze.«
Peet eilte davon, den Blick noch immer auf den Fährmann gerichtet.

»Tiny Tim wird da unten auf dich warten«, warnte Kimberlain ihn.

»Ich weiß«, sagte der Riese.

Kimberlain und Peet waren auf getrennten Wegen in den dichten Rauch zurückgekehrt. Das Sprenklersystem sprühte weiterhin Wasser durch das Gebäude, das den Qualm teilweise auflöste. Vorsichtig kehrte Kimberlain auf das Dach zurück und stellte dort erstaunt fest, welchen Schaden der einzelne Kanister angerichtet hatte.

Der Fährmann fand die acht Öffnungen der Luftschächte unversehrt vor und verbrachte sieben Minuten damit, die restlichen GS-7-Kanister in sie auszuleeren. Den Rest würde er Peet anvertrauen müssen, während er die wenigen verbleibenden Minuten nach Leeds suchen wollte. Sollte der Verrückte heute entkommen, bestand die Gefahr, daß eines Tages erneut eine neunte Gewalt erstarken würde. Leeds würde einfach eine neue Identität annehmen und wieder mit seinen Vorbereitungen beginnen.

Allerdings war das Gebäude riesengroß, und Leeds konnte sich praktisch überall versteckt haben. Doch der Fährmann glaubte zu wissen, wohin sich Leeds nun, da seine Operation in Gefahr war, begeben würde, und lief zum Treppenhaus, um ihm dorthin zu folgen.

Aufgrund des Videos, das Arthur Whitlow vor seinem Tod angefertigt hatte, wußte Leeds genau, wie man die riesigen Druckmaschinen bedienen mußte, die sich in den beiden ersten überirdischen Etagen des Gebäudes befanden. Der gesamte Druckvorgang verlief computergesteuert. Die Druckpressen selbst sahen wie riesige, automatische Briefmarkenabroller aus. Verschiedene Lampen blitzten ständig auf, während große Schlitze die großen Geldscheinrollen ausspuckten und sie der automatischen Schneidemaschine zuführten, aus der sie wiederum gestapelt und gebündelt herauskamen.

Andrew Harrison Leeds stellte alle Knöpfe auf EIN. Ein Summen erfüllte die Luft. Die Maschinen nahmen im Leerlauf ihre Arbeit auf. In seiner Vorstellung sah Leeds, wie die Pressen blitzschnell seine tödlichen Geldscheine ausspuckten. Er folgte dem imaginären Produktionsablauf und ging weiter zu den Schneidemaschinen, wo er sich vorstellte, wie die gewaltigen Papierrollen vierundsechzigmal geschnitten wurden und über das Laufband weiterrollten. Das Papier der überzähligen Kanten wurde automatisch in eine Zerkleinerungsmaschine geführt, und die Scheine selbst wurden gestapelt und gebündelt. Pro Sekunde wurde in seiner Phantasie ein Bündel von hundert Scheinen in Plastikfolie eingeschweißt.

Ja, er konnte es sehen, konnte es *riechen*. Der köstliche Geruch des Geldes, der in diesem Fall den Tod bedeutete. Die Geldscheinbündel, die das Laufband nun zu den unteren Etagen beförderte, gehörten alle ihm. Jeder einzelne Schein war Teil seiner grandiosen Vision. Und jede Berührung eines solchen Scheins würde ihren Teil zum Tod der alten Welt beitragen.

Der Geruch veränderte sich. Abrupt verschwendete Leeds keinen einzigen Gedanken mehr an das Geld. Seine feine Nase hatte einen anderen Geruch aufgenommen, einen, den er nur zu gut kennengelernt hatte. Der Lärm der Maschinen übertönte die Geräusche des Fährmanns, doch Leeds mußte ihn gar nicht hören, er spürte ihn. Leeds wirbelte herum und schoß, als der Fährmann gerade lossprang. Die Kugel, die in Kimberlains Schulter fuhr, reichte nicht aus, um seinen Ansturm zu bremsen. Die Wucht des Aufpralls warf beide zurück, und sie stürzten auf das Laufband, das sie zu den riesigen Geldscheinbündeln auf der Etage unter ihnen trug.

Peet Winston gelangte in die unterirdische Etage mit den Öfen, indem er den Schacht hinabrutschte, über den sonst das tote Geld der Verbrennung zugeführt wurde. Er hatte das Gefühl, von einem Ungeheuer mit schrecklichen Zähnen verschluckt zu werden – dem Reißwolf mit seinen Schneidemaschinen, der nach Öl roch und zum Glück nicht eingeschaltet war.

Der Schacht trug ihn auf das Laufband, auf dem normalerweise die zerkleinerten Geldscheine zu den Öfen rollten. Peet lief gebückt – die Decke war nicht sehr hoch – an dem schwarzen Band entlang. Endlich gelangte er auf die unterste Etage, auf der das zerkleinerte Geld gleichmäßig auf eine Reihe kleinerer Schächte aufgeteilt wurde. Diese Schächte führten direkt in die Öfen, die sich in den Kellerräumen unter diesem Stockwerk befanden.

Wenn er sie einschaltete, nachdem er zuvor den Inhalt seines Kanisters entleert hatte, würden sie das restliche tödliche Aerosol zünden, das der Fährmann mittlerweile in die Luftschächte gekippt haben mußte. Das Gebäude würde in sich zusammenbrechen, das vergiftete Geld zu Staub verbrennen.

Peet suchte in der schwachen Notbeleuchtung die Wände ab. Die Hauptkontrollbox war deutlich gekennzeichnet, aber verschlossen. Peet verbog mühelos den Stahl und riß die Klappe ab.

Darunter befanden sich zahlreiche Hebel und Knöpfe. Peet schaltete sie alle in die EIN-Position und fuhr damit sämtliche Gasdüsen hoch, welche die von hier aus nicht einzusehende Feuergrube bildeten. Schließlich drehte er mit der Hand die Hähne auf, die das Gas einschießen ließen. Er glaubte, ihr Zischen hören zu können. Dann trat er zu einem der Schächte, über die das zerrissene alte Geld in die Öfen geführt wurde, und warf den Kanister hinein. Er hatte sich entschieden, das Ventil, welches das Aerosol ausströmen ließ, nicht aufzudrehen; die wenigen Augenblicke, die es dauerte, bis der Kanister selbst explodieren würde, verschafften ihm Zeit genug zur Flucht.

Als Peet sich von dem Schacht umdrehte, vernahm er hallende Schritte und duckte sich in die Deckung eines Förderbands. Ein Kugelhagel, der für ihn bestimmt war, schlug statt dessen in die Wand.

Unbeobachtet kam Tiny Tim näher. Sein Blick wich nicht von der Maschine, hinter der Peet sich verbarg, doch in Wirklichkeit hatte er ein ganz anderes Ziel: der Kontrollkasten links an der Wand, mit dem der Kahlköpfige den Schmelzofen eingeschaltet hatte. Wenn das Gebäude und damit auch Leeds' Vision gerettet werden sollte, mußte er den Ofen wieder ausschalten. Seckles Schritte waren zielgerichtet und entschlossen. Er wußte, wie gefährlich sein Gegner war, und vertraute weder seinen Waffen noch der Entfernung zwischen ihm und Peet. Beides war nicht unüberwindbar für Peet – aber auch nicht für ihn selbst.

Als Seckle den Kontrollkasten erreicht hatte, mußte er den Blick vom Versteck des Kahlköpfigen nehmen, um die Knöpfe und Schalter zu betrachten. Die Bedienung war einfach. Er drehte sich ein letztes Mal zu Peet um und hob dann die Finger an den Kasten.

Als er sich umwandte, hämmerte ihm eine gewaltige Faust ins Gesicht. Tiny Tim spürte, wie sein Kiefer unter dem Hieb brach. Er fragte sich verwundert, wie der Kahlköpfige diese Entfernung in nur drei oder vier Sekunden zurückgelegt haben konnte, dann packten ihn auch schon zwei starke Hände. Seckle konnte seine Maschinenpistole hochreißen und den Abzug einmal betätigen, bevor Peet ihm die Waffe aus der Hand trat.

Eine oder zwei Kugeln streiften den Kahlköpfigen an der Seite und machten ihn benommen. Während Peet zwei Schritte zurücktaumelte und an die blutende Wunde griff, warf Seckle sich zu Boden, rollte sich ab und griff nach der Maschinenpistole. Doch bevor seine Finger sich um sie schließen konnten, stieß Peet sie mit dem Fuß beiseite, mußte dafür jedoch einen brutalen Tritt gegen das Knie in Kauf nehmen, der ihn fast umgerissen hätte. Seckle kam wieder auf die Füße, und die beiden Riesen prallten gegeneinander und umklammerten sich.

Tiny Tim starrte zu dem Kontrollkasten hinüber.

Peet lächelte.

Noch während Seckle ein letztes Mal daran dachte, daß es ihm nicht gelungen war, die Öfen auszuschalten, explodierte der Kanister mit dem GS-7, den Peet in den Schacht geworfen hatte, mit einem ohrenbetäubenden Knall in den hochzüngelnden Flammen. Unter den miteinander ringenden Riesen gab der Fußboden der Flammenflut nach, und die beiden Gestalten stürzten hinab.

Die Kugel, die Kimberlain in die Schulter getroffen hatte, zerschmetterte sein Schlüsselbein und machte einen Arm bewegungsunfähig, wo doch vielleicht nicht einmal beide gegen Leeds ausgereicht hätten. Der Verrückte kämpfte auf dem Förderband wie eine Bärin, die ihre Jungen verteidigen wollte. Er setzte Zähne, Nägel und Fäuste gegen den Fährmann ein. Die Pistole hatte Leeds irgendwo auf dem Förderband verloren, doch Kimberlain gab die Suche danach auf, als ihm klar wurde, daß er alle Konzentration benötigte, um die Angriffe des Verrückten abzuwehren.

Das Förderband kippte steil nach unten, und beide Männer rutschten hinab zur ersten der beiden Etagen, in denen die neuen Geldscheine gelagert wurden. Mit einem lauten Knall schlug Leeds' Pistole direkt hinter ihnen auf. Leeds stieß den Fährmann zur Seite und machte einen Satz nach der Waffe. Er hatte sie in der Hand und hochgerissen, bevor Kimberlain sich bewegen konnte. Seine verletzte Schulter verhinderte jede Gegenwehr. Er lag auf dem Boden und rang nach Atem, während sein Blut sich auf die Fliesen ergoß.

»Ich bin das Schicksal, Fährmann«, sagte Leeds und blickte zu den Gelscheinbergen hinter Kimberlain hinüber. »Man kann mich nicht aufhalten.«

»Du wirst dich selbst aufhalten, Leeds. Du *hast* dich schon aufgehalten. Es ist vorbei.«

Ein breites Lächeln überzog sein Gesicht. »Glaubst du das wirklich? Nein, du bist gescheitert. Fährmann, nicht ich. Diesmal werde ich dir ins Herz schießen, und du wirst als Versager sterben.«

»Na los! Töte mich und höre mit deinen Spielchen auf!«

»Begreifst du nicht, daß ich dir ein Kompliment gemacht habe, Fährmann? Jemand wie ich findet nicht leicht einen würdigen Gegner. Vielleicht bist du der letzte überhaupt. Wenn ich dich töte, ist es für immer zu Ende. Aber ich muß es wohl zu einem Ende bringen, und ich muß wohl . . .«

Leeds' Worte gingen in einer donnernden Explosion unter. Die Decke brach auf, Risse zogen sich durch den Boden, Wände stürzten ein.

Peet! begriff Kimberlain. Das mußte Peet gewesen sein! Leeds erhob sich und warf sich gegen einen der zahlreichen, bis zur Decke hochgestapelten Geldscheintürme. Schutt regnete auf die tödlichen Scheine hinab. Flammen leckten durch die Risse im Boden.

»Nein!« kreischte der Wahnsinnige. »Nicht jetzt! Bitte nicht jetzt!«

Während Leeds' Aufmerksamkeit abgelenkt war und sein Blick sich auf das Geld konzentrierte, sprang Kimberlain vor. Als er nach Leeds griff, betätigte der Verrückte erneut den Abzug seiner Pistole. Doch diesmal ließ ein kleines Beben seinen Arm erzittern, und Kimberlain stieß ihn zwischen die riesigen Geldstapel, die zu schwanken begonnen hatten.

Peet fühlte, wie er stürzte, doch mitten im Fall fanden seine Füße plötzlich und unerklärbar Halt. Er begriff, daß ihn ein stählerner Kreuzbalken gerettet hatte, der Teil des Gebäudefundaments war. Doch wenn man bedachte, daß die aufsteigenden Flammen bald das GS-7 entzünden würden, das Kimberlain freigesetzt hatte, war ihm vielleicht nur eine ganz kurze Galgenfrist gewährt worden.

Peet schwang sich gerade noch rechtzeitig herum, um Tiny Tim zu sehen, der ihn mit einem großen Messer angriff, das gelb im Feuer funkelte. Peet wich dem ersten Stoß aus und wehrte den zweiten mit einem schweren, isolierten Rohr ab, das er in die Finger bekommen hatte. Um die beiden Riesen stiegen die Flammen der Öfen immer höher. Ihr Kampf wogte über einem Feuerstrom, der ihnen immer näher kam. Die kreuz und quer verlegten Stützträger bildeten eine Art Laufsteg, und Tiny Tim sah zu dem Kontrollkasten hinüber. Obwohl der Boden zusammengebrochen war, befand er sich für einen Mann seiner Größe noch in Reichweite. Aber dafür mußte er erst an Peet vorbei.

Tiny Tim stach erneut mit dem Messer zu, und erneut parierte Peet mit dem gummiüberzogenen Rohr. Mit der freien Hand schlug er nach der verbrannten Seite von Tiny Tims Gesicht. Haut riß, und Seckle schrie gequält auf. Der Verband hatte sich gelöst, und es war rohes, narbiges Fleisch zu sehen. Peet glaubte sogar, Teile des Schädelknochens ausmachen zu können. Seckles verletztes Auge war halb geschlossen, und er hielt den Mund geöffnet und atmete hechelnd wie ein Tier.

Er griff erneut an und führte mit dem Messer eine Finte, die Peets Aufmerksamkeit auf sich ziehen sollte. Als der Kahlköpfige den Köder annahm, sprang Seckle auf den benachbarten Stützbalken, über den er direkt zum Kontrollkasten gelangen konnte.

Peet begriff, daß Tiny Tim den Kasten tatsächlich zuerst erreichen würde, wenn er versuchte, ebenfalls auf den Balken zu springen, auf dem sein Widersacher sich schon befand; dann hätte er einen zu großen Vorsprung herausgelaufen. Seine einzige Chance, ihm den Weg abzuschneiden, bestand darin, den Balken entlangzulaufen, auf dem er stand, wenngleich er mehrere Meter vor demjenigen endete, auf dem Tiny Tim sich befand. Peet stürmte vor und versuchte, soviel Geschwindigkeit wie möglich zu gewinnen, um auf den anderen Balken springen zu können. Es waren zwei, vielleicht zweieinhalb Meter von einem schmalen Laufsteg zum anderen – und er mußte *auf* Seckle landen.

Es kam ihm gar nicht in den Sinn, daß er sein Ziel in der einen oder anderen Richtung verfehlen konnte, und er warf sich in die Luft. Er prallte mit voller Geschwindigkeit gegen Tiny Tim und riß ihn zu Boden. Während sie einander umklammerten, rutschten ihre Oberkörper von der Seite des Laufstegs hinab, den leckenden Flammen entgegen.

Doch Peet war oben zu liegen gekommen. Nicht bereit, diesen Vorteil aufzugeben, rammte er seine riesige Hand unter Tiny Tims Kinn und versuchte, dessen Kopf zurückzubiegen und ihm das Genick zu brechen. Seckle schob eine Hand gegen die Peets, um dies zu verhindern, und tastete mit der anderen verzweifelt nach dem Messer, das er bei dem Aufprall verloren hatte. Rauch drang in ihre Augen, und Flammen züngelten an ihrer Haut. Doch keiner der beiden Männer fühlte den geringsten Schmerz. Peet schob Tiny Tims Kopf mit derselben Hand zurück, in der er noch das isolierte Rohr hielt. Seckles Finger zitterten, als sie sich endlich um den Griff des Messers schlossen.

»Aaah!« brüllte er und trieb die Klinge tief in Peets Seite.

Peet heulte vor Schmerz auf. Er überlebte den Stich nur, weil die Klinge gegen eine Rippe traf und sich verkeilte. Tiny Tim versuchte, sie wieder herauszuziehen und zu einem zweiten, tödlichen Stoß auszuholen, doch Peet schloß die Hand um Seckles Gelenk und hielt sie fest. Tiny Tim drehte und zerrte am Messer, und Peet heulte erneut auf, blieb jedoch standhaft. Seckles Kopf trug den Sieg gegen Peets entschlossenen Griff davon und hob sich langsam. Schließlich nahm Tiny Tim die Hand, die das Patt aufrechterhalten hatte, von Peets Arm und hämmerte sie ihm immer wieder seitlich gegen den Brustkorb.

Die Hiebe klangen wie Schüsse, als die Rippen nachgaben, doch Peet war noch nicht erledigt. Er ließ Tiny Tims Kinn los, und als das Ungetüm unter ihm wie erwartet hochfuhr, zog er ihm das Rohr, das er noch in der Hand hielt, quer über das Nasenbein. Tiny Tim reagierte mit einem Wutausbruch auf den Schlag, der ihm die Kraft gab, das Messer bis zum Knochen in Peets Körper zu stoßen. Peet holte zu einem wilden Schlag mit dem Rohr aus, der Tiny Tims Zähne zertrümmerte. Er spuckte sie in Peets Gesicht und stieß das Messer bis zum Heft in dessen Körper.

Im nachfolgenden Schmerz, der Peets Zähne in die Unterlippe trieb, erkannte der Kahlköpfige seine einzige Chance. Als Tiny Tim erneut versuchte, das Messer wieder herauszuziehen, ließ Peet es zu, rammte das Rohr durch eine Öffnung im Balken und hoffte, daß es hielt. Tiny Tim holte mit dem Messer aus, und Peet ging einfach mit der Bewegung mit und stieß sich im selben Augenblick mit den Füßen ab. Das Messer zog einen sauberen, flachen Schnitt über seinen Nabel, und die beiden Riesen stürzten gemeinsam vom Balken. Der Gummiüberzug des im Balken steckenden Rohrs dehnte sich über den hochzüngelnden Flammen, hielt jedoch, und Peet faßte das Rohr mit der rechten Hand. Unter ihm hatte Tiny Tim mit der linken Hand Halt an Peets Gürtel gefunden, während er mit der rechten noch das Messer umklammerte. Er holte zu mehreren wilden Stößen aus, die jedesmal blutige Wunden hinterließen, bis Peet mit der freien Hand nach unten griff und das einzig Mögliche tat.

Er umfaßte die Klinge mit der bloßen Hand und nahm den Schmerz und das Blut in Kauf, denn nun war Tiny Tim machtlos. Peet trat wild mit den Beinen, um ihn abzuschütteln. Endlich verlor Tiny Tim den Halt, und durch das bloße Gewicht löste sich die Klinge aus Peets blutigem Griff. Seckle glitt hinab, bekam jedoch mit einer verzweifelten Armbewegung einen von Peets Füßen zu fassen und hielt sich fest. Das Ungetüm lächelte, während es das Bein hinaufzuklettern begann, das Messer noch immer festhaltend.

Peet trat heftig, aber erfolglos mit beiden Füßen nach dem Widersacher. Während er verzweifelt überlegte, wie er das Monstrum doch noch abschütteln konnte, leckte eine gewaltige Flammenzunge hinauf und erfaßte Garth Seckle, ließ ihn in Sekundenschnelle verkohlen, während er sich noch immer an Peets Beinen festhielt. Peet hätte es niemals für möglich gehalten, daß ein Mensch solche Schreie ausstoßen konnte. Als sich die Todesumklammerung endlich löste, sah er in das Inferno hinab, in der Hoffnung, beobachten zu können, wie Tiny Tim den letzten Preis zahlte, doch die Flammen hatten ihn schon verschluckt.

Peet kämpfte gegen die Schmerzen in der Hand und zwischen den Rippen an und zog sich wieder auf den Balken. Überall um ihn herum züngelten die höchsten Flammen schon an dem Stahl. Er rannte hindurch zu dem Schacht und arbeitete sich die steile Steigung hinauf. Auf der nächsten Etage spurtete Peet zum Garagentor und rannte mit voller Wucht dagegen. Der Aufprall riß die rechte Torhälfte aus den Scharnieren, und Peet wurde vom Anblick der Feuerwehrwagen begrüßt, die auf das Gelände preschten.

Erst jetzt schaute er zu dem heißen, orangefarbenen Schein zurück, der im Gebäude immer höher stieg. Die letzte Explosion stand unmittelbar bevor ... doch der Fährmann war nirgendwo zu sehen.

Leeds gab vier weitere Schüsse ab, die alle das Ziel verfehlten, und dann endlich konnte Kimberlain die Pistole nach oben von ihm fort zwingen. Der Kampf brach von neuem los. Kimberlain starrte in die wuterfüllten Augen des Verrückten und sah, daß sie irgendwie hellrot wurden. Es dauerte einen Augenblick, bis er begriff, daß sich der Glanz einer gewaltigen Feuerlohe in ihnen spiegelte, die die beiden durch die schale, versengte Luft warf. Kimberlain prallte gegen noch in Plastik eingeschweißte, umgestürzte Geldscheinbündel und verlor Leeds kurz aus den Augen. Nun regneten zahlreiche einzelne Scheine hinab, von denen viele schon geschwärzt waren und andere Feuer fingen. Ein Teil des Bodens brach auf und enthüllte das Inferno, das in der Etage unter ihnen tobte.

Nur noch ein paar Sekunden, dann würde das gesamte Gebäude in die Luft fliegen!

Aber wo war Leeds?

Die Frage wurde beantwortet, als dessen taumelnde Gestalt drei Meter vor dem Fährmann aus einem Geldscheinstapel brach. Ein Grinsen – oder Lächeln? – verzerrte sein Gesicht. Seine zitternde Hand hielt die Pistole noch umschlossen.

»Hier endet es«, sagte er.

Kimberlain mußte hilflos zusehen, wie Leeds' Finger sich um den Abzug bog.

»Auch du hast verloren, Fährmann.«

Doch bevor Leeds abdrücken konnte, brachen gewaltige Teile der Decke und der Wände ein und rissen noch nicht umgestürzte Geldscheinstapel in den Weg eines anderen Feuerballs. Der Fährmann konnte einen letzten Blick auf Leeds werfen. Er stand wie eine Statue inmitten des tödlichen Geldes, das er geschaffen hatte, und hielt die verrückten Augen auf die Scheine gerichtet, als hieße er sie willkommen.

Hier endet es . . .

Ja, sobald das restliche GS-7 gezündet wurde. Aber nicht, bevor ich draußen bin, dachte Kimberlain bei sich.

Das Förderband war noch soweit erhalten, daß Kimberlain es durch die zusammenströmenden Flammen zum Erdgeschoß hinauflaufen konnte. Dort herrschte das nackte Chaos. Die Maschinen, die Leeds angeschaltet hatte, arbeiteten teilweise noch, bewegten jedoch höchstens Rauch anstatt Papier. Der Fährmann tanzte durch die Flammen und Trümmer, bis er in die Eingangshalle des Gebäudes gelangt war.

Er stürmte zu den Glastüren des Haupteingangs. Als er sie fast erreicht hatte, schleuderte ihn eine ohrenbetäubende Explosion wie eine Kanonenkugel vorwärts. Als er durch das

Glas brach, hatte er seltsamerweise das Gefühl, in weichen, aber eiskalten Schnee zu stürzen, während der versengende Atem eines Drachen über seinen Nacken fuhr.

Der Aufprall kam mit betäubender Plötzlichkeit, und die schwarze Nacht schloß sich um ihn.

EPILOG

Kimberlain erwachte langsam und bemerkte eine gedrungene Gestalt, die zwischen seinem Bett und dem Fenster stand.

»Wer sind Sie?« brachte er mühsam hervor.

»Jones genügt«, erwiderte der Mann, während er mit einem unter dem Arm gefalteten Trenchcoat ans Bett trat.

»Washington?«

»So ungefähr.«

Kimberlain erwiderte andeutungsweise das Nicken des Mannes. Er wußte, daß Jones zu einem Aufräum-Kommando gehörte, zu einem Team der Geheimdienstgemeinde, das jeden Dreck, den die Regierung unter allen Umständen verschweigen wollte, skrupellos unter den Teppich kehrte. Seine Gesichtszüge waren so nichtssagend wie sein Job. Er war von mittlerer Größe und hatte ausgeprägte Geheimratsecken; sein verbliebenes Haar wurde allmählich grau, und jeder Muskel, den er noch haben mochte, war kaum mehr als eine Erinnerung. Als er bis auf einen Meter an das Bett herangetreten war, roch der Fährmann billiges Aftershave aus der Drogerie.

»Wir müssen noch einige Einzelheiten klären«, sagte Jones mit dem Interesse eines Mannes, der sich schon für seinen nächsten Termin verspätet hatte.

»Wo bin ich?« warf Kimberlain ein. Sein Hals war trocken, und er konnte nur unter Schwierigkeiten schlucken.

»Erinnern Sie sich nicht?«

»Nur in Bruchstücken, mehr nicht.«

»Sie sind in einem Krankenhaus. Es ist besser für Sie, wenn Sie den Namen und Ort nicht kennen. Das ist nicht das erste Krankenhaus, in dem Sie behandelt wurden. Nachdem Ihre Identität bestätigt wurde, haben wir Sie schnell verlegt.«

»Ich hatte doch keinen Ausweis dabei.«

»Wir haben Ihre Fingerabdrücke nach Washington geschickt. Als ihr Name fiel, hat man mich zu Ihnen geschickt.«

»Meine Verletzungen . . . wie schlimm sind sie?«

»Sie hatten Glück. Ein paar Chirurgen mußten an Ihrem Schlüsselbein herumschnibbeln. Sie haben eine schwere

Gehirnerschütterung erlitten und sich bei dem Aufprall den rechten Knöchel gebrochen. Ansonsten zahlreiche Prellungen und Hautabschürfungen. Ich kann Ihnen eine Liste geben.«

»Sparen Sie sich die Mühe.« Kimberlain schluckte, so gut es ihm möglich war. Selbst das Blinzeln bereitete ihm Schmerzen.

»Das Geld ist völlig verbrannt«, fuhr Jones fort. »Das gesamte Gebäude wurde zerstört. Von Leeds haben wir keine Spur gefunden.«

»Woher wußten Sie von ...«

»Ein ziemlich ungewöhnlicher Mann hat sich in Ihrem Auftrag mit einer ziemlich ungewöhnlichen Geschichte an ein bestimmtes Mitglied der Geheimdienstgemeinde gewandt. Er hat alles erzählt, genau, wie Sie und dieser Mann es vereinbart hatten.«

Captain Seven, dachte Kimberlain. Nachdem ich mich nicht wie abgesprochen bei ihm gemeldet habe, wurde er aktiv ...

»Und dieser Geheimdienst hat ihm geglaubt?«

»Hätten Sie ihm geglaubt?«

»Nein.«

»Und der Geheimdienst auch nicht«, sagte Jones. »Doch als wir von Ihrer Einlieferung ins Krankenhaus erfuhren und die Nachricht von der Zerstörung der Druckerei bekamen ...«

Kimberlain versuchte, sich aufzusetzen, schaffte es jedoch nicht. »Das Geld! Ein Teil des Geldes wurde bereits ausgeliefert.«

»Wir haben es heute abgefangen.«

»Und haben Sie meine Geschichte überprüft?«

»Wir sind noch dabei. Vermutlich werden wir das gleiche darin finden, was Sie in Kansas vernichtet haben. Wir bemühen uns natürlich, den wahren Sachverhalt zu verschleiern, doch es ist bereits zuviel durchgesickert. Nun kommt es darauf an, die Auswirkungen so gering wie möglich zu halten.«

»Natürlich.«

»Diesbezüglich habe ich schon gewisse Schlüsse gezogen, die Sie nur noch bestätigen müssen.« Jones sah ihm direkt in die Augen. »Eine dieser Schlußfolgerungen lautet, daß sich ein gewisser Winston Peet, der angeblich vor ein paar Jahren bei einem Ausbruch aus Graylocks Sanatorium umgekommen sein soll, in der Druckerei befand. Ja oder nein?«

Kimberlain wußte nicht genau, was er antworten sollte, bis er den Ausdruck auf Jones' Gesicht sah. »Ja«, sagte er dann.

»Unserer Ansicht zufolge wurde Peets Flucht aus den ›Locks‹ damals von Andrew Harrison Leeds arrangiert. Danach hat Leeds ihn – und zahlreichen anderen Ausbrechern – Unterkunft gewährt. Richtig?«

»Ich glaube schon.«

»Und schließlich sind wir der Auffassung, daß Sie Peets endgültiges Ableben in der Druckerei in Kansas beobachtet haben. Ja?«

»Ja.«

»Gut«, erwiderte Jones.

»Devil's Claw«, sagte der Fährmann.

»Darauf wollte ich gerade zu sprechen kommen. Ich muß Ihnen mitteilen, daß vor zwei Tagen eine kleine Ansiedlung auf der Insel von einem Erdrutsch verschüttet wurde. Es gab keine Überlebenden. Die Küstenwache patrouilliert regelmäßig um die Insel, um zu gewährleisten, daß niemand auch nur in ihre Nähe kommt. Und vielleicht interessiert es Sie auch, daß T. Howard Briarwood anscheinend erneut verschwunden ist. Wir rechnen diesmal mit einer ziemlich langen Abwesenheit.«

Kimberlain musterte Jones genauer, konnte hinter dem Trenchcoat jedoch nicht viel ausmachen. »Sehr freundlich von Ihnen, daß Sie mich über die neuesten Entwicklungen auf dem laufenden halten.«

»Das gehört zum großen Aufräumen.«

»Aber Sie sind damit längst noch nicht fertig. Sie müssen all die Ungeheuer finden, die von der Insel entkommen sind, und sie bis zum jüngsten Tag wieder hinter Schloß und Riegel bringen. Sie sind irgendwo da draußen, Mr. Jones, und sie werden nicht lange friedlich bleiben.«

»Ich fürchte, wir haben keine eindeutigen Beweise dafür, daß es sie überhaupt gibt.«

»Muß einer von ihnen erst das Kapitol in die Luft sprengen, damit Sie an ihre Existenz glauben?«

»Wir beschäftigen uns mit der Wirklichkeit, Mr. Kimberlain, nicht mit Annahmen.«

»Natürlich«, schloß der Fährmann. »Denn wenn Sie die Existenz dieser Monstren zugeben würden, müßten Sie damit auch Farbe bekennen und eingestehen, daß das alles wirklich passiert ist. Und das können wir doch nicht zulassen, oder?«

»Ich weiß nicht, wovon Sie sprechen. Andererseits . . .«

»Ja?«

»Wenn sich ein Privatmann darum kümmern wollte, würden wir ihm jede gewünschte Unterstützung zukommen lassen. Er müßte es nur sagen.«

»Ist das amtlich?«

»Das ist ein Angebot gewisser Stellen, die Ihren Wert erkannt haben und es gern sehen würden, daß Sie für uns tätig wären.«

»Das haben wir doch schon einmal gehabt, Jones.«

»Die Zeiten ändern sich.«

»Die Menschen nicht.«

Jones nahm seinen Trenchcoat und streifte ihn über. »Ich werde Sie morgen wieder besuchen«, sagte er.

»Haben Sie Wachen vor meiner Tür postiert, Jones?«

Der untersetzte Mann blieb stehen und drehte sich um. »Ich bin nicht einer dieser Leute. Sie können jederzeit gehen, wenn Sie sich danach fühlen. Mir ist es sogar gleichgültig, ob Sie hier hinausgehen, -laufen oder -tanzen.«

Kimberlain erwiderte nichts darauf.

»Denken Sie über mein Angebot nach«, sagte Jones und schloß die Tür hinter sich.

Als Kimberlain das nächste Mal erwachte, war es fast dunkel im Zimmer. Lediglich das Licht vom Parkplatz fiel durch die halb geschlossenen Jalousien. Eine große Gestalt stand dort am Fenster und blickte in die Dunkelheit hinaus.

»Hallo, Fährmann«, sagte Peet, ohne sich umzudrehen.

Kimberlain lächelte. »Ich wußte nicht, ob du überlebt hast, ob du das Feuer . . .«

»Eine reinigende Explosion, bei der das Feuer ironischerweise ein Element der Säuberung und nicht der Zerstörung war.«

»In mehr als einer Hinsicht.«

»Die Feuerwehr konnte den Brand nicht löschen. Das Gebäude wurde völlig zerstört.«

»Auch das kommt mir bekannt vor.«

»Ich bin frei, Fährmann.«

»Du warst schon frei, bevor das alles passiert ist, Peet.«

Der Riese schüttelte den gewaltigen, kahlen Schädel. Nachdem sich Kimberlains Augen nun etwas an die Dunkelheit gewöhnt hatten, konnte er den hellroten Schimmer von Peets Haut ausmachen, die Blasen und Risse auf seinem Gesicht, die daher rührten, daß er den Flammen zu nahe gekommen war. Eine Ausbuchtung unter seinem Hemd deutete darauf hin, daß er sich dort eine Wunde verbunden hatte. Auch seine linke Hand war dick verbunden.

»Nein, Fährmann, ich war ein Gefangener des Besitzes, den du mir überlassen hast. Ich hatte befürchtet, alles würde wieder so werden wie zuvor, falls ich ihn verlassen sollte. Ich war ein Gefangener meiner eigenen Person, meiner Vergangenheit. Und davon habe ich mich jetzt befreit.«

»Weil du Leeds gegenübergetreten bist und ihn besiegt hast, ihn und alles, was er repräsentierte?«

»Weil ich nicht mehr vor der Person davonlaufen muß, die ich einmal war. Diese Person mag zwar noch da draußen sein, aber sie kann mich nicht mehr einholen. Ich habe endlich gelernt, wie ich aus unreinen Situationen reiner hervortreten, wie ich mich mit schmutzigem Wasser säubern kann.«

Kimberlain drehte den Kopf und zuckte vor Schmerz zusammen. »Heißt das, daß du meine Hütte nicht mehr brauchst?«

Peet musterte ihn nachdenklich. »Ich muß meine eigenen Wälder, meine eigene Hütte finden.«

»Sie sind noch immer dort draußen, Winston. Hunderte, die Leeds aus den Anstalten geholt und dann rekonditioniert hat.«

»Aber ihre Seelen hat er intakt gelassen.«

»Genau darauf kam es ihm ja an.«

»Das wird es mir einfacher machen, sie auf meinem Weg zu finden.«

Da endlich begriff Kimberlain. »Laß mir etwas Zeit, bis

meine Verletzungen ausgeheilt sind, und ich begleite dich auf diesem Weg.«

Der Riese schüttelte den Kopf. »Diesmal nicht, Kimberlain.«

»Und ich bin gerade zur Ansicht gelangt, daß wir ein ganz gutes Team sind.«

»Wir werden uns vielleicht wieder zusammentun.«

»Dann bleibst du mit mir in Verbindung?«

»Du wirst keine Schwierigkeiten haben, meinen jeweiligen Aufenthaltsort festzustellen.«

»Was hat dich noch hierher geführt, Peet?«

»Der Wunsch, daß du es nicht in Betracht ziehst, mit mir zusammenzuarbeiten. Die Hoffnung, daß du dich endlich von der Welt abwenden wirst, die deine Seele foltert.«

»Das kann ich nicht. Du weißt, daß ich es nicht kann.«

»Bestimmt nicht, wenn du es gar nicht erst versuchst.«

»Leeds war nicht der erste, und er wird nicht der letzte sein. Wer soll sie aufhalten?«

»Sie selbst – letztendlich.«

»Aber vorher müssen jede Menge unschuldige Menschen sterben.«

»Du kannst sie nicht alle retten, Fährmann.«

»Weil ich nicht für sie verantwortlich bin, nicht wahr?«

»Du bist nur . . . für dich selbst verantwortlich.«

Nun wurde für Kimberlain trotz der Dunkelheit auf einmal alles viel klarer. »Nicht immer. Meine Eltern wurden ermordet, weil mich irgendeine Macht in das verwandeln wollte, was ich dann auch geworden bin. Mein erster Fehler war, dies zuzulassen. Ich werde keinen zweiten Fehler begehen, indem ich zulasse, daß einfach verschwendet wird, was aus mir geworden ist.«

»Du willst Bruchstücke aufsammeln, die du besser verstreut liegen ließest«, erwiderte Peet.

»Hast du nicht das gleiche vor?«

»Ja, aber für mich wird es ein Ende geben. Ich habe festgestellt, daß es einen Abschluß gibt. Für dich schließt sich der Kreis niemals, bricht nicht einmal auf.«

»Und dafür muß es doch einen Grund geben, meinst du nicht auch? Verstehst du, Winston, mir ist nun klar, daß sie versucht haben, mich in etwas zu verwandeln, das schon vorhanden gewesen sein mußte, oder es hätte nicht hervortreten können. Ich bin, was ich sein soll oder sein muß, und ich habe meinen Frieden gefunden, habe mich nun mehr denn je damit abgefunden. Ich will wirklich nichts daran ändern, Winston. Ich weiß nicht, was aus mir geworden wäre, wäre ich ein anderer Mensch geworden.«

Ein leises Lächeln legte sich auf das Gesicht des Riesen. »Du mußt dich, zumindest für eine Zeitlang, von dem trennen, was du wissen und erkennen willst. Nur wer die Stadt verläßt, kann sehen, wie hoch sich ihre Wolkenkratzer über die normalen Häuser erheben.«

»Doch kann man dann je wieder zurückkehren?«

»Das kommt darauf an, was man unterwegs findet.«

Kimberlain versuchte sich aufzusetzen, doch es gelang ihm nicht. »Eine gute Reise, mein Freund.«

»Dir auch, Fährmann.«

ENDE

TRUE CRIME Der wahre Kriminalfall

Joe McGinniss

Blindes Vertrauen

›Sie werden wütend sein.
Sie werden vor Spannung zittern.
Und Sie werden Tränen des Mitleids vergießen über das Schicksal dreier Kinder‹ (New York Times)

BASTEI LÜBBE

Band 13 419

Joe Mc Ginniss

Blindes Vertrauen

Rob Marschall lebte wie ein König auf dem Boulevard der Träume. Mit fünfundvierzig Jahren hatte er so viel erreicht, daß die Einwohner von Tom River, einer beschaulichen Stadt in New Jersey, sich nur noch fragten, was man diesem Mann mehr neiden müsse: seinen Reichtum, seinen erlesenen gesellschaftlichen Umgang oder seine attraktive Frau, mit der er drei Kinder hatte, die zu den schönsten Hoffnungen berechtigten.
Aber in einer turbulenten Septembernacht nahm das Leben dieses Mannes eine ungeheuerliche Wende. Nach dem schrecklichen Tod seiner Frau sieht sich Rob Marschall um sein Lebensglück gebracht. Sind es absurde Verdächtigungen, die ihn ins Straucheln bringen, oder ist es nur die Maske des schönen Scheins, die Aura des gesellschaftlichen Erfolgs, die er verloren hat? Niemand braucht dringender eine schlüssige Antwort auf diese Frage als seine drei Kinder, die sich aus allen Träumen gerissen sehen.

BASTEI LÜBBE

Sie erhalten diesen Band im Buchhandel, bei Ihrem Zeitschriftenhändler sowie im Bahnhofsbuchhandel.